Le chalet sous la neige

Un irrépressible désir

ELIZABETH LANE

Le chalet sous la neige

Traduction française de
FLORENCE MOREAU

PASSIONS

HARLEQUIN

Collection : PASSIONS

Titre original :
STRANDED WITH THE BOSS

Ce roman a déjà été publié en 2016

HARPERCOLLINS FRANCE
83-85, boulevard Vincent-Auriol, 75646 PARIS CEDEX 13
Service Lectrices — Tél. : 01 45 82 47 47 - www.harlequin.fr
ISBN 978-2-2804-5986-0 — ISSN 1950-2761

Composé et édité par HarperCollins France.
Imprimé en octobre 2021 par CPI Black Print (Barcelone)
en utilisant 100% d'électricité renouvelable.
Dépôt légal : novembre 2021.

FSC
www.fsc.org
MIXTE
Papier issu de
sources responsables
FSC® C159065

Pour limiter l'empreinte environnementale de ses livres, HarperCollins France s'engage à n'utiliser que du papier fabriqué à partir de bois provenant de forêts gérées durablement et de manière responsable.

- 1 -

Seattle, Etat de Washington
Fin septembre

Assis derrière son immense bureau, Dragan Markovic sentit la colère monter en lui.

— Etes-vous en train de me dire qu'elle nous poursuit en justice ? s'exclama-t-il. Nous avons fait un pont d'or à cette femme. Cela ne lui suffit donc pas ?

Le jeune avocat, qui avait récemment rejoint la Trans Pacific, se mit à tripoter nerveusement son stylo.

— Selon son avocate, ce n'est pas juste une question d'argent. Mlle Randall veut que le pays tout entier soit mis au courant du traitement injuste qu'elle a subi. Elle est déterminée à se battre pour qu'à l'avenir aucune femme ne soit plus jamais licenciée parce qu'elle est enceinte.

Dragan se renfrogna.

— Mais son renvoi n'était pas lié à sa grossesse. On m'a indiqué qu'elle avait été congédiée parce qu'elle n'était pas en mesure d'assumer ses fonctions.

— Tout à fait, et c'est ce que nous expliquerons au juge. Son travail impliquait des déplacements en Extrême-Orient, or son état ne lui permettait pas de tels voyages.

— Dans ce cas, pourquoi ne l'a-t-on pas affectée à un travail de bureau ?

L'avocat cligna des yeux.

— Voilà précisément l'argument que va utiliser son avocate contre nous. C'est son supérieur qui a pris la décision de renvoyer Mlle Randall. Apparemment, il y avait des tensions entre eux.

Dragan poussa un juron et, bondissant de son confortable fauteuil en cuir, se posta devant l'immense baie, derrière sa table de travail. Son bureau d'angle, au dernier étage du gratte-ciel qui abritait le siège de sa société, lui offrait une vue époustouflante sur le front de mer de Seattle, sur les entrepôts, les embarcadères et de gigantesques grues. Deux énormes cargos portant le logo de la Trans Pacific étaient amarrés, en attente de chargement. Au-delà, les eaux grises de Puget Sound disparaissaient sous un écran de brouillard.

Bon sang, il avait une entreprise à gérer ! Et pas de temps à perdre avec cette Mlle Tessa Randall — qu'il n'avait d'ailleurs jamais rencontrée — et ce procès susceptible d'entacher la réputation de la Trans Pacific. Pourquoi ne pouvait-elle pas se contenter de prendre l'argent, de signer l'accord de confidentialité et de disparaître ?

— Tout ce que je sais, c'est qu'elle a donné naissance à des jumelles, marmonna-t-il pour lui-même.

— Exact. Deux petites filles qui se ressemblent trait pour trait, et qui ont seize mois à présent, renchérit l'avocat.

Il essuya ses lunettes, avant de les replacer sur son nez.

— Elles sont nées sept semaines avant terme. A l'époque, Mlle Randall n'était plus assurée, et les frais médicaux…

— Mais nous avions proposé de les prendre en charge ! s'insurgea Dragan.

— Absolument. Cependant, son avocate réclame des dommages et intérêts très élevés : elle prétend que c'est le stress occasionné par la perte d'emploi de sa cliente qui a déclenché son accouchement un mois plus tard.

— Est-ce qu'elles peuvent le prouver ?

— Sans aucun doute. Tout cela va nous porter préjudice et peut nous coûter cher, commenta l'avocat en farfouillant dans ses documents. Puis-je me permettre une suggestion, monsieur Markovic ?

— Je vous écoute.

— Je conçois que vous n'ayez pas envie de vous mêler de cette affaire, mais, si vous consentiez à rencontrer Mlle Randall et à lui présenter éventuellement des excuses au nom de l'entreprise, alors il se pourrait qu'elle accepte de…

— C'est hors de question ! s'écria-t-il en se retournant. Je n'ai pas de temps à consacrer à cette femme, pas plus que je n'ai à m'excuser auprès d'elle. Quand sommes-nous assignés devant le tribunal ?

— Dans une semaine. Etant donné que Mlle Randall dépendait d'un de nos bureaux en Alaska, le procès doit se tenir à Anchorage. Il est encore temps pour vous de…

— Je viens de vous dire non ! C'est à vous de régler cette affaire. C'est pour cela que je vous paie, vous et vos collègues. Bien sûr, si vous n'êtes pas capable d'effectuer votre travail…

Il s'interrompit, laissant la menace suspendue dans l'air.

— Ce sera tout pour l'instant, ajouta-t-il.

— Très bien, monsieur Markovic. Nous ferons de notre mieux.

Et, reprenant fébrilement ses documents, l'avocat sortit de son bureau.

Une fois la porte refermée, Dragan se tourna de nouveau vers la baie vitrée. Il jura alors en croate, sa langue natale, puis se mit à scruter le brouillard. Il était si remonté qu'il avait envie de renvoyer tous les avocats de la Trans Pacific et de se payer les services d'un grand homme de loi qui connaissait le système. Car, au train où allaient les choses…

Le gémissement mélancolique d'une corne de brume le fit soudain sursauter et le rappela à l'ordre : il gaspillait son temps pourtant précieux ! Fort de cette pensée, il se rassit à son bureau, alluma son ordinateur et rechercha dans les archives le fichier personnel de Tessa Randall. Il ne l'avait jamais ouvert, mais, comme son équipe juridique semblait se trouver face à une impasse, il était temps qu'il jette lui-même un œil à ce dossier.

La photo révélait une rousse à la crinière léonine, d'une beauté surprenante, et dotée d'un regard noisette qui semblait vous mettre au défi. En un mot, elle était sacrément sexy.

Son statut indiquait qu'elle était célibataire, et ne mentionnait ni mariage ni divorce durant ses six années d'exercice à la Trans Pacific. Cependant, comme elle était tombée enceinte, il y avait forcément un homme tapi dans l'ombre, mais il n'apparaissait nulle part. En revanche, le dossier rengorgeait d'excellentes références. Non seulement Mlle Randall parlait couramment le japonais, mais elle possédait des qualités de négociatrice hors pair. Compte tenu de tous les cargos de la société en partance pour le Japon, chargés notamment de bois, d'acier et d'autres matériaux de construction, il n'avait pas dû être aisé de la remplacer.

Intrigué, il parcourut le reste du fichier. Il n'y avait aucune précision au sujet de son licenciement, juste la date. Curieux. Une partie du dossier avait-elle été détruite ?

Selon les dernières données enregistrées, la jeune femme résidait actuellement à Bellingham, à une centaine de kilomètres de Seattle. Quoi qu'il en soit, elle devrait se rendre à Anchorage pour le procès. La question pour lui était de déterminer si l'affaire lui tenait à cœur au point qu'il dégage un créneau dans son agenda pour y aller lui aussi.

Poussant un soupir, il referma le dossier et éteignit son ordinateur. Il s'était imaginé que son équipe juridique pourrait rapidement régler ce litige qui lui était apparu au départ fort banal, mais il sentait à présent poindre les ennuis. Au fond, affronter Tessa Randall, au tribunal ou en dehors, serait peut-être la seule façon de donner du poids à sa cause et d'éviter que la réputation de la Trans Pacific n'en pâtisse. A cet effet, il avait besoin d'un plan bien précis, sans compter qu'il lui fallait retrouver les pièces manquantes de l'histoire. S'il découvrait que la jeune femme avait été lésée, il la dédommagerait, bien entendu, mais en aucun cas il ne permettrait qu'on salisse sa société.

Bellingham, Etat de Washington
Six jours plus tard

Non, ce n'était pas possible ! Son vol ne pouvait pas être annulé !

Tessa fouilla fébrilement dans son sac pour trouver sa boîte d'ibuprofène, l'ouvrit et balaya des yeux le terminal, en quête d'une fontaine d'eau. En désespoir de cause, elle avala ses deux comprimés à sec, ce qui lui valut un haut-le-cœur.

Cela faisait des semaines qu'elle avait réservé une place sur Alaska Airlines pour un vol à destination d'Anchorage, et ses parents avaient accepté de garder les jumelles pendant quelques jours, le temps qu'elle assiste au procès contre son employeur. Mais, alors qu'elle pensait avoir pris toutes ses dispositions, sa mère était tombée et s'était cassé le pied ! Et, pour couronner le tout, son avocate, Helen Carmichael, l'avait prévenue que, si elles demandaient des dommages et intérêts élevés, l'affaire risquait de traîner en longueur durant des semaines. N'ayant plus d'autre choix que d'cmmener ses jumelles à Anchorage, elle avait appelé la compagnie pour réserver deux sièges supplémentaires. Hélas, le vol était complet !

Helen, une merveille d'efficacité, avait alors trouvé un vol charter pour elle et ses jumelles, puis déniché une nourrice qui s'occuperait de ces dernières sur place. Elle avait cru ses problèmes résolus. Jusqu'à maintenant.

Luttant contre les larmes de frustration qui lui montaient aux yeux, elle se dirigea vers la salle d'attente, où son amie Penny, qui l'avait conduite à l'aéroport, surveillait les jumelles.

Attachées dans leur poussette à deux places, Maddie et Missy attiraient l'attention des passagers. Il fallait dire que, vêtues de salopettes roses, avec leurs yeux bleus et leurs boucles rousses, elles étaient vraiment adorables. Toutefois, quand les petites étaient fatiguées, elles pouvaient devenir deux véritables trublions.

Et actuellement elles étaient fatiguées.

Dès qu'elles virent leur mère, elles commencèrent à hurler, et à s'arc-bouter contre les sangles qui les maintenaient dans leur poussette. Et plus Tessa se rapprochait, plus les cris devenaient aigus. Les petites tendaient désespérément leurs bras vers elle, Missy voulant être prise et cajolée, tandis que Maddie souhaitait juste qu'on la libère afin de gambader tranquillement.

Tessa sentit sa migraine augmenter d'un coup, et pesta contre l'ibuprofène qui n'agissait pas assez vite.

— Qu'est-ce qui se passe ? s'enquit Penny.

Sa pétillante amie était elle-même mère d'un enfant de trois ans, au sein d'un mariage paisible et heureux. Et, comme Penny la connaissait bien, elle avait aussi tout de suite deviné qu'il y avait un problème.

— Tu ne vas pas le croire, commença Tessa, mais mon vol est annulé. L'avion a apparemment un problème.

— Et sur quel autre avion a-t-on prévu de t'enregistrer ?

— La réceptionniste s'est contentée de hausser les épaules quand je lui ai posé la question. Incroyable ! Mais, s'ils espèrent s'en sortir ainsi, ils se mettent le doigt dans l'œil. Je vais y retourner et négocier sérieusement l'affaire. Je ne peux pas renoncer à ce voyage ! Comme j'ai senti que la discussion allait être longue, j'ai préféré te prévenir.

— Oh ! ne t'inquiète pas, j'ai tout mon temps ! répondit Penny. Les filles vont bien finir par s'endormir, ajouta-t-elle après un coup d'œil aux jumelles.

— Il y a des gâteaux secs et du jus de fruits dans le sac à langer, précisa Tessa. Ça les apaisera peut-être. Je suis vraiment désolée, Penny, je sais que tu as autre chose à faire.

— Ne t'inquiète pas pour moi. Et ne reviens pas avant d'avoir obtenu un autre vol.

Les jumelles se remirent à hurler de plus belle quand elle s'éloigna, et leurs cris lui fendirent le cœur, mais elle se garda bien de se retourner, de peur d'aggraver les choses. Quel pétrin ! Elle regrettait presque de ne pas avoir accepté la somme généreuse que lui avaient offerte les avocats de la Trans Pacific. Mais, comme Helen, fervente défenseuse du droit des femmes, le lui avait rappelé, il ne s'agissait pas simplement d'argent. Ce procès était censé servir d'exemple et faire jurisprudence pour la Trans Pacific.

Redressant les épaules et serrant les mâchoires, elle se dirigea d'un bon pas vers le comptoir de la Nordwest Charter Air, où elle avait enregistré ses bagages.

— C'est un scandale, commença-t-elle. J'ai mes billets et mes réservations. Je ne partirai pas d'ici tant que vous ne m'aurez pas trouvé un autre vol pour Anchorage.

L'hôtesse derrière le comptoir ne parut pas ébranlée par ses propos.

— Je suis désolée, tout est complet, il n'y a aucun autre avion disp…

— Je peux peut-être vous aider.

La voix de baryton qui venait de s'élever derrière elle résonna dans tout son être, et lui fit l'effet d'une caresse prodiguée par des doigts gantés de velours. Ourlé d'un subtil accent, ce phrasé était aussi sensuel et profond que le ronronnement d'un félin.

Elle se retourna vivement et retint de justesse une exclamation de surprise.

L'homme qui se tenait devant elle affichait une haute carrure et exhalait d'emblée la puissance et la virilité. Il avait les cheveux bruns et les yeux d'un gris acier bien particulier ; avec ses pommettes slaves et ses mâchoires carrées, il en imposait. Il portait un simple jean, une chemise en lainage et une veste en peau de mouton. Toutefois, la Rolex qu'il arborait au poignet en disait long sur sa fortune. Son regard adamantin et son accent d'Europe de l'Est lui auraient aisément permis de jouer le méchant, dans un film d'espionnage hollywoodien.

Elle ne le connaissait pas, elle n'aurait jamais oublié une telle présence, et pourtant il y avait en lui quelque chose de familier. Etait-ce un acteur ? Ou bien un animateur de télévision ? Il ne s'était pas présenté. Avait-il pensé qu'elle le connaissait ?

Se ressaisissant, elle renchérit :

— Pardon ? Vous venez de m'offrir votre aide ?

— Désolé, mais je n'ai pu m'empêcher d'écouter votre conversation, reprit-il. Je décolle pour Anchorage dans quelques minutes, et j'ai beaucoup de place à bord de mon avion privé. Vous êtes la bienvenue. Gratuitement, bien sûr.

— Vous êtes sérieux ?

Elle ne savait qu'en penser. Cette proposition inattendue arrivait de façon on ne peut plus opportune. N'était-ce pas un piège ? Elle ne serait jamais montée dans la voiture d'un inconnu, et en l'occurrence il lui fallait peser le pour et le contre avant d'embarquer dans l'avion de cet homme avec ses deux enfants.

— Mon appareil m'attend à l'extérieur, insista-t-il, vraisemblablement conscient de son débat intérieur. Il se trouve que je suis le copropriétaire de la compagnie charter sur laquelle vous deviez voyager. Si vous craignez pour votre sécurité, Mlle Harris, qui se trouve derrière ce comptoir, peut vous rassurer sur mon compte, n'est-ce pas, Marlene ?

— Oh oui, monsieur ! minauda l'intéressée. Absolument.

— Eh bien, décidez-vous, mademoiselle ! Il faut que nous partions avant que le brouillard ne tombe.

Il s'exprimait en homme habitué à commander et à être obéi.

Comment aurait-elle pu refuser, alors que c'était sans doute son unique chance de gagner Anchorage avec ses jumelles ? Elle sauta le pas.

— Entendu, répondit-elle, je serais ravie d'accepter votre aimable proposition.

— Parfait, déclara-t-il en jetant un coup d'œil à ses bagages.

Ceux-ci contenaient plus de babioles destinées aux jumelles que d'affaires personnelles.

— Ce sont les vôtres ? poursuivit-il. Je vais les transporter à bord.

— Euh, oui, merci… Excusez-moi, il faut que j'aille chercher quelque chose. J'en ai pour deux minutes.

Et elle se précipita dans le couloir qui menait à la salle d'attente. Elle aurait probablement dû prévenir son « sauveur » qu'elle voyageait avec ses jumelles, mais elle ne voulait pas prendre le risque de le voir changer d'avis. D'ailleurs, n'avait-il pas prétendu qu'il avait beaucoup de place à bord ? Et puis, même dans un petit avion, le vol de Bellingham à Anchorage ne devait pas prendre plus de deux heures. En quoi la présence d'enfants pouvait-elle le déranger ?

Quel homme fascinant, tout de même ! Mais pourquoi ce visage slave si bien ciselé lui semblait-il familier ? Où l'avait-elle déjà vu ? Dans un magazine ? Si elle ne se rappelait pas son nom rapidement, elle devrait surmonter sa gêne et le lui demander.

Dragan regarda Tessa Randall s'éloigner, admirant la façon dont son pantalon épousait ses jolies fesses. Dommage que le procès sur le point de les opposer l'empêchât de lui faire des avances, car elle incarnait vraiment son type de femme : pas trop grande, avec des formes là où il le fallait et pleine d'allant. Elle devait se transformer en véritable lionne, entre les draps… Au fond, qui savait ce qui pourrait se passer après le procès, si chacun en ressortait satisfait ?

Il secoua la tête, amusé par les méandres qu'empruntait

son esprit. Il aimait les jolies femmes et il assumait. Tant qu'elles n'attendaient rien d'autre de lui que quelques dîners et des nuits déchaînées, et éventuellement un bracelet de diamants comme cadeau de rupture, cela lui convenait tout à fait. Les émotions et autres complications représentaient juste une perte de temps et d'énergie.

Quant à l'amour, si tant est qu'il existât, il n'avait pas de place dans son monde. Depuis le décès de son oncle qui l'avait emmené aux Etats-Unis après la tragédie de Sarajevo et élevé comme un fils, il était seul sur terre. Pas de famille, ni d'attache de quelque nature que ce soit. Mais cela ne le dérangeait absolument pas. Au contraire, sa vie en était bien plus simple ; de la sorte, il pouvait se concentrer sur la compagnie de transport maritime dont il avait hérité et qu'il avait transformée en un empire étendant ses tentacules de l'autre côté de l'océan Pacifique.

Son nouvel hydravion était ravitaillé en carburant et attendait sur le tarmac. Dragan avait demandé que l'on transporte les bagages de Mlle Randall, une grande valise et deux autres plus petites, dans le porte-bagages de l'appareil. A l'expression du porteur, il en conclut que le tout était très lourd : la demoiselle devait avoir apporté toute sa garde-robe pour son séjour à Anchorage ! Il ne lui restait plus qu'à prier pour qu'elle n'en ait pas besoin et qu'ils parviennent rapidement à signer un accord à l'amiable.

Les yeux rivés à l'appareil, il en admirait le puissant turbopropulseur, l'aile bien profilée et l'arrière rutilant. Ce Pilatus P-6, construit par une société suisse et plus connu sous le nom de Porter, avait été conçu pour les décollages et atterrissages sur pistes courtes, ce qui le rendait idéal pour l'Alaska. Il sortait tout juste de l'usine et était doté de flotteurs munis de roues aux pneus résistants pour un atterrissage sur terrain escarpé. Il voyait en lui le symbole de la liberté car cet engin pouvait le conduire partout où il le désirait. Dragan était impatient d'essayer son nouveau jouet, surtout en compagnie d'une belle rousse.

Allons, ce n'était pas un voyage pour le plaisir ! S'il ne pouvait pas faire fléchir Mlle Tessa Randall et parvenir à un accord avec elle, ils se retrouveraient devant la justice.

S'ils en arrivaicnt là, les masques tomberaient. Ses avocats n'hésiteraient pas à recourir aux pires méthodes pour la discréditer. Et de son côté, l'avocate de Tessa, Helen Carmichael, dont la réputation n'était plus à faire, mettrait tout en œuvre pour dresser un portrait terrifiant de la Trans Pacific, qu'elle dépeindrait comme une société exploitant les femmes et les licenciant quand elles étaient enceintes. D'une façon ou d'une autre, une bataille juridique aurait d'affreuses répercussions, à moins que la délicieuse Tessa Randall n'accepte l'accord avantageux qu'il entendait lui proposer.

Avait-elle reconnu l'étranger qui venait de lui offrir une place dans son jet ? Comme elle n'avait rien manifesté, il en concluait que non, ce qui en soi n'avait rien de surprenant. La Trans Pacific était une immense société et, en tant que P-DG, il avait tendance à travailler en coulisses et n'avait affaire qu'aux cadres de haut niveau. Il n'était même pas certain d'avoir mis les pieds dans les bureaux d'Anchorage à l'époque où elle y travaillait.

Elle finirait forcément par apprendre son identité, mais il était a priori plus prudent d'attendre qu'ils aient décollé ; sans quoi, tout le plan qu'il avait savamment conçu — le repérage de son vol, puis l'annulation de son charter par ses soins et son apparition opportune afin de lui offrir ses services — n'aurait servi à rien.

Il jeta un coup d'œil à sa montre. Elle était partie depuis

plus de cinq minutes maintenant, sans doute était-elle allée aux toilettes, mais elle devait faire vite, car le brouillard progressait rapidement dans le détroit. Pour des raisons de sécurité, il leur fallait décoller avant que l'aéroport ne soit noyé dans un nuage de brume grise.

Il était prêt à aller la chercher lorsqu'il entendit le bruit de ses bottes en crêpe derrière lui. Soulagé, il se retourna… et se figea.

Lui qui s'enorgueillissait d'être capable de braver toute situation n'était absolument pas prêt à affronter pareil cauchemar.

Tessa Randall avançait vers lui précédée d'une poussette — un de ces trucs particulièrement hideux à deux places. Le jaugeant de leurs yeux bleu lavande comme s'il était leur prochaine victime, deux petites filles aux cheveux roux comme leur mère en occupaient les sièges.

- 2 -

Tessa perçut immédiatement le déplaisir et l'éclair de panique qui traversa le regard de l'inconnu, alors que la plupart des gens arboraient un large sourire ou devenaient même gâteux à la vue de ses adorables jumelles. Cet homme-là la fixait comme si elle promenait deux bombes à retardement.

Il l'accueillit dans le plus grand silence, puis s'éclaircit la voix.

— Eh bien, voilà qui est inattendu ! commenta-t-il.

Elle releva le menton et croisa son regard.

— Vous comprendrez que je ne peux les laisser seules à la maison. Et, comme vous m'avez dit que vous aviez beaucoup de place dans votre avion…

Il soupira longuement.

— En effet. Vos bagages sont déjà à bord. En revanche, je ne sais pas si cette grande poussette va entrer. Et vous ne pourrez pas les tenir sur vos genoux pendant le vol, ni les laisser courir dans l'avion. Elles doivent absolument être attachées dans un siège.

— Pas de problème. Les cosys de leur poussette font aussi sièges auto, et celle-ci se plie facilement.

— Je vois, fit-il en jetant un coup d'œil aux filles.

Maddie était en train de se battre contre ses sangles, mais Missy lui adressa un adorable sourire qui aurait fait fondre un cœur de glace. Toutefois, celui de cet individu devait être taillé dans du granit !

— Nous perdons du temps, décréta-t-il. Le brouillard menace, il faut partir sans tarder.

Il lui tint la porte tandis qu'elle faisait rouler la poussette vers l'avion qui les attendait. L'engin d'acier, avec son long nez fuselé, était flambant neuf. Durant les six années passées à Anchorage pour la Trans Pacific, elle avait vu de nombreux petits avions, des Beaver, des Otter, des Cessna et des Poper, mais jamais un engin comme celui-ci, avec un train d'atterrissage personnalisé, muni à la fois de flotteurs et de roues.

Il lui ouvrit la portière côté passager.

— Détachez les sièges et montez, dit-il. Je vous les passerai ensuite.

Oui, il était habitué à donner des ordres. En l'occurrence, elle ne vit aucune raison de s'opposer à lui, ses propos étant parfaitement sensés. Et puis, elle était soulagée qu'il n'ait pas créé de problèmes à propos de ses filles : après tout, il aurait tout à fait pu revenir sur sa proposition. Elle détacha les leviers qui maintenaient les sièges à la poussette et prit appui sur le flotteur afin de grimper dans le cockpit.

— Attention, marmonna-t-il.

Et il lui tendit la main pour qu'elle garde l'équilibre.

S'agrippant à ses doigts vigoureux afin de se hisser dans l'avion, elle sentit passer un courant électrique entre eux et, quand il la relâcha, son pouls battait très fort. Entre sa grossesse et le temps passé à s'occuper de ses jumelles, elle avait presque oublié ce qu'était la caresse d'un homme.

Cet inconnu bien obligeant avait-il eu l'intention de la séduire, en l'invitant à voyager avec lui ? Si tel était le cas, elle pouvait remercier ses jumelles d'avoir douché ses ambitions. Elle ne recherchait pas d'aventures sans lendemain. Si un homme devait de nouveau faire partie de sa vie, il faudrait qu'il soit affable et responsable, désireux d'une relation stable et avoir l'étoffe d'un père pour ses fillettes.

A l'intérieur de l'avion régnait la même odeur que dans une voiture neuve. Les sièges étaient en cuir beige clair, et le tableau, doté de cadrans et d'indicateurs lumineux, en beau bois veiné. Qui que soit son sauveur, il était loin d'être pauvre.

Depuis le seuil, elle attendit qu'il soulève un premier siège, celui de Maddie, et le porte jusqu'à elle. Les jumelles étaient assez âgées pour percevoir une situation étrange et réagir. Maddie poussa un cri perçant, bientôt imitée par sa sœur.

— Grands dieux, prenez-la ! s'exclama-t-il en lui tendant son enfant.

Elle obtempéra sans discuter et posa le cosy de Maddie sur la banquette arrière, puis revint vers la porte où elle s'empressa de saisir une petite Missy dans tous ses états. L'expression contrariée qui se lisait sur le visage hautain de son hôte se passait de tout commentaire.

Elle s'affaira ensuite à attacher le siège de ses filles à l'arrière de l'avion. Celles-ci continuaient à crier et de grosses larmes roulaient sur leurs joues ; elle moucha leur petit nez, les embrassa et leur murmura de vains mots de réconfort. Quand elle regarda de nouveau vers la porte, elle vit le propriétaire de l'avion se bagarrer avec le châssis de la poussette pour le refermer. Sourcils froncés, il leva les yeux.

— Comment diable faites-vous pour fermer ce truc ? demanda-t-il.

— Appuyez sur le bouton qui se trouve sur la poignée, répondit-elle sans s'émouvoir.

Cette fois, ce fut lui qui s'exécuta sans piper mot. Quand il en eut terminé, il s'installa dans le siège du pilote.

— C'est vous qui pilotez cet avion ? questionna-t-elle, surprise.

Il lui lança un regard en coin.

— Cela vous pose un problème ?

Elle secoua la tête.

— Dans ce cas, asseyez-vous, et attachez votre ceinture, poursuivit-il en lui désignant le siège voisin du sien. Nous allons décoller.

Elle s'efforça alors de ne pas prêter attention aux protestations toujours aussi fortes de ses jumelles, se glissa dans le siège avant et boucla sa ceinture.

De profil, le pilote lui parut soudain encore plus familier. Qui était-il, à la fin ? Cela devenait vraiment ridicule. Une fois qu'ils seraient dans les airs, elle lui poserait la question qui lui brûlait les lèvres.

— Tenez, dit-il en lui tendant un casque relié à un micro. Cela assourdira le bruit du moteur et nous permettra de discuter sans avoir à crier.

Elle s'en saisit et, avant de l'enfiler, jeta un coup d'œil à ses filles, à l'arrière. Elles pleuraient toujours, mais leurs voix faiblissaient un peu. Elles devaient être épuisées et, avec un peu de chance, elles finiraient par s'endormir.

Son mystérieux pilote avait mis son propre casque. Il vérifia les jauges, puis alluma le moteur. Le propulseur démarra sans heurt et elle lança un regard à ses filles : elles avaient les yeux écarquillés, mais ne semblaient pas perturbées par le bruit. Peut-être l'avion allait-il agir à l'instar d'une voiture, à savoir les bercer et les endormir.

Traversant le tarmac, l'avion gagna la piste de décollage.

Tessa sentait son pouls battre à cent à l'heure, et elle retint sa respiration lorsqu'il mit les gaz, tout en s'adossant à son siège. L'engin fila sur la piste, puis s'élança vers le ciel.

Quand elle sentit soudain le vent battre contre le fuselage, des doutes l'assaillirent : et si elle avait commis une erreur en confiant sa vie et celles de ses enfants à cet arrogant ? Et si, en réalité, il leur voulait du mal, ou bien n'était pas du tout qualifié pour les conduire sans dommage jusqu'à Anchorage ? Elle aurait dû insister auprès des hôtesses, et la compagnie charter aurait bien fini par lui trouver des places pour qu'elle arrive en temps voulu à destination.

Quand l'avion se remit à l'horizontale, elle put de nouveau respirer. Visiblement, l'homme assis à ses côtés était un pilote chevronné. Ses mains se déplaçaient avec l'assurance que confère l'expérience, et il affichait une expression calme et confiante. Elle ignorait toujours ses intentions profondes, mais en tout cas il était compétent.

Comme s'il avait perçu l'insistance avec laquelle elle le regardait, il tourna la tête vers elle. Et, en cet instant, un détail de son visage, nettement éclairé, la frappa comme un coup de tonnerre.

Elle venait de le reconnaître !

Jusqu'à présent, elle ne l'avait jamais rencontré en chair et en os, mais elle avait vu sa photo dans les communiqués d'entreprise, lorsqu'elle travaillait pour la Trans Pacific. Il n'en était rien moins que le P-DG, secrètement rebaptisé « le Dragon » par ses employés, en partie en raison de son nom, mais surtout pour ses méthodes de management.

Oui, l'inconnu aux airs familiers n'était autre que Dragan Markovic, l'homme dont elle poursuivait la société en justice. Elle crut que son cœur allait s'arrêter de battre.

Dragan amorça le vol en palier à dix mille pieds et le Porter passa à sa vitesse de croisière, soit deux cent dix kilomètres/heure. Si le temps ne se détériorait pas, ils atteindraient Anchorage avant la tombée du jour, même en comptant l'escale prévue à Ketchikan pour le ravitaillement en carburant et l'achat d'éventuels en-cas.

Il pilotait depuis la fin de l'adolescence et avait l'habitude des petits avions. L'été précédent, il avait conduit des clients fortunés dans le chalet de sa société, situé dans une crique cachée au nord-est de Petersburg, afin qu'ils pêchent le saumon. Mais c'était la première fois qu'il parcourait une longue distance aux commandes de ce nouveau Porter. Pour l'instant, tout allait bien. Du moins en ce qui concernait l'avion.

Il jeta un coup d'œil en coin à la charmante rousse assise à côté de lui, murée dans le silence, les bras croisés. Etait-ce le vol qui la rendait nerveuse, ou autre chose la tracassait-il ?

Il avait espéré engager la conversation, c'était là d'ailleurs tout le but de sa manœuvre, mais elle ne lui facilitait pas la tâche.

— Tout va bien ? demanda-t-il dans le micro. Vous n'avez pas le mal de l'air ?

— Non, ça va, répondit-elle d'une voix tendue, à la respiration nettement saccadée. Mais je me demande bien quelles sont vos intentions, monsieur Markovic.

Elle venait donc de l'identifier — et ne se réjouissait visiblement pas de sa découverte !

Il hésita : devait-il se justifier ? Non, il en apprendrait plus en la laissant prendre les rênes de la conversation.

— Pourquoi ne m'avez-vous pas révélé qui vous étiez ? questionna-t-elle.

Pour gagner du temps, il vérifia son tableau de bord.

— Si vous l'aviez su, seriez-vous venue avec moi ?

— Certainement pas. Je ne suis pas censée vous parler. Mon avocate aurait une crise cardiaque si elle était au courant.

Sur ces paroles, elle se tourna sur son siège pour regarder ses jumelles.

— Connaissant la réputation de votre avocate, je n'en doute pas un instant, rétorqua-t-il. Comment vont vos filles ?

— Bien, elles sont presque endormies.

Elle se recala dans son siège.

— M'auriez-vous invitée à monter à bord si vous aviez su que j'emportais de tels bagages ?

Elle était plus mordante qu'il ne l'aurait cru. Il finit par émettre un rire crispé.

— J'invoque mon joker.

— J'ai bien vu votre expression déconfite quand je suis apparue avec mes jumelles, renchérit-elle. Vous n'aimez pas beaucoup les enfants, n'est-ce pas, monsieur Markovic ?

A cette question, il bloqua immédiatement les images qui s'apprêtaient à jaillir dans sa mémoire — des visages d'enfants aux joues creuses et aux yeux hantés par la peur, qu'il tentait d'oublier depuis vingt ans.

— Je ne ferai pas de commentaire à ce sujet, se contenta-t-il de répondre.

— Serez-vous plus bavard au sujet des motivations qui vous ont conduit à m'inciter à monter dans votre avion ?

Sur cette question, elle émit un petit claquement de langue désapprobateur.

— Vous m'avez dit posséder la compagnie de charters sur laquelle je devais voyager, poursuivit-elle. Auriez-vous quelque chose à voir avec l'annulation de mon vol ?

Jugeant inutile de répondre, il demeura silencieux.

Mais la voix de Tessa se fit plus glaciale quand elle reprit la parole.

— L'enlèvement est un crime fédéral, monsieur Markovic, d'autant que nous avons franchi la frontière des Etats-Unis et que nous survolons actuellement le Canada.

— Je ne vous ai pas kidnappée ! Je vous ai proposé de vous déposer à Anchorage, vous avez accepté et nous volons précisément dans cette direction. Nous atterrirons avant la tombée de la nuit. A propos, appelez-moi Dragan.

Elle ne répondit pas tout de suite, mais ses lèvres roses étaient maintenant si serrées qu'elles ne formaient plus qu'une ligne. Il sentait la tension, l'indignation et la fureur monter en elle. Il s'attendait donc à l'explosion qui suivit, mais elle le piqua néanmoins.

— C'est bien la première fois qu'on me joue un tour aussi méprisable, honteux, cynique, effronté, aussi…

Elle finit par balbutier de colère, les yeux rivés sur ses mains jointes.

— Avez-vous seulement une conscience, monsieur Markovic ? Comment avez-vous pu me manipuler de cette façon ?

— La question que vous devriez vous poser n'est pas comment, mais pourquoi.

— Très bien, alors pourquoi ? rétorqua-t-elle, le regard braqué à présent sur le ciel où s'amoncelaient des nuages. Je vous écoute, à supposer que vous ayez des explications à me fournir.

Il prit le temps de vérifier l'altimètre pour chercher ses mots.

— Dans une histoire, chaque partie détient sa version des faits, commença-t-il. Et, avant que nous nous retrouvions face à un juge, je tiens à entendre la vôtre.

— Dans ce cas, vous auriez pu tout aussi bien m'inviter à dîner, répliqua-t-elle d'un ton morne.

— Auriez-vous accepté ? Vous venez de dire que vous n'étiez pas censée me parler, une mesure restrictive que je trouve parfaitement absurde. Comment sommes-nous supposés résoudre nos problèmes si je ne sais même pas, avant que nous ne nous retrouvions devant le juge, ce qui vous tourmente exactement ? Je suis tout à fait prêt à vous écouter, vous pouvez me dire tout ce que vous avez sur le cœur. Je vous autorise même à me donner des noms d'oiseaux, si cela vous soulage.

— Ne me tentez pas ! Je vous rappelle que je ne travaille plus pour vous.

— Ce que je déplore, car votre CV est remarquable. Vous devez être très compétente.

— Vous avez lu mon dossier ?

— Bien sûr !

— Dans ce cas, vous savez sans doute que, avant d'être licenciée sous prétexte que je n'étais plus en mesure d'assurer les fonctions liées à ma position dans l'entreprise, j'avais adressé une demande aux ressources humaines pour exercer un travail de bureau, à Seattle. Evidemment, le poste était moins intéressant, mais, avec l'arrivée des jumelles, je n'aurais pas pu voyager comme avant et je souhaitais par ailleurs me rapprocher de mes parents, qui demeurent à Bellingham. J'ai rempli le dossier, mais je n'ai même pas obtenu d'entretien, juste un courrier m'indiquant que j'étais renvoyée.

— Pour tout vous avouer, j'ignorais que les choses s'étaient déroulées ainsi, car rien de tout cela ne figure dans votre dossier.

Il se rappela alors avoir eu l'impression qu'il y manquait des informations, quand il l'avait consulté.

— Cela ne me surprend pas du tout, rétorqua-t-elle. Vous devriez être plus attentif à ce qui se passe dans votre société, monsieur Markovic. Vos subordonnés sont aussi des êtres humains, si je puis me permettre.

Ses mots l'atteignirent en plein cœur. Etourdi, il finit par retrouver la voix.

— Appelez-moi Dragan, répéta-t-il. Et j'espère que vous allez développer ce que vous venez de sous-entendre.

— Oui, je le ferai. Demain, devant le juge.

Il se mordit la langue, espérant malgré tout qu'elle lui en dirait plus, mais elle s'enferma dans le silence. Fichtre ! Elle était plus coriace et plus intelligente que prévu. Et bien trop maligne pour discuter de l'affaire avec l'homme qui représentait l'ennemi à abattre. Il devait le porter à son crédit.

Pour autant, il n'était pas prêt à renoncer, mais au contraire bien résolu à briser coûte que coûte l'armure de Tessa Randall et à découvrir le mobile qui la poussait à le poursuivre en justice.

En même temps, il devait reconnaître que là n'était plus son unique motivation : Tessa possédait une personnalité des plus intéressantes, et il n'aurait de cesse de découvrir ce que cette belle rousse sexy avait sur le cœur — et pas simplement concernant leur affaire.

Tessa regarda à travers la fenêtre du cockpit. Elle avait souvent effectué le vol Seattle-Anchorage, mais toujours dans des avions commerciaux et le nez plongé dans ses dossiers. A présent, alors qu'elle volait à une vitesse et une altitude bien moins élevées que d'ordinaire, elle se rendait compte des vues à couper le souffle qu'elle avait manquées.

Des pics sculptés comme des glaciers, entourés de lacs

scintillants, pareils à des bijoux, se dressaient au-dessus de collines recouvertes de pins. Sur la droite, l'océan s'étendait jusqu'à l'horizon et la côte s'apparentait à un labyrinthe d'îles boisées et de criques inondées de soleil.

— C'est magnifique, murmura-t-elle, oubliant qu'elle avait un micro.

— N'est-ce pas ? renchérit-il d'une voix profonde qui la fit sursauter. Surprenant, ce que la nature a pu faire en quelques millions d'années.

— Quand je vois de si belles contrées, cela me donne envie d'oublier la laideur et la bassesse du monde.

Elle se força à rire et ajouta :

— Ce qui n'est en l'occurrence guère possible !

Il inclina l'avion sur le côté, de manière qu'elle puisse admirer une cascade spectaculaire, puis redressa l'appareil.

— Comment se fait-il que vous parliez japonais ? demanda-t-il tout à coup.

C'était une question neutre, à laquelle elle pouvait répondre sans grand risque.

— Mon père était militaire dans l'armée de l'air. Il a été affecté au Japon pendant plusieurs années. Nous avions des baby-sitters japonaises et regardions la télévision en japonais. Plus tard, j'ai fréquenté une école américano-japonaise.

— « Nous » ?

— Mon frère aîné et moi. Il est marié, à présent, et il travaille pour une grande banque londonienne. Mes parents, eux, vivent à Bellingham.

Il s'efforçait de l'amadouer, sans doute pour qu'elle finisse par lui révéler incidemment des informations qu'il utiliserait ensuite contre elle. Mais elle demeurait vigilante ; évoquer la famille constituait une façon comme une autre de passer le temps et ne présentait guère de danger.

— J'imagine que vos parents sont ravis d'être grands-parents.

— Oh oui ! Ma mère devait d'ailleurs garder les jumelles pendant mon voyage à Anchorage, mais elle s'est malheureusement cassé le pied juste avant. Et, maintenant que les filles savent marcher, il faut beaucoup d'énergie pour les surveiller !

Elle jeta un coup d'œil à l'arrière pour s'assurer qu'elles dormaient désormais profondément, ce qui était bien le cas.

— Comment s'appellent-elles ?

— Madelyn et Melissa, mais nous les surnommons Maddie et Missy.

De fait, elle adorait parler de ses jumelles : elle en était si fière !

— Je n'arrive pas à les différencier. Comment diable y parvenez-vous ?

— C'est facile : Missy a un petit grain de beauté sur l'oreille. Toutefois, outre ce détail, elles possèdent des personnalités très différentes. Missy est très câline, alors que Maddie est une petite exploratrice. Il suffit que vous tourniez le dos pour qu'elle vous échappe. Et puis, à présent, elles connaissent leur propre prénom, il est donc encore plus facile de les différencier.

Il parut réfléchir et finit par demander :

— Est-ce qu'il serait trop personnel de vous poser des questions sur leur père ?

« Oui », eut-elle spontanément envie de répliquer. Toutefois, si elle refusait de répondre, il allait imaginer qu'elle lui cachait une histoire qu'il pourrait utiliser contre elle pour la discréditer, par exemple un homme marié ou une rencontre d'un soir dans un bar. La vérité servirait davantage ses intérêts.

— C'était mon fiancé et il était journaliste. Nous devions nous marier au retour de sa mission au Moyen-Orient.

Elle s'efforça d'avaler le nœud qui venait de se former dans sa gorge. Deux années s'étaient pourtant écoulées, mais il était toujours douloureux d'évoquer Kevin.

— Il a été tué au Yémen, dans une voiture piégée. Quand cela s'est produit, je ne savais même pas que j'étais enceinte.

— Je suis désolé.

— Après sa mort, je n'avais plus envie de rien, mais mes bébés m'ont redonné le goût et une raison de vivre.

— Vous êtes passée par une sacrée épreuve.

— Bien plus rude que vous ne pouvez l'imaginer. Et c'est la raison pour laquelle j'ai assigné votre société en justice.

Ces ultimes propos réduisirent Dragan au silence, comme une porte que l'on claque à dessein derrière soi. Pour l'instant, il était préférable qu'il n'insiste pas, afin de ne pas la braquer : il avait en effet toujours bon espoir qu'elle lui livre sa version de l'affaire.

Il avait déjà appris quelques informations sur Tessa Randall qui lui faisait l'effet d'être une femme honnête ne convoitant pas spécialement l'argent d'autrui. Néanmoins, quel rôle jouaient son beau visage et sa charmante silhouette dans l'opinion qu'il s'était forgée d'elle ? Etait-il en train de penser comme un P-DG soucieux de défendre la réputation de son entreprise, ou avait-il envie d'attirer la belle Tessa dans son lit ?

Les nuages se déplaçaient le long de la côte, mais le ciel restait clair. Comme tout pilote digne de ce nom, il avait vérifié la météo avant de décoller : si une tempête se préparait dans le Pacifique, elle n'atteindrait toutefois pas les terres avant le lendemain matin. Ce qui leur laissait tout loisir d'arriver tranquillement à Anchorage. Et puis, le Porter était un engin merveilleux, son moteur ronronnait comme un chat satisfait.

Impossible d'expliquer alors la prémonition qui lui courait actuellement le long du dos, telle la caresse d'un doigt glacé. L'impression qu'un malheur imminent allait se produire. C'était un sentiment qui lui était familier depuis son enfance à Sarajevo, quand les cartouches et les mortiers pleuvaient du ciel pour exploser en salves qui évoquaient le feu de l'enfer. A l'époque, le sixième sens qu'il avait développé pour anticiper le danger lui avait permis de survivre. Mais, en l'occurrence, pourquoi éprouvait-il cette sensation ? Tout allait pour le mieux, non ?

Quand Ketchikan se profila, les jumelles se réveillèrent et commencèrent à se manifester. Comme prévu dans le plan de vol, il devait y atterrir pour ravitailler l'appareil. Les flotteurs effleurèrent l'eau lorsqu'il se posa avant de rouler jusqu'à la station d'approvisionnement en carburant de l'aérodrome. De l'autre côté du port, la ville s'étendait au bord d'une étroite bande de montagnes semées de pins. L'automne était déjà là : les navires de plaisance avaient déserté la marina, et les boutiques de souvenirs étaient fermées. Seuls les bateaux de pêche naviguaient encore, en vue des dernières prises de la saison.

Tandis que Tessa changeait ses fillettes et leur donnait à manger, Dragan demanda qu'on remplisse l'avion, puis se dirigea vers le terminal pour payer. En passant devant un café, il acheta deux sandwichs et des bouteilles d'eau. A son retour, Tessa était rassise à sa place et les enfants bien attachées dans leur siège.

— Poulet ou jambon ? demanda-t-il en brandissant les sandwichs. Vous avez le choix.

— Peu importe, répondit-elle. En revanche, il faut que j'aille aux toilettes pour me débarrasser de cela, ajouta-t-elle en soulevant un sac en plastique nauséabond. Est-ce que vous pouvez les surveiller quelques minutes ? Je reviens tout de suite.

Et, sans attendre sa réponse, elle ouvrit la portière passager pour se laisser glisser sur le flotteur d'où elle monta sur le quai. Il la regarda jeter les couches dans une poubelle puis remonter la passerelle qui menait au terminal, son sac à main sur l'épaule.

Tout en mordant dans le sandwich au jambon, il continua à la suivre du regard et à admirer l'assurance et l'énergie de son pas. C'était indubitablement une femme forte. Et il fallait qu'elle le soit pour avoir survécu aux épreuves qu'elle avait traversées ! En outre, elle était intelligente et il aimait les femmes à l'esprit vif. Les insipides et les pots de colle ne présentaient aucun défi pour lui. En revanche, la perspective de séduire Tessa Randall et de l'attirer dans son lit pour la rendre folle de plaisir suffisait à allumer un incendie en lui. Eh bien ! une bonne douche froide s'imposerait à son arrivée. Il ne pouvait absolument pas se laisser distraire par l'attirance qu'elle exerçait sur lui, ni oublier pourquoi ils se trouvaient là. Tessa et son avocate s'apprêtaient à traîner son nom dans la boue, et il serait bien fou de le négliger.

Un léger roucoulement à l'arrière attira tout à coup son attention. Il se retourna et vit que les jumelles de Tessa le regardaient fixement. Un somme et un repas avaient transformé cette paire de petites diablesses en deux chérubins sortis tout droit d'un tableau de la Renaissance, avec leurs boucles à la Titien et leurs yeux bleu azur.

En général, il évitait les enfants. Leur innocence lui tordait le cœur, remuant en lui de sombres souvenirs, des images et des bruits qu'il tenait à oublier. D'ailleurs, il s'était juré de ne jamais avoir d'enfants, il y avait trop de souffrance en ce monde, trop de danger.

Il fronça les sourcils. La petite fille sur la droite lui sourit alors et se mit à rire. L'autre lui rendit son froncement de sourcils. Tessa l'avait prévenu qu'elles possédaient deux personnalités bien différentes, et elles venaient de lui en apporter la preuve.

— Eh bien, que pensez-vous de cette petite escapade ?

Sa voix surprit l'enfant qui souriait et elle écarquilla les yeux, tandis que sa sœur arborait toujours le même air suspicieux.

— Si vous saviez parler, que me diriez-vous, les filles ?

— Pa, commença celle qui était vraisemblablement Missy.

Puis elle se mit à gazouiller et à émettre des sons incompréhensibles — sa version à elle de la conversation ! Quand elle tourna la tête, il repéra sur son lobe le grain de beauté dont Tessa lui avait parlé. Il ne s'était pas trompé, c'était bien Missy.

— Et toi, Maddie, renchérit-il en s'adressant à sa sœur, que penses-tu de tout cela ?

— Pfft ! fit-elle.

Et l'expression de son mépris fut ponctuée par une impressionnante bulle de salive.

Il ne put retenir un petit rire : en voilà une qui disait franchement ce qu'elle pensait !

— Je vois que l'on fait connaissance.

Tessa venait de remonter dans l'avion et d'en fermer la porte.

— Vous avez raison, elles ont deux personnalités bien différentes, renchérit-il.

— Vous voyez ! Maddie est dynamique, comme son père, tandis que Missy me ressemble davantage.

— Câline, c'est ainsi que vous l'avez décrite, non ? Donc, vous êtes câline ?

Et comme il aurait aimé pouvoir le vérifier !

— Je m'abstiendrai de tout commentaire, répliqua-t-elle froidement.

Elle boucla sa ceinture et remit son casque, comme pour le réduire au silence.

— On peut y aller, ajouta-t-elle.

Il s'éloigna du point de ravitaillement en roulant et plissa le nez face au vent qui se levait. L'avion effleura de nouveau l'eau, puis s'élança vers le ciel. L'air devenait de plus en plus agité, des turbulences ballottant l'aile et le fuselage. Rien qu'il ne puisse gérer, bien entendu, mais il serait soulagé quand ils arriveraient à Anchorage.

En même temps, il savait son temps limité pour apprendre tout ce qu'il voulait savoir sur Mlle Tessa Randall. Jusqu'à présent, il n'avait pas réalisé de grands progrès.

Elle termina son sandwich et demeura taciturne tandis que l'avion s'élevait au-dessus des turbulences pour voler dans un espace plus calme. Le voyage la rendait-il nerveuse, ou avait-il dépassé les bornes en lui demandant si elle était câline ? Peut-être avait-elle réfléchi, quand elle s'était retrouvée seule dans le terminal, et conclu qu'elle avait été trop cordiale avec un homme qui projetait de l'anéantir devant le tribunal.

Seuls les gazouillis de Missy rompaient maintenant le silence. Dieu merci, les jumelles semblaient apprécier le ronronnement du moteur et le bercement de l'avion ! Pourvu qu'elles continuent à se tenir tranquilles.

Ils venaient de survoler le vieux village de pêcheurs

de Petersburg, et se dirigeaient vers Sitka quand Dragan jeta un coup d'œil à la jauge de carburant.

Il crut que son cœur allait cesser de battre.

L'aiguille indiquait que le réservoir était presque vide !

- 3 -

Dragan regardait fixement la jauge, incrédule. Il avait bien vu le pompiste ravitailler l'appareil à Ketchikan et, étant donné la distance qu'ils venaient de parcourir, il aurait encore dû être plein aux trois quarts. Mais il était bien obligé de se rendre à l'évidence : le réservoir était presque vide.

Il fallait absolument réapprovisionner l'avion, il n'y avait aucune autre solution. Peut-être s'agissait-il d'un problème au niveau de la conduite de carburant, à moins que le réservoir ne soit percé. Ou que le couvercle ne soit pas étanche. Bref, peu importait la cause, il devait atterrir de toute urgence avant que le moteur ne s'arrête en plein vol.

S'efforçant de rester calme, il jeta un coup d'œil à Tessa. Elle admirait le paysage par la fenêtre et n'avait rien remarqué. Parfait ! Inutile d'avoir à gérer sa panique, il ne l'informerait pas de la situation avant d'avoir un plan B.

Au-dessous d'eux se dessinait un immense puzzle d'îles, de criques et de fjords. Un amerrissage ne devait en principe poser aucun problème, mais, s'ils se retrouvaient dans une étendue déserte, ils seraient loin de tout ; or, à bord, il y avait une femme, deux bébés, et pas la moindre provision. Certes, l'avion possédait une radio, mais, vu la tempête qui s'annonçait, aucun secours ne pourrait venir jusqu'à eux. Il devait absolument trouver un endroit où ses vulnérables passagères seraient en sécurité !

Les nuages se formaient devant eux, lui obstruant déjà la vue. Il devait prendre une décision, et vite !

Petersburg était trop loin derrière pour qu'il fasse demi-tour, et Sitka hors de leur portée. Il était possible en revanche que le chalet de la société, où étaient conduits en avion ses riches clients, soit envisageable. Il vérifia le GPS de l'avion. Le chalet se trouvait à quarante kilomètres au nord-est. C'était la meilleure solution, pour ne pas dire leur unique chance.

Inclinant l'avion sur le côté, il vira brusquement à droite. Ce changement attira aussitôt l'attention de Tessa.

— Que se passe-t-il ? demanda-t-elle. Pourquoi faites-vous demi-tour ?

Il s'efforça alors de lui répondre avec calme.

— Nous perdons du carburant. Le réservoir est presque vide. Il faut que nous atterrissions tant que c'est encore possible.

— Atterrir ? répéta-t-elle en braquant un regard affolé sur la mosaïque de forêts et d'eaux qu'ils survolaient.

— La société possède un chalet à quelques kilomètres d'ici. Si nous l'atteignons, nous serons à l'abri en attendant les secours.

Elle demeura silencieuse un bon moment. Et puis elle se tourna soudain vers lui et l'agrippa par la manche.

— Je ne vous crois pas ! s'écria-t-elle. C'est juste une ruse pour que je ne puisse pas me présenter devant le tribunal. Faites demi-tour ou je vous jure que je vous fais arrêter pour enlèvement.

— Regardez vous-même la jauge de carburant, Tessa ! répliqua-t-il. Je ne suis pas en train de vous jouer un mauvais tour, c'est la vérité, hélas ! Et maintenant, lâchez-moi, et priez pour que nous atteignions le chalet avant que je ne sois contraint d'atterrir dans un *no man's land*.

Le relâchant, Tessa se mit à fixer la jauge de carburant. L'aiguille frôlait en effet le zéro. S'il lui jouait un tour, c'était convaincant.

L'avion se mit à descendre dans les nuages. Une rafale de vent mugissant fit tout à coup vibrer le fuselage. Fortement secoué, l'appareil effectua une embardée. Les jumelles commencèrent à hurler, et Tessa voulut se détacher.

— Mais qu'est-ce que vous faites ? tonna Dragan.

— Mes filles…

— Elles sont en sécurité là où elles se trouvent. Et vous aussi. Ne bougez pas.

Elle se cala sur son siège, s'apprêtant à affronter les turbulences, les yeux rivés au paysage obscurci par les nuages, en quête d'un signe indiquant la présence du chalet qu'il avait évoqué. Mais elle ne distinguait rien à part de l'eau et des arbres, ainsi que des espaces à découvert, qu'elle pensait être des marais. Une nuée de mouettes blanches passa subitement devant l'avion, manquant de peu le pare-brise.

Dragan semblait calme, concentré sur le tableau de bord. Mais un muscle de sa mâchoire tressaillit soudain, trahissant son malaise. En raison des nuages, il était de plus en plus difficile de distinguer le sol. Il devait sans doute s'en remettre pour partie au GPS et, à son expression, il était manifeste qu'il n'avait pas encore trouvé ce qu'il cherchait. Consciente qu'il requérait une concentration totale, elle se garda d'ouvrir la bouche et de s'agiter sur son siège.

Même coiffée du casque, elle entendait les pleurs de ses jumelles au-dessus du vrombissement de l'avion, et elle devait faire appel à toute sa raison pour ne pas se détacher et les prendre dans ses bras. Mais Dragan avait raison : elles étaient bien plus en sécurité à l'arrière.

— Ça y est ! Je l'ai repérée. Cible à 2 heures.

Elle tressaillit en entendant la voix de Dragan résonner dans le casque. Alors, à travers les arbres, dans la direction qu'il venait d'indiquer, elle repéra effectivement quelque chose de plat et de marron, au pied d'une crique. Et de nouveau les nuages lui cachèrent la vue.

— Cramponnez-vous bien ! Nous allons amerrir.

A peine avait-il parlé que l'avion s'inclina vers la droite puis se redressa pour amorcer la descente. Soudain, le moteur crachota et se coupa.

Un silence terrifiant s'ensuivit. Elle retint son souffle. Allaient-ils atteindre la crique ou s'écraser dans les arbres ? Qu'allait-il arriver à ses filles ?

Le temps se suspendit tandis que l'avion glissait à travers les nuages, toujours secoué par le vent. Les flotteurs frôlèrent les cimes des arbres et, l'instant d'après, l'avion, tel un oiseau majestueux, se posait sur l'eau, à une vingtaine de mètres du rivage.

La pluie crépitait à présent sur le pare-brise. Au-delà de la grève, entre d'épais sapins, elle distingua une imposante demeure en bois. Où qu'ils soient, ils avaient au moins un endroit où se réfugier.

Dragan coupa le contact, enleva son casque, et poussa un immense soupir.

— Vous pouvez prendre vos filles, maintenant, lui dit-il. Faites en sorte qu'elles se tiennent tranquilles, car je dois lancer un appel radio pour qu'on nous vienne en aide.

Les jumelles hurlaient de toute la force de leurs petits poumons. Elle se détacha et se glissa à l'arrière. A la vue de leur mère, leurs cris diminuèrent un peu. Elle défit leur harnais et les prit sur ses genoux pour les serrer très fort contre elle. Quand elles étaient toutes petites, il était facile de les tenir ainsi, mais, maintenant qu'elles étaient plus grandes et vigoureuses, c'était une autre paire de manches. Missy avait passé les bras autour du cou de Tessa, s'accrochant à elle comme si elle ne la laisserait plus jamais partir. Quant à Maddie, elle se débattait déjà pour descendre explorer l'avion.

Un élan d'amour maternel la consuma : ses jumelles représentaient toute sa vie. Qu'aurait-elle fait s'il leur était arrivé malheur ?

Elle entendit Dragan crier un message à travers les crépitements de la radio. Le soulagement qui l'avait submergée quand l'avion avait amerri s'était transformé en une rage froide. Certes, les talents de pilote dont Dragan avait fait preuve leur avaient sauvé la vie, mais c'était en premier lieu son initiative irresponsable et autoritaire qui les avait mis en danger, et l'atterrissage en urgence aurait pu finir en drame et les tuer tous, y compris ses enfants !

S'il ne l'avait pas embarquée de force dans son avion en intriguant pour annuler son vol, elle se trouverait actuellement à Anchorage, et s'apprêterait à prendre un bon repas et à passer une nuit confortable avant le procès. Mais, à la place, ses jumelles et elle se retrouvaient au milieu de nulle part avec un inconnu, pour plusieurs jours peut-être, jusqu'à ce que les secours arrivent.

Par conséquent, quand elle réintégrerait la civilisation, Dragan Markovic allait payer pour son inconscience. S'il pensait, avant le vol, qu'elle allait lui créer des difficultés, il n'avait encore rien vu ! Car elle était bien résolue à lui montrer ce que c'était, d'avoir des problèmes.

Mais, en attendant, ses filles et elle seraient entièrement dépendantes de lui pour leur survie, c'est pourquoi la seule réaction raisonnable consistait à rengainer sa colère et à se montrer coopérative. Ce qui n'allait pas être chose aisée car, dès qu'elle posait le regard sur le visage arrogant de Dragan, elle avait envie de le gifler.

Frustré, Dragan éteignit la radio : la réception, très mauvaise, avait fini par se brouiller complètement. Pourvu que ce soit juste les intempéries qui créaient des interférences. Il réessaierait plus tard. Pour l'instant, il n'y avait plus qu'à prier pour que la personne à l'autre bout ait entendu les informations qu'il lui avait transmises, à savoir leur localisation et leur besoin d'aide. Les portables, il le savait déjà, étaient inutiles, ici.

Par bonheur, les jumelles ne glapissaient plus. Il se tourna vers l'arrière et vit que Tessa les berçait dans ses bras, tout en affichant une expression férocement protectrice, semblable à celle d'une mère tigresse.

— Est-ce que tout va bien ? demanda-t-il.

— Pour l'instant, oui, répondit-elle alors d'un ton faussement enjoué qui ne le trompa pas. Et vous, comment ça s'est passé, avec la radio ?

— La réception était mauvaise mais je crois être parvenu à envoyer notre localisation avant que la ligne ne se brouille. Si nous avons de la chance, un avion viendra nous secourir dans quelques heures. Cela dit, en raison de la tempête, il se peut que nous soyons contraints d'attendre plus longtemps.

Elle pressa les lèvres, comme pour retenir une remarque acerbe. Elle devait être furieuse, et il ne pouvait l'en blâmer. A cause de lui, elle allait manquer l'ouverture du procès, et sa vie, tout comme celles de ses filles, était en danger. Pourtant, elle s'efforçait manifestement de demeurer courtoise.

— J'ai une autre petite question, poursuivit-elle. Comment allons-nous regagner la terre ferme ? A la nage ?

— Si vous avions amerri demain, ça aurait été marée basse, et nous aurions pu nous contenter de marcher. Mais rassurez-vous, il y a un moyen plus rapide pour gagner le rivage.

Se glissant promptement à l'arrière de l'avion, il brandit une valise jaune qui contenait le radeau de survie. Il l'en sortit, puis ouvrit la portière du cockpit, jeta l'ancre et, se saisissant du cordon de la précaire embarcation, la jeta sur l'eau. Le radeau se déploya et se gonfla dans un sifflement sourd, avant de se mettre à flotter près du bateau. Un vent glacial froissait l'onde.

— Les dames d'abord, annonça-t-il. Prenez le minimum, ce dont vous ne pouvez vous passer, je reviendrai chercher le reste après.

Passant son sac en bandoulière ainsi que celui des filles, Tessa se leva, puis se dirigea vers la porte de l'avion.

— Prenez les filles, décréta-t-elle. Vous me les passerez une fois que je serai sur le radeau.

Il hésita. Il n'avait pas porté de bébé depuis qu'il était un jeune garçon, à Sarajevo. Mais ce n'était vraiment pas le moment de se laisser envahir par les souvenirs, surtout ceux que l'on voulait oublier. Alors il tendit les bras, espérant qu'il pourrait gérer deux enfants qui ne cessaient de se tortiller, le temps que leur mère descende sur le radeau.

— Voici, dit Tessa en approchant les deux petites rousses de lui. Surtout, ne les lâchez pas. Elles ne mordent pas, mais elles peuvent tenter de s'échapper.

Il perçut nettement de l'inquiétude dans ses beaux yeux noisette ; de fait, elle avait toutes les raisons d'être nerveuse à l'idée de confier ses enfants à des mains inexpérimentées !

Un bébé à gérer aurait déjà été amplement suffisant. Mais deux ! Il passa le bras autour de Missy, s'efforçant de faire abstraction du contact intime lorsque le dos de sa main effleura la poitrine de Tessa. La petite fille se mit à hurler et s'agrippa désespérément au cou de sa mère : elle refusait de venir avec lui.

Renonçant momentanément, il décida de commencer par Maddie qui ne protesta pas quand il la prit contre lui ; en revanche, une odeur identifiable entre toutes lui monta tout de suite au nez.

— Bon sang ! marmonna-t-il. Elle a besoin qu'on change sa couche.

— C'est un bébé, il faut faire avec, répliqua Tessa d'un ton las. Redonnez-la-moi, j'ai une meilleure idée. Vous allez sauter sur le radeau en premier, et c'est moi qui vous passerai les filles.

— Excellente initiative !

D'ailleurs, pourquoi ne l'avait-il pas trouvée lui-même ?

Confiant la petite Maddie qui empestait à sa mère, il s'empara de son sac à main et du sac à langer, puis descendit sur le flotteur. Le radeau se trouvait juste en dessous, retenu à l'avion par son cordon. A travers la portière, il vit Tessa rattacher Missy sur son siège, tout en maintenant habilement Maddie en équilibre sur sa hanche. Il jeta alors les sacs sur le radeau et tendit les bras pour saisir cette dernière.

Le transfert allait être délicat, mais, avec deux enfants dans les bras, il ne pourrait guère faire autrement.

Maddie vint avec lui sans protester. Dès qu'il l'eut bien en main, Tessa défit la ceinture de Missy et s'apprêta à la lui tendre. Il vit de nouveau un éclair soucieux briller dans ses yeux : elle lui faisait confiance uniquement parce qu'elle n'avait pas d'autre choix !

Tessa retint son souffle lorsque Dragan, une jumelle sous chaque bras, parvint à passer du flotteur au radeau sans encombres. C'était à elle de descendre, à présent. Les nuages s'amoncelaient dans la crique, assombrissant encore le ciel de fin d'après-midi. Quant au vent, il devenait de plus en plus violent et froid.

Dragan plaça les enfants près de lui et les recouvrit de sa veste en cuir. Soudain, elle vit avec horreur Maddie ramper vers le rebord du radeau. Il la rattrapa par la bretelle de sa salopette avant que Tessa ne puisse émettre le moindre son pour le prévenir, tant elle était tétanisée.

— Enlevez vos chaussures, Tessa ! Vous y arriverez mieux pieds nus, décréta-t-il.

Elle obtempéra sans réfléchir et les lui lança une à une. Il les rattrapa de sa main libre.

— A présent, il faut que vous détachiez le câble, ordonna-t-il. Ce n'est pas la peine de refermer la porte de l'avion, je reviendrai tout à l'heure.

Encore une fois, elle s'exécuta et, la corde à la main, sauta avec précaution sur le flotteur. Détaché, le radeau commençait déjà à s'agiter sur les eaux battues par le vent. Sauter dessus n'allait pas être aisé.

— Et maintenant, donnez-moi la main ! ordonna Dragan en lui tendant la sienne.

Elle posa un premier pied sur le radeau et allait lui saisir le poignet lorsqu'une forte rafale de vent s'engouffra dans la crique. L'avion fut ballotté, le flotteur balança vers l'avant, s'écartant du radeau : elle perdit alors l'équilibre et se retrouva à l'eau.

L'océan était glacial, mais elle était bonne nageuse. En

quelques secondes, elle remonta à la surface et s'accrocha aux bras de Dragan. Elle claquait des dents quand il la hissa sur le radeau.

— Tenez, dit-il en retirant sa chemise en flanelle pour la lui mettre sur les épaules. Tenez bon, nous allons bientôt être au chaud.

Le radeau était équipé d'une pagaie pliante. Il l'ouvrit en un bruit sec, puis rama aussi rapidement que possible vers la grève.

Les jumelles blotties contre elle, Tessa fixait les larges épaules de Dragan, absorbée par le spectacle de ses muscles qui roulaient sous le T-shirt Thermolactyl qu'il portait. Il avançait contre le vent, lentement mais sûrement.

Sous la chemise qu'il lui avait prêtée, elle sentait sa peau moite ; ses doigts et ses orteils étaient engourdis. Elle avait suffisamment entendu d'histoires sur les eaux glacées de l'Alaska pour savoir qu'elle aurait pu mourir d'hypothermie s'il ne l'en avait pas tout de suite sortie. D'ailleurs, elle n'était pas encore hors de danger, avec ses vêtements mouillés qui, sous l'effet du vent, se transformaient en glace. Elle s'inquiétait aussi pour ses filles. Certes, la veste en cuir de Dragan les protégeait, mais elles devaient rapidement se retrouver à l'abri et au chaud.

Heureusement, elle apercevait le chalet à travers les arbres. Même à distance, il était aisé de mesurer que c'était une demeure solide et imposante ; une grande cheminée en pierre se dressait sur son toit, et un porche courait tout autour. Les volets ayant été fermés pour l'hiver, la porte devait l'être aussi !

Dragan avait-il la clé ? En un sens elle l'espérait, même si ce serait sans doute la preuve qu'il avait tout prévu pour l'empêcher de témoigner devant la cour. Au mieux, le procès serait ajourné ; au pire, il se poursuivrait sans son témoignage et elle risquait bien de tout perdre.

Allons, ce ne serait pas pour autant la fin ! Dragan allait lui payer cher cette petite escapade !

Un étroit ponton menait à la rive. Le temps qu'elle retrouve ses chaussures et les enfile, le radeau avait heurté l'embarcadère. Dragan sauta dessus, puis arrima la corde au cabestan avant de se pencher pour attraper les jumelles.

Enveloppant Maddie dans la veste en cuir, non sans mal car celle-ci ne cessait de gigoter, Tessa la tendit à Dragan. Ce fut ensuite au tour de Missy qui, cette fois, ne créa pas d'histoires. Elle les suivit, sacs en bandoulière.

— Vous pouvez marcher jusqu'au chalet ? demanda-t-il.

— Ça ira, répondit-elle. Tenez bien les filles et maintenez-les au chaud.

Ses jambes étaient littéralement ankylosées, et elle ne sentait plus le sol sous ses chaussures, mais elle s'efforçait de mettre un pied devant l'autre.

Il marchait à côté d'elle, les jumelles blotties contre lui, et protégées par sa veste.

— Le chalet semble fermé, constata-t-elle. Comment allons-nous entrer ?

— Ne vous inquiétez pas, j'ai une clé.

Elle pensait avoir atteint le seuil de froid humainement supportable, mais ces paroles déversèrent une rage glaciale dans son cœur. Il avait bien la clé. Par conséquent, il n'était pas exclu qu'il ait manigancé cet atterrissage en urgence, afin qu'elle se retrouve avec les filles au milieu de nulle part.

Si les premières marches du chalet étaient recouvertes d'aiguilles de pin, le porche était en revanche impeccable. Un corbeau sortit tout à coup de dessous la toiture pour s'envoler vers les arbres, tandis que Dragan lui tendait Maddie afin de chercher ses clés dans ses poches.

La lourde porte d'entrée était sécurisée par un loquet en fonte et un cadenas imposant. Sans hésiter, Dragan sélectionna la clé parmi la demi-douzaine de son trousseau et l'introduisit dans le verrou bien huilé.

Une fois le loquet ouvert, il poussa la porte et elle eut la curieuse sensation de pénétrer dans un Shangri-La.

La grande pièce qui se déployait devant elle comprenait un coin salon, disposé autour d'une cheminée en pierre, un espace salle à manger et un bar. Derrière les portes battantes devait se trouver la cuisine, et le corridor menait selon toute vraisemblance aux chambres et à la salle de bains.

Si la disposition du chalet n'avait en soi rien d'exceptionnel, sa construction l'était en revanche : la lumière qui filtrait à travers les fenêtres éclairait en effet des arbres qui, dépouillés de leur écorce, soutenaient le plafond cathédrale de la grande pièce. Le chandelier suspendu à la poutre centrale était en filigrane de bois et de verre, et coûtait probablement bien plus que ce qu'elle gagnerait dans toute sa vie. Le sol était recouvert d'un parquet sombre sur lequel semblaient flotter d'épais tapis en peau de mouton. Les canapés de couleur crème disposés autour de l'âtre paraissaient aussi doux que la peau d'un bébé ; quant à la table basse, elle était recouverte d'un bloc de marbre noir. Et, si les hautes fenêtres avaient été ouvertes, nul doute qu'elles auraient offert une vue sur la crique, à travers les arbres.

Le lieu était spectaculaire, à un détail près : il n'était pas chauffé. Or elle avait à présent la chair de poule, et les dents qui claquaient.

— Venez, déclara Dragan en l'entraînant dans le couloir.

Pendant que vous allez vous changer, je vais allumer un feu et ouvrir l'eau. Nous la coupons en hiver. Il faut aussi que j'allume la bouteille de gaz afin que nous ayons de l'eau chaude et que nous puissions faire marcher le four.

Il s'arrêta devant une porte.

— Cette chambre devrait vous convenir. Vous y trouverez des sous-vêtements Thermolactyl et des chaussettes dans le tiroir, ainsi qu'un peignoir chaud dans le placard. Passez-les. Désolé, mais c'est un chalet d'été et, à part la cheminée, il n'y a pas de chauffage.

Il ouvrit la porte puis disparut.

Les jumelles commençaient à peser lourd sur ses bras. Elles étaient étonnamment calmes depuis qu'ils étaient entrés dans la maison, impressionnées peut-être par ce nouvel environnement un peu étrange. Tessa les installa sur le lit. Elle devrait bientôt les nourrir et les changer, mais il lui fallait avant tout ôter ses vêtements mouillés.

Le grand lit était recouvert d'un édredon vert foncé accordé aux tentures. Les filles en apprécièrent tout de suite la douceur : ravies de n'être plus prisonnières de leurs sièges, elles se mirent à rouler dessus et à rire aux éclats tandis que Tessa enlevait ses vêtements mouillés et les plaçait sur un étendoir, dans la salle de bains. Elle était trempée jusqu'à son soutien-gorge et sa culotte. Dans la commode, elle avait trouvé plusieurs sous-vêtements Thermolactyl encore dans leurs sachets plastiques. Elle enfila un T-shirt à manches longues puis un caleçon qui bouffa sur ses chevilles. Il était trop grand, et la fermeture sur le devant montrait clairement qu'il était conçu pour un homme, mais il présentait le gros avantage d'être chaud et douillet, et elle n'était pas en mesure de faire la difficile. La taille comportait un cordon qu'elle resserra au maximum, avant de faire un revers aux jambières. Après quoi, elle ouvrit un sachet de grosses chaussettes en laine.

Ce faisant, elle entendit un glouglou dans la salle de bains adjacente, suivi d'un jet d'eau. Les robinets avaient été laissés ouverts quand on avait coupé l'eau pour l'hiver : elle se précipita pour les fermer. Au moins, Dragan avait tenu sa promesse de rétablir l'eau courante.

Bon sang ! Comment avait-elle pu accepter son offre de vol pour Anchorage ? Qu'il soit maudit ! Mais il ne perdait rien pour attendre : une fois qu'ils seraient revenus à la civilisation, elle lui montrerait de quoi elle était capable. Ouvrant le placard, elle sortit un peignoir en cachemire noir qui l'épousa telle une seconde peau quand elle glissa ses bras à l'intérieur et noua la ceinture. Il était un peu trop grand pour elle, mais si doux que c'était presque un péché de le porter. Missy était assise sur le lit, la fixant de ses grands yeux bleus et Maddie…

Maddie avait disparu de son champ de vision.

Elle balaya la pièce du regard. Allons, elle n'avait aucune raison de paniquer ! Elle avait bien fermé la porte derrière elle quand elle était entrée dans la chambre, non ?

Elle se rua dessus pour vérifier et sentit son cœur se serrer : la porte était à moitié ouverte. Le pêne n'avait pas dû s'enclencher, laissant à la petite exploratrice toute latitude pour s'échapper.

Prenant Missy sous le bras, Tessa sortit de la chambre et arpenta le couloir. Toujours pas de Maddie en vue. Sa fillette errait dans une maison remplie de dangers inconnus !

— Maddie ! appela-t-elle. Maddie, reviens tout de suite !

Pas de réponse.

- 4 -

Après qu'il eut rétabli l'eau, Dragan alluma un feu, puis ouvrit la bouteille de gaz qui se trouvait derrière le chalet, avant de mettre en marche le fourneau et le chauffe-eau. Il se rendit ensuite dans l'appentis pour enclencher le groupe électrogène. Mais une mauvaise surprise l'attendait : l'appareil avait été vidé de son essence pour l'hiver et bâché ! C'était Sam, le gardien, qui s'en était chargé, avant de repartir sur son île, après la saison.

Refermant la porte de l'appentis, il se dirigea vers le chalet. Ses invitées réticentes et lui-même devraient se passer d'électricité durant ce séjour inopiné. Mais, au moins, ils seraient au chaud : ce n'était pas les bûches qui manquaient et, grâce au gaz propane, ils pourraient prendre des bains chauds, faire réchauffer les conserves et préparer les plats lyophilisés qui auraient permis de tenir un siège pendant tout un hiver. De ce côté-là, il n'y avait pas de souci à se faire, ils ne mourraient pas de faim.

Etait-ce pour autant une nourriture appropriée aux jumelles de Tessa ? Il poussa un juron. Il n'y avait pas de petits pots pour nourrissons, ni de lait dans la réserve. D'une manière générale, le chalet n'était pas conçu pour accueillir des enfants en bas âge : il n'abritait ni berceau, ni parc, ni chaise haute, ni jouets et encore moins de couches !

Ce séjour allait s'apparenter à un cauchemar, il le pressentait.

Il ne restait plus qu'à prier pour que la transmission radio ait été bonne et qu'un avion de secours vienne bientôt à leur rescousse afin de les acheminer jusqu'à Anchorage ou au moins de leur apporter du carburant.

Mais, d'ici là, il ne fallait pas compter sur lui pour endosser le rôle de nourrice. Les jumelles, c'était le problème de Tessa, pas le sien, les enfants déclenchant en lui des émotions qu'il refusait de ressentir. Moins il avait affaire à eux, mieux il se portait.

La lumière déclinait au-dessus des arbres, aussi devait-il trouver au plus vite la réserve de bougies, ou bien des lampes de poche, sans quoi ils allaient se cogner aux murs. Dans l'avion, il y avait une torche électrique, ainsi que les valises de Tessa et son propre bagage. Il avait pensé récupérer le tout demain, à marée basse, et vérifier aussi d'où venait la fuite du réservoir. Mais, étant donné la tempête qui se préparait, il serait sans doute plus avisé d'aller chercher les affaires maintenant, à l'aide du radeau, et de sécuriser l'avion, autant que faire se peut.

Tessa semblait croire qu'il avait provoqué ce contretemps. Or rien ne pouvait être plus éloigné de la vérité ! S'il avait su qu'il allait finir au milieu de nulle part avec ce trio de rousses synonymes d'ennuis, il aurait gardé ses distances.

Sous le porche, il tapa ses chaussures l'une contre l'autre pour en faire tomber la terre avant d'ouvrir la porte arrière qui donnait dans la cuisine. Il avait repéré les empreintes d'un ourson et des déjections fraîches près de l'appentis, rien d'inquiétant toutefois, tant que la maison était bien fermée et qu'il n'y avait pas de restes de nourriture à l'extérieur, susceptibles d'attirer la famille ours. Il épargnerait pour l'instant la nouvelle à Tessa, qui était déjà assez tendue.

Il entra dans la cuisine obscure et s'apprêtait à en refermer la porte quand un bruit le fit sursauter. Se retournant, il découvrit avec stupeur une minuscule silhouette auréolée de boucles rousses, les yeux braqués sur lui.

— Pfft ! fit alors Maddie, lui exprimant de nouveau sa façon de penser.

— Mais qu'est-ce que tu fiches ici, petite polissonne ? demanda-t-il.

Et il s'agenouilla devant elle. Il ne lui était pas venu à l'idée que les jumelles savaient marcher, il avait juste vu leur mère les porter ou les avait lui-même tenues.

— Nez, dit-elle.

Et elle lui donna un léger coup dans ce qu'elle venait de désigner. Tiens, elles savaient parler aussi ! Il allait décidément de surprise en surprise. Mais ce qui n'avait rien de surprenant, c'était l'odeur qui montait de dessous sa salopette rose. Apparemment, Mlle Maddie s'était échappée avant que sa mère n'ait eu le temps de la changer.

— Viens, nous allons retrouver maman, déclara-t-il en se relevant.

— Pfft ! répéta-t-elle.

Et, sans tenir compte de ses propos, elle commença à tirer sur la porte du placard qui se trouvait sous l'évier et contenait des détergents, de l'eau de Javel, des déboucheurs, de la mort-aux-rats…

Il n'avait jamais participé à des compétitions sportives et pourtant il la saisit comme un ballon en plein vol, la fourra sous son bras et sortit à vive allure de la cuisine. A cause de Maddie et de sa sœur, il devrait sécuriser tous les endroits susceptibles de présenter des dangers pour les enfants, à commencer par ce placard.

Dans le vestibule, il se heurta à Tessa. Vêtue d'un peignoir en cachemire noir, elle portait Missy dans les bras et semblait complètement affolée, mais à la vue de sa deuxième fille, son visage exprima le plus grand soulagement.

— Prenez-la, nom d'un chien ! marmonna-t-il. Elle empeste !

— Comme une enfant qui a besoin qu'on change sa couche, rétorqua-t-elle.

Et elle prit Maddie de son bras libre, se cambrant légèrement pour caler les deux enfants sur ses hanches. Bien qu'il ne puisse se l'expliquer, ce geste lui parut étrangement sexy.

— Dieu merci, vous l'avez retrouvée. Où était-elle ?

— Dans la cuisine, en train d'ouvrir un placard rempli de produits ménagers toxiques. Vous ne pouvez pas laisser vos jumelles courir dans la maison. Cet endroit n'est pas conçu pour les enfants. C'est dangereux.

— Vous pensez peut-être que je lui ai donné quartier libre ? répliqua-t-elle, ses yeux lançant des éclairs. Surveiller ces deux-là est un travail à temps plein et, étant leur mère, je le prends très au sérieux. Maddie est sortie de la chambre par accident. Cela ne se reproduira plus.

— Très bien, marmonna-t-il en fronçant les sourcils. Bon, puisque vous êtes ici, que comptez-vous leur donner à manger ? Il y a des réserves de nourriture dans l'arrière-cuisine, mais je doute que cela convienne à des enfants de leur âge.

— Elles peuvent manger la même nourritureque nous si je la réduis en purée. Mais, autant vous prévenir, elles sont difficiles et loin d'être propres à table.

— Ça, c'est votre problème ! déclara-t-il avant de se diriger vers la porte. Je vais retourner à l'avion pour rapporter nos bagages et fermer la portière. Je prends le radeau, je n'en ai pas pour longtemps.

— S'il vous plaît, ne vous noyez pas !

Que voulait-elle dire, au juste ? Etait-ce une façon de plaisanter ou se préoccupait-elle réellement de ce qui pouvait lui arriver ? Elle devait surtout redouter de se retrouver toute seule ici.

— Il me semble que c'est plus votre spécialité que la mienne, rétorqua-t-il.

Sur quoi, Dragan referma la porte derrière lui. Relevant le col de sa veste, il vit d'épais et sombres nuages se dessiner au-dessus des cimes. Il devait se hâter de ramener les bagages car, une fois que les éléments se déchaîneraient, ce serait trop tard.

Tessa fixa la porte durant quelques instants, ses jumelles dans les bras. Le vent secouait les volets, et il n'allait pas être aisé de ramer sur le radeau jusqu'à l'avion et d'en ramener les bagages. Si Dragan glissait à l'eau, personne ne pourrait l'aider à remonter sur son embarcation gonflable et il pouvait tout à faire mourir de froid ou se noyer.

Allons, à quoi bon envisager le pire ? Cela ne servait à rien, d'autant plus qu'elle devait s'occuper de ses fillettes. Toutes deux avaient besoin d'être changées, et elles réclameraient bientôt leur dîner. Le sac à langer contenait une dizaine de couches, un paquet de lingettes, deux grenouillères, deux biberons, deux petites tasses et deux cuillères à café, ainsi que ce qui restait de la nourriture prévue pour le vol : des gâteaux secs, des barres de céréales, des bâtonnets au fromage et un peu de jus de fruits. Il n'y avait plus qu'à espérer que la réserve de nourriture dont Dragan avait parlé contiendrait de quoi satisfaire le palais délicat de ses filles.

Elle regagna sa chambre, puis referma cette fois soigneusement la porte derrière elle avant d'étendre une serviette sur le lit. Elle avait une grande pratique du changement de couches, aussi était-elle très efficace en la matière. Quelques minutes plus tard, les jumelles furent de nouveau propres. Elle les laissa en salopette, prévoyant de les mettre en pyjama après le dîner et le bain — des pyjamas qui se trouvaient de toute façon dans les bagages que Dragan était en train de récupérer au péril de sa vie.

A présent, le vent hurlait à l'extérieur et la pluie — ou plus exactement la grêle — crépitait sur les volets comme de la chevrotine. Elle imagina un instant Dragan luttant contre les éléments qui s'abattaient sur lui : combien de temps cela allait-il lui prendre ? Il devait être sorti depuis un quart d'heure à peine, mais elle avait l'impression que cela faisait des heures. Elle se sentait coupable de n'avoir pu l'accompagner, mais impossible de laisser ses jumelles toutes seules dans le chalet.

Il faisait froid, dans la chambre. Prenant ses filles dans les bras, elle se rendit dans le grand salon. L'obscurité avait envahi le chalet maintenant, mais elle avait constaté un peu plus tôt, en appuyant sur les interrupteurs, qu'il n'y avait pas d'électricité. Toutefois, le feu qui se consumait dans l'âtre apportait une certaine clarté et une chaleur bienvenue. Un pare-étincelles en métal avait été judicieusement placé devant, de sorte que ses petites investigatrices ne risquaient pas de se brûler.

Après en avoir retiré le plaid protecteur, elle s'installa sur une causeuse au cuir très doux. Avec ses jumelles blotties de chaque côté d'elle et la couverture qui les recouvrait, elle éprouva enfin une agréable sensation de confort. Mais les soucis qui la tourmentaient ne lui permirent pas pour autant de se détendre.

Le procès allait s'ouvrir, à Anchorage, demain. Que se passerait-il, si elle ne pouvait s'y présenter ? Les avocats de la Trans Pacific passeraient à l'offensive, avec ou sans la présence de Dragan. Mais Helen serait dans tous ses états, en l'absence de sa cliente et du témoignage essentiel qu'elle devait apporter. Par ailleurs, le juge serait indigné que la plaignante n'ait pas pris ses dispositions pour venir au procès ; il pourrait tout à fait déclarer un non-lieu, et elle n'aurait plus que ses yeux pour pleurer devant la montagne de frais médicaux qu'elle ne pourrait toujours pas régler. Si l'hôpital avait fait preuve d'une grande patience, cela ne durerait pas longtemps.

Ah, elle n'avait pas été maligne ! Elle aurait dû appeler Helen, de Ketchikan, pour lui indiquer qu'elle se trouvait dans l'avion de Dragan. Et elle aurait sans doute été plus avisée encore si elle avait signé l'accord que lui proposait la Trans Pacific. Car, en perdant le procès, elle n'aurait plus qu'à se déclarer en banqueroute ou bien à poursuivre personnellement Dragan Markovic. Après son « exploit » d'aujourd'hui, il y avait de fortes chances pour qu'elle l'emporte contre lui.

Brusquement, la porte d'entrée s'ouvrit, et un courant d'air glacé s'engouffra dans la pièce. Dragan se matérialisa dans l'entrée, chancelant sous le poids des bagages. Elle bondit sur ses pieds, et courut vers la porte, s'appuyant dessus de tout son poids pour la refermer.

Dragan laissa alors tomber son fardeau, et tous les bagages roulèrent à terre. Ses cheveux et ses sourcils étaient recouverts de grêlons, ses vêtements mouillés lui collaient au corps.

— Il faut vous réchauffer !

Otant son peignoir, elle le lui jeta immédiatement sur les épaules et tira une chaise vers le feu.

— Vous allez attraper la mort, ajouta-t-elle.

Il haussa les épaules.

— Calmez-vous, ça va aller. Je n'avais pas le choix.

Elle recula d'un pas, comme s'il l'avait repoussée.

— Merci en tout cas pour les bagages. Si vous me donnez quelques indications, je pourrai préparer le dîner, pendant que vous vous réchauffez. Vous avez parlé de plats lyophilisés, non ? Est-ce que la gazinière marche ?

— Oui, pas de problème. Il y a de la nourriture dans le garde-manger, et notamment beaucoup de spaghettis, si j'ai bonne mémoire.

— Génial ! Mes filles adorent ça !

Elles adoraient aussi s'amuser avec. Quand Tessa les nourrissait dans leurs chaises hautes, ses filles avaient toujours besoin de prendre un bain, après. A une table, la tâche allait s'apparenter à un vrai défi. Mais inutile que Dragan se tourmente maintenant pour ce détail.

— Tout va bien, alors, reprit-il. Qu'allez-vous faire d'elles pendant que vous préparez le repas ?

Et il jeta un coup d'œil vers ses deux petits anges, lovées l'une contre l'autre sur la chauffeuse, et qui avaient l'air somnolent.

— Je crois qu'elles vont piquer un petit somme, déclara-t-elle. Si vous voulez bien garder un œil sur elles et m'appeler en cas de besoin, je vous entendrai.

Il parut hésiter, puis hocha la tête.

— Tenez, prenez la torche, lâcha-t-il. Il faut que vous voyiez ce que vous faites. Vous devrez aussi trouver un moyen de bloquer le placard, sous l'évier. Maddie s'apprêtait à l'ouvrir, tout à l'heure.

— Merci de me le rappeler, je m'en occupe, répliqua-t-elle en prenant la lampe de poche.

Sur ces mots, elle franchit les portes battantes qui

menaient à la cuisine. Elle était plutôt bonne cuisinière, et les plats industriels n'étaient pas son domaine de prédilection, mais ses filles apprécieraient sans doute le repas.

Le garde-manger était bien achalandé. Il abritait de nombreux sachets de nourriture lyophilisée, individuels ou familiaux. Sur une étagère étaient alignées des conserves de fruits et de légumes, ainsi que des paquets de biscuits, de cookies, et des denrées indispensables, comme le sel, le sucre, le riz et l'huile. Elle repéra aussi du cacao et du lait en poudre, une véritable bénédiction.

S'emparant d'un gros sachet de spaghettis lyophilisés, elle braqua la lumière sur les instructions. Il fallait juste de l'eau et un four. Avec un peu de créativité, elle finirait peut-être par confectionner de bons petits plats, ici !

Mais qu'est-ce qui lui prenait ? Elle n'allait pas rester ici assez longtemps pour devoir préparer plusieurs repas. Ce qu'elle désirait avant tout, c'était partir de ce maudit chalet ! Avec un peu de chance, la tempête ne serait plus qu'un mauvais souvenir, demain, et l'avion de secours que Dragan avait appelé par radio viendrait les sauver, ses filles et elle. Après quoi, elle ne reverrait plus Dragan Markovic que devant une cour de justice.

Dragan enleva le peignoir que Tessa lui avait donné et retira le T-shirt mouillé qu'il portait en dessous. Après l'avoir mis à sécher près des flammes, il renfila la robe de chambre et en noua la ceinture. Le cachemire était doux sur sa peau et portait l'odeur de Tessa ; pas vraiment celle d'un parfum, mais une émanation plus subtile, féminine, qu'il trouva étrangement érotique. Il aimait l'idée qu'elle ait porté ce vêtement avant lui. Il y avait quelque chose de très sexy chez une femme vêtue du peignoir d'un homme.

Il leva les yeux vers la chauffeuse : les jumelles qui y

étaient blotties lui rappelaient deux poussins endormis. Maddie avait la tête baissée et les yeux fermés, et il attendait que Missy l'imite, mais pour l'instant celle-ci braquait sur lui son regard innocent, si bien qu'il finit par détourner les yeux.

Pourvu qu'elle s'endorme comme sa sœur ! Mais il la vit soudain se caler contre le rebord du coussin, puis se laisser glisser vers le sol avant de se mettre à trottiner vers lui. Il frémit, et s'efforça de l'ignorer jusqu'à ce qu'elle vienne se jeter contre ses genoux, levant la tête vers lui et tendant ses petits bras potelés.

— Pa, dit-elle.

De toute évidence, elle voulait qu'il la prenne.

— Oublie, marmonna-t-il en fronçant les sourcils. Tu ne vois pas que les enfants ne m'intéressent pas ?

Les yeux bleus de Missy se remplirent aussitôt de larmes. Pitié ! Elle n'allait tout de même pas se mettre à pleurer ? Tout sauf ça.

Avec la plus grande réticence, il mit un genou à terre et prit l'enfant dans ses bras, comme si elle était en verre. Tout à l'heure, il avait aidé Tessa à porter ses filles, et il avait pris Maddie sous un bras, quand elle avait voulu fouiller dans le placard de la cuisine. Mais, chaque fois, il avait réussi à les considérer comme de simples bagages à déplacer. En l'occurrence, la situation était fort différente : Missy lui apparaissait cette fois comme un être bien vivant, et une enfant vulnérable qui était venue à lui en toute confiance. Sa proximité fendit le mur de ses souvenirs comme une lame.

Sarajevo, les enfants, tout afflua dans sa mémoire.

Devant sa raideur, Missy se trémoussa pour se rapprocher de lui. L'odeur de bébé qui émanait de sa petite personne envahit tous ses sens, ravivant le puits de souffrances qu'il avait enterrées dix-sept ans plus tôt, quand il était arrivé aux Etats-Unis et qu'il s'était jeté à corps perdu dans la vie et le luxe. Par miracle, il avait survécu au terrible siège que les forces serbes avaient imposé à Sarajevo, sous Milosevic. De nombreux autres n'avaient pas eu cette chance, des membres de sa famille, des amis et des enfants, beaucoup d'enfants, pareils à la petite fille qui se trouvait à présent sur son genou.

La seule façon de surmonter ces atrocités avait été pour lui de fermer la porte aux émotions et de se murer dans l'indifférence.

— Oh ! quel tableau touchant ! s'écria Tessa en rentrant par les portes battantes, juste à temps pour le sauver. Les spaghettis seront prêts dans dix minutes. A propos, j'ai trouvé cette lanterne, dans le garde-manger.

Et elle leva effectivement une lanterne en métal rouge, surmontée d'un boîtier en verre.

— Il y a du pétrole à l'intérieur, et une longue mèche. Malheureusement, je n'ai pas trouvé d'allumettes, poursuivit-elle.

— La boîte est sur le rebord de la cheminée, renchérit-il. Si vous voulez bien prendre cette jeune demoiselle, je vais aller la chercher.

Et, sans transition, il lui tendit sa fille, s'efforçant de masquer le soulagement qu'il ressentit lorsqu'il la troqua contre la lampe.

— Je peux vous assurer que Missy vous a adopté, déclara-t-elle. En général, elle est très timide avec les inconnus.

— Après ce que nous venons de vivre, je n'en suis plus vraiment un, rétorqua-t-il avant de s'occuper de la lampe.

Une fois le boîtier transparent remis en place, la flamme

répandit une douce lumière qui fit immédiatement danser les ombres, dans la pièce.

— Vous semblez savoir vous y prendre avec les enfants, déclara Tessa. Est-ce que vous en avez ?

— Non, et ce n'est pas du tout dans mes projets, répondit-il en évitant son regard.

Il posa la lanterne sur le manteau de la cheminée.

— Il ne faut pas se fier aux apparences, je n'ai vraiment pas la fibre paternelle, ajouta-t-il.

Un sourire éclaira alors le visage de Tessa. Elle était étonnamment sexy dans ces vêtements en Thermolactyl gris, un peu trop grands pour elle. A l'idée qu'elle était nue en dessous, un éclair de désir le traversa, même si la vision de l'enfant dans ses bras le tempéra rapidement. C'était incontestable, il avait envie d'utiliser ce séjour inattendu pour séduire Tessa, mais il avait aussi la sensation que ces minuscules chaperons ne manqueraient pas de contrarier ses projets.

— Il ne faut jamais jurer de rien, reprit-elle. Moi-même, je ne pensais pas avoir l'âme d'une mère, jusqu'à ce que ces deux petites lilliputiennes fassent irruption dans mon existence. Et maintenant, elles représentent tout pour moi.

Elle afficha soudain une expression mélancolique.

— Leur père les aurait adorées.

— Je suis désolé.

— Je sais, vous me l'avez déjà dit.

Et elle se pencha vers la chauffeuse. Maddie battit des paupières, et sembla tout à coup aussi contrariée qu'une petite chouette. Tessa la serra contre elle, puis étreignit sa sœur.

— Bon, je vais dresser la table dans la cuisine, annonça-t-elle en changeant de sujet. Je pense que le ménage sera plus facile à faire dans cette pièce.

— Entendu. D'autant que ce sera un dîner sans façon.

Elle se mit à rire, et il crut entendre des gouttes de cristal tinter.

— Pas le genre de dîner auquel vous êtes habitué, sans doute ! commenta-t-elle.

— Effectivement.

Il repensa à son appartement silencieux qui dominait Seattle, aux repas que sa gouvernante préparait pour lui et qu'il n'avait plus qu'à réchauffer quand il rentrait à des heures indues. S'il amenait une femme à la maison, ils dînaient d'abord au restaurant et, quelques jours plus tard, il avait tout oublié, la femme comme le repas.

— Les spaghettis doivent être cuits, annonça-t-elle en prenant les jumelles chacune sur un bras. J'ai également ouvert une boîte de haricots verts, en guise de salade. A table !

Muni de la lanterne, il lui emboîta le pas.

Tessa avait attaché un torchon aux poignées du placard, sous l'évier, de sorte qu'il était inaccessible à de petites mains. La table de la cuisine était conçue pour quatre personnes, il y avait donc quatre chaises, et sur deux d'entre elles elle avait disposé des boîtes de conserve recouvertes d'un coussin en guise de rehausseur. L'idée était astucieuse, mais, étant donné l'énergie de ses jumelles, cette innovation avait fort peu de chance de marcher. D'ailleurs, rien ne pourrait empêcher que ce repas soit une catastrophe.

— Installez vos filles, je vais chercher la nourriture, déclara-t-il malgré tout.

Il disposa les haricots réchauffés dans un bol puis, à l'aide d'un torchon, sortit les spaghettis du four. Une odeur appétissante envahit la cuisine : c'était tout de même incroyable ce que l'on pouvait faire, de nos jours, avec de la nourriture lyophilisée !

Quand il se retourna, il vit que les jumelles arboraient de beaux bavoirs en plastique et que Tessa s'efforçait de les caler sur leurs sièges de fortune. Mais ni l'une ni l'autre ne paraissaient satisfaites ; elles se demandaient sans doute pourquoi elles n'étaient pas installées sur leurs chaises habituelles.

Il posa le plat sur la table.

— Attention, c'est chaud ! prévint-il.

— Regardez, les filles. Ce sont des spaghettis ! Miam ! les encouragea leur mère.

— Veux, dit Missy en désignant le plat.

Mais, à cet instant, Maddie fit tomber l'une des boîtes de conserve qui résonna lourdement sur le sol avant d'aller rouler dans un coin.

— Terre, dit-elle.

Et elle entreprit de descendre de sa chaise.

Tessa croisa le regard de Dragan, visiblement impuissante.

— Vous vous doutiez bien que ça n'allait pas marcher, non ? demanda-t-il.

Elle soupira et rattrapa Maddie par le bras avant que celle-ci ne subisse le même sort que la boîte.

— Oui, je le pressentais. Mais il faut bien qu'elles mangent ! Et il n'y a qu'une autre solution : les prendre sur nos genoux.

« Nos genoux ? » Il eut un mouvement de recul. Tessa pouvait tout à fait les nourrir l'une après l'autre. Cependant, à part mimer l'évanouissement, il ne pouvait guère se dérober.

— Missy est la plus facile, enchaîna-t-elle. Prenez-la, je m'occupe de Maddie.

— Je n'ai jamais fait ça auparavant, protesta-t-il.

— Ne vous inquiétez pas. Il suffit que vous me regardiez et que vous m'imitiez.

Une seconde plus tard, Maddie se retrouvait sur les genoux de Tessa, tandis que d'autres boîtes tombaient par terre.

— Veux ! clama Missy en remuant à son tour sur sa chaise, prête à toucher le plat brûlant. Veux !

Il l'attrapa par la taille et un nouveau bruit de métal roulant sur les carreaux retentit dans la cuisine. Il plaça l'enfant sur ses genoux et considéra la façon dont Tessa soufflait sur les pâtes coupées avant de mimer ses gestes.

Mais Missy, visiblement affamée, voulut s'emparer de la nourriture à pleine main ; il lui saisit le poignet au vol avant qu'elle ne se brûle.

— Donnez-lui un haricot vert, dit Tessa. Ils ne sont pas trop chauds.

Maddie en avait déjà un dans la main, qu'elle était en train d'examiner d'un air suspicieux : elle mordit dedans, fit la grimace et le jeta par terre.

Sans mot dire, il prit sa fourchette, l'enfonça dans un haricot et le tendit à Missy qui, s'en emparant, tenta de se l'introduire dans le nez.

Le spectacle fit glousser Maddie.

— Nez ! s'exclama-t-elle.

Et, ni une ni deux, elle prit un haricot dans le bol pour faire concurrence à sa sœur. Les deux enfants éclatèrent de rire.

— Ça suffit ! ordonna Tessa d'un ton sévère.

Les jumelles se turent, visiblement impressionnées par le ton de leur mère.

— Donnez-moi ça !

Elle enleva le haricot du nez de Maddie et ouvrit la main de Missy pour lui prendre le sien.

— Espérons que les spaghettis ont assez refroidi, maintenant, poursuivit-elle.

Suivant son exemple, il écrasa les pâtes à l'aide de sa fourchette, réduisit la viande en purée, et remplit une petite cuillère de cette mixture.

— Soyez vigilant, lui conseilla Tessa. Elles sont habituées à manger toutes seules dans leur chaise haute, je ne sais pas si elles vont apprécier qu'on les nourrisse.

Il avança doucement la cuillère vers la bouche de Missy qui fit mine de l'attraper.

— Non, dit-il en l'éloignant.

Puis il lui bloqua les mains de chaque côté du corps et, redoutant qu'elle se mette à hurler, approcha de nouveau la bouchée. Cette fois-ci, elle l'enfourna comme un oisillon auquel on donne la becquée.

— Très bien, murmura-t-il en préparant une nouvelle cuillerée.

— Vous voyez que vous savez vous y prendre avec les enfants, déclara Tessa avec un grand sourire.

— Elle a faim, c'est tout, rétorqua-t-il.

Et il imagina un mur de glace entre lui et l'enfant, pour contenir ses émotions et ses souvenirs.

— Si je peux me rendre jusqu'à l'avion demain, je rapporterai leurs sièges, déclara-t-il. Vous pourrez les y attacher et les nourrir tranquillement.

Et elle n'aurait plus besoin de lui.

— Excellente idée ! s'exclama-t-elle. Même si j'espère que nous n'aurons pas à improviser trop longtemps. Selon vous, combien de temps faudra-t-il à l'avion pour venir jusqu'à nous ?

— Par beau temps, un vol s'effectue en une heure de Sitka. Mais, pendant une tempête comme celle-ci, ce n'est pas possible.

Il fit une pause pour écouter le vent rugir à l'extérieur ; la pluie et la grêle tambourinaient sur le toit sans interruption. Bienvenue en Alaska ! Encore qu'ici l'inattendu était toujours possible : il était fort probable que la tempête serait passée demain. Mais elle pouvait aussi s'installer pour une plus longue durée et rendre toute opération de secours par avion impossible.

Par conséquent, il ignorait combien de temps ils allaient rester coincés ici.

Tessa enleva une pâte collée à sa joue et retint un soupir, car elle avait à présent la migraine. Après l'épisode des haricots verts, Maddie et Missy s'étaient laissé nourrir tant qu'elles avaient eu faim, mais maintenant la fatigue les gagnait et elles devenaient de plus en plus pénibles. Elle sentait que la situation allait dégénérer.

De fait, Missy réussit à dégager un bras de l'étreinte de Dragan et, attrapant une poignée de spaghettis, se la déversa sur la tête. Immédiatement, Maddie prit la relève et jeta son assiette par terre ; les morceaux volèrent sur le carrelage, et la sauce tomate dans toutes les directions.

Missy profita alors du choc de Dragan pour remplir son poing de nourriture qu'elle destina cette fois au menton de ce dernier. Il écarquilla des yeux ahuris qui, dans d'autres circonstances, auraient fait rire Tessa.

— On dirait qu'elles ont terminé, déclara-t-il d'une voix où perçait une certaine impatience.

Puis il s'essuya le menton.

— Oui, elles sont rassasiées, confirma-t-elle.

Prenant ses filles chacune dans un bras, elle ajouta :

— Merci de votre aide et de votre compréhension.

— Mais vous n'avez rien mangé, protesta-t-il.

— Je n'ai pas faim, je suis trop fatiguée. Mais ne vous

inquiétez pas, je viendrai faire le ménage lorsque j'aurai donné le bain à ces deux-là et qu'elles seront endormies.

— Parfait. Prenez la lanterne. J'ai la torche.

— C'est gentil. Pourriez-vous juste me la porter ? Sinon je devrais la prendre par la bouche.

Sans un mot, il s'en empara, lui maintint un battant ouvert et se dirigea vers la chambre. Il était clair qu'il considérait son travail fini pour aujourd'hui.

Elle le suivit, tout en maintenant fermement ses jumelles qui se tortillaient à qui mieux mieux. Elle avait espéré qu'il se proposerait de ranger la cuisine, mais nul doute que, lorsqu'elle ressortirait de la chambre, il serait en train de déguster un verre devant la cheminée, tandis que la pièce serait toujours dans le même état.

Encore une fois, elle le maudit en silence. Dommage, finalement, que Missy ne lui ait pas versé tout le contenu de son assiette sur la tête !

- 5 -

Assise sur le rebord de la baignoire, Tessa faisait couler l'eau du bain pour ses filles. Il n'y aurait pas de mousse, aujourd'hui, et celles-ci en seraient attristées. Mais c'était ainsi, elle n'y pouvait rien !

Elle était exténuée et n'avait qu'une hâte : que le bain soit terminé, que les jumelles soient en pyjama et s'endorment. En l'absence de lits pour enfant, elle partagerait le sien avec elles, afin de les garder sous contrôle.

En les déshabillant, elle pria encore une fois pour que le séjour soit bref, afin qu'elle ne doive pas laver leurs vêtements à la main, si sa réserve de changes s'épuisait. Elle préférait également ne pas penser à ce qui arriverait si elle se retrouvait à court de couches.

Quand elle referma le robinet, elle constata que la tempête faisait toujours rage. Si le temps ne s'améliorait pas, les secours ne pourraient pas venir jusqu'à eux.

Puissant ou non, Dragan Markovic allait payer ! Et, quand Helen et elle en auraient fini avec lui, il regretterait le jour où il avait conçu son plan diabolique.

Dans la chambre voisine, ses filles couraient et riaient, mais cette fois la porte était très bien fermée.

Posant la lanterne sur le comptoir en marbre, près du double lavabo, elle entra dans la chambre et attrapa Missy, avant de soulever Maddie.

— Venez, mes petits lutins, c'est l'heure du bain, annonça-t-elle.

Et les fillettes gazouillèrent de plaisir.

Quelques minutes plus tard, comme elle s'apprêtait à les sortir du bain, on frappa à la porte.

— Vous pouvez entrer, lança-t-elle.

Dragan se matérialisa sur le seuil de la salle de bains : il avait changé de chemise, on aurait dit qu'il venait de poser pour le magazine *GQ*.

Les jumelles, aussi belles que des boutons de rose et d'un calme touchant, levèrent les yeux vers lui.

— Je n'arrive pas à croire que ce sont les mêmes petites guerrières qui ont mené la bataille des spaghettis dans la cuisine, déclara-t-il en secouant la tête.

— Un bain peut opérer des merveilles, trancha-t-elle, soudain consciente de ses cheveux emmêlés et de ses vêtements tachés.

Elle ne ressemblait à rien, mais n'allait certainement pas s'excuser auprès de Dragan pour son apparence.

— Vous vouliez quelque chose ? reprit-elle.

— Juste vous dire que j'ai mis le reste du plat à réchauffer à feu doux. Quand vos filles seront endormies, venez vous restaurer tranquillement, et nous pourrons discuter entre adultes.

— Merci, c'est gentil, mais je suis bien trop épuisée pour manger et encore plus pour mener une discussion.

— Il faut pourtant que vous vous nourrissiez, Tessa. Et je crois aussi que nous devrions parler, vous et moi.

Vraiment ? Et il comptait peut-être la persuader de ne pas les poursuivre en justice, sa société et lui ? Il pouvait toujours rêver !

— Nous verrons, temporisa-t-elle.

Puis elle s'empara d'un drap de bain et lui tourna le dos. Elle l'entendit alors s'éclipser.

Une fois que les jumelles furent en pyjama et bien au chaud sous l'édredon, elle s'allongea près d'elles, souhaitant rester à leurs côtés le temps qu'elles s'endorment. Elle s'efforçait elle-même de rester éveillée, car elle ne voulait surtout pas trouver la cuisine en désordre le lendemain matin !

Alors qu'elle leur chantait une berceuse, elle entendit son estomac gronder. En réalité, elle avait faim, mais elle n'avait aucune envie d'affronter Dragan dans son état actuel de fatigue. Elle sentait le sommeil la gagner.

Soudain, elle sursauta et constata que ses filles dormaient. Ouf ! Elle n'avait plus rien à craindre de ce côté-là, car Missy et Maddie avaient un sommeil de plomb, telles deux oursonnes en hibernation. Allons, un peu de courage ! Elle devait nettoyer la cuisine.

Se dirigeant d'un pas hésitant vers la salle de bains, elle s'arrosa copieusement le visage, puis se peigna les cheveux avec les doigts. A la lueur de la lanterne, qu'elle avait laissée sur le comptoir, elle prit conscience de ses cernes et de ses traits fatigués. Quelle heure était-il ? Le vent mugissait toujours contre les volets. Et combien de temps s'était-elle assoupie ? Avec un peu de chance, Dragan aurait abandonné la partie et serait allé se coucher.

Elle s'empara de la lanterne et, sortant de la chambre, referma soigneusement la porte derrière elle.

Les flammes crépitaient encore dans l'âtre, comme si on venait juste d'y jeter de nouvelles bûches, tandis que des bougies disposées sur la table, dans l'espace salle à manger, projetaient des éclats de lumière mouvants sur les murs.

Tout à coup, une ombre se détacha : Dragan se relevait du canapé placé en face de la cheminée.

— J'en étais venu à me dire que vous ne viendriez plus me rejoindre, Tessa. Eh bien, allons dîner !

Prise de court, elle se laissa prendre la lanterne des mains et entraîner vers la table. Elle découvrit qu'elle était dressée comme pour un dîner de gala : porcelaine blanche cerclée d'or, verres en cristal et serviettes en coton blanc étaient en effet de mise. Près d'un chandelier se trouvait une bouteille de vin français, qui devait sans doute venir des meilleures caves et coûter une fortune.

— Vous avez l'air surprise, lui dit-il.

— Disons que, si j'avais su que le dîner serait aussi cérémonieux, je me serais vêtue autrement.

Il se mit à rire.

— Mais vous êtes parfaite, dans cette tenue. Ne bougez pas, je vais chercher le repas.

Il poussa alors les portes battantes, et elle eut le temps de voir qu'il avait effacé toute trace de la pagaille que ses filles y avaient semée. Elle lui en sut gré, sauf que, s'il comptait l'amadouer de la sorte, il se trompait.

Il revint avec un plat fumant. Il avait transféré les spaghettis dans une assiette en porcelaine bleue et les avait recouverts de fromage, si bien qu'on aurait dit un mets sortant du four d'un grand restaurant.

— Comment avez-vous fait ?

— Ah, ah ! C'est mon secret.

Il lui adressa un sourire mystérieux, ouvrit la bouteille de vin et lui servit un verre.

— Je ne devrais pas boire, protesta-t-elle. Cela me monte vite à la tête.

— Parfait, comme ça, vous vous détendrez un peu. En tout cas, vous devez être affamée.

— Pour manger, il faut du temps et une main libre, ce qui ne m'arrive pas souvent, depuis la naissance de mes filles.

— Elles ont seize mois, c'est cela ? demanda-t-il.

Et il lui servit une généreuse portion de pâtes.

— Exact. Elles sont nées sept semaines avant terme, mais ont vite rattrapé leur retard. Et, aujourd'hui, elles sont en pleine forme, comme vous avez pu le constater.

Zut, elle n'aurait pas dû évoquer la naissance prématurée de ses filles ! C'était l'un des arguments clés de son procès, et elle ne devait prendre aucun risque.

— Ce chalet est formidable, enchaîna-t-elle pour faire diversion. Est-ce vous qui l'avez fait construire ?

Il avala une gorgée de vin. Ses yeux gris où se reflétait la flamme des bougies ressemblaient à des pierres de lune.

— L'homme qui en a conçu les plans est indonésien. C'est un ancien prince qui, officiellement, voulait jouir de sa retraite. En réalité, je le suspecte d'avoir voulu se terrer au bout du monde pour fuir ses ennemis. Seulement, il n'a pas supporté le rude climat de l'Alaska, aussi lui ai-je proposé de le racheter pour ma société. Nous y logeons nos clients désireux de pêcher dans la région et de se ressourcer loin de la civilisation. L'été, ajouta-t-il après avoir considéré son assiette, nous louons les services d'un chef cuisinier et d'une femme de ménage, en plus de ceux du gardien.

— Comment avez-vous connu ce prince indonésien ? s'enquit-elle.

— En tant qu'affréteur international, je rencontre toutes sortes de gens, et ce ne sont pas tous des saints.

Il leva son verre, le fixa un instant, et poursuivit :

— Quand j'ai acquis ce chalet, les murs étaient recouverts de trophées de chasse : des antilopes, des lions, des tigres, des léopards, un rhinocéros et même un éléphant. J'ai donné l'ordre qu'on brûle cette macabre ménagerie.

— Comme je vous comprends !

Il vida son verre, puis les resservit tous les deux.

— Et maintenant, je voudrais vous poser une question, Tessa. Comment une femme qui se débat toute la journée avec deux bébés, qui a plongé dans de l'eau glacée, puis affronté une bataille de spaghettis à la sauce tomate fait-elle pour être malgré tout aussi belle ?

Tessa s'empourpra. Elle commençait presque à se sentir à l'aise avec Dragan Markovic et voilà qu'il venait de dévoiler son jeu, à savoir la séduire. Mais le pire, c'était qu'elle n'était pas insensible à sa démarche !

— Je vais me coucher, décréta-t-elle en se levant brusquement.

— Pourquoi ? demanda-t-il sur un ton innocent. Vous avez à peine touché à votre assiette.

— Vous savez très bien pourquoi ! Vous pensez pouvoir me manipuler avec votre vin et vos flatteries, vous espérez que je vais tomber dans vos bras et annuler ma poursuite en justice. Mais ne comptez pas là-dessus ! Vous nous avez kidnappées, mes filles et moi. L'auriez-vous oublié ?

Il secoua la tête, l'air peiné.

— Rasseyez-vous, Tessa. Vous allez mourir de faim si vous allez au lit le ventre vide, cela ne servira ni votre intérêt, ni le mien. Posez-moi tous les questions que vous voulez sur mes intentions, je n'ai rien à cacher.

— Très bien, fit-elle.

Elle se rassit donc, le dos raide.

— Commencez donc par m'expliquer pourquoi vous avez fait annuler mon vol.

— Vous mangez et je vous raconte, d'accord ?

Il se cala contre sa chaise, les flammes des bougies

découpant son visage slave en zones d'ombre et de lumière. Dragan Markovic était son ennemi, se martela-t-elle. Alors, pourquoi le simple fait de le regarder faisait-il battre son cœur plus fort ?

Elle avala une bouchée, puis attendit qu'il reprenne la parole.

— Pour commencer, vous n'êtes pas la première employée, ou ex-employée, à poursuivre la Trans Pacific. Une grande société comme la nôtre affronte régulièrement des plaintes pour harcèlements sexuels, licenciements arbitraires, préjudices en tous genres et même pour des suicides. Ce n'est pas agréable, mais c'est aussi le lot d'une entreprise de notre envergure.

— Si ma démarche représente juste une plainte parmi d'autres, pourquoi intervenez-vous personnellement au lieu de laisser vos avocats s'occuper de l'affaire ? Je suis certaine que vous disposez d'une armée de juristes que vous faites marcher au doigt et à l'œil.

— Je comptais bien les voir s'en charger ! Mais, en déclinant le dédommagement, par ailleurs tout à fait correct, que nous vous proposions, vous avez attisé ma curiosité. J'ai voulu comprendre les raisons de votre refus : s'agissait-il uniquement d'une question d'argent, ou bien aviez-vous d'autres motifs ?

Elle avala une gorgée de vin, se ménageant du temps pour répondre. La somme offerte par la Trans Pacific était effectivement très « correcte », et lui aurait permis de s'acquitter de sa dette auprès de l'hôpital où elle avait accouché, de rester à la maison tant que les jumelles étaient toutes petites, et d'ouvrir des comptes d'épargne en vue de leurs études, plus tard. Elle avait été sur le point d'accepter, quand Helen l'en avait dissuadée.

« Réfléchissez bien, ma chère, lui avait dit cette dernière. Pour une compagnie comme la Trans Pacific, cet accord représente une somme dérisoire. Ils paieront, et recommenceront avec une autre femme. La seule façon de les atteindre, c'est de s'attaquer à leur réputation. »

Elle s'était alors interrogée sur les motivations de son avocate. Si les dommages et intérêts s'avéraient plus élevés, ses honoraires le seraient également, sans compter que cela renforcerait sa réputation de féministe.

Néanmoins, Tessa avait réfléchi à l'impact que son procès pourrait avoir. Ce licenciement avait bouleversé sa vie, et si elle avait la possibilité d'empêcher qu'une autre femme enceinte subisse le même sort, n'avait-elle pas la responsabilité d'agir ?

— Vous n'avez pas répondu à ma question. Pourquoi n'avez-vous pas accepté notre accord ? reprit Dragan.

— Vous vous rappelez ce dont nous sommes convenus ? Vous me donnez vos explications, et je mange. En l'occurrence, je suis en train de savourer vos spaghettis.

— Très bien. Que vous le croyiez ou non, je suis une personne convenable et, si ma société vous a causé un préjudice, je tiens à le réparer. En revanche, si votre avocate et vous-même cherchez juste à me soutirer de l'argent, mon équipe de juristes se battra bec et ongles pour vous priver du moindre centime de dédommagement.

— Vous ne m'avez toujours pas dit pourquoi vous m'aviez enlevée.

Elle vit un muscle de son visage tressaillir, comme si ses paroles l'avaient atteint.

— Si c'est ainsi que vous voulez qualifier mon initiative, libre à vous, répliqua-t-il. Je tenais à en savoir davantage sur vous. Découvrir si vous étiez honnête et raisonnable. Si vous aviez réellement besoin d'argent ou si vous étiez juste cupide.

— Et avez-vous déjà tiré vos conclusions ?

— Pas encore.

Il reposa son verre de vin et plissa les yeux, tout en l'étudiant attentivement. La suspectait-il de lui dissimuler un secret ou bien cherchait-il juste à l'intimider ?

Elle releva le menton, pour lui adresser un regard plein d'aplomb.

— Allez-vous me dire l'autre raison qui vous a poussé à annuler mon vol pour m'entraîner dans cette escapade ?

Un sourire surprenant éclaira alors ses traits.

— En réalité, je nourrissais l'illusion que nous parviendrions à trouver un accord à l'amiable qui nous éviterait le procès. Maintenant que j'ai fait votre connaissance…

— Eh bien quoi ?

— Vous êtes une femme fière et entêtée, Tessa Randall. Et, quand il s'agit de protéger vos filles, vous devenez une vraie tigresse. Dans votre esprit, passer un contrat avec moi reviendrait à pactiser avec le diable, n'est-ce pas ?

— Je ne ferai pas de commentaire.

Il lisait si bien dans ses pensées que c'en était effrayant, mais elle n'allait certainement pas confirmer ses suspicions.

Un long silence s'ensuivit, et elle entendit le vent hurler au-dessus de la cheminée. Un courant d'air agita soudain les flammes des bougies ; elle frissonna.

A cet instant, Dragan se leva et se posta tout près d'elle, la surplombant.

— Il fait plus chaud près de la cheminée ; nous pouvons nous installer sur le canapé, pour continuer notre conversation. Si vous avez fini de manger, bien sûr.

Elle ressentit tout à coup de petites palpitations dans tout le corps. Elle avait peu bu, et pourtant elle avait l'impression d'être légèrement ivre. Une alarme s'alluma dans son cerveau.

— Il faut que j'aille voir les jumelles, décréta-t-elle en se levant.

— Allez-y, je vous attends.

S'emparant de leurs deux verres, il se dirigea vers le coin salon.

La chambre était plongée dans l'obscurité, mais elle vit tout de suite ses deux filles au milieu du lit. Par instinct maternel, elle posa la main sur leurs petits corps, pour vérifier qu'ils montaient et redescendaient au rythme de leur respiration. N'aurait-elle pas été plus avisée de rester avec elles, maintenant ? Car ce qui l'attendait devant la chaleur du feu, c'étaient la tentation et sans doute les regrets.

Pourtant, elle n'avait plus envie de dormir, elle se sentait bien trop agitée. Elle devait achever cette conversation avec Dragan, et lui communiquer sa position. Elle serait affable, sociable, mais ne boirait plus de vin : il lui fallait garder les idées claires pour tenir tête au P-DG de la Trans Pacific !

Elle poursuivrait cet homme en justice afin de lui donner une bonne leçon, ainsi qu'à sa société. Une leçon qu'ils n'oublieraient jamais. Elle le devait à ses filles, et à toutes les femmes susceptibles de se retrouver un jour dans une situation semblable à la sienne.

Lançant un dernier coup d'œil à ses enfants, elle sortit de la chambre. Dans la grande pièce, la lueur du feu l'attira irrésistiblement.

Etait-elle un papillon qui allait se brûler les ailes ? Non, elle ne pouvait se le permettre.

Un verre à la main, Dragan s'était installé dans un coin du canapé en cuir. Son autre main était posée sur le dossier, comme une invitation silencieuse à le rejoindre. Même vêtu d'un T-shirt des plus banals et d'un jean, il lui rappelait quelque ancien prince transylvanien, dont le sourire pourrait éventuellement découvrir des canines trop longues. C'était tout de même incroyable : l'aura du danger qui flottait autour de sa personne renforçait l'attirance magnétique qu'il exerçait sur elle. Soudain, elle fut saisie par le désir irrationnel d'en connaître davantage sur cet homme fascinant.

— Comment vont vos filles ? demanda-t-il.

— Elles dorment, Dieu merci. Je les adore, mais elles m'épuisent.

— Asseyez-vous et prenez un peu de vin.

— Non, merci, je ne veux plus boire, répondit-elle en s'installant à bonne distance de lui. Comme je vous l'ai dit, l'alcool me monte vite à la tête.

— J'aimerais voir ça, répliqua-t-il en souriant.

Et c'était un sourire tout à fait normal, sans canine surdéveloppée. Toutefois, la prudence s'imposait.

— Le vin me donne aussi la migraine, précisa-t-elle.

— Dans ce cas, je peux vous faire un café. Un instantané, bien sûr, puisque la machine à café requiert de l'électricité.

— Non, merci, je n'ai besoin de rien.

Et, malgré la chaleur du feu, elle frissonna.

Sans prévenir, il se leva, se saisit d'un plaid afghan, sur le dos d'une chaise. Elle se lova à l'intérieur de sa douceur.

— C'est mieux ? demanda-t-il.

— Oui, merci. Selon vous, combien de temps allons-nous rester ici ?

Il poussa un soupir.

— Tout dépend du temps. Les pilotes de petits avions ne volent pas quand il y a une tempête. Il se peut que le ciel soit dégagé demain, mais rien n'est sûr. Cependant, je vous promets une chose.

— Laquelle ?

— Demain, à la première heure, qu'il pleuve ou qu'il neige, j'irai chercher les sièges de vos jumelles, dans l'avion. Comme ça, vous pourrez les y attacher pour les nourrir.

« Vous », et non pas « nous ». Elle sourcilla.

— J'en conclus que vous n'avez plus l'intention de m'aider ?

— Je crois que ce soir j'ai certes fait une expérience inédite, mais qui restera unique.

— Vous n'aimez pas les enfants, Dragan ?

— Non, ce n'est pas ça. En réalité, ils me mettent mal à l'aise.

— Quand vous aurez des enfants, le problème se réglera de lui-même.

Il secoua la tête.

— Non, je ne suis pas destiné à être père. Après ce que j'ai vu sur cette terre, je n'aurais jamais le courage ou la folie d'en mettre un au monde, décréta-t-il avec vigueur.

Elle le regarda, frappée par ce que renfermaient ses propos : venait-elle de trouver une fissure dans l'armure de cet homme aussi calculateur que réservé ?

Choisissant ses mots avec prudence, elle déclara :

— Je ne suis pas en mesure de juger votre prise de position ; toutefois, j'aimerais savoir ce qui la motive.

Il demeura silencieux un bon moment, tandis que la pluie s'abattait sans relâche sur le toit. Un jet d'étincelles explosa soudain dans l'âtre. Dragan croisa les jambes, puis regarda fixement l'espace vide, à côté de lui.

— Approchez, dit-il.

Elle hésita, puis glissa finalement vers lui. Plus elle en apprendrait à son sujet, plus elle aurait de chance que justice lui soit rendue. Elle attendit qu'il reprenne la parole, mais, devant son mutisme, elle finit par briser le silence.

— Vous m'aviez dit que je pouvais vous poser toutes les questions que je voulais, lui rappela-t-elle.

Il tourna son visage, le souffle soudain saccadé.

— Des questions concernant mes intentions, pas mon passé, précisa-t-il. Je n'en parle jamais, même perdu au bout du monde en compagnie d'une femme belle et curieuse. Si vous aviez traversé les épreuves que j'ai endurées, vous comprendriez ce que je ressens vis-à-vis des enfants.

Du bout des doigts, il effleura ses épaules, et elle ne put réprimer un frisson. Elle s'efforça néanmoins de ne pas s'attarder sur l'effet qu'il exerçait sur ses sens. Dragan Markovic était un manipulateur hors pair, il savait exactement ce qu'il faisait !

En d'autres circonstances, cela lui aurait été égal d'entrer dans le jeu. En l'occurrence, elle ne devait pas oublier à qui elle avait affaire. Pourtant, Dragan la troublait. Durant ces deux dernières années, elle avait mené une vie monastique, certes. Mais, avec son regard pénétrant et sa large carrure, il incarnait l'essence même de la virilité et déclenchait en elle des réactions qu'elle avait enfouies depuis longtemps et ne souhaitait pas ressusciter. Même s'il était très certainement le genre d'hommes qui savait combler les femmes.

Elle aurait été bien inconsciente de succomber à son charme, ne serait-ce que pour une nuit. Dragan était aussi redoutable qu'un dragon, il ne reculerait devant rien pour traquer ses faiblesses.

Et, à présent, elle devait de toute urgence renouer le fil de la conversion pour conjurer le silence chargé de tension qui les entourait.

— Permettez-moi au moins de vous interroger sur votre accent. Vous venez d'Europe de l'Est ?

— Je suis un citoyen américain à part entière depuis

mes vingt-deux ans, mais je suis né à Sarajevo, où j'ai passé mon enfance.

Il se tut brusquement et s'absorba dans la contemplation du feu, comme s'il avait voulu en dire davantage, avant de se raviser.

Sarajevo.

Elle se mit à fouiller dans ses souvenirs. Elle était petite quand elle avait entendu ce nom au journal télévisé. Elle se rappelait les images floues de bombes qui explosaient, de bâtiments en ruines, de soldats qui couraient en tous sens. Des années plus tard, au lycée, le professeur d'histoire leur avait expliqué qu'il existait autrefois un pays appelé Yougoslavie qui s'était fractionné en plusieurs entités politiques et ethniques rivales, et que ces antagonismes avaient fini par engendrer un terrible conflit qui avait duré quatre ans et coûté la vie à des milliers de personnes.

La Bosnie-Herzégovine, le Kosovo et Srebrenica étaient synonymes pour elle de notions épouvantables comme « purification ethnique » ou « génocide ». Sarajevo avait été le cœur de la tragédie, mais elle n'avait jamais vraiment compris les tenants et les aboutissants de ces drames lointains. Ils n'avaient jamais atteint sa vie bien protégée.

Dragan devait avoir dans les trente-cinq ans aujourd'hui, il était au moins de dix ans son aîné. Mais, à l'époque de cette guerre qui avait eu lieu vingt ans auparavant, c'était un adolescent. Il avait forcément connu l'horreur des combats, ce qui devait expliquer la sombre énergie irradiant de lui.

Comment avait-il survécu ? Qu'avait-il vraiment vu ? Qu'avait-il fait ?

— Je me souviens d'avoir entendu parler de Sarajevo, mais j'étais trop jeune pour comprendre, reprit-elle. Peut-être pouvez-vous m'éclairer à ce sujet ?

— Non.

Le mot, bien que prononcé sur le ton du murmure, venait d'ériger un véritable mur entre eux.

— Vous m'aviez dit que vous parleriez.

— Nous avons assez discuté ! trancha-t-il.

Et, soudain, il la saisit par le menton, la forçant à le regarder droit dans les yeux. Des yeux qui brillaient comme le feu sous la glace.

— Si je partageais avec vous les images que j'ai en tête, Tessa, si elles s'incrustaient dans votre esprit, vous ne pourriez jamais me le pardonner. Ce serait bien cruel de vous infliger ça.

- 6 -

Tessa comprit tout de suite que Dragan allait l'embrasser, et pressentait que ce baiser serait impérieux. L'élan de désir qui la traversa alors balaya toutes les mises en garde qu'elle s'était faites.

Au fond, peut-être cela servirait-il ses intérêts. Toutefois, quand il approcha sa bouche de la sienne, elle se rendit compte qu'elle n'était pas mue par la raison, mais désirait tout simplement se donner à lui, peu importait le reste.

De façon possessive, il captura ses lèvres sans chercher à l'amadouer, visiblement animé par un appétit violent où la tendresse n'avait pas sa place.

Elle répondit avec une ferveur inouïe, et une chaleur intense incendia tout son être. Enfouissant la main dans ses cheveux, elle se serra contre lui et s'enivra du goût de sa bouche, et de l'odeur si masculine qui émanait de sa personne. Bientôt, elle céda pleinement à ses ardeurs et entrouvrit la bouche pour que leurs langues se mêlent.

Une voix lui murmura bien que Dragan Markovic était un calculateur, mais elle était bien trop ivre pour l'écouter, elle aurait tout le temps de s'inquiéter plus tard. Pour le moment, elle voulait cueillir l'instant tel qu'il se présentait.

Quand il détacha sa bouche de la sienne pour déverser une pluie de baisers sur sa gorge, elle inclina la tête en arrière. Alors il fit glisser les mains sur son ventre, avant de les remonter vers sa poitrine, ses épaules, entraînant dans le sillage le T-shirt un peu trop grand qu'il lui avait prêté. Elle se cambra quand il se mit à lui caresser les seins, dont les pointes se dressaient déjà. Le désir vibrait au plus profond de son être.

Soudain, il se redressa et, s'adossant aux coussins, se mit à l'étudier d'un œil langoureux. Elle ne portait plus que le caleçon trop grand pour elle, et un sourire lascif éclaira le visage de Dragan.

— Vous n'êtes qu'une petite effrontée, mademoiselle Randall, déclara-t-il.

— Je sais, confirma-t-elle. Mais avoue que ça te plaît.

Et, sur ces mots, elle se pencha pour l'embrasser, s'allongeant à moitié sur lui. Il glissa aussitôt les mains dans son caleçon et, les plaquant sur ses fesses, il l'attira contre son érection.

— C'est insensé, murmura-t-elle encore en pressant ses hanches contre les siennes, complètement grisée.

Rien qu'en la caressant, cet homme produisait un effet incroyable sur ses sens. Qu'en serait-il lorsqu'il la pénétrerait ?

Il émit un rire rauque.

— Insensé, c'est bien le mot. Mais que serait le monde, si nous étions toujours raisonnables ?

Et, de nouveau, il se mit à lui dévorer la bouche tout en roulant son caleçon sur ses hanches. De son côté, elle défit, fébrile, les boutons de sa chemise.

— Je vais t'aider, chuchota-t-il d'une voix rauque.

Son corps était aussi musclé que celui d'un athlète, légèrement bronzé, et recouvert d'un fin duvet. Quand il se redressa pour ouvrir son ceinturon, elle aperçut une cicatrice blanche, du côté droit de son torse. Une cicatrice profonde, typique d'une blessure par balle.

Allons ! Ce n'était vraiment pas le moment de l'interroger à ce sujet, puisqu'il s'agissait d'une relique d'un passé qu'il refusait d'évoquer.

Son ceinturon se détacha et sa braguette s'ouvrit.

— Viens ici, Tessa, murmura-t-il d'une voix lourde de désir.

Mais, au moment où elle allait obtempérer, un gémissement s'éleva du corridor. D'abord une première voix, puis une autre. Elle se figea avant de se saisir promptement de son T-shirt et de le renfiler en un tournemain. Ses filles s'étaient réveillées dans un lieu inconnu et plongé dans le noir. Sans elle. Elle devait absolument aller les trouver.

Dragan ne pipa mot. Devait-elle s'excuser ? Non, c'était ridicule. Tout ce qu'elle avait à faire, c'était de filer.

— Est-ce que tu vas revenir ? demanda-t-il.

— Je ne sais pas, lança-t-elle.

Et, s'emparant de la lanterne, elle s'élança dans le corridor.

Elle ne reviendra pas.

Frustré, Dragan enleva son T-shirt, enfila sa chemise en flanelle sans se soucier de la fermer et rajusta son jean. Se rallongeant sur le canapé, il saisit son verre et avala une gorgée de vin, luttant de toutes ses forces pour juguler le désir qui bouillait dans ses veines.

Tessa Randall était une très belle femme, sexy, spirituelle et passionnée, et il aurait savouré chaque minute passée à lui faire l'amour devant le feu crépitant. Mais elle était aussi et avant tout une mère, et il n'était nullement en mesure de rivaliser avec les exigences de ses deux petites rousses.

Maintenant qu'il avait repris ses esprits, il se rendait compte que coucher avec Tessa n'aurait été guère avisé de sa part. Après tout, ne prétendait-elle pas qu'il les avait enlevées, elle et ses filles ? Si elle pouvait de surcroît suggérer qu'il l'avait séduite dans l'objectif de porter préjudice à ses intérêts, aucun juge sur terre ne mettrait en doute le regard innocent de ses grands yeux noisette.

D'autant que c'était presque la vérité.

Jurant dans sa barbe, il replaça son verre de vin sur la table basse et se cala entre les coussins. Il lui donnait quinze minutes avant de jeter l'éponge et d'aller se coucher, même s'il pouvait déjà prédire le scénario : seule avec ses jumelles, Tessa reviendrait à elle, et regretterait ce qu'elle avait été sur le point de faire. Elle s'en blâmerait, ou plus exactement le tiendrait pour responsable. Bref, sa culpabilité maternelle pour avoir laissé ses enfants seules ferait retomber la passion dont elle venait de lui livrer un aperçu.

Il avait toujours eu pour règle de ne pas sortir avec des femmes ayant des enfants en bas âge et il se rappelait maintenant pourquoi.

Il tendit la main pour reprendre son verre, puis renonça, le vin ayant tendance à l'endormir. Soudain, une grande lassitude l'envahit, et il ferma les yeux. Il était encore submergé par l'odeur féminine de Tessa… A l'idée de ce qu'il aurait pu lui faire si elle était restée près de lui, il sentit de nouveau l'excitation monter en lui.

Mieux valait donc qu'elle soit partie. Il n'aurait jamais dû supprimer son vol, ni l'inviter à monter dans son avion avec ses deux enfants si vulnérables qu'il fallait par ailleurs surveiller comme du lait sur le feu.

Cette pensée réveilla en lui des images de Sarajevo. Et des émotions qu'il s'était juré de ne plus jamais ressentir.

Malgré lui, il fut bientôt happé par le sommeil et se

retrouva immédiatement au cœur d'un tunnel sombre et familier, son corps de gamin malingre ployant sous un sac à dos bien trop lourd.

A chaque pas, il risquait de s'écrouler dans la boue, mais il ne pouvait pas s'arrêter, pas plus qu'il n'avait le droit de reprendre des forces en se servant dans les provisions que contenait son fardeau : celles-ci étaient destinées à des enfants. A treize ans, il était déjà considéré comme un homme.

D'autres que lui empruntaient le long tunnel, chargés d'armes et de munitions afin de défendre la ville bombardée. L'année suivante, le tunnel serait aménagé de rails où circuleraient des chariots, mais, en cette deuxième année de siège, la galerie souterraine qui menait d'une maison de Sarajevo à une zone située près de l'aéroport, en territoire libre, s'apparentait à une longue grotte obscure. Trop étroite et trop basse pour qu'un adulte puisse y tenir debout, et bien plus adaptée aux garçons qui, comme lui, étaient trop jeunes pour alimenter les troupes bosniaques.

Il aperçut de la lumière. Dans quelques instants, il rentrerait chez lui, avalerait une maigre soupe de gruau et rejoindrait ses parents, son jeune frère et ses deux petites sœurs dans la cave de leur maison, où ils seraient tous à l'abri des bombes.

Un obus serbe résonna soudain juste au-dessus du tunnel ; surpris, il vacilla et s'affala dans la boue.

Dragan se réveilla en sursaut, le cœur battant. Tout allait bien, il était en Alaska, dans le chalet de pêcheurs, sur le canapé, et le feu commençait à décliner.

Il n'avait pas refait ce cauchemar depuis des années, et il avait d'ailleurs cru qu'il ne reviendrait plus jamais le hanter, mais il avait suffi que Tessa le questionne sur son passé pour qu'il resurgisse. La présence des jumelles n'avait sans doute pas arrangé les choses.

Se levant d'un bond, il décida de débarrasser la table et de faire la vaisselle.

Au moins, il s'était réveillé avant la partie la plus atroce du rêve, mais à présent il était littéralement épuisé. S'il se mettait au lit maintenant, il se pouvait qu'il dorme d'un sommeil de plomb sans que le passé ne vienne plus s'immiscer.

S'emparant de sa lampe de poche, il vérifia que toutes les portes extérieures étaient fermées et se dirigea vers sa chambre. Passant devant celle de Tessa, il marqua une pause. Après tout, cela ne ferait de mal à personne s'il jetait un coup d'œil à l'intérieur pour vérifier qu'elle allait bien. Et, si elle était réveillée, il l'informerait qu'il allait dormir dans la pièce voisine, et qu'elle pourrait l'appeler si elle avait besoin de quoi que ce soit.

Encore qu'à son avis elle pourrait se débrouiller seule, quelles que soient les difficultés rencontrées. C'était une véritable maman ourse.

A cette pensée, un petit sourire lui vint aux lèvres, et il frappa à la porte. N'obtenant aucune réponse, il l'ouvrit sans bruit.

Vêtue d'une chemise de nuit en lainage, Tessa était lovée contre ses bébés telle une mère chatte. Toutes trois dormaient, et leurs boucles cuivrées se détachaient sur les oreillers en soie damassée couleur ivoire. Les deux petites ressemblaient à des anges et leur vue alluma en lui une nostalgie pour une vie à jamais perdue. Quant à Tessa…

Elle était si adorable dans son sommeil, qu'il dut se faire violence pour ne pas la prendre dans ses bras et l'emmener dans la chambre d'à-côté. Mais comment aurait-il pu l'arracher à la douceur et à l'innocence qui émanaient du tableau que représentait ce superbe trio ?

Curieux, tout de même, l'effet qu'une journée éprouvante pouvait avoir sur les pensées d'un homme !

Refermant la porte sans bruit, il regagna sa chambre. Une bonne nuit de sommeil lui remettrait les idées en place et, demain, Tessa lui apparaîtrait sous son véritable jour, c'est-à-dire une femme mue par la ferme intention de soutirer le maximum à sa société. Tout comme ses jumelles redeviendraient deux nuisances qui n'avaient aucune place dans sa vie de solitaire. Il devait sortir au plus vite de cette impasse pour reprendre le cours normal de sa vie.

Les draps étaient froids quand il s'y glissa, mais l'édredon eut tôt fait de le réchauffer. Dehors, la tempête faisait toujours rage, hurlant comme une mauvaise fée autour de la cheminée, déversant de la grêle sur le toit. Mais, peu à peu, ce bruit finit par le bercer et il sombra dans le sommeil.

Quand Tessa ouvrit les yeux, la chambre était plongée dans le noir le plus total. Ses enfants pelotonnées contre son corps, elle passa la main sur elles, pour se rassurer. Cependant… Qu'est-ce qui avait bien pu la réveiller ?

Se redressant sur un coude, elle ouvrit grand les oreilles. Elle n'entendait plus ni vent ni pluie. Soudain, elle comprit ce qui l'avait arrachée au sommeil : le silence.

La tempête était-elle passée ?

Poussée par la curiosité, elle enfila un peignoir et se glissa hors de la chambre.

Le calme absolu qui régnait dans le chalet était presque inquiétant, tout comme l'obscurité profonde. Elle remarqua que la porte de Dragan était entrouverte et ne put résister à la tentation de jeter un coup d'œil à l'intérieur. Il était allongé sur le ventre, un pied nu dépassant du matelas.

A cette vue, un élan de tendresse la saisit : il dormait comme un jeune garçon fatigué. Allons ! Dragan Markovic n'avait rien d'un innocent. C'était un homme puissant et manipulateur, sans cœur. Sa tentative de séduction n'avait été qu'une façon de prendre le contrôle, et elle avait failli tomber dans le piège. Elle pouvait remercier ses jumelles de l'avoir empêchée de commettre une folie.

Poursuivant son chemin, elle se dirigea vers la pièce principale. Il y avait un peu plus de lumière ici, mais le parquet était glacé sous ses pieds. Le feu était complètement éteint. Elle frissonna.

Désireuse de vérifier que le temps s'était éclairci, elle s'efforça de regarder par la fenêtre, mais en vain, car les volets lui bloquaient la vue. La seule façon de s'en assurer, c'était de sortir sous le porche. Il y ferait sans doute très froid, mais elle n'allait pas non plus s'y attarder.

Un air calme, et néanmoins semblable à un pan de glace, l'accueillit, et ses pieds commencèrent tout de suite à s'engourdir.

Resserrant sa ceinture autour de sa taille, elle s'avança vers le bord de la terrasse. Du givre recouvrait les branchages, et un voile de brouillard épais voilait le paysage. Elle ne pouvait distinguer le ciel, pas plus que l'eau ou l'avion. D'ailleurs, elle voyait à peine le sol.

De la crique, le cri d'une chouette la fit sursauter. Qu'y avait-il au-delà du chalet ? Elle avait certes passé sept ans à Anchorage, mais elle n'en demeurait pas moins une citadine dans l'âme. A part quelques excursions touristiques, elle ne s'était jamais aventurée dans les étendues désertes de l'Alaska ; en réalité, elle venait juste de prendre conscience, en sentant les doigts glacés de la nature se refermer sur elle, à quel point celle-ci pouvait être dangereuse.

De nouveau, un hurlement fit frémir le brouillard, bien plus proche que le précédent, et une peur panique la saisit : ces cris à vous glacer le sang ne pouvaient avoir été émis que par un animal bien précis, en l'occurrence un *loup* !

Cédant à la peur, elle pivota si rapidement sur ses talons que son pied glissa sur la surface givrée, et qu'elle eut juste le temps de se rattraper pour ne pas tomber. Complètement affolée, elle voulut rentrer, mais heurta une masse haute et solide, avant de sentir un bras lui enlacer la taille.

— Mais qu'est-ce que tu fiches ici, Tessa ? demanda Dragan entre ses dents.

— Je… je voulais voir quel temps il faisait, répondit-elle en claquant des dents. Dragan, j'ai entendu des loups. Ils arrivent ! Il faut rentrer.

Et, comme pour confirmer ses dires, un nouveau hurlement déchira la nuit, suivi d'un craquement de branchages, comme si l'animal courait.

Dragan resserra le bras autour de sa taille.

— Ce n'est rien, la rassura-t-il. Ce sont des loups qui chassent, nous ne sommes pas leur proie. D'ailleurs, la plupart du temps, ils ont peur des hommes.

— Je ne suis pas certaine de te croire.

— Je te propose de poursuivre cette discussion à l'intérieur, car tu grelottes, répliqua-t-il en l'entraînant dans le chalet.

Elle remarqua alors qu'il tenait un revolver à la main.

— Ton arme est-elle chargée ? demanda-t-elle.

— Bien sûr que oui ! Tu aurais dû me prévenir que tu sortais.

— Tu étais endormi.

— Ah bon ? Tu as vérifié ?

— Oui. Tu dormais comme une souche.

— Eh bien, tu vois, j'ai le sommeil léger.

Il avait enfilé un peignoir en lainage pour sortir, mais les pans en étaient à présent ouverts, et elle apercevait son buste. Ce qu'il était sexy ! Mais peut-être la frayeur qu'elle venait de ressentir avait-elle déclenché chez elle une montée d'hormones bien particulières !

— Tu trembles, constata-t-il en posant son arme sur le canapé. Mais… tu es sortie pieds nus ? Tu dois être gelée. Assieds-toi, je vais rallumer le feu.

Il la couvrit du plaid afghan sans paraître se douter de l'effet que produisait le moindre de ses effleurements sur elle.

A l'aide d'un tisonnier, il remua ensuite le charbon. Certaines braises luisaient encore, et il eut tôt fait d'en faire jaillir des flammes.

— Bon, voyons voir ces pieds, déclara-t-il en s'asseyant en face d'elle.

— Tout va bien, assura-t-elle en tentant de remuer ses orteils sans y parvenir.

Elle ne sentait plus rien !

— Pose-les ici, déclara-t-il en lui indiquant son giron. Heureusement, que moi, j'ai eu le bon sens de mettre des chaussures avant de sortir.

Elle baissa les yeux et vit que ses baskets n'étaient pas nouées, comme s'il s'était rué dehors en l'entendant.

— Qu'est-ce qui t'a réveillé ? demanda-t-elle.

— Qui sait ? Le bruit de tes pas, la porte, ou peut-être juste une appréhension.

De ses mains vigoureuses, il se mit à lui masser les pieds.

— On dirait de la glace, commenta-t-il. Ne recommence jamais ! Je t'assure que des pieds gelés, ce n'est pas beau à voir.

— Je te crois sans problème, car j'imagine que tu parles d'expérience.

— Absolument, répliqua-t-il sèchement.

Avait-elle encore franchi le territoire interdit de son passé ? Ses orteils commençaient à fourmiller et à se réchauffer, et le massage lui procurait peu à peu un agréable bien-être.

— Personne ne m'avait frictionné les pieds ainsi. Tu pourrais me le faire toute la nuit sans que je m'en lasse.

Elle se sentit rougir en comprenant ce qu'elle venait de suggérer, d'autant qu'elle le vit esquisser un petit sourire.

— Aurais-tu rougi ? demanda-t-il.

— Désolée, c'est terrible d'être rousse, mon visage reflète la moindre de mes émotions.

— Ça me plaît bien.

— Je ne ferai aucun commentaire.

Le silence s'abattit de nouveau sur eux tandis qu'il massait ses pieds avant de remonter vers ses chevilles.

Elle ferma les yeux, consciente que sa respiration s'accélérait. Maintenant, elle ressentait des ondes de chaleur dans les cuisses : ils savaient où ce petit jeu allait les mener. Et ils iraient jusqu'au bout, cette fois.

Se penchant vers elle, Dragan coula la main dans sa nuque et l'attira à lui pour l'embrasser. Puis il titilla ses lèvres et elle les entrouvrit rapidement. Dans le même temps, il fit remonter sa main libre entre ses cuisses et, quand il atteignit son intimité, il marqua une pause.

— Si tu souhaites que j'arrête, Tessa, dis-le-moi maintenant, murmura-t-il d'une voix rauque.

Mais elle était incapable de parler, quand bien même elle aurait voulu qu'il cesse.

Bientôt, elle sentit ses doigts explorer les plis sensibles de sa chair, en quête de son plus tendre bouton.

— Oui, murmura-t-elle, avant de se cambrer contre lui. Oh oui, Dragan ! Oui…

Sans un mot, il la souleva dans ses bras et la conduisit dans sa chambre. Elle eut une vague pensée pour ses jumelles mais celles-ci dormaient profondément et, avec un peu de chance, elles ne se réveilleraient pas avant le lever du jour. A présent, c'était à elle de s'accorder un peu de temps : celui d'être une femme, une maîtresse. Jusqu'à cet instant, elle ne s'était pas rendu compte à quel point ça lui manquait.

Il la déposa sur le lit, puis retira son pantalon avant d'enfiler un préservatif.

— Toi seule peux être aussi sexy dans cette chemise de nuit, murmura-t-il en s'allongcant près d'elle.

— Elle présente l'avantage d'être très chaude, renchérit-elle. Ce qui n'est pas le cas de tes draps !

— Comment ça ? protesta-t-il.

Et il l'entoura de ses bras et de ses jambes, l'enveloppant de sa chaleur et de son odeur masculine. Elle s'abandonna alors à ses sens, au délice de sa peau contre la sienne.

— Et là, ça va mieux ? reprit-il.

— Bien mieux, dit-elle en s'arquant pour toucher son érection. Mais il ne manque qu'une petite chose…

— C'est-à-dire ?

— Devine, murmura-t-elle en refermant sa main sur son membre.

Il émit un rire rauque et se glissa entre ses jambes qui ne demandaient qu'à l'accueillir. Quand il la pénétra et se mit à aller et venir en elle, elle sentit très vite le plaisir monter et des cris de volupté lui échappèrent.

Lorsqu'elle revint des brumes de la jouissance, elle vit le visage souriant de Dragan penché au-dessus d'elle.

— Comme tu es sensible ! s'exclama-t-il. Je te propose de me chevaucher, d'accord ?

Sans attendre sa réponse, il roula sur le dos et elle se retrouva juchée sur lui. Il prit ses deux seins en coupe.

— Ce que tu es belle ! poursuivit-il.

— Il fait une nuit d'encre, tu ne vois rien du tout, observa-t-elle en riant.

— Mais je le sens, répondit-il d'une voix saccadée. Tessa, fais-moi l'amour !

Avec lenteur, comme dans un rêve, elle se mit à bouger sur lui et les sensations qui naquirent alors en elle la bouleversèrent. Soudain, il la saisit par la taille, accélérant le rythme, et elle suivit sa cadence. Bientôt, elle l'entendit haleter, puis un grognement lui indiqua que lui aussi avait joui.

Une onde de tendresse l'envahit.

Se détachant de lui, elle déposa un baiser sur ses lèvres.

— Merci, murmura-t-elle.

Il émit un petit rire de satisfaction, roula sur le côté, et s'endormit.

Dragan se réveilla à l'aube, seul dans son lit, ce qui ne l'étonna pas : Tessa avait rejoint ses jumelles.

Pourtant, c'était aussi une femme sensible et charnelle, bien différente des créatures égocentriques avec qui il avait l'habitude de sortir. Faire l'amour avec elle était une expérience plus réelle que tout autre. Il avait hâte de la réitérer, aussi longtemps qu'ils demeureraient ici.

Et ensuite ? Eh bien, les secours finiraient par arriver, ils se retrouveraient à Anchorage, face à face devant la cour — et peut-être pires ennemis que jamais, après ce qui s'était passé entre eux à leur corps défendant.

Mais, à cette heure, les éventuels dédommagements financiers ne le préoccupaient guère. Après la nuit qu'ils avaient passée ensemble, il aurait été prêt à lui offrir la lune, si elle l'avait demandée.

Non, le problème était bien plus profond.

Tessa était une personne fantastique, qu'il aurait aimé garder pour un certain temps auprès de lui. Seulement, elle n'était pas seule. Et la simple vue de ses petites diablotines figeait ses émotions, tel un étau de fer glacé. Autrefois, il aimait les enfants, mais cela remontait à longtemps, et ce qu'il avait vécu à Sarajevo avait à jamais anéanti cette faculté.

- 7 -

Dragan s'habilla dans le silence le plus absolu, la lumière grise de l'aube filtrant à travers les volets. Après avoir enfilé un pull épais sur sa chemise, il se mit en quête des chaussures de randonnée rangées dans son placard. Ce matin, la marée serait basse et, si la tempête n'avait pas causé de trop gros dégâts, il pourrait marcher jusqu'à l'avion et réessayer la radio. Enfin, il rapporterait les sièges des jumelles, de sorte que les repas seraient bien moins agités.

La porte de Tessa était close. Elle avait mérité une bonne nuit de sommeil. Pourvu seulement que les jumelles ne soient pas trop matinales.

Il ralluma le feu et attendit que celui-ci démarre. Puis il s'empara du pistolet et l'attacha à sa ceinture : il avait passé suffisamment de temps en Alaska pour savoir qu'on n'y était jamais trop prudent.

Après avoir déverrouillé la porte d'entrée, il s'avança sous le porche, où il fut salué par un banc de brouillard. Il distinguait à peine le bosquet de sapins qui s'élevaient juste en bas, mais au moins il apercevait le chemin qui menait à la grève. Tant qu'il regarderait ses pieds, tout irait bien.

La nature était couverte d'une couche de givre, et la mousse qui courait sur les branchages semblait enclose dans du verre. Toutefois, il avait déjà connu de telles tempêtes et, si le soleil brillait aujourd'hui, la glace aurait fondu à midi. Seulement, parviendrait-il à transpercer l'épais brouillard ? Bien malin qui pourrait le prédire. Ce qui était certain, c'était qu'aucun pilote ne s'aventurerait jusqu'à ce lieu perdu tant que le ciel ne se serait pas éclairci.

Au bout d'une dizaine de mètres, il repéra tout à coup des empreintes de loups sur le chemin. Ils étaient venus tout près du chalet pendant la nuit, mais, normalement, ils devraient rester dans la profondeur des bois durant la journée, car ils avaient le ventre plein. Les loups pouvaient certes être assoiffés de sang, mais, contrairement à certains humains qu'il avait connus, ils tuaient uniquement pour se nourrir.

Quand il passa la ligne de la marée haute, il entendit un clapotis dans le brouillard. Comme ses bottes crissaient sur les algues, il s'immobilisa. Dissimulé par l'épais voile de brume, quelque chose barbotait sur la rive. Peut-être était-ce un ours en train de pêcher ? Le mieux était de faire un peu de bruit pour qu'il se sauve, car Dragan n'avait aucune envie d'être obligé de lui tirer dessus.

Reprenant sa marche, il se mit à siffler et à jeter des pierres devant lui, et bientôt il entendit des bruits de pas s'éloigner en courant. Sa technique avait fonctionné.

L'avion surgit soudain dans le brouillard, si proche que Dragan sursauta ; l'engin ne paraissait pas endommagé.

Qu'est-ce qui avait bien pu provoquer la fuite du carburant ? Il ne lui fallut pas longtemps pour comprendre : le bouchon du réservoir pendait sur le côté. Soit il n'avait pas été refermé correctement à Ketchikan, soit il n'avait pas été remis du tout. Un juron lui échappa. Un avion flambant neuf qui avait coûté quatre millions de dollars contraint de se poser à cause d'un fichu bouchon de réservoir ! Ses passagères et lui-même avaient eu de la chance, car ils auraient tout à fait pu s'écraser ou bien devoir atterrir dans un endroit désert, sans nourriture ni toit, à part l'avion lui-même.

Grimpant dans le cockpit, il essaya la radio. Elle marchait, mais la réception n'était guère meilleure que la veille. Tout ce qu'il put faire, ce fut envoyer un nouveau signal de détresse, en espérant qu'il serait bien reçu. Il avait rempli un plan de vol à Bellingham mais, comme c'était un voyage ultra-secret, aucune compagnie ne l'attendait à Anchorage. Quant à Tessa, son avocate aurait sans doute compris maintenant qu'elle n'avait pas pris le vol sur lequel elle l'attendait ; toutefois, elle n'avait aucun moyen de deviner ce qui était arrivé à sa cliente et à ses filles. Et pas la moindre piste pour se mettre à sa recherche.

Si l'aventure finissait mal, il en serait le seul responsable, il en avait bien conscience. De toute façon, même si l'issue leur était favorable, il devrait en payer les conséquences.

Il détacha les sièges des jumelles, puis redescendit de l'avion. Plus tard, quand le soleil aurait percé, il reviendrait lancer un signal radio.

Il reprit le chemin du chalet, enveloppé d'un brouillard plus dense que jamais. Le froid était si piquant qu'il lui rappelait les hivers à Sarajevo. Il se revit alors arpentant les rues ravagées par les obus, après des allers et retours dans le tunnel pour réapprovisionner la ville, l'oreille en alerte afin d'éviter les snippers.

C'était une époque effroyable, où il avait connu d'innombrables pertes — ses amis, sa famille…

Il s'était toujours efforcé de bloquer ses souvenirs et, s'il se maintenait occupé, il y arrivait, la plupart du temps. Mais ici, dans le froid, avec trois vies fragiles qui dépendaient de lui, les images lui revenaient en flots continus.

Durant les quatre ans du siège de Sarajevo, le petit

garçon innocent qu'il était s'était transformé en un jeune homme armé contre toute émotion, sauf la colère. Aimer, c'était perdre. S'intéresser à autrui, c'était souffrir. Et, depuis, rien ni personne ne lui avait donné une bonne raison de changer.

Soudain, il aperçut le chalet à travers le brouillard. Il accéléra le pas, avide de la chaleur du feu, des bruits de voix, de pas, bref, de toute chose susceptible de le détourner de ses insupportables pensées.

Il gravit rapidement les marches, s'engouffra dans le chalet, les encombrants sièges sous les bras. Aussitôt, les flammes du feu le rassurèrent, tout comme le gazouillis des enfants et l'odeur de… Etait-ce des pancakes ?

Reposant le pistolet sur la plus haute étagère, il poussa les portes battantes de la cuisine et le spectacle qui l'attendait chassa ses idées les plus noires.

Dans un peignoir couleur pastel, Tessa se tenait devant les fourneaux, les cheveux en bataille, le visage non maquillé : elle avait l'air aussi fraîche et délicieuse qu'un bol de fraises, dont il aurait pu dévorer jusqu'au dernier fruit.

Elle lui adressa un sourire rayonnant, tout en rosissant. Pensait-elle à la nuit qu'ils avaient passée dans les bras l'un de l'autre ? Il aurait juré que oui. Et il ne lui en aurait pas fallu beaucoup pour s'enflammer, si leurs deux petits chaperons n'étaient assises là, portant à leur bouche des bouts de pancakes au sirop d'érable.

— Je suis soulagée que tu sois de retour, lança-t-elle, comme si de rien n'était. Je m'inquiétais à cause des loups.

— J'ai vu leurs empreintes, mais ils sont loin à présent. J'ai mis du temps à cause du brouillard et de la glace, mais j'ai rapporté les sièges de tes jumelles.

— Merci.

Et elle versa trois louches de pâte dans la poêle.

— Les fauteuils doivent être glacés, tu veux bien les mettre devant le feu, avant que j'asseye les filles dedans ? enchaîna-t-elle. A propos, veux-tu des pancakes ?

— Avec plaisir, répondit-il en s'exécutant. Maddie et Missy ont l'air de les trouver délicieux. Et je vois que tu as déniché des assiettes plus appropriées.

— Oui, elles pourront difficilement casser du plastique.

Il regarda les jumelles. Elles avaient le visage brillant et collant, mais riaient, l'air ravi. Il repoussa l'élancement d'un souvenir poignant.

— Tu veux que je fasse du café ? demanda-t-il.

— Génial ! Il y a de l'eau chaude dans la casserole. A vrai dire, je n'ai pas eu beaucoup de temps. Une fois que j'aurai fini les pancakes, tu voudras bien les surveiller le temps que je prenne une douche rapide ?

— Pas de problème, mentit-il.

En réalité, il aurait préféré qu'on l'enferme avec deux chats sauvages.

— Le café, tu le veux noir ou avec un nuage de lait ? poursuivit-il.

— Noir, répondit-elle en confectionnant de nouveaux pancakes.

Comme le café était lui aussi lyophilisé, il ne lui fallut guère de temps pour remplir deux tasses.

— Tiens, dit-il en lui en tendant une avant d'attraper un pancake.

Elle avala son café d'un trait.

— Je ne serai pas longue. Si Missy et Maddie veulent encore des pancakes, donne-leur-en.

Il la regarda franchir les portes battantes. Pourquoi acceptait-il de l'aider à s'occuper des enfants ? Et elle, pourquoi s'entêtait-elle ? Il lui avait pourtant clairement dit qu'il ne voulait rien avoir à faire avec ses filles. Or il n'avait pas protesté quand elle s'était éclipsée, pour le laisser avec ses deux petites bombes à retardement.

— Pa ? commença Missy en dardant sur lui son regard bleu lavande.

Elle désigna alors le plat de pancakes. En voulait-elle un autre, vu que son assiette était vide ?

— Entendu, dit-il.

Il l'attrapa avec une fourchette et le coupa en petits morceaux qu'il arrosa de sirop d'érable. Missy en saisit un avec les doigts et le mit dans sa bouche, tandis que le sirop coulait sur son bavoir.

Maddie rayonnait de l'autre côté de la table. Soudain, bien que son assiette soit encore pleine, elle avança la main vers celle de Dragan. Mais il secoua la tête.

— Non, Maddie, ça ne marche pas comme ça. Finis d'abord tes pancakes et ensuite je t'en donnerai d'autres.

— Pfft ! fit-elle.

Et, s'emparant de son assiette en plastique, elle la renversa sur sa tête ; elle éclata de rire quand le sirop d'érable coula sur ses belles boucles couleur flamme. Sa sœur s'esclaffa à son tour, et toutes deux parurent s'amuser follement.

Que faire ? Il entendait l'eau de la douche ruisseler, impossible d'appeler Tessa à la rescousse : il ne lui restait plus qu'à gérer la situation.

Il commença donc par retirer l'assiette des cheveux de Maddie avant qu'elle n'y soit complètement collée, puis il prit l'enfant dans ses bras, lui inclina la tête sous le robinet de l'évier et fit couler l'eau pour lui laver les cheveux.

Au bout de deux minutes, tout le sucre était parti, mais ses vêtements étaient trempés, et elle hurlait de rage. Il s'apprêtait à prendre un torchon pour l'essuyer quand

Missy, s'impatientant sur son siège, voulut en descendre et tomba, tête la première. Elle se redressa et se retrouva sur les fesses, en pleurs, avec le front qui virait au violet.

Il jura, puis lutta contre l'envie de tout laisser en plan et de sommer leur mère de venir de toute urgence.

Reposant Maddie par terre avec son torchon sur la tête, il prit dans ses bras la petite Missy qui sanglotait toujours, et examina son bleu de plus près. Visiblement, il y avait eu plus de peur que de mal, mais l'enfant était choquée. Ce fut alors qu'il sentit resurgir au plus profond de son être une peine qui y était enfouie depuis très longtemps ; instinctivement, il se mit à la bercer.

— Ce n'est rien Missy, ça va passer, murmura-t-il.

Peu à peu, ses sanglots s'apaisèrent et elle se blottit contre lui, agrippant son T-shirt.

Il leva les yeux vers sa sœur. Elle aussi avait cessé de pleurer, pour commencer à ôter ses vêtements mouillés. Sa salopette était tombée sur ses chevilles, et son T-shirt passé autour de son cou.

— Pitié ! marmonna-t-il.

Il voulut poser Missy par terre, mais elle s'accrocha à lui. Alors, tout en la maintenant en équilibre, il saisit sa sœur par le bras pour l'empêcher de poursuivre son strip-tease. A cet instant, les portes battantes s'ouvrirent et Tessa entra dans la cuisine, encore en peignoir et une serviette sur la tête.

Elle écarquilla de grands yeux.

— J'ai entendu pleurer. Mais que s'est-il donc passé ?

Il lui résuma la situation avant de conclure :

— Je ne sais pas comment tu y arrives ! Franchement, bravo, tu es une vraie pro pour les gérer vingt-quatre heures sur vingt-quatre, alors que je suis incapable de les assumer dix minutes.

— Je suis leur mère, je sais anticiper, trancha-t-elle en prenant Missy dans ses bras. Ça va aller, ajouta-t-elle en lui donnant un baiser sur le front. Elle a juste besoin qu'on la cajole.

Maddie tira alors sur le peignoir de sa mère, désireuse d'attirer son attention, de sorte que Tessa se pencha et l'entoura de son bras libre.

— Toi aussi, ma chérie, tu es gentille. Bon, je vais te sécher.

Et elle détacha la serviette-éponge qui retenait ses cheveux pour envelopper sa fille dedans.

— Si tu n'avais pas joué avec la nourriture, ça ne serait pas arrivé, poursuivit-elle. Maintenant, je dois te changer.

— Tu crois qu'elles comprennent ce que tu leur dis ?

— Elles comprennent en fonction de leurs besoins, répondit-elle en relevant la tête vers lui.

Il sursauta presque : avec ses boucles rousses humides qui encadraient son visage mutin, elle ressemblait de manière frappante à ses filles.

— Bon, je pense que tu as fait assez de baby-sitting pour l'instant, j'emmène les filles dans ma chambre le temps que je m'habille. Je reviendrai nettoyer tout ceci. Et toi, as-tu mangé ?

— Je prendrai mon petit déjeuner un peu plus tard, lâcha-t-il, mû par l'envie de fuir. Je vais aller couper du bois pour le feu, cela m'ouvrira l'appétit.

Dragan n'avait pas oublié comment fendre le bois en bûches, même s'il ne s'était pas adonné à cette tâche depuis des années. Les copeaux volaient quand il abaissait la hache avec vigueur, mais c'était une excellente façon d'évacuer sa frustration.

Comment avait-il bien pu se retrouver dans une telle

situation, avec un avion en panne sèche et trois rousses qui le rendaient fou, dont une seule au bon sens du terme ? Il n'arrivait à échanger avec personne par radio, et la météo s'apparentait à une malédiction. De surcroît, bloqué dans ce *no man's land*, il était en train de manquer le procès, tout comme il était dans l'incapacité de gérer les autres crises qui survenaient couramment dans l'entreprise.

Mais il parviendrait au moins à maîtriser ces bûches !

Il repensa à ce qui s'était passé avec Tessa. Elle n'allait pas renoncer aux poursuites pour autant ; elle avait besoin de l'argent qu'elle réclamait et, d'ailleurs, elle le méritait peut-être. Le moins qu'il pouvait faire, c'était d'en apprendre davantage sur les circonstances de l'affaire et ses motivations. Maintenant qu'ils étaient amants, elle serait peut-être plus encline à parler.

Le soleil s'étant levé, le froid était moins mordant, et la glace commençait à fondre. Des odeurs de mousse, de bois pourri et de terre humide montaient du sol, mais le banc de brouillard demeurait intact, si bien qu'aucun avion de secours ne pourrait venir aujourd'hui jusqu'à eux.

Quand il eut préparé une bonne pile de bûches, il coupa du petit bois, afin qu'ils disposent d'une réserve suffisante en cas de nouvelle tempête.

Alors qu'il s'avançait vers le porche muni d'une bonne provision, il leva les yeux vers l'escalier et aperçut une petite silhouette solitaire, en haut des marches. A présent, il connaissait suffisamment les jumelles pour savoir qu'il s'agissait de Maddie. Il se raidit.

— Que fais-tu ici, petite intrépide ? Et où est ton manteau ?

— Pfft !

Vêtue d'une salopette propre et sèche et d'une chemise à manches longues, elle ne semblait pas du tout craindre le froid. Encore une fois, elle avait dû s'échapper. Il fronça les sourcils : quand il était sorti, il n'avait pas fermé à clé la porte arrière…

Il gravit rapidement les marches.

— Il faut rentrer ! Il fait bien trop froid ici et ta mère va s'inquiéter. Viens !

Maddie ne bougea pas, s'attendant sans doute à ce qu'il la porte.

— Ga, dit-elle en désignant les bûches qu'il avait sous le bras.

— C'est ça que tu veux ? Tu as envie de m'aider ?

Il lui tendit une bûche, dont elle s'empara avec empressement avant de se diriger vers la porte de derrière. Elle entra dans la cuisine, arborant le bois comme un précieux trésor. Ils trouvèrent Tessa dans la salle à manger, en train de déplacer une chaise, pour regarder sous la table. En les entendant, elle se redressa si vite qu'elle faillit se cogner la tête.

— Je l'ai cherchée partout, s'exclama-t-elle.

— Je l'ai trouvée sous le porche, répondit-il. Il faut vraiment que nous veillions à fermer la porte, sinon elle risque d'aller de nouveau vadrouiller.

Maddie se rapprocha de sa mère et lui tendit la bûche.

— Ga ? fit-elle.

Tessa lui sourit et se pencha pour l'embrasser.

— Merci, Maddie. Va rejoindre Missy, elle est dans le fauteuil, là-bas.

L'enfant se précipita vers sa sœur, et Tessa se tourna vers lui.

— Merci de m'aider à les surveiller. Il y a tant d'endroits à explorer, tant de dangers, ici. Je n'ai pas emporté de jouets, car mon avocate m'avait assuré que la baby-sitter en aurait sur place. En tout cas, quoi que tu en dises, tu t'en sors plutôt bien, avec elles.

Il eut envie de hurler : encore une fois, elle essayait de l'impliquer dans un rôle qu'il ne voulait pas jouer auprès de ses filles.

— Tu sembles très bien te débrouiller toute seule, répliqua-t-il, avant d'ajouter pour changer de sujet : D'ailleurs, si tu es aussi efficace dans une entreprise, je ne comprends pas qu'on ait pris l'initiative de te licencier.

Elle se raidit, immédiatement sur ses gardes.

— Dragan, je ne suis pas certaine qu'il soit judicieux d'évoquer cette affaire.

— Pourquoi ? Je suis l'un des premiers concernés et, crois-le ou non, je tiens à ce que justice te soit rendue. C'est pour ça que je dois savoir exactement ce qui est arrivé.

Malgré sa bonne foi, elle semblait encore hésiter.

— Ecoute, plaida-t-il encore, je vais apprendre tous les détails de l'histoire au tribunal, alors qu'est-ce que cela change, que je l'entende maintenant ou plus tard ? Donne-moi juste le temps de poser le bois et de me faire un café. Et puis nous discuterons de tout cela.

Songeuse, Tessa le regarda déposer les bûches. Elle savait bien que « le Dragon » ne supportait pas qu'on lui oppose le moindre refus. Et, comme elle ne lui avait pas refusé son corps, elle pouvait difficilement se dérober concernant le litige qui les opposait.

Il se dirigea vers la cuisine.

— Tu veux aussi un café ? demanda-t-il.

— Volontiers.

Peut-être que ça la calmerait, après tout.

Une fois qu'il fut hors de sa vue, elle contempla ses filles, blotties l'une contre l'autre dans la chauffeuse. En général, en milieu de matinée, elles faisaient un petit somme, et aujourd'hui ne ferait pas exception à la règle : elles étaient sur le point de s'endormir. Elle les recouvrit d'un plaid. Avec un peu de chance, elles resteraient assoupies pendant une heure, puis elles seraient de nouveau en grande forme pour galoper dans le chalet.

Elle ferma les yeux un instant, puisant en elle la force d'affronter Dragan. Allons ! Elle n'avait nulle raison d'être nerveuse. Elle n'avait rien à cacher, mais serait bien peu avisée de lui accorder son entière confiance. Elle pouvait parfaitement relater des informations en toute innocence, qu'il retournerait ensuite contre elle. Helen en blêmirait.

Il revint de la cuisine, deux mugs fumants à la main ; même avec les cheveux décoiffés et un début de barbe, il ressemblait à une star de cinéma, parfaitement sûr de lui. Comment le commun des mortels avait-il la moindre chance de s'en sortir, face à lui ?

— Tiens, dit-il en lui tendant une tasse en porcelaine bleue qui lui réchauffa instantanément les doigts. Comment ces deux petites diablesses peuvent-elles avoir l'air si angélique ? ajouta-t-il d'un ton intrigué, après un regard vers ses jumelles endormies.

— Parce que ce sont vraiment des anges, lui assura-t-elle. Mais, en ce moment, elles apprennent à devenir des êtres humains, et ce n'est pas facile, quand on est petit.

— Bien tourné ! s'esclaffa-t-il.

Il avala une gorgée de café, et enchaîna :

— Tu es une mère fantastique. Une femme fabuleuse.

— Et intelligente, aussi, précisa-t-elle d'un ton ironique. Bien trop intelligente pour tomber dans le piège de tes flatteries. C'est le moment d'être honnête, Dragan. Accorde-moi au moins cette faveur.

— Entendu, mais en retour j'attends la même franchise

de ta part. Excepté le plan conçu pour t'attirer dans mon avion, je ne t'ai pas menti, Tessa. Je veux réellement comprendre l'enjeu de ce procès afin que justice soit faite. Et comme nous avons tout le loisir de discuter…

Une bourrasque secoua soudain les volets. Une autre tempête se préparait, ce qui allait retarder encore d'un jour la venue des secours. Dragan avait raison : ils disposaient de tout le temps voulu.

- 8 -

Dragan avait prévu de ressortir pour émettre un autre appel radio, mais, avec la tempête qui s'annonçait, le périple jusqu'à l'avion s'apparenterait à une perte de temps.

Tessa enserrait le mug de ses mains, ses beaux yeux noisette tournés vers le feu. Elle semblait vulnérable, presque effrayée. L'espace d'un instant, il s'imagina la prendre dans ses bras et l'attirer de nouveau dans son lit. Allons, c'était une idée bien trop fantaisiste ! En aucun cas Tessa n'abandonnerait ses enfants sur la chauffeuse, dans une maison regorgeant de dangers. Et puis, n'avait-elle pas accepté de lui livrer sa version de l'histoire ? Il aurait été peu judicieux de laisser filer cette occasion.

— Je t'écoute, dit-il. Commence par où tu veux.

Elle s'adossa au canapé et avala un peu de café, fixant toujours les flammes, comme si elle rassemblait ses pensées avant de se lancer.

— Je t'ai déjà parlé de Kevin, mon fiancé qui a été tué en mission. Comme je te l'ai dit, je ne savais même pas que j'étais enceinte au moment de l'enterrement. Je m'en suis rendu compte des semaines après…

Elle secoua la tête.

— Le choc a été grand, bien sûr, mais cette grossesse a été une bénédiction. Je les ai aimées dès que j'ai su que je les attendais.

Elle fit une pause, et poursuivit :

— Je travaillais à Anchorage depuis six ans, et mon emploi me plaisait énormément. J'étais bien rémunérée et je savais que j'allais avoir besoin de mon assurance maladie. Je prévoyais de travailler aussi longtemps que je le pourrais, puis de m'arrêter quelques semaines, avant de revenir dès que possible.

— C'est ce qui est prévu dans nos conventions salariales, en effet, déclara-t-il.

— Tout à fait, et c'est bien pour cette raison que je ne m'attendais pas au moindre problème. Je comptais annoncer ma grossesse quand elle commencerait à se voir. Seulement voilà : je me suis mise à avoir des nausées matinales, et mon nouveau directeur s'en est pris à moi.

— Comment s'appelle-t-il ?

— Tom Roylance. Tu le connais ?

— Vaguement.

Il se rappelait l'avoir vu à une conférence sur le management. C'était un grand type assez jeune, plutôt bel homme et doté d'une assurance qui frisait l'arrogance — en d'autres termes, une personne aux dents longues qui n'hésitait pas à écraser les autres pour arriver à ses fins. A la façon dont Tessa avait prononcé son nom, il eut tout de suite la sensation qu'elle avait fait les frais de ses ambitions, et éprouva la folle envie de retrouver ce fichu Roylance pour lui ficher son poing dans la figure.

— De quelle manière s'en est-il pris à toi ? Harcèlement sexuel ?

— Ç'aurait été nettement préférable.

Et elle éclata d'un rire amer, avant de continuer :

— De la sorte, le poursuivre en justice aurait été du gâteau. Non, ce n'était pas de cet ordre-là. Il est devenu extrêmement critique vis-à-vis de mon travail, arguant que nos clients asiatiques n'aimaient pas négocier avec une femme, et que, si celle-ci était enceinte par-dessus le marché, ils fuiraient les discussions avant même qu'elles ne soient entamées. Je lui ai prouvé à maintes reprises son erreur, mais en vain. A ses yeux, un homme aurait été plus efficace.

— Et tu ne l'as pas dénoncé ?

— Franchement, qu'est-ce que j'aurais pu dire ? C'était un crétin fini, rien de plus. Du moins au début. Ensuite, ma grossesse s'est compliquée, j'ai eu des saignements et j'ai été transportée d'urgence à l'hôpital. Le médecin m'a alors indiqué que je pouvais effectuer un travail de bureau, mais qu'il n'était plus question que je voyage.

Elle reprit sa respiration et enchaîna :

— Comme j'étais en arrêt maladie pour une semaine, j'en ai profité pour faire une demande de changement de poste en vue d'en obtenir un dans les bureaux de Seattle. Mais, en revenant au travail, la semaine suivante, j'ai découvert mes affaires personnelles empaquetées à la réception, où l'on m'a annoncé que j'étais renvoyée.

C'était là une façon bien rude de traiter une femme, et à plus forte raison une employée de valeur. Il réprima l'envie de la prendre dans ses bras et de lui exprimer ses regrets, se doutant que ce ne serait ni bienvenu ni suffisant.

— Je ne savais rien de tout cela, affirma-t-il.

— C'est bien regrettable.

Il vit les larmes lui monter aux yeux.

— La plupart de tes employés n'ont jamais vu ton visage, enchaîna-t-elle. Et tu ne connais pas leurs noms, à moins qu'ils soient vice-présidents. Tu es bien trop occupé à conduire tes bolides, à piloter tes avions et à entretenir tes riches clients. Tu n'as aucune idée de l'existence que mène le commun des mortels !

— Tu ne sais pas de quoi tu parles, répliqua-t-il froidement. Ecoute-moi, Tessa. Comme tu n'as pas pu venir au procès, je pense que ton avocate demandera un report. Entre-temps, je veux tout savoir sur ce qui a motivé ton licenciement. Je tiens à m'entretenir avec Roylance et ses supérieurs. Tout cela n'est pas net, et j'entends y voir clair avant de prendre une décision.

— C'est moi la plaignante, dans cette affaire, et ton entreprise est mise en cause. L'aurais-tu oublié ?

Blottie dans l'angle du canapé, elle affichait un air de défi et de tendresse mêlés. Il avait de nouveau la folle envie de la serrer dans ses bras et bien plus encore, mais il devait hélas refréner ses impulsions.

— Je n'oublie rien du tout ! répliqua-t-il. Mais tu ne m'as pas encore raconté la suite de l'histoire.

— La suite ?

Il jeta un coup d'œil vers les jumelles, tandis que le vent soufflait en rafales.

— Sans travail et enceinte de jumelles, reprit-elle, je n'ai pas eu d'autre choix que de retourner vivre chez mes parents, à Bellingham. Ils possèdent une grande maison là-bas. Comme j'avais été licenciée, j'avais du même coup perdu mes droits à l'assurance maladie. Et, avec le stress et la tension, j'ai accouché sept semaines avant terme.

Evidemment, il ne pouvait s'empêcher d'éprouver de la sympathie pour elle ; néanmoins, était-il établi que cet accouchement prématuré soit lié « au stress et à la tension », comme elle l'affirmait ? N'était-ce pas l'argument de son avocate pour le saigner à blanc ?

— A la naissance, les filles pesaient moins d'un kilo, et elles ont tout de suite été transférées dans l'unité de néonatalogie. Avant même que j'aie pu les tenir dans mes bras. La question a d'abord été de savoir si elles survivraient, puis si elles seraient normales et en bonne santé.

J'ai passé des semaines près des couveuses à contempler leurs petits corps qui luttaient pour vivre.

Elle essuya une larme.

— Désolée, je ne peux m'empêcher de pleurer, quand j'y repense.

Il détourna le regard, ne souhaitant pas lui montrer à quel point son histoire l'avait ému. Il en profita pour jeter un coup d'œil aux jumelles, toujours blotties dans la chauffeuse. Elles avaient les yeux clos et de belles joues roses. Une boule lui étreignit alors la gorge. Il savait bien sûr à quel point Tessa aimait ses jumelles, mais il commençait juste à comprendre combien elles lui étaient précieuses. N'étaient-elles pas en quelque sorte des survivantes ?

Stop ! Il ne pouvait se permettre de sombrer dans le sentimentalisme. Quand il l'affronterait au tribunal, il devrait être en possession de toutes les informations possibles, c'était indispensable pour sa société.

S'efforçant de juguler ses émotions, il la regarda fixement.

— C'est quand les frais médicaux ont commencé à s'accumuler que tu as décidé de me poursuivre en justice ?

— Je n'avais pas le choix, répliqua-t-elle, sur la défensive. Le séjour en néonatalogie m'a coûté à lui seul une véritable fortune. Mes parents n'étaient pas en mesure de payer pour moi, cela les aurait ruinés. Et puis, comment élever deux bébés sans emploi ?

— Donc, tu as pris contact avec Helen Carmichael, une avocate féministe très réputée. Comment cette idée t'est-elle venue à l'esprit ?

— Mes parents connaissaient l'une de ses collègues. Helen a accepté de défendre ma cause sans me demander d'honoraires, à condition que je lui permette d'ériger l'affaire en exemple et d'exiger des dommages et intérêts, sur lesquels elle pourrait ensuite se rétribuer.

Tessa ne lui apprenait rien, mais cela ne lui plut guère. Il sourcilla.

— Est-ce la raison pour laquelle tu as refusé notre proposition ?

Son silence lui fournit une réponse éloquente.

— Donc, Mme Carmichael entend nous clouer au pilori. Une façon pour elle d'engranger plus d'argent et de s'assurer une publicité extraordinaire.

— Helen n'est pas une mauvaise personne, répliqua Tessa. Elle croit vraiment en la cause des femmes. Et elle a été formidable avec moi. C'est même elle qui a réservé mon vol pour Anchorage, tout comme l'hôtel et la baby-sitter là-bas. Elle doit être dans tous ses états, en ce moment.

— Ça, je n'en doute pas, puisque la poule aux œufs d'or a disparu, commenta-t-il avec une pointe de cynisme.

Tessa se leva, le regard brillant de colère.

— Ta remarque est tout à fait déplacée.

— Je n'en suis pas aussi certain que toi, renchérit-il. Pourquoi laisses-tu Helen décider à ta place ? Qu'attends-tu vraiment de ce procès ?

— Je veux le meilleur pour mes enfants et moi. Et que justice soit faite.

Menton relevé, elle lui tourna le dos pour se rendre dans la cuisine.

Quand les battants se refermèrent derrière elle, Tessa s'écroula sur une chaise. Elle venait précisément de faire ce contre quoi Helen l'avait mise en garde. Maintenant elle comprenait mieux ses avertissements.

Dans sa grande naïveté, elle avait cru qu'en s'ouvrant à Dragan elle gagnerait sa sympathie. Mais elle aurait dû se montrer plus prudente ! Cet homme était aussi froid et insensible qu'un bloc de granit.

Lui avait-elle livré sans s'en apercevoir des informations qu'il allait utiliser contre elle ? Elle n'aurait su dire, mais Dragan était un homme intelligent et, s'il pouvait tirer avantage d'un petit détail, il s'y emploierait sans hésitation.

Et, pour couronner le tout, elle avait couché avec lui ! Le connaissant, il s'en servirait aussi contre elle. Comment avait-elle pu se comporter avec une telle légèreté ?

Fermant les yeux, elle prit une grande inspiration pour se calmer et entendit la porte d'entrée s'ouvrir. Que faisait Dragan ? Sortait-il ou bien vérifiait-il si le temps s'éclaircissait ? Ses filles, qui dormaient toujours dans la chauffeuse, pouvaient se réveiller d'un instant à l'autre.

Elle se leva et entendit la porte se refermer. OK, il était sorti. En un sens, c'était préférable, elle n'aurait pas à l'affronter tout de suite.

Dans le salon, les jumelles étaient toujours assoupies. Elle remarqua tout de suite que le pistolet n'était plus sur l'étagère, autrement dit Dragan n'allait pas revenir tout de suite. Peut-être était-il retourné dans l'avion.

Au moins, son absence lui permettrait de respirer un peu. Qu'elle le veuille ou non, ses enfants et elle dépendaient de lui, et elle devrait continuer à se montrer courtoise.

Le vent soufflait toujours, mais avec une force moindre qu'au petit matin. Quand Dragan reviendrait, elle lui demanderait d'ouvrir les volets de la fenêtre de devant, car l'obscurité qui régnait dans le chalet commençait à lui porter sur les nerfs. Après leur atterrissage en urgence, elle avait cru que l'arrivée des secours serait une question d'heures. Maintenant, elle comprenait qu'ils pouvaient très bien rester coincés ici pendant plusieurs jours.

Quoi qu'il en soit, il était inutile de s'apitoyer sur leur

sort, elle devait s'activer pour faire passer le temps plus vite, et en l'occurrence préparer le repas. Les filles seraient affamées en se réveillant, tout comme Dragan quand il rentrerait. Elle retourna donc dans la cuisine et inspecta les réserves, en quête d'inspiration.

La mer avait remonté dans la crique, mais Dragan était encore en mesure d'atteindre l'avion à pied. A chaque pas, il luttait contre le vent ; il devait impérativement trouver une solution pour rapprocher l'avion de la grève.

Montant sur le flotteur, il se hissa dans l'appareil. La fréquence était toujours brouillée, il entendait des voix étouffées mais ne comprenait pas le sens de leurs paroles. Il envoya de nouveau un signal de détresse, indiquant précisément le lieu où ils se trouvaient. Il attendit, mais en vain : pas moyen de savoir s'il avait été entendu ou non. Il espérait que oui, et réessaierait de toute façon plus tard.

Quand il voulut redescendre de l'avion, la plage était à un jet de pierres. Il se rappela alors que l'appentis abritait une corde longue et solide qui servait à tirer les bateaux de ravitaillement. Il s'y précipita, heureux d'avoir un objectif et un prétexte pour ne pas rentrer tout de suite au chalet. Après leur éprouvante discussion, Tessa et lui avaient tous deux besoin de mettre un peu de distance entre eux. Elle avait vécu un véritable chemin de croix, dont il n'avait pas eu conscience avant qu'elle ne le lui relate. Elle méritait un juste dédommagement, qui lui permettrait de régler ses frais médicaux et assurerait une sécurité suffisante aux jumelles. Mais des dommages et intérêts qui pouvaient s'élever à plusieurs millions de dollars, c'était une autre affaire. Il était clair que Helen Carmichael se servait du malheur de Tessa pour se remplir les poches et asseoir sa réputation !

Il était résolu à défendre lui aussi ses intérêts. Mais, tout d'abord, il lui fallait découvrir pourquoi Tessa avait été licenciée. Il devait absolument convoquer Roylance, ainsi que le responsable des ressources humaines, en vue d'un entretien serré. Mais en aucun cas il ne pouvait se laisser influencer par la sympathie que lui inspirait Tessa : après tout, rien ne lui prouvait qu'elle ne lui ait pas menti…

Les rudes épreuves qu'il avait traversées lui avaient appris à ne faire confiance à personne, pas même à une fascinante rousse au corps de sirène, et aux yeux susceptibles de faire fondre le cœur d'un homme endurci comme lui.

Tessa avait attaché les filles dans leurs fauteuils, placés sur la table. A présent, à l'aide d'une petite cuillère, elle leur donnait des bouchées de raviolis en boîte qu'elle avait fait réchauffer. Mais, visiblement, les jumelles n'appréciaient pas : Missy recrachait chaque morceau, et Maddie avait la bouche aussi fermée qu'une huître.

Elles devaient pourtant avoir faim ! Ce qu'elles pouvaient être entêtées, parfois…

Elle était en train d'essuyer de la sauce tomate qui avait coulé sur le menton de Missy lorsque Dragan rentra dans la cuisine. Les joues rougies par le vent, les cheveux emmêlés, il avait l'air de sortir d'une publicité pour un après-rasage destiné aux hommes les plus virils.

— On dirait que tu contrôles la situation, commenta-t-il. Tout va bien ?

Elle se retint de lui envoyer une cuillerée de raviolis au visage.

— En apparence seulement, répliqua-t-elle. Elles n'aiment pas manger dans leur siège et elles font la grève de la faim.

Il considéra le plat qu'elle tenait à la main.

— Ou bien elles n'apprécient pas les raviolis.

— A la maison, elles en mangent sans difficulté. J'achète la même marque. A propos, il y en a encore dans la casserole, si cela te tente.

— Comptes-tu aussi m'attacher sur une chaise et me donner la becquée ?

— Arrête, Dragan, ce n'est pas drôle. Mes filles ont faim, mais refusent de s'alimenter. Cela fait vingt minutes que j'essaie de les nourrir !

Il ne répondit rien, mais elle l'entendit fouiller dans le garde-manger pour revenir avec une boîte de compote de pommes.

— Essaie cela, elles préféreront peut-être.

— Ah bon, tu es un expert, à présent ?

Elle était réellement à bout de patience.

— Ecoute, j'ai une meilleure idée, enchaîna-t-elle en lui donnant la cuillère. Nourris-les, toi !

Il recula d'un pas.

— Ce sont tes enfants, c'est ton travail.

— En l'occurrence, je veux voir si tu en es capable. Car nous sommes au milieu de nulle part et, s'il devait m'arriver quoi que ce soit, il faut que tu saches prendre soin d'elles.

Elle le vit pâlir. Et, quand elle lui fourra la cuillère dans la main, elle eut la sensation, à la façon dont il fixait l'ustensile, qu'elle venait de lui remettre une grenade. Il déglutit avec difficulté.

— Fais-le toi-même, répliqua-t-il en reposant la cuillère sur la table. Je reviendrai plus tard.

Sur ces mots, il lui tourna le dos et, quelques instants plus tard, elle l'entendit ressortir.

Pourquoi avait-il réagi si vivement ? On aurait dit qu'elle avait menacé de le torturer. Curieux. Avait-elle touché une corde sensible, titillé une douleur enfouie ? Dragan Markovic était un homme qui détenait de noirs secrets, un homme troublé et troublant, mais cela ne l'avait pas empêché de coucher avec lui ni de lui confier la garde de ses enfants.

Peut-être était-elle trop crédule. Il était temps qu'elle se mette à lui poser des questions et obtienne des réponses ! Oui, elle devait absolument découvrir ce qu'il lui cachait.

Mais, comme sa mère le lui avait appris, on n'attrape pas les mouches avec du vinaigre, on les capture avec du miel !

Après avoir bien attaché la corde à l'avion et fixé le treuil à un poteau solide, Dragan attendit sur la plage que la marée monte pour pouvoir tirer sur le câble et rapprocher ainsi l'appareil de la rive.

Aurait-ce été une épreuve insurmontable de nourrir les jumelles ? Il s'était senti complètement idiot en refusant, mais des souvenirs vieux de vingt ans lui étaient revenus en pleine figure comme un boomerang. Des visages maigres, des yeux hantés par la faim. Tout ce qu'il avait pu faire, c'était fuir.

Tessa était sans doute en colère contre lui, et il ne pouvait l'en blâmer. Il s'était comporté comme un crétin. Il aurait peut-être dû lui raconter la vérité. L'entière et affreuse vérité. Mais l'aveu aurait été trop éprouvant. Seul son oncle Maxime, celui qui l'avait emmené aux Etats-Unis avec lui, était au courant de tout, et lui raconter ce qu'il avait vécu avait alors été une véritable torture. L'idée de revivre l'expérience, avec une femme qu'il connaissait depuis deux jours à peine, était tout simplement impensable.

Le vent s'était calmé, mais le brouillard se densifiait, de sorte qu'il voyait à peine l'avion. Par ailleurs, le froid lui engourdissait les joues et les oreilles. Comme il s'interrogeait sur le bien-fondé de rentrer ou non, un bruit attira son attention. Il cessa de respirer lorsqu'un grand loup gris sortit du bois et se mit à longer la crique dans la brume, à une trentaine de mètres. Plus fasciné qu'effrayé, il vit le reste de la meute lui emboîter le pas — une femelle élancée et noire, sans nul doute sa partenaire, leurs louveteaux ainsi que quelques adultes. Aucun ne lui prêta la moindre attention.

Lorsque le dernier loup eut disparu dans les bois, il se rendit compte qu'il avait retenu sa respiration pendant tout ce temps et que son cœur battait à tout rompre. Quel spectacle ! Si seulement il avait pu le partager avec Tessa. Il lança un regard vers le chalet. Elle n'avait rien vu, trop occupée à nourrir ses enfants. Ou peut-être trop figée dans sa colère pour ouvrir la porte.

Il lui raconterait ce qu'il venait de vivre, bien sûr, mais ce n'était pas la même chose qu'une expérience partagée. N'était-ce pas là toute l'ironie de son existence ? Il pouvait se permettre tout ce qu'il voulait, mais il n'avait personne avec qui partager ses aventures, car aucune femme ne restait jamais très longtemps dans sa vie. En même temps, c'était bien ce qu'il souhaitait, non ?

Le brouillard masquait à présent l'avion, mais la marée montante fit bouger la corde, lui rappelant son objectif. Il devrait encore attendre une bonne heure, probablement.

Son ventre émit tout à coup des grondements et il se rappela qu'il n'avait rien mangé, aujourd'hui. Cédant à une impulsion, il gravit rapidement les marches, ouvrit la porte du chalet et l'odeur qui lui emplit les narines lui fit monter l'eau à la bouche : était-il le jouet de son imagination ou bien respirait-il le parfum d'un gâteau au chocolat ?

Les jumelles trottaient dans le vestibule en poussant de joyeux petits cris. Quand il referma la porte, l'une d'elles vint se jeter contre ses jambes.

— Eh, attention, jeune demoiselle ! dit-il en la faisant pivoter sur elle-même pour qu'elle s'élance vers sa sœur.

Tessa sortit à cet instant de la cuisine.

— La compote était une très bonne idée, déclara-t-elle. Après, elles ont enchaîné avec les raviolis. J'espère que cela ne te dérange pas qu'elles courent dans le vestibule. J'ai écarté tout objet susceptible de se casser.

— Pas de problème. Si elles brûlent assez d'énergie, elles s'endormiront plus tôt, ce soir.

Il la vit aussitôt rougir : nul doute qu'elle avait compris le double sens de ses paroles, par ailleurs fortuit. Néanmoins, si elle se montrait consentante, il l'entraînerait volontiers dans son lit ce soir.

— Est-ce bien une odeur de gâteau au chocolat, qui flotte dans l'air ? demanda-t-il pour briser le silence gênant.

— Tout à fait. J'ai trouvé une préparation express dans le garde-manger. Sans œufs, il va être un peu lourd, et nous n'aurons pas de glace non plus, mais…

— Mais qu'est-ce que ça peut faire ? C'est un gâteau au chocolat !

Elle se mit à rire et ce son cristallin lui plut énormément.

— Je pensais qu'un homme comme toi, qui pouvait s'offrir son propre avion, était plus exigeant en matière de nourriture.

Immédiatement, il repensa à Sarajevo et à une époque où le moindre croûton de pain s'apparentait à un festin.

— Ce n'est pas le moment de faire le difficile, argua-t-il. Mais je te promets que, lorsque nous serons à Anchorage, je louerai les services d'une baby-sitter et t'inviterai dans le meilleur restaurant de la ville.

— Nous verrons, marmonna-t-elle alors que son sourire s'évanouissait.

De fait, leur retour à Anchorage allait tout changer : là-bas, ils seraient de nouveau deux ennemis.

- 9 -

Le vent était tombé, comme s'il reprenait son souffle pour mieux rugir de nouveau, un peu plus tard. Dans le calme sinistre qui l'entourait, Tessa considéra le brouillard par-delà la fenêtre. Après le déjeuner et un gâteau au chocolat un peu lourd, Dragan avait ouvert l'un des volets de la cuisine, de sorte que la lumière entrait enfin dans le chalet. Elle s'était imaginé pouvoir apercevoir la crique et l'avion, mais hélas la brume était si épaisse qu'on ne distinguait rien au-delà des arbres les plus proches.

Dragan lui avait raconté, sans paraître le moins du monde alarmé, qu'il avait vu une meute de loups ; aussi, quand il était sorti pour rapprocher l'avion de la plage, elle s'était inquiétée de le voir disparaître dans la grisaille. Certes, il emportait le pistolet, mais que se passerait-il si les loups l'attaquaient par-derrière ? Il ne pourrait pas les abattre.

Soudain, le silence qui régnait dans le chalet lui parut bien suspect. Elle se retourna : Maddie et Missy qui, une minute plus tôt, étaient en train de jouer avec un sachet de chips vide près de la table basse n'étaient plus là !

— Missy ! Maddie ! Où êtes-vous ?

Elle inspecta rapidement la cuisine, le garde-manger, l'espace derrière le bar, avant de se précipiter dans le couloir. Les portes des deux chambres non utilisées étaient closes, mais pas la sienne. Elle s'engouffra à l'intérieur :

personne, ni dans la salle de bains. Elle regarda sous le lit. Ses petites espiègles n'étaient pas en train de s'y rouler en gloussant.

L'inquiétude la gagna. Avait-elle bien refermé la porte de derrière ? Oui, bien sûr que oui, elle y avait été particulièrement attentive. Les filles ne pouvaient être nulle part ailleurs que dans le chalet.

Elle se rendit alors compte que la chambre de Dragan était ouverte, elle aussi. S'en approchant, elle entendit avec un grand soulagement le rire des fillettes en provenance de la salle de bains. Cependant, elle ne put s'empêcher de grimacer, consciente qu'elles étaient en train de s'adonner à leur jeu préféré.

Traversant la chambre à grandes enjambées, elle détourna les yeux du lit où elle s'était livrée à des jeux érotiques avec le maître des lieux : elle avait d'autres priorités !

Ses filles se trouvaient chacune d'un côté des toilettes, les doigts à l'intérieur, tandis que des lambeaux de papier mouillé étaient répandus sur le sol.

Elle les attrapa, ouvrit le robinet et leur savonna vigoureusement les mains sous l'eau chaude.

— Il ne faut pas faire ça ! les gronda-t-elle, tout en sachant fort bien qu'elles recommenceraient à la prochaine occasion.

Elle les assit sur le lit, puis entreprit de ramasser le papier collé par terre. Elle était en train de le jeter à la corbeille quand elle aperçut la trousse de toilette de Dragan, à moitié ouverte ; elle aperçut plusieurs étuis de préservatifs dans une poche latérale.

Elle se sentit rougir. Avait-il prévu de l'attirer dans son lit, ou bien était-ce une habitude chez lui, d'être prêt à toute éventualité ?

Evidemment, elle n'aurait pas dû être surprise. Dragan

Markovic était un séducteur, et elle ne constituait qu'une conquête de plus à son tableau de chasse. Il serait judicieux qu'elle s'en souvienne, la prochaine fois qu'il essaierait de l'attirer dans son lit. Elle avait sa fierté, et ne supportait pas qu'on se serve d'elle !

Prenant ses enfants par la main, elle les entraîna hors de la chambre. Bien sûr, elle relaterait le petit incident à Dragan et il éclaterait sans doute de rire. Enfin, elle l'espérait ! En tout cas, à l'avenir, il se souviendrait de fermer sa porte.

Il était l'heure de la sieste, pour Missy et Maddie, même si elles en retardaient visiblement le moment. Cependant, si elle s'allongeait près d'elles, il y avait de fortes chances pour qu'elles s'endorment vite.

Une fois qu'elles furent bien au chaud sous l'édredon, elle leur chanta une berceuse qu'elles adoraient et qui leur était très chère, car elle la leur avait souvent chantée, quand elles étaient en service de néonatalogie. Aujourd'hui encore, cela les aidait à trouver le sommeil.

Bientôt, elle entendit leur souffle régulier et profond. Ouf, elle allait enfin disposer d'un peu de temps ! Elle se ferait un café et… Mais elle sentit soudain ses paupières s'alourdir et fut happée par le sommeil.

Ramener l'avion sur le rivage s'était révélé plus ardu que prévu, et Dragan était fier de son exploit.

Le vent s'était de nouveau levé, et les gros nuages amoncelés dans le ciel laissaient présager une tempête violente. Il n'aurait pas misé un kopeck sur la venue des secours dans les prochaines vingt-quatre heures, mais il avait tout de même lancé un énième appel radio et, comme les autres fois, seuls des grésillements lui avaient répondu.

Au moins, la petite famille de Tessa et lui-même

avaient-ils un toit et de la nourriture. Toutefois, ils ne pouvaient s'éterniser ici, ils devaient réintégrer leur vie ; leurs proches allaient commencer à s'inquiéter.

Et puis il y avait le procès ! Plus il passait de temps en compagnie de Tessa, plus il le redoutait. Certes, il était à la tête d'une société influente, mais comment faire le poids face à cette belle rousse vulnérable, résolue à tout pour assurer un avenir confortable à ses filles ?

Une bourrasque le heurta de plein fouet comme il rassemblait de nouvelles bûches pour les entreposer sous le porche. Il jugea alors plus prudent d'en apporter une nouvelle cargaison, étant donné la couleur du ciel.

Une fois le transfert terminé, il rentra dans le chalet, referma soigneusement la porte derrière lui, et retira son pull mouillé afin de le faire sécher sur le dos d'une chaise.

Il n'y avait plus que des braises dans l'âtre. Il les attisa à l'aide du soufflet, jeta quelques bûches dessus et les flammes rejaillirent aussitôt. Retirant ses bottes et ses chaussettes mouillées, il les plaça devant et se rendit dans sa chambre pour enfiler des vêtements secs.

Le chalet était plongé dans le plus grand calme. Jamais le silence ne l'avait dérangé, mais la voix de Tessa lui manquait à présent, tout comme le joyeux tumulte que créaient ses fillettes. Quand il vit que la porte de leur chambre était fermée, il en conclut qu'elles devaient faire la sieste. Sur une impulsion, il frappa doucement pour vérifier.

Comme personne ne lui répondit, il tourna la poignée avec précaution et ouvrit la porte. Tessa était allongée sur le lit, ses enfants blotties contre elle, et toutes trois étaient endormies.

Un élan protecteur le saisit. C'était à cause de lui qu'elles se retrouvaient dans cet endroit perdu, il lui appartenait donc de veiller à leur sécurité et à leur retour chez elles. Leurs vies étaient entre ses mains, et cette réalité l'effrayait au-delà de tout ce que Tessa pouvait imaginer.

Que ressentirait-il s'il s'allongeait lui aussi à leurs côtés, et les enveloppait toutes les trois de sa chaleur ? Evidemment, il s'en garderait bien. Mais il pouvait se figurer le bonheur qu'un homme éprouve en ce cas, même si c'était un rôle qu'il ne souhaitait jamais jouer.

Il allait refermer la porte lorsque Tessa ouvrit les paupières et le vit. Au lieu de paraître surprise, elle posa un doigt sur ses lèvres pour lui enjoindre de demeurer silencieux. Puis, avec la plus grande discrétion, elle se leva et le rejoignit dans le corridor, en prenant soin de bien refermer la porte derrière elle.

— Je ne voulais pas te réveiller, dit-il. Je souhaitais juste m'assurer que vous alliez bien, toutes les trois.

— Tout va bien, lui assura-t-elle en le détaillant de ses yeux d'un brun si chaud. J'ai entendu le vent hurler, ce doit être affreux, dehors. On dirait que tu as besoin de te détendre. Tu veux du café ?

Il aurait aimé une autre forme de détente avec elle, mais il accepta volontiers son invitation.

— Bonne idée. J'en profiterai pour reprendre une part de gâteau.

Elle regarda ses pieds nus.

— Le sol est froid. Tu ferais mieux de mettre des chaussures, pendant que je fais chauffer l'eau.

Il se rappela alors la veille, quand il lui avait massé les pieds. Dommage qu'elle ne lui ait pas proposé de lui rendre la pareille ! Il devrait se contenter de chaussettes épaisses et d'un café bien chaud.

Quand il revint dans la cuisine, l'eau bouillait et la table était mise.

— Vu le temps, j'imagine que nous allons être coincés ici un peu plus longtemps que prévu, constata-t-elle en versant l'eau dans les mugs.

— C'est vrai, concéda-t-il, mais ne te décourage pas pour autant. Nous avons du bois, de l'eau et de la nourriture.

— Ce n'est pas cela qui m'inquiète, répliqua-t-elle. Ce sont les couches et les vêtements de rechange pour les filles. Je peux toujours laver leurs habits à la main et les mettre à sécher devant la cheminée, mais, une fois que je vais être à court de couches, ce sera une autre paire de manches !

— Je n'avais pas pensé à ça, reprit Dragan, mais il y a beaucoup de draps ici et, si nous en arrivons là, tu pourras toujours en transformer un ou deux en couches que nous laverons. J'ai déjà vu ma mère faire ça.

Sa voix se brisa alors que le souvenir refaisait surface. Il revit ses parents, son frère et ses deux petites sœurs si pleines de vie. La blessure était décidément trop profonde pour guérir un jour.

— Espérons que nous n'aurons pas à en arriver là, déclara-t-elle. Je ne sais même pas si j'ai des épingles à nourrice.

Elle coupa deux parts de gâteau qu'elle posa sur de petites assiettes, puis poursuivit :

— Tu ne m'as jamais parlé de ta famille. J'imagine que tu es l'aîné. Je m'en rends compte à la façon dont tu t'occupes des…

Elle s'interrompit brusquement. Sans doute devait-il arborer une mine défaite.

— Je viens de commettre un impair ?

— Non, tout va bien, assura-t-il en prenant sur lui. Tu as raison, j'étais le plus âgé. J'avais aussi un plus jeune frère et deux petites sœurs. Mes parents étaient enseignants.

— Tu parles au passé, constata-t-elle d'une voix douce.

Et un éclair de tristesse passa dans ses yeux, comme si elle avait deviné la vérité.

L'émotion lui noua la gorge. Il déglutit avec difficulté.

— Oui, aucun d'entre eux n'a survécu à la guerre.

Il aspira alors une large bouffée d'air.

— Je suis désolée, murmura-t-elle.

— C'est ça, la guerre. Les gens meurent. Des gens bons et innocents.

Tessa baissa les yeux. Il sentit qu'elle cherchait quelque parole appropriée, sans y parvenir. Un cri en provenance de la chambre brisa soudain le silence : les jumelles étaient réveillées.

Bredouillant une excuse, elle sortit de la cuisine. Sauvée par le gong ! Mais comment aurait-il pu l'en blâmer ? Personne n'aurait été ravi d'entendre unc révélation de ce genre, et c'était bien la raison pour laquelle il n'évoquait jamais son passé : ses démons intérieurs ne regardaient personne. Il n'avait pas besoin du jugement des autres, et encore moins de leur pitié.

Comment avait-il pu lui faire tant de confidences, d'ailleurs ? Cette femme avait décidément le don d'atteindre son âme et de remuer en lui des souvenirs qu'il voulait oublier, tout comme des émotions qu'il ne souhaitait plus jamais revivre.

Cela ne lui plaisait pas.

Il avait aimé l'accueillir dans son lit et espérait renouveler l'expérience. Mais, une fois qu'ils seraient de retour à la civilisation, il serait préférable que chacun poursuive son propre chemin. Ne s'était-il pas fixé pour principe de fuir les femmes avec enfants ? Surtout celles en quête d'un père pour leurs enfants !

Or c'était précisément le cas de Tessa. Ses intentions

étaient écrites en lettres rouges sur son front. Toutefois, elle semblait assez avisée pour comprendre qu'il n'était pas cet homme-là, même s'il n'allait pas être aussi facile que d'ordinaire de se séparer d'elle. Un bracelet en diamants ne suffirait pas. Tessa Randall n'était pas de ce genre.

Tessa changea rapidement ses filles, et constata que les couches restantes ne lui permettraient pas de tenir plus de vingt-quatre heures. Mon Dieu ! Elle n'avait aucune envie d'en recourir à la vieille méthode décrite par Dragan.

Le cours de ses pensées la ramena vers ce dernier. Ce qu'il lui avait confié sur sa famille l'avait profondément attristée, mais en disait long sur lui : une personne qui avait subi un tel traumatisme avait besoin de se protéger. Voilà pourquoi il n'avait ni femme ni enfant, et sans doute pas d'amis proches non plus. Personne dont la perte puisse le faire souffrir de nouveau.

Comme il devait se sentir seul !

Loin d'elle l'idée de l'arracher à sa solitude ! Dragan était certes un homme séduisant dont la tragédie renforçait le charme, mais le *happy end* pour les héros amers et meurtris n'existait que dans les romans. Dans la vie réelle, ils détruisaient tous ceux qui s'approchaient d'eux, et pour l'instant elle ne pouvait s'accorder le luxe de prendre en charge ses états d'âme : elle avait déjà fort à faire avec ses jumelles.

Quand elle eut fini de boutonner la salopette de Missy, Maddie s'était glissée au bas du lit et filait vers la salle de bains dont la porte était ouverte. La saisissant au vol, Tessa la hissa sur le lit et les deux fillettes se retrouvèrent sur le dos, tout sourires. Cédant à leur bonne humeur, elle se mit à effectuer des petits bonds, assise sur le lit. Les filles éclatèrent de rire, puis commencèrent à l'imiter.

— Mais qu'est-ce qui se passe, ici ?

C'était la voix de Dragan qui, sourcils froncés, les observait depuis le seuil.

Hors d'haleine, elle repoussa les cheveux qui lui tombaient sur les yeux, immédiatement envahie par une grande gêne : il l'avait découverte en train de faire la folle avec ses filles, et n'avait pas l'air d'apprécier. Mais cela ne signifiait pas pour autant qu'elle lui devait des excuses. Elle décida au contraire de jouer les effrontées.

— Cela s'appelle s'amuser, tu devrais essayer, de temps en temps.

A son expression, elle comprit qu'il envisageait bien d'autres divertissements sur un matelas, et le message silencieux passa si bien qu'elle se sentit rougir.

Elle se redressa, tandis que les jumelles continuaient à exécuter des roulades sur le lit.

— Si tu es inquiet au sujet de ton matelas, nous ne sauterons plus dessus. Mais, tant que nous n'aurons pas de quoi occuper ces deux petites polissonnes, elles continueront à faire des bêtises. Tout à l'heure, je les ai retrouvées dans ta salle de bains, en train de mettre du papier dans les toilettes.

Dragan ne parut pas du tout amusé.

— Cela ne se reproduira plus, promit-il. Désormais, je n'oublierai pas de fermer mes portes.

— Parfait, mais j'aurais besoin de tes suggestions : il doit bien y avoir quelque chose qui pourrait les distraire, dans ce chalet.

Il fronça les sourcils de plus belle.

— Donne-leur tout ce qui te semble approprié, déclara-t-il d'un ton sec. Ouvre les portes, fouille, mais ne me demande pas mon aide, s'il te plaît.

Sur ces mots, il tourna les talons et referma la porte

derrière lui. Qu'avait-elle donc dit pour susciter sa colère ? En quoi ces quelques mots avaient-ils bien pu raviver sa blessure ?

Décidément, elle ne comprendrait jamais Dragan Markovic. Mais, au fond, quelle importance ? Dès qu'ils seraient loin d'ici, elle n'aurait plus qu'une préoccupation : gagner son procès.

Quant à la nuit qui s'annonçait… Dragan avait fait plusieurs allusions au fait qu'il aimerait de nouveau la partager avec elle, mais elle ne serait pas assez folle pour réitérer l'expérience et compliquer davantage la situation.

Ses filles s'étaient arrêtées de rire, leurs grands yeux bleus braqués sur elle, et semblaient lui demander : « Et maintenant, maman, qu'est-ce qu'on fait ? »

— Si on organisait une chasse au trésor, les filles ?

Dragan referma la porte de sa chambre et s'efforça d'évacuer la tension qui l'habitait. La vision de Tessa s'amusant comme une folle avec ses filles l'avait profondément ébranlé, et il devait se ressaisir.

Comme il regrettait de lui avoir confié son histoire ! Car l'aveu avait déclenché une avalanche de souvenirs : leur maison à Sarajevo, la chaleur qu'elle dégageait, l'odeur de soupe qui mijotait sur les fourneaux, la voix tonitruante de son père, sa mère qui sautait sur le lit avec ses deux petites sœurs, le trio riant aux éclats…

Le spectacle auquel il venait d'assister lui avait fait l'effet d'une lame qu'on lui aurait planté dans le cœur. Mais pire encore : la culpabilité pesait comme une chape de plomb sur sa conscience.

Il avait essayé d'effacer le drame de sa mémoire, de faire table rase du passé, et la solitude était devenue son état naturel. Mais Tessa et ses jumelles avaient agi comme un catalyseur et lui avaient jeté sans le vouloir son histoire au visage : sa perte indicible d'une part et sa propre responsabilité d'autre part.

Il aurait beau recourir à tous les subterfuges, il ne pouvait échapper à cette tragédie. Il lui faudrait un peu de temps pour se remettre de cet épisode, peut-être allait-il se plonger dans la lecture d'un livre ou même s'accorder un petit somme. Puis il reviendrait affronter Tessa et ses bébés, et s'efforcerait de faire de son mieux pour les protéger jusqu'à l'arrivée des secours.

Il ne pouvait pas décevoir ceux qui dépendaient de lui.

Pas cette fois.

Tessa avait sorti des casseroles, des couvercles et de grandes cuillères des placards, et disposé le tout sur le tapis, devant la cheminée, afin que les jumelles puissent s'en donner à cœur joie. De fait, Missy et Maddie semblaient s'amuser follement en tapant casseroles et couvercles les uns contre les autres. A se demander pourquoi on achetait des jouets.

Alors que la cacophonie était à son comble, Dragan jaillit dans le corridor.

— Mais qu'est-ce que c'est que ce tapage infernal ? s'exclama-t-il.

Il n'avait plus son air hagard ; sans doute une petite heure tranquille dans sa chambre lui avait-elle été salutaire.

— C'est de la musique, ironisa-t-elle. Tu ne reconnais pas ?

— J'hésite entre Beethoven et Mozart, répliqua-t-il sur le même ton.

Puis il s'assit sur l'accoudoir du sofa.

— Vraiment ? Il me semblait plutôt que c'était du AC/

DC, reprit-elle. C'est toi qui m'as dit que je pouvais leur donner ce que je voulais pour les divertir.

— Tout à fait, et je te félicite pour ta créativité, mais combien de temps ce tohu-bohu va-t-il encore durer ?

— Ne t'inquiète pas, en général, elles passent vite à autre chose. A propos, aurais-tu une idée pour la suite ?

— C'est possible. Je reviens.

Elle le regarda disparaître derrière les battants de la cuisine. Il était indéniable que Dragan faisait un gros effort pour se montrer aimable. Tout à l'heure, il avait mentionné ses deux petites sœurs : peut-être que la présence des jumelles avait éveillé en lui des souvenirs pénibles. Seulement, il devait cacher un lourd secret car, en général, les gens qui avaient traversé de si rudes épreuves essayaient de tourner la page, de donner un sens particulier à leur vie, de trouver d'autres amours pour fonder une nouvelle famille. Or, de toute évidence, quelque chose avait retenu Dragan et l'avait au contraire conduit à ériger un mur autour de lui pour se protéger de la chaleur d'autrui et des émotions.

Et toi ? lui souffla alors une petite voix intérieure. *Cela fait deux ans que Kevin est parti. Tu l'aimais et ses enfants te permettent de garder en toi sa mémoire vivante. Mais tu ne peux pas passer le reste de ta vie à te morfondre sur ton bonheur perdu. Quand vas-tu passer à autre chose ?*

Refoulant la question, elle continua à admirer ses filles qui tapaient maintenant sur les casseroles avec des cuillères en bois. Elles représentaient toute son existence, sa raison de vivre. Si elle laissait un jour un homme entrer dans sa vie, il devrait forcément les aimer comme si elles étaient siennes. Et ce ne pourrait certainement pas être Dragan, qui tolérait à peine leur présence.

Mais pourquoi pensait-elle à lui en ces termes ? Ce type était un manipulateur sans vergogne qui utiliserait tous les moyens à sa disposition pour l'emporter dans le procès qui les opposait. Néanmoins, elle n'aurait de cesse d'avoir percé son mystère.

Il ressortit de la cuisine, chargé de deux grands cartons vides.

— Qu'en dis-tu ? demanda-t-il.

— Parfait ! Elles vont adorer se cacher à l'intérieur.

— Et regarde, j'ai trouvé autre chose.

Il brandit alors un imposant jambon de pays enroulé dans un filet.

— Super ! s'écria-t-elle.

C'était bien la première fois qu'elle se réjouissait à la vue d'un produit si banal.

— Si j'allais préparer le repas pendant que tu continues à surveiller tes filles ? suggéra-t-il. Nous les ferons manger en premier, puis nous pourrons dîner tranquillement tous les deux. La bouteille de vin d'hier soir est encore presque pleine.

— Entendu.

Apercevant les énormes cartons, ses filles se ruèrent dessus, aussi en profita-t-elle pour ramasser les ustensiles dont Dragan allait avoir besoin. Elle les posa furtivement sur le comptoir de la cuisine, tandis qu'il commençait à s'affairer autour des fourneaux. Il était étonnamment aimable, ce soir ; peut-être essayait-il de l'amadouer pour la nuit. Mais elle nourrissait des intentions bien différentes des siennes : elle voulait découvrir le secret de son passé.

- 10 -

La nuit était tombée de bonne heure et aucun signe ne laissait présager que la tempête allait se calmer. Les jumelles mangèrent des macaronis au fromage, un plat dont elles raffolaient, aussi le repas se déroula-t-il à peu près sans encombre. Evidemment, leur nourriture n'était pas très équilibrée, mais au moins elles se sustentaient.

Les effluves de jambon qui s'échappaient du four lui mettaient l'eau à la bouche, et Tessa ne doutait pas qu'elle allait se régaler. Seulement, qu'attendait Dragan en échange de ses attentions ? Une nouvelle nuit dans son lit, ou bien poursuivait-il un objectif plus insidieux concernant le procès ? En tout état de cause, elle ne pouvait baisser la garde.

Il avait compati quand elle lui avait raconté son licenciement et son accouchement prématuré, mais elle aurait été bien irréfléchie de lui faire confiance ou d'accepter un accord sans la présence de son avocate.

Après avoir essuyé la bouche des jumelles et détaché leurs bavoirs, elle les emmena dans la chambre pour leur donner leur bain. Elle vit tout de suite qu'elles étaient fatiguées, elles s'endormiraient donc rapidement, ce qui serait appréciable. Tessa avait en effet très faim, et entretenait aussi la ferme intention d'en apprendre davantage sur le passé de Dragan.

Elle tenait surtout à évaluer si elle pouvait se fier à lui et accorder du crédit à ses éventuelles promesses.

Ce dîner n'allait peut-être pas être aussi relaxant qu'elle l'espérait, car il risquait de s'apparenter à une partie d'échecs.

Une fois les filles en pyjama, elle les borda dans le grand lit et, s'allongeant près d'elles, leur chanta une berceuse. Bientôt, leurs paupières s'alourdirent et leur respiration devint plus profonde. Alors elle se leva le plus discrètement possible et se rendit dans la salle de bains pour s'asperger le visage. Le pull noir à col roulé qu'elle avait mis le matin même indiquait clairement qu'elle avait passé la journée avec des nourrissons. Sur une impulsion, elle l'enleva et trouva un sweat-shirt noir à col en V dans sa valise. Elle l'aimait beaucoup, car il était doux et molletonné et il lui allait bien. Et surtout, il présentait l'avantage d'être propre.

Les jumelles dormaient à poings fermés. Avec un peu de chance, elles ne se réveilleraient pas de la nuit. La porte de la salle de bains soigneusement refermée, elle sortit de la chambre, tranquillisée.

La table était dressée et les bougies se reflétaient sur les lambris des murs. Dragan se trouvait encore dans la cuisine.

— Est-ce que je peux t'aider ? demanda-t-elle.

— Non, merci, tu as bien mérité de te reposer. Assieds-toi, sers-toi un verre de vin et détends-toi. J'apporte le repas.

— Je te sers aussi, déclara-t-elle sans relever sa flatterie.

Ayant regagné l'espace salle à manger, elle remplit leurs verres en cristal. Avec le vent qui soufflait à l'extérieur, elle se serait presque cru dans un *soap opera*. Encore qu'il n'y avait rien de mélodramatique dans les intentions de Dragan !

Ce dernier apporta le jambon frit bien doré, des patates douces caramélisées et une purée de pommes de terre. L'eau lui monta instantanément à la bouche.

— C'est exquis ! s'exclama-t-elle en avalant sa première bouchée. Où as-tu appris à cuisiner si divinement ?

Il haussa les épaules.

— Après la guerre, j'ai travaillé comme cuisinier dans un camp de réfugiés. Il fallait faire au mieux avec les moyens du bord. J'aime toujours mitonner des petits plats, mais j'en ai rarement l'occasion, faute de convives.

— Quel gâchis ! s'exclama-t-elle en lui adressant un beau sourire.

Elle fut tentée de l'interroger un peu plus sur la guerre, mais son initiative aurait sans doute assombri l'atmosphère, alors qu'il s'était donné tant de mal pour préparer un bon repas.

De toute évidence, il avait voulu lui plaire, la question étant de savoir pourquoi ! Difficile d'imaginer que « le Dragon » pouvait agir uniquement par gentillesse.

— Dis-moi, Tessa, commença-t-il après avoir bu un peu de vin, quelle serait la vie dont tu rêverais, si tu avais la possibilité de choisir ?

— C'est une curieuse question.

— Ah bon ?

Il la scruta de ses yeux gris acier.

— Qu'y a-t-il d'étrange à ce que je veuille mieux connaître tes pensées et tes désirs ? Et la façon la plus facile d'y parvenir, n'est-elle pas de te poser directement la question ?

— Effectivement, exprimé en ces termes, ce n'est peut-être pas aussi bizarre qu'il y paraît. Mais, si je me livre à toi, je veux quelque chose en retour, ajouta-t-elle après avoir pesé ses mots.

Il releva un sourcil.

— Tout ce que tu voudras, ma belle.

— Ce n'est pas une question facile, mais, quand je te la poserai, j'aimerais que tu y répondes honnêtement.

Il lui adressa un regard réservé.

— Pourquoi est-ce que je te cacherais quoi que ce soit ? Quel bluffeur !

— Tu me le promets ? insista-t-elle toutefois.

Il fronça les sourcils.

— Promis. Mais tu n'as pas répondu à la mienne, enchaîna-t-il. Comment te représentes-tu la vie idéale ?

Elle demeura d'abord silencieuse. Sa réponse n'allait peut-être pas lui plaire, mais elle serait au moins honnête.

— Pour moi, la vie idéale, c'est celle que j'aurais menée si Kevin, mon fiancé, n'avait pas été tué. J'aurais eu un foyer paisible, avec un mari qui m'aime et un bon père pour mes filles. Peu importe où nous aurions vécu et l'argent que nous aurions. Avoir fondé une famille chaleureuse et aimante aurait largement suffi à mon bonheur.

Un éclair de surprise mêlée de tristesse balaya les yeux de Dragan et il secoua la tête.

— Et moi qui allais te proposer une somme d'argent qui t'aurait permis de mener une vie de luxe : une demeure somptueuse, des domestiques, de grosses voitures, des voyages, une bonne éducation pour tes filles. Mais j'aurais dû me douter que ce que tu voulais ne pouvait s'acheter.

— Je sais, murmura-t-elle, la gorge serrée. Mais je n'ai pas perdu espoir. Un jour, quand je serai prête…

— Ce fiancé… Tu as dû l'aimer énormément.

— Oui.

— Alors c'était un homme heureux.

— J'ai toujours pensé que c'était moi la plus chanceuse, s'empressa-t-elle de répliquer.

Et elle avala un trait de vin, luttant contre les larmes.

Ils finirent de dîner en parlant de choses et d'autres, puis elle insista pour l'aider à débarrasser la table.

— C'est le moins que je puisse faire, après le délicieux dîner que tu nous as concocté.

— Comme tu voudras. Mais laissons la vaisselle dans l'évier, je m'en chargerai demain matin quand tu t'occuperas de tes filles.

Il alla alors s'asseoir sur le canapé devant le feu, tandis que, les mains un peu tremblantes, elle déposait les assiettes dans l'évier. Sa conversation avec Dragan l'avait légèrement troublée, mais elle espérait qu'elle lui avait donné matière à réfléchir.

Elle éteignit les bougies et essuya la table avec un torchon propre. Soudain, elle surprit le regard de Dragan posé sur elle.

— Viens me tenir compagnie, maintenant, Tessa.

Emanant de lui, même une simple proposition pouvait s'apparenter à un ordre. Elle eut envie de protester, avant de se rappeler qu'il lui avait promis de répondre à la question qu'elle désirait lui poser. Traversant donc la pièce, elle le rejoignit sur le canapé.

Il venait de jeter une nouvelle bûche dans le feu, de sorte que les flammes craquaient et lançaient des étincelles. S'adossant ensuite contre les coussins, il l'enlaça et l'attira contre lui. Elle sentit tout de suite sa chaleur l'envelopper et trouva sa force bien rassurante.

De ses lèvres, il lui effleura le front.

— Repose-toi, murmura-t-il. Tu as eu une dure journée.

Elle ferma les yeux et posa la tête sur son épaule. Il voulait lui faire l'amour, tout l'indiquait dans son comportement. Et, à la lueur du feu, il lui aurait été facile de se tourner vers lui et de lui céder.

Seulement, elle ne devait pas perdre de vue son objectif !

Se redressant, elle déclara :

— Tu m'as fait une promesse, Dragan.

— Vraiment ? reprit-il d'un ton lascif.

— Oui. Tu t'es engagé à répondre à ma question.

— Mais tu ne me l'as pas posée, se défendit-il.

Elle perçut pourtant tout de suite la tension qui venait de l'envahir.

— Eh bien, je m'y apprête !

Plongeant les yeux dans les siens, elle poursuivit :

— Que t'est-il arrivé à Sarajevo ? J'ai besoin de savoir. Qu'est-ce qui t'a fait si profondément souffrir pour que tu refuses désormais toute relation qui ne soit pas superficielle, et que les enfants t'effraient à ce point ?

Il se figea.

— Et si je te disais que ce n'est pas moi le blessé, mais celui qui a blessé les autres ?

Manifestement, il avait voulu la choquer et c'était réussi. Mais cette provocation cachait encore quelque chose, c'était certain.

— Même si tu t'es mal comporté, j'ai besoin de comprendre, insista-t-elle. Raconte-moi.

— Tu ne vas pas aimer, Tessa.

— Tu as promis.

Détournant le regard, il le braqua vers les flammes. Puis il prit une large inspiration.

— Que connais-tu de Sarajevo ? demanda-t-il d'une voix grave.

— Juste ce que j'en ai appris à l'école. Je sais que la ville a été assiégée pendant quatre ans, et que les habitants ont tenu bon. Et j'imagine que cela a dû être terrible pour toi de subir une telle épreuve.

— En effet. Les obus de l'artillerie serbe tombaient

des montagnes, les immeubles s'écroulaient, les gens mouraient de faim. La seule chose qui nous a permis de tenir, c'était le tunnel que nous avions creusé, la première année du siège. Nous pouvions ainsi traverser la ligne ennemie pour rejoindre une zone de ravitaillement. C'était devenu notre seul lien avec le monde extérieur. Avec la vie.

Il fit une pause et poursuivit :

— J'avais treize ans quand le siège a commencé — trop jeune pour l'armée, mais assez âgé pour travailler. J'ai aidé à déblayer le tunnel, et après je passais mes nuits à transporter des vivres dans la ville. Le matin, je regagnais le domicile familial où vivaient mes parents, mon jeune frère et mes deux petites sœurs. Nous passions un peu de temps ensemble avant que mon père ne parte en patrouille.

Il se tut et se mit à fixer ses poings fermés.

Elle résista alors à la tentation de lui toucher l'épaule : il revivait un cauchemar, et nul doute qu'il aurait rejeté son contact.

— Un matin, je suis rentré et la maison avait été bombardée. Il n'en restait rien, à part un tas de gravats.

— Dragan, quelle horreur ! s'écria-t-elle malgré elle.

— La police était sur place, enchaîna-t-il d'une voix impassible. Elle m'a indiqué que mes parents et mon frère étaient morts. Mes petites sœurs, elles, qui dormaient à la cave, étaient sauves. Je suis allé les rejoindre et nous sommes partis. Elles avaient deux et quatre ans, j'étais tout ce qui leur restait de famille. Nous n'avions plus de toit, plus de nourriture, et l'hiver arrivait. Les nuits étaient de plus en plus froides. Comment aurais-je pu prendre soin d'elles ?

Il reprit sa respiration.

— Au début, nous dormions où nous pouvions : une allée, l'arrière d'une camionnette abandonnée. Mais j'ai dû bientôt faire face à la réalité : je ne pouvais pas assurer leur survie.

Elle s'efforça de retenir ses larmes. Elle commençait à comprendre : chaque fois que Dragan regardait ses jumelles, il pensait à ses deux petites sœurs sans défense.

— Il y avait un orphelinat dans la ville, géré par des religieuses. C'étaient des femmes très bonnes, qui s'en sortaient avec le peu qu'elles avaient. J'ai pensé que leur confier mes sœurs représentait la meilleure façon de les sauver. Alors c'est ce que j'ai fait. Je leur ai promis de revenir bientôt et je suis parti, le cœur brisé. Aujourd'hui encore j'entends leurs cris, leurs supplications. Je vois toujours leurs yeux, leurs petits visages tristes.

Il aspira une grande bouffée d'air.

— Je ne les ai jamais revues.

— Que leur est-il arrivé ? murmura Tessa.

— J'ai repris mon travail dans le tunnel et, quand je suis retourné les voir, quelques jours plus tard, les nonnes m'ont annoncé qu'une forte fièvre les avait emportées. Il n'y avait ni médicaments ni médecin, l'épidémie avait tué les enfants les plus faibles.

Il avait fourni de gros efforts pour parler, et elle se rendit compte qu'elle pleurait en silence.

— Ce n'était pas ta faute, lui dit-elle. Tu n'étais qu'un petit garçon, tu as fait tout ce que tu pouvais.

Il tourna vers elle des yeux ravagés par l'impuissance et la colère.

— Mes sœurs comptaient sur moi, mais je n'ai pas été capable de les sauver ! Je leur ai tourné le dos et je les ai laissées mourir dans ce maudit orphelinat.

— Mais tu ne pouvais pas prévoir ce qui allait se passer, argua-t-elle, en se retenant de l'attraper par les épaules et de le secouer jusqu'à ce qu'il l'admette. Tu as eu raison de les confier aux religieuses, c'était la meilleure décision à prendre.

— Tu crois ? fit-il d'un ton sarcastique. Non, j'aurais dû rester avec elles à l'orphelinat, me rendre utile là-bas et les emmener ailleurs sitôt l'épidémie déclarée J'aurais dû au moins être présent au moment de leur mort.

Et, comme tu étais absent, tu as décidé de te punir pour le restant de tes jours et de ne plus jamais être responsable de quiconque, et surtout pas d'enfants !

Arrivée à cette conclusion, Tessa se garda pourtant de dire quoi que ce soit.

Dragan souffrait, elle n'allait pas de surcroît lui faire la leçon ! A sa place, se serait-elle pardonné ? Il n'était absolument pas coupable, mais il était clair qu'il se blâmerait pour le restant de ses jours.

Dragan regardait fixement les flammes. Après un long moment de silence, il reprit :

— Tu es satisfaite ? Tu as obtenu la réponse que tu voulais ?

Elle posa la main sur son dos et, comme il ne fit aucun geste pour la rejeter, elle l'y laissa. Elle sentait le cœur de Dragan battre à tout rompre.

— Je suis désolée. Je voulais comprendre ce qui t'affectait si profondément. Merci pour ton honnêteté, même si je regrette de t'avoir fait revivre des souvenirs aussi noirs.

— Je t'avais prévenue que ce ne serait pas agréable, marmonna-t-il en se versant un peu de vin. Je n'ai raconté cette histoire qu'à deux personnes : l'oncle qui m'a emmené aux Etats-Unis, et toi. Tu comprends pourquoi, maintenant.

Il reposa son verre et se leva du canapé avant de lui adresser un regard froid comme l'acier.

— Il se fait tard, et je sais que tu es fatiguée, Tessa. Tu devrais aller dormir.

Le message était clair. Après cette confidence, il ne s'attendait pas à ce qu'elle ait envie de faire l'amour avec lui. Mais il se trompait : mieux le comprendre la rapprochait de lui. Lui donnait envie de l'apaiser.

Elle se leva à son tour, le regarda s'éloigner.

— Dragan !

Il se retourna brusquement et leurs regards se croisèrent.

— Reste auprès de moi.

Il parut hésiter, puis se précipita vers elle et la serra très fort contre lui.

Quand sa bouche captura la sienne, il lui donna un baiser à la fois tendre, passionné et possessif. Elle ferma les yeux, cédant à la douceur de ses bras, tandis que leurs langues se mêlaient et qu'elle lui rendait sa ferveur. Elle le désirait avec une fièvre plus forte que la passion, plus profonde que le désir.

Dans un grognement étouffé, il glissa la main sous son pull, dégrafa son soutien-gorge et lui caressa le dos, comme si la sensation de sa peau le rassurait. Cela n'avait plus rien à voir avec l'opération séduction de la nuit précédente : Dragan lui avait ouvert son âme meurtrie et à présent il avait besoin d'affection pour apaiser sa peine.

— Je crois que nous ne sommes pas dans la bonne pièce, murmura-t-elle tout en défaisant son ceinturon.

— Nous allons vite y remédier, assura-t-il avec un rire rauque.

Et, la soulevant dans ses bras, il l'entraîna jusqu'à sa chambre.

Haletants, ils s'arrachèrent leurs vêtements. Le temps d'enfiler un préservatif, et il la fit basculer sur le lit avant de la pénétrer d'un coup de rein.

Le quasi-inconnu manipulateur qui l'avait prise la nuit précédente s'était volatilisé ; désormais, elle tenait un homme et tout son passé entre ses bras. Il lui fit l'amour avec un abandon total, et elle se donna également sans réserve, absorbant sa douleur, la faisant sienne.

Quand un puissant orgasme la souleva, elle en fut chavirée jusqu'aux tréfonds de son être. Après quoi, ils demeurèrent allongés l'un à côté de l'autre dans le noir, sans parler. La tempête, qui soufflait toujours, remplissait leurs silences. Soudain, la respiration de Dragan se fit plus régulière et elle comprit qu'il venait de sombrer dans le sommeil. Elle devait bien sûr retourner auprès de ses filles, mais elle avait besoin de recouvrer ses esprits.

Qu'allait-il se passer, maintenant ? Elle aurait facilement pu tomber amoureuse de Dragan Markovic, si tant est qu'elle ne le soit pas déjà. Mais, à part leur communion totale après ses confidences, qu'est-ce qui avait changé ? Tôt ou tard, la tempête passerait, et les secours arriveraient ; alors le monde extérieur ferait irruption et leur belle harmonie volerait en éclats. Il redeviendrait « le Dragon », son ancien patron, à la fois intimidant et intouchable, et elle réintégrerait son rôle d'ex-employée qui le poursuivait en justice. Et il serait toujours un homme qui ne supportait pas les enfants.

Il y avait donc peu de chance pour que leur relation s'inscrive dans la durée.

Elle se leva et regagna sa chambre sur la pointe des pieds. Ses filles dormaient paisiblement, Missy recroquevillée sur le côté, et Maddie allongée sur le dos. Elle enfila bien vite sa chemise de nuit et se glissa, elle aussi, sous l'édredon. Avec toutes les questions qui la tourmentaient, elle doutait que le sommeil vienne vite, mais elle avait sous-estimé sa fatigue, car elle fut rapidement happée par les bras de Morphée.

Tessa sursauta et ouvrit les yeux dans l'obscurité. Elle ignorait l'heure qu'il était, combien de temps elle avait dormi, mais un bruit l'avait réveillé. Un bruit terrifiant, qu'elle connaissait fort bien.

Missy qui luttait pour respirer.

Elle s'assit et la prit dans ses bras, tout en pressant l'oreille contre son petit torse. Il était chaud, bien trop chaud. A chaque fois que sa fille respirait, elle entendait ronfler l'encombrement de ses poumons.

Mon Dieu, non ! Pas ici. Partout ailleurs, mais pas ici !

Missy présentait une fragilité depuis sa naissance et c'était d'ailleurs pour cette raison qu'elle était restée en couveuse plus longtemps que sa sœur. Et, même aujourd'hui, le moindre rhume pouvait dégénérer en infection pulmonaire.

A la maison, elle disposait d'un inhalateur d'urgence. Hélas, au lieu de prendre l'encombrant appareil dans ses bagages, elle avait prévu d'en louer un à Anchorage, si un problème survenait ! Mais le destin et Dragan s'en étaient mêlés et, alors qu'elle en avait un besoin pressant, elle n'en avait pas.

Elle alluma la lampe de poche. A l'âge de Missy, une pneumonie pouvait être fatale. Il fallait trouver un moyen de l'aider à respirer avant qu'il ne soit trop tard.

— Mama ? fit Maddie en se redressant.

Elle aussi avait le nez qui coulait, mais ne semblait pas du tout fiévreuse.

— Ne bouge pas, ma chérie, lui dit-elle en espérant

que sa fille sentirait la gravité de la situation. Je ne serai pas longue.

Prenant Missy dans ses bras, elle se précipita dans le couloir et s'élança vers la chambre de Dragan : elle avait besoin d'aide et il était le seul à pouvoir lui en apporter.

- 11 -

— Dragan, réveille-toi !

La voix affolée de Tessa arracha Dragan à son sommeil. Il s'assit sur son lit et mit sa main en visière pour se protéger du rayon de la lampe. Elle se tenait sur le seuil de sa chambre, une des jumelles dans les bras.

Tout de suite alerté, il se réveilla complètement, car seule une urgence avait pu la conduire dans sa chambre au milieu de la nuit.

— Qu'y a-t-il ?

— C'est Missy, commença-t-elle la voix frémissante de peur. Elle est malade. Je crains que ce soit une pneumonie.

— Qu'est-ce qui te fait dire ça ?

Il repoussa les couvertures ; la pièce était glacée et le réveil qui se trouvait sur la table de chevet indiquait 3 heures.

— Elle en a déjà eu une. J'en connais les symptômes : la fièvre et les poumons encombrés. Elle arrive à peine à respirer. Il faut que nous fassions quelque chose pour l'aider.

L'effroi le saisit. D'un geste prompt, il rassembla ses vêtements épars sur le sol.

— Qu'est-ce qui marche, d'ordinaire ? s'enquit-il.

— Tu n'aurais pas un inhalateur, par hasard ? Cela ne guérira pas la pneumonie, mais lui permettrait de mieux respirer.

— Non, je n'ai pas ce genre d'appareil, répliqua-t-il en enfilant son pantalon. Mais je me souviens que mon frère était lui aussi sujet aux congestions pulmonaires. Ma mère le plaçait sous une couverture avec des casseroles d'eau fumante. Nous pouvons toujours essayer.

Il balaya sa chambre du regard.

— Où est Maddie ?

— Je l'ai laissée dans le lit, mais elle n'y restera pas.

— Je vais la chercher, dit-il.

Et, quand il sortit dans le couloir, il ne fut pas surpris de voir Maddie arriver vers lui en courant.

— Viens là, petite coquine, dit-il en la prenant dans ses bras.

Quand il rentra dans sa chambre, Missy toussait. Son sang se glaça : décidément, le destin s'acharnait. Comme s'il ne suffisait pas qu'ils soient au milieu de nulle part avec cette tempête, il fallait de surcroît qu'une enfant soit malade. Tessa comptait énormément sur son aide, mais que se passerait-il s'il ne parvenait pas à sauver l'enfant ? Il était inimaginable qu'ils puissent la perdre, ce serait un choc insurmontable, d'autant que tout cela était sa faute ! Il eut l'affreuse sensation de replonger dans son pire cauchemar.

Allons, inutile de s'apitoyer sur son sort ! Il devait garder les idées claires et rester concentré sur ce qu'il fallait faire.

— Allons dans la cuisine, suggéra-t-il à Tessa.

— J'arrive. Je lui donne un antalgique.

Il la devança et installa Maddie dans son siège avant de l'envelopper de sa veste en cuir. Puis il alluma la lanterne et commença à remplir des casseroles d'eau qu'il posa sur le fourneau. Pour que l'enfant reste calme, il se mit à lui parler.

— Eh bien, Maddie, que dirais-tu de construire une tente vapeur ? Oui, on va prendre des chaises, c'est une très bonne idée.

Il alla en chercher deux dans la grande pièce et moucha le nez de la petite fille en revenant. Heureusement, elle n'était pas fiévreuse.

Il se rappela alors avoir vu une bâche dans l'arrière-cuisine et s'y précipita. Avec un peu de chance, elle serait assez grande.

— Regarde, Maddie, enchaîna-t-il à son retour, la taille est parfaite, non ?

Comme elle n'émit aucun son méprisant, il en conclut qu'elle partageait son avis. Il recouvrit les deux chaises de la bâche, s'assurant que ses bords touchaient bien le sol.

— Comme tu as le nez qui coule, tu pourras peut-être toi aussi te mettre là-dessous, lui dit-il.

L'eau bouillait dans les casseroles, mais Tessa ne se montrait toujours pas. Il s'apprêtait à détacher Maddie pour aller voir ce qui se passait, quand Tessa se matérialisa, Missy dans les bras. Celle-ci respirait rapidement, et l'on entendait un râle dans ses poumons. De nouveau, la terreur le glaça.

— Je lui ai donné de l'ibuprofène, un décongestionnant, et je lui ai nettoyé le nez, déclara Tessa. Mais elle éprouve toujours autant de difficulté à respirer. J'ai peur, Dragan.

Il aurait aimé lui promettre que tout allait bien se passer, mais il n'en était pas convaincu. Il fallait agir !

— Va sous la bâche avec Missy et j'apporte les casseroles d'eau bouillante. Fais en sorte de la tenir dans la vapeur. Ne t'inquiète pas pour Maddie, je veille sur elle.

Sans discuter, Tessa disparut avec sa fille sous la tente improvisée.

Pendant une heure, puis deux, puis bien plus longtemps

encore, il apporta incessamment des casseroles, en fit chauffer de nouvelles. Il jeta plusieurs fois des bûches dans la cheminée afin d'entretenir le feu, tout en constatant, soucieux, que la pile de bois s'amenuisait rapidement. Au moins la tempête semblait-elle se calmer, de sorte qu'il pourrait toujours sortir un peu plus tard pour rapporter d'autres bûches.

Le jour se levait à présent, et une lumière grise filtrait par la fenêtre de la cuisine. Maddie s'était endormie, après qu'il lui eut donné une dose de Benadryl. Ses boucles humides lui collaient au front. Il posa la main sur sa joue : elle n'avait toujours pas de fièvre.

Une nouvelle casserole bouillait. Il la porta sous la bâche, puis, agenouillé, il demanda à Tessa :

— Comment va Missy ?

— Elle s'est endormie. J'ai l'impression qu'elle respire mieux.

— Donne-la-moi et sors d'ici, déclara-t-il alors en soulevant la bâche. Tu as besoin de faire une pause.

Tessa ne discuta pas et lui tendit son enfant endormie. Les cheveux et le pyjama de Missy étaient trempés à cause de la vapeur, mais ses poumons ne sifflaient plus et sa peau était fraîche. Il poussa un soupir de soulagement.

— Elle a l'air d'aller mieux, en effet, constata-t-il.

— Pour l'instant, répliqua-t-elle en se redressant. Mais je sais par expérience qu'elle n'est pas encore tirée d'affaire. Elle a besoin d'oxygène, il faut l'emmener à l'hôpital.

De nouveau, la panique noua son estomac.

— La tempête s'est calmée, dit-il. Je vais aller lancer un nouvel appel radio. Mais Missy et toi devez changer de vêtements. Attends, reprends-la, je reviens.

Il se précipita vers sa chambre, se saisit de la couette et fila de nouveau dans la cuisine. Il enveloppa dedans la mère et l'enfant, puis les accompagna jusqu'à leur chambre. De là, il retourna auprès de Maddie qui était réveillée. Quand il la souleva de son siège, une odeur caractéristique lui assaillit les narines.

— Nez, dit la fillette.

— Tu as besoin d'une nouvelle couche, marmonna-t-il.

Quand il pénétra dans la chambre, Tessa était en train d'enfiler des vêtements secs à Missy.

— Quelle odeur ! s'exclama-t-elle.

Et elle lui tendit une couche.

— Quoi ? Tu veux que je la change ? s'insurgea-t-il.

— Oui, répondit Tessa en claquant des dents. Prends une serviette dans la salle de bains et allonge-la dessus.

De sa main libre, il s'exécuta puis fouilla dans la commode, en quête d'un nouveau kit de vêtements Thermolactyl.

— Mets ça, ordonna-t-il à Tessa. Et ne t'inquiète pas, je m'occupe de Maddie.

Il n'avait jamais changé un enfant de sa vie, mais il avait déjà vu sa mère le faire. Ça ne devait pas être très difficile.

Finalement, Maddie y mit de la bonne volonté et il s'acquitta honorablement de la tâche. Quand il leva les yeux vers Tessa qui avait enfilé des vêtements secs, elle lui adressa un sourire fatigué.

— Beau travail ! le félicita-t-elle. Tu peux aussi l'habiller, si tu veux. Ses habits sont sur la commode. Oh ! et je crois qu'elle doit avoir faim.

— Pas de problème, je me charge de tout. Endors-toi.

Sans protester, Tessa passa un bras protecteur autour de Missy qui dormait toujours et ferma les yeux.

Une fois Maddie habillée, Dragan la ramena dans la cuisine et la plaça dans son siège. Il était en train de lui donner de la compote à la petite cuillère quand il se rendit compte qu'il n'entendait plus le vent. Il regarda par la fenêtre : le soleil tentait de percer à travers les nuages. Le temps allait-il vraiment s'améliorer ?

Brouillard ou non, il devait regagner dès que possible l'avion pour transmettre un nouveau message radio. Cependant, qu'allait-il faire de Maddie ? Elle ne pouvait rester sans surveillance.

Il laisserait Tessa récupérer un peu, puis il la réveillerait, voilà tout ! Entre-temps, il en profiterait pour aller chercher du bois et emmènerait la fillette.

Fort de sa décision, il la sortit de son fauteuil, la posa par terre et lui prit la main.

A l'extérieur, il constata que la température s'était radoucie, ce qui était bon signe.

— Viens m'aider, Maddie, lui dit-il. Nous allons transporter des bûches.

Elle lui obéit gentiment, mais, une fois de retour au chalet, elle s'empara d'un jeu de cartes qu'elle répandit par terre.

Mon Dieu ! Il allait devoir s'occuper de cette enfant pendant que sa mère se reposait…

— Viens, je vais te montrer quelque chose, dit-il.

Et il se mit à construire une tour de cartes. Maddie suivait le moindre de ses gestes, fascinée. Soudain, un éclair espiègle brilla dans ses yeux, et elle détruisit son œuvre en éclatant de rire.

Il reconstruit la tour, encore et encore jusqu'à ce qu'elle se fatigue du jeu. Et puis elle bâilla, prit son doudou et s'installa sur le canapé. Etait-ce possible ? Allait-elle vraiment s'endormir ?

Oui, le miracle s'était accompli ! Il la recouvrit du plaid afghan, et regarda de nouveau par la fenêtre. Le brouillard se levait. Aujourd'hui, s'ils avaient un peu de chance, on viendrait les secourir.

Il passa alors la main sur son menton et se rendit compte qu'il s'était affairé toute la nuit, et toute la matinée, et qu'il n'avait même pas pris le temps de se brosser les dents. Maddie étant endormie, il pouvait bien la laisser deux minutes sans surveillance pour aller dans la salle de bains.

En passant devant la chambre de Tessa, il constata par la porte entrouverte qu'elle dormait toujours. En revanche, Missy était réveillée, mais restait allongée, ce qui ne lui ressemblait guère. Il s'approcha d'elle et lui toucha le front. Bon sang ! Elle avait encore de la fièvre et ses poumons sifflaient un peu.

Il retint un juron. Elle avait besoin d'être hospitalisée. Après son petit tour dans la salle de bains, il réveillerait Tessa. Puis il sortirait pour lancer un nouvel appel radio.

Quand il revint au salon, il se figea. Maddie n'était plus sur le canapé. Par pitié !

Il inspecta rapidement le chalet, plus particulièrement les salles de bains, mais l'enfant n'était nulle part.

Il crut que son cœur allait s'arrêter de battre quand il se rendit compte que la porte de derrière était ouverte.

Il sortit immédiatement et scruta les environs. Soudain, il la repéra, mais son soulagement fut de courte durée : elle se trouvait face à face avec un bébé ours !

Ce dernier paraissait plus curieux qu'agressif ; toutefois, un ourson de sa taille ne pouvait s'être aventuré si près du chalet sans sa mère. Or une mère ourse pouvait s'avérer très protectrice.

— Maddie, appela-t-il doucement. Viens ici.

Elle se tourna vers lui et lui adressa un sourire ravi.

— Nounours ! s'exclama-t-elle.

— Maddie, viens ici immédiatement.

Sans l'écouter, elle pivota sur ses talons et tendit la main vers le museau de l'ours.

— Nez, s'esclaffa-t-elle.

Il sentit de la sueur glacée lui couler dans le dos. Jusqu'à présent, la mère ourse n'avait sans doute pas assimilé Maddie à un danger, mais son appréciation pouvait changer d'un instant à l'autre et, s'il s'avançait pour saisir la petite fille dans ses bras, le pire risquait de se produire.

Il scruta la forêt et repéra, à l'orée, une silhouette sombre : l'ourse était toute proche et pouvait en un tournemain bondir sur Maddie.

Surtout ne pas paniquer !

Ce fut alors qu'il se rappela le jambon qu'ils avaient mangé la veille. Il avait placé ce qu'il en restait dans le filet suspendu juste derrière la porte. Les ours étant de fins gastronomes, il devait risquer le tout pour le tout.

Retenant sa respiration, les yeux rivés à Maddie, il recula tout doucement et tendit le bras avec mille précautions vers la porte. Il se saisit du jambon. Mais le plus difficile restait à venir : il devait en effet le jeter le plus loin possible pour éloigner l'animal.

Et, pendant ce temps, Maddie continuait à jouer avec l'ourson.

Soudain, il vit la mère ourse se rapprocher. Aussitôt, il lança le jambon de toutes ses forces, loin du porche. Celui-ci décrivit un arc de cercle avant d'atterrir à une dizaine de mètres derrière elle.

Elle tourna immédiatement la tête, siffla son ourson et se rua vers le jambon. Ce dernier abandonna sans hésitation sa partenaire de jeu pour rejoindre sa mère.

Maddie éclata en sanglots, mais en un éclair il se précipita vers elle, la prit sous le bras et rentra bien vite dans le chalet, tandis qu'elle se débattait, furieuse.

— Nounours, criait-elle.

Et de grosses larmes jaillissaient de ses yeux.

— Ce n'est rien, ma jolie, murmura-t-il, le cœur battant à tout rompre, appuyé contre la porte tout en lui caressant les cheveux. Tu es en sécurité, tout va bien.

Et il s'aperçut soudain qu'il s'exprimait en croate. Alors quelque chose se brisa en lui, et il sentit des larmes couler sur son propre visage : ce n'étaient pas celles de Maddie, c'étaient les siennes ! Des années plus tôt, il n'avait pas réussi à sauver ses sœurs, mais aujourd'hui il avait trouvé le moyen de secourir cette petite fille bien téméraire.

Une seconde fillette demeurait en péril, et sa survie dépendait de lui et d'un transport dans les plus brefs délais à l'hôpital.

Allait-il raconter à Tessa la scène entre Maddie et l'ours ? Il choisit finalement de se taire, elle était déjà assez stressée. Maintenant, le soleil brillait, le temps s'éclaircissait et il devait la réveiller pour regagner l'avion.

— Viens, Maddie. Nous allons trouver ta mère.

Il se rendit dans la chambre de Tessa, qui était réveillée et serrait Missy dans ses bras. Son beau visage était assombri par la fatigue et l'inquiétude.

— Missy est toujours malade, annonça-t-elle. Je lui ai redonné des médicaments, mais elle a encore besoin de vapeur.

— Pas de problème. La bâche n'a pas changé de place, répondit-il. Donne-moi juste quelques minutes pour passer un appel radio, le ciel est dégagé et c'est sans doute le meilleur moment pour avoir une chance de les joindre. Est-ce que tu peux surveiller Maddie ?

Question inutile, il le savait, puisque cette dernière s'était déjà réfugiée contre sa mère et que Tessa pressait ses deux filles contre elle avec une tendresse qui fit bondir son cœur. Quel effet cela ferait-il d'appartenir à ce cercle d'amour ?

Allons, il avait pour l'instant d'autres sujets de préoccupation !

— Je reviens tout de suite.

Et il sortit, sans oublier son revolver, cette fois.

Le temps s'éclaircissait rapidement, on apercevait même du bleu entre les nuages, ce qui était bon signe. Si son message atteignait Ketchikan ou Sitka dans la matinée, un avion de secours pourrait arriver d'ici midi.

La marée était basse et l'avion toujours amarré au ponton. Il brillait sous le soleil ; toutefois, le vent demeurait froid. Au loin, il vit un aigle piquer vers la mer pour pêcher un poisson puis s'envoler en haut d'un arbre afin d'y déguster sa proie.

Et soudain, un bruit familier le fit tressaillir : celui d'un Havilland Beaver, l'avion monoplan typique de l'Alaska !

Où était-il ? s'interrogea-t-il en scrutant le ciel, le cœur battant. Venait-il en réponse à ses messages ou bien passait-il par hasard au-dessus de sa tête ? En tout cas, il devait attirer l'attention du pilote. Et, à part mettre le feu au Porter, la meilleure façon était de lui envoyer un appel radio.

Il était en train de monter dans son avion quand le Beaver rasa les arbres, derrière le chalet. Quelques instants plus tard, il se posait dans la crique.

Un pilote à la barbe hirsute et à l'air ronchon en sortit peu de temps après.

— Vous avez reçu mon signal de détresse ? demanda Dragan

— Oui, nous avons bien reçu tous vos signaux à Sitka. Mais nous devions attendre que le temps se lève. Je vous ai apporté du carburant. Vous allez bien, vos passagers et vous ?

— Nous avons un bébé malade qui doit être conduit à l'hôpital de toute urgence. On peut dire que vous arrivez à point nommé. Mais venez, je vais vous faire un café en attendant que ma…

Pas ma femme, pas ma petite amie…

— … que mon amie rassemble ses affaires et prépare les filles.

— Entendu, mais approvisionnons d'abord l'avion en carburant. A deux, ce ne sera pas long.

Le pilote regarda le Porter.

— En voilà un bel engin, ajouta-t-il. J'en avais entendu parler mais je n'en avais encore jamais vu.

— Hélas, il ne fonctionne pas sans carburant, lui non plus. Combien de litres m'avez-vous apportés ?

— Suffisamment pour vous conduire jusqu'à Sitka et vous réapprovisionner là-bas.

— Ça fera l'affaire, approuva Dragan en enfonçant les mains dans ses poches.

Il ne pouvait pas partir en même temps que Tessa et ses filles, car il devait d'abord fermer le chalet, s'occuper des poubelles, vider les canalisations, couper le gaz. Après quoi, il repartirait dans son propre avion, avant de se diriger vers Anchorage.

Ce qui s'était passé entre Tessa et lui était terminé et, la prochaine fois qu'ils se reverraient, ce serait devant une cour de justice, en tant qu'ennemis.

- 12 -

De la chambre, Tessa entendit le moteur du Beaver survoler de près le chalet et un immense soulagement la submergea : enfin, les secours arrivaient !

La tête lui en tournait presque lorsqu'elle enfila un jean et un pull propre, avant de mettre ses chaussures. Sitka, la ville la plus proche, abritait un hôpital et devait se trouver à une heure de vol, de sorte que Missy allait sous peu être prise en charge et recevoir le traitement approprié.

Après quoi, elle embarquerait sur un avion pour Anchorage ; néanmoins, elle ne bougerait pas de Sitka tant que son enfant ne serait pas hors de danger. Entre-temps, elle aurait tout le loisir d'appeler ses parents et de les rassurer sur son sort, puis elle téléphonerait à Helen pour en savoir davantage sur le procès.

Dragan resterait sans doute pour fermer le chalet avant de repartir dans son propre avion. Où qu'il aille ensuite, ce n'était pas son problème, même si elle ne pouvait refouler le souvenir de leurs étreintes.

Elle s'était sentie si proche de lui, entre ses bras. Jamais elle n'aurait cru possible, après Kevin, d'éprouver une telle communion avec un homme. Mais elle savait que cette impression serait éphémère : pendant la durée de cet isolement complet, Dragan avait été affable, attentif, tendre même, mais, lorsqu'il réintégrerait son propre monde, il redeviendrait « le Dragon », c'est-à-dire un être arrogant et énergique, doublé d'un prédateur !

Quand Dragan et le pilote pénétrèrent dans le chalet, elle s'était brossé les dents, avait changé ses filles — elle venait de leur mettre les deux dernières couches qui lui restaient — et était en train de fourrer ses affaires dans les valises.

— Est-ce que tu veux un café, Tessa ? lança alors Dragan de la grande pièce.

— Tout ce que je veux, c'est emmener Missy à l'hôpital, rétorqua-t-elle. J'imagine que nous irons à Sitka ?

— Exact, m'dame, répondit le pilote d'un ton bourru. Si vous voulez, je peux appeler l'hôpital pour qu'il nous envoie une ambulance à l'aéroport.

— Oh merci ! C'est fantastique.

— A ton arrivée, précise-leur bien que je paierai pour tout, affirma Dragan. L'hôpital, la chambre d'hôtel à Sitka, les repas, bref, tout ce qui se présente. Tu ne débourseras pas un centime.

— Merci, mais, pour l'instant, c'est le dernier de mes soucis, répliqua-t-elle.

Après cet échange sur le seuil du chalet, elle sortit de la chambre, Missy enveloppée d'une couverture, et Maddie fermement agrippée à sa main. La respiration de la petite malade était traversée de sifflements.

Le pilote lui adressa un bref sourire.

— Eh bien, quel chargement ! s'exclama-t-il. Elles se ressemblent comme deux gouttes d'eau et j'imagine qu'elles ne doivent pas être de tout repos.

— Ça dépend, nuança-t-elle. Bien, nous sommes prêtes à partir. Nos bagages sont sur le lit. Dragan, est-ce que tu veux bien te charger de leurs sièges ? Ils sont dans la cuisine. Et je crois que la poussette est dans ton avion.

— Entendu, dit-il.

Mais il ne croisa pas son regard, car il devait sentir, tout comme elle, que les règles du jeu avaient changé.

— Pour le café, vous me le paierez une autre fois, déclara le pilote à Dragan. La dame semble pressée.

— C'est effectivement préférable.

Le pilote s'empara des bagages tandis que Dragan lui emboîtait le pas avec les sièges. Tessa jeta un dernier coup d'œil derrière elle, pour vérifier qu'elle n'avait rien oublié, puis sortit à son tour du chalet, ses jumelles dans les bras et son sac à langer en bandoulière.

Le vent était frais, mais le ciel dégagé. Le soleil brillait sur l'eau bleue de la crique et une mouette solitaire dansait au-dessus des vaguelettes de la marée montante.

Quand elle arriva au niveau du Beaver, il était chargé et prêt à décoller. Dragan lui prit les jumelles des bras et les remit au pilote qui les attacha dans leurs sièges. Ils se retrouvèrent donc un instant en tête à tête.

Que devait-elle lui dire ? Merci ? Non, cela aurait manqué de sincérité, dans la mesure où il était responsable de toute cette débâcle. Adieu ? Non, car ils allaient probablement se revoir au tribunal. Bonne chance ? Mais, comme elle poursuivait sa société, elle préférait que la fortune soit de son côté, pas du sien. Bon débarras ? Elle ne le pensait pas vraiment.

Déchirée par des émotions contradictoires, elle lui fit face. En d'autres circonstances, c'était sans doute un homme qu'elle aurait pu aimer.

Il lui tendit la main, de façon froide et impersonnelle.

— Je vais t'aider à monter dans l'avion, lui dit-il.

Et il la maintint en équilibre quand elle monta sur le flotteur. Après quoi, s'agrippant à la poignée de la porte, elle se hissa dans l'appareil, à côté du pilote. Elle lui adressa un dernier regard lorsqu'il referma la portière. Qu'aurait-elle bien pu ajouter ?

Ne s'étaient-ils pas tout dit ?

Dragan regarda le Beaver s'éloigner puis frôler les eaux, avant de s'élever au-dessus des grands sapins. Il fixa le petit avion jusqu'à ce qu'il ne soit plus qu'un point dans le ciel et disparaisse dans les nuages. Alors il revint au chalet. Il éprouvait un grand soulagement d'en avoir fini avec cette mésaventure, et surtout de savoir Tessa et ses jumelles entre de bonnes mains. L'idée que la petite Missy était en route pour l'hôpital lui réchauffait le cœur.

Mais il se sentait aussi bien seul, et cette impression était fort étrange. Il n'y avait plus de petits bruits de pas qui couraient dans le chalet, ni de rires malicieux. Plus de Tessa jouant avec ses enfants… Tessa buvant du vin à la lueur des bougies… Tessa lui donnant son corps et faisant fiévreusement l'amour avec lui, avant de s'éclipser dans le noir pour veiller sur ses filles.

Bon sang ! Il n'était pas dans son état d'esprit normal. Il n'avait jamais eu de problème pour se séparer d'une femme, et avec Tessa c'était fini. La preuve : elle n'avait même pas pris la peine de lui dire « au revoir ». Alors, pourquoi ne pouvait-il s'empêcher de penser à elle ?

A la fois vide et triste, il referma la porte du chalet et se dirigea vers le bar pour se servir deux doigts de bourbon. Après tout, il n'avait aucune raison de se précipiter pour rentrer : au terme de cette longue nuit de stress, il avait besoin de repos, et rien ne l'obligeait à repartir aujourd'hui puisque le pilote du Beaver lui avait assuré que le beau temps persisterait au moins jusqu'au lendemain. Il pouvait passer la journée à ranger tranquillement le chalet, et partir pour Sitka après une bonne nuit de sommeil. De là, il donnerait quelques coups de téléphone et déciderait de la marche à suivre.

Si le procès avait bien lieu, il serait peut-être avisé de ne pas y paraître, mais de laisser ses avocats et Helen Carmichael régler le litige. Pourquoi s'infliger le supplice de se retrouver face à Tessa au tribunal, et de l'entendre raconter au juge que le P-DG de la Trans Pacific l'avait enlevée avant de la séduire ?

Un verre de bourbon à la main, il se dirigea vers le canapé et s'y assit lorsqu'il sentit quelque chose de dur sous le plaid afghan. Il l'écarta et découvrit la brindille que Maddie avait conservée pendant tout le séjour comme un trésor de guerre.

Son cœur se serra. Les filles de Tessa lui avaient d'abord inspiré de la répulsion, puis l'avaient terrifié, et avaient fini par venir à bout de sa résistance pour finalement le rallier à leur cause. Maintenant qu'elles étaient parties, il éprouvait une réelle souffrance face au vide qu'elles laissaient derrière elles.

Il posa le verre sur la table basse, s'empara de la brindille et se mit à fixer le feu, tout en cherchant à comprendre ce qui s'était passé pendant ce court séjour en compagnie de Tessa et de ses filles.

Et soudain il se rendit compte que, contre toute attente, il était tombé amoureux !

Tessa se pencha sur le lit à barreaux de l'hôpital et regarda sa petite fille endormie sous la tente à oxygène. Les couleurs lui étaient revenues et la fièvre était tombée. Après une nuit d'oxygène et de médicaments en intraveineuse, elle réagissait normalement. Toutefois, par prudence, les médecins de l'unité pédiatrique avaient préféré la garder sous surveillance afin de s'assurer que tout danger de pneumonie était écarté.

Ils avaient aussi vérifié que Maddie n'avait pas contracté la maladie, mais le virus qui avait si gravement affecté Missy semblait avoir rendu sa sœur encore plus robuste.

Tessa avait passé la nuit près de Missy, dans un fauteuil inclinable, tandis que Maddie avait dormi dans un lit à barreaux, elle aussi. Avec le sifflement de l'oxygène, les bips incessants des moniteurs et le va-et-vient des infirmières, Tessa avait très peu dormi. Et, ce matin, elle était épuisée.

Mais peu importait. Rien d'autre ne comptait que le rétablissement de Missy.

La veille, après l'admission de sa fille à l'hôpital, elle avait appelé ses parents qui s'étaient fait un sang d'encre pendant deux jours, puis elle avait téléphoné à son avocate, qui était elle aussi bouleversée.

— Le juge nous a accordé une suspension, lui avait-elle dit. Mais de quelques jours seulement. Il va falloir que d'ici là nous ayons une sérieuse discussion.

— Ma priorité absolue, c'est Missy, lui avait répondu Tessa. Tant qu'elle n'est pas entièrement guérie, je ne peux pas penser au procès.

A présent, tout en prenant son petit déjeuner avec Maddie, elle songea à Helen Carmichael : celle-ci était bien trop impatiente pour attendre son retour à Anchorage sans prendre d'initiative.

Ce fut alors qu'on frappa à sa porte et, avant qu'elle ait le temps d'aller ouvrir, Helen entra dans la chambre. Petite et plutôt rondelette, cheveux gris et courts, elle lui rappelait l'actrice Judi Dench. Aujourd'hui, elle portait un tailleur bleu marine impeccable. De ses yeux aussi perçants qu'un aigle, elle inspecta rapidement la chambre, puis l'examina, elle.

— J'ai pris le premier vol, l'informa-t-elle. Grands dieux, on dirait que vous revenez d'une zone de guerre, Tessa ! Cela a dû être affreux d'être kidnappée par cet homme. Mais, au moins, nous disposons maintenant d'un stock impressionnant de munitions pour défendre notre cas.

Tessa posa Maddie par terre et se leva. La veille, au téléphone, elle avait brièvement relaté la situation à Helen, et omis de nombreux détails, qu'elle n'avait d'ailleurs pas l'intention de lui dévoiler.

— Nous pourrions porter plainte contre lui pour enlèvement, vous savez, poursuivit celle-ci. Je suis certaine qu'il serait prêt à tout pour éviter le pire.

Tessa sentit un nœud se former dans son estomac. Poursuivre la Trans Pacific en justice pour obtenir des compensations était une chose ; envoyer Dragan en prison, ou le menacer d'arrestation, en était une autre.

— Ne serait-ce pas s'abaisser ? répliqua-t-elle.

Helen parut surprise.

— Et lui, n'a-t-il pas fait preuve de bassesse en vous kidnappant ?

— Il n'a pas voulu m'enlever, son intention était seulement de me convoyer dans son avion jusqu'à Anchorage afin d'en apprendre davantage sur moi, et que nous puissions discuter de notre litige. L'atterrissage en urgence était un accident. Nous n'avions plus de carburant. Et, grâce à ses talents de pilote hors pair, nous avons eu la chance inouïe de ne pas nous écraser au sol.

Helen arqua les sourcils.

— Seriez-vous en train de le défendre ? Ne souhaitez-vous pas gagner votre procès ?

— Bien sûr que si ! se récria-t-elle, en proie à des

émotions contraires. J'ai besoin d'argent et la Trans Pacific m'a licenciée sans motif valable. Cependant, nous disposons de solides arguments pour défendre notre cas. Ne pouvons-nous pas nous dispenser de recourir au chantage ?

— Du chantage ? Mais de quoi parlez-vous, Tessa ? L'enlèvement est un délit fédéral, d'autant que Dragan Markovic vous a fait franchir une frontière étrangère avec vos filles. Nous allons l'anéantir.

Tessa frissonna. Et si, en dépit de son propre témoignage, Dragan était bel et bien accusé de kidnapping ?

— Ecoutez, Helen, argua-t-elle, Dragan n'avait pas l'intention de m'enlever. Il a pris soin de moi et de mes filles, lors du séjour au chalet de pêcheur. Il s'est conduit de façon héroïque ; sans lui, nous n'aurions pas survécu.

Helen demeura silencieuse un bon moment, les yeux rivés sur elle, tels deux lasers.

— Mon Dieu ! finit-elle par s'exclamer. Je crois comprendre. Vous avez couché avec lui, c'est ça ?

Tessa sentit ses joues s'empourprer et estima que c'était une réponse suffisante.

— Je veux qu'on évite le procès, répliqua-t-elle. Je veux que vous négociiez un accord avec lui, pour un montant qui me rendra justice et vous conviendra à vous aussi.

Son avocate fronça les sourcils.

— Ce n'est pas ce dont nous étions convenues. Vous souhaitiez faire entendre votre voix, punir la Trans Pacific et contribuer au progrès des droits de la femme dans le domaine du travail. Que vous est-il arrivé ?

— Je suis désolée, mais je ne peux pas prendre le risque d'envoyer Dragan en prison pour un crime qu'il n'a pas commis.

— Vous êtes amoureuse de lui ?

Tessa sursauta, frappée par l'éclair. Etait-elle donc si

transparente que les autres devinaient ce qu'elle ne s'était pas encore avoué à elle-même ? Etait-elle réellement amoureuse de Dragan ? Cela expliquerait pourquoi elle ne supportait pas de le voir si durement atteint.

Elle baissa les yeux. Et se rendit compte que Maddie ne jouait plus par terre. Oh non, Helen avait laissé la porte entrouverte !

— Maddie ! s'écria-t-elle.

Et elle allait s'élancer dans le couloir quand Missy se réveilla et commença à pleurer. Déchirée, elle hésita.

— Restez ici ! ordonna Helen. Je vais rattraper notre petite fugitive.

Et le cliquetis de ses talons résonna sur le carrelage quand elle se dirigea vers la porte.

Tessa sortit alors Missy de la tente à oxygène et la berça dans ses bras.

— Ne pleure pas, mon petit amour, lui murmura-t-elle. Tout va bien se passer, ça va aller.

Elle aurait également aimé pouvoir s'adresser les mêmes paroles et y croire.

Dragan avait décollé de bonne heure et était arrivé à Sitka vers 9 heures. Il avait tout de suite appelé ses bureaux de Seattle pour s'assurer qu'aucune crise majeure ne requérait son intervention immédiate. Puis il avait téléphoné à son équipe juridique pour savoir où en était le procès. Apparemment, il avait été suspendu pour quelques jours, de sorte que rien ne pressait plus de ce côté-là non plus.

Durant le vol, il avait jugé que, pour prendre en charge les frais d'hôpital, le mieux était encore de se rendre personnellement sur place. Du même coup, il pourrait s'informer de l'état de santé de Missy, et vérifier que Tessa ne manquait de rien.

Après avoir loué une voiture à l'aéroport, il se rendit directement à l'hôpital. En arrivant au bureau des admissions, il découvrit que Tessa s'était déclarée comme la partie financièrement responsable. Elle était donc aussi fière et entêtée qu'elle était belle.

Il lui fallut vingt bonnes minutes pour modifier les papiers et communiquer ses références bancaires à la réceptionniste par ailleurs très occupée. Après quoi, elle lui indiqua enfin qu'il trouverait Tessa et les jumelles dans la chambre 322.

Il sentit son pouls s'accélérer quand l'ascenseur le déposa au troisième étage. Ils étaient séparés depuis à peine vingt-quatre heures, mais Tessa et les jumelles lui manquaient déjà terriblement. C'était incroyable. Il n'aurait jamais cru qu'une telle chose lui arriverait un jour, mais, en trois petites journées, elles étaient devenues partie intégrante de sa vie. Et il n'avait pas l'intention de les laisser en sortir.

Evidemment, il avait bien conscience que l'entreprise n'allait pas être aisée. Il faudrait d'abord régler la question du procès, puis accorder assez de temps à Tessa pour qu'elle apprenne à le connaître. Il devrait faire preuve de patience, ce qui n'était pas son fort, mais il comptait bien la demander en mariage ensuite et espérait de tout son cœur qu'elle accepterait. Il l'aimait, voulait la rendre heureuse et être un bon père pour les jumelles.

L'ascenseur s'arrêta, il suivit les indications pour se rendre à la chambre de Tessa. Il était en train de lire les numéros des chambres quand une petite silhouette en salopette bleue fonça sur lui.

— Maddie ! s'exclama-t-il en la prenant dans ses bras.

Elle éclata de rire et lui saisit le nez. Ravi, il la serra contre lui.

— Qu'est-ce que tu fais ici, petite coquine ? poursuivit-il. Viens, on va retrouver ta mère et ta sœur.

La blottissant contre son épaule, il se dirigea vers le bout du couloir, où la chambre 322 était censée se trouver. Ce fut alors qu'il vit une femme aux cheveux gris, vêtue d'un strict tailleur bleu marine, s'avancer vers lui d'un pas énergique. Son humeur s'assombrit d'un coup : il reconnut tout de suite Helen Carmichael.

— Monsieur Markovic ! s'exclama-t-elle d'ailleurs en lui barrant le passage. Pouvez-vous me dire ce que vous faites ici ?

Elle aussi l'avait identifié sans problème. Il s'efforça de rester calme.

— Je m'inquiétais pour Missy. Je venais m'assurer qu'elle était sortie d'affaire et que sa mère ne manquait de rien.

— Missy va bien. Quant à ma cliente, si elle a besoin de quoi que ce soit, je le lui fournirai.

Elle redressa les épaules, et enchaîna :

— Si vous comptez parler à Mlle Randall, sachez que je m'y oppose. Elle est épuisée et a les idées confuses. Une rencontre n'est vraiment pas opportune, d'autant que cette visite pourrait contrevenir à la procédure juridique.

Il s'efforça de contenir sa colère : il ne devait lui fournir aucun prétexte pour passer à l'attaque.

— Laissez-moi au moins lui dire que je suis passé. Je veux qu'elle sache que je me sens concerné.

La célèbre avocate releva le menton.

— Cela ne lui procurera aucun soulagement, décréta-t-elle. La dernière chose dont elle ait besoin, monsieur Markovic, c'est de se retrouver sous votre influence. Considérez cela comme une menace. Si vous tentez d'interférer d'une quelconque façon, j'ai les moyens légaux de vous causer plus de tort que vous ne pouvez imaginer. A commencer par dénoncer votre enlèvement.

Il se glaça. Interprétés par des personnes malveillantes, ses actes pouvaient le conduire derrière les barreaux. Et Helen Carmichael était douée pour amener les gens à croire sa version d'une situation.

— Que voulez-vous de moi ? demanda-t-il avec prudence.

— Je vous demande de laisser Tessa Randall tranquille, répondit-elle. Tout ce que vous avez à lui dire passera par mon intermédiaire et celui de vos avocats. Et maintenant, confiez-moi cette enfant, que je la reconduise auprès de sa mère.

Mais, quand elle voulut lui prendre Maddie des bras, celle-ci se mit à hurler et s'accrocha à son cou. Ses cris aigus retentirent dans le couloir, où les têtes commencèrent à se tourner vers eux.

A quelques pas, une silhouette se matérialisa sur le seuil d'une porte. Tessa ! Le cœur de Dragan se serra tant elle paraissait fragile et fatiguée. Elle s'avança vers lui et tendit les bras pour prendre Maddie. Leurs yeux se croisèrent.

— Je vous interdis d'échanger le moindre mot, ordonna Helen à voix basse, en s'interposant entre eux. Sauf si vous voulez ouvrir le feu d'un grand spectacle médiatique.

Les yeux toujours rivés à Tessa, il hocha la tête. Helen avait raison. Il y avait d'autres personnes dans le couloir et, si la nouvelle de sa relation avec Tessa s'éventait, cela pourrait les compromettre tous les deux aux yeux de la justice. Il fallait espérer que celle-ci le comprendrait aussi.

D'un point de vue légal, ils étaient des étrangers l'un pour l'autre, et le séjour au chalet n'avait jamais eu lieu.

Pressant les lèvres, il étreignit une dernière fois la petite

Maddie avant de la tendre à sa mère qui rentra dans sa chambre sans dire un mot.

— Voilà qui était avisé de votre part, lui lança alors Helen. Je me réjouis que vous ayez suivi mon conseil. Désolée d'avoir été un peu dure avec vous, je ne faisais que mon travail.

— Venez avec moi, ordonna-t-il en se dirigeant vers l'ascenseur.

Helen lui emboîta le pas.

— Eh bien, quelles sont vos propositions pour réparer ce gâchis ? questionna-t-elle sans tarder.

— Vous savez comme moi que le procès serait un cauchemar, répliqua-t-il. Il ne s'agit plus uniquement de défendre le droit des femmes. Si le séjour au chalet s'ébruite, cela deviendra une affaire privée et on parlera de connivence. La presse s'en donnera à cœur joie et personne n'échappera à la condamnation de l'opinion publique.

— Dans ce cas, que suggérez-vous ?

Helen plissa les yeux. Cette femme était avisée : elle était en train de le pousser dans ses derniers retranchements.

— Je ne veux pas que Tessa subisse un tel supplice et, si vous avez le moindre égard pour votre cliente, je présume que vous non plus.

— Je ne suis pas un monstre au cœur froid, monsieur Markovic, et je tiens à défendre les intérêts de ma cliente. Elle m'a fait des confidences et je crois savoir ce qu'elle veut. Alors, que pouvez-vous faire pour moi ?

— Mon équipe juridique vous a déjà proposé un arrangement que vous avez refusé. Qu'attendez-vous donc de moi ? C'est à vous de me le dire.

Ils avaient atteint l'ascenseur.

Helen plongea les yeux dans les siens.

— Pour commencer, des excuses publiques seraient les bienvenues. Quant au reste… faites-nous une offre.

Il pénétra dans l'ascenseur.

— Entendu. Je vous la transmettrai dans deux jours.

- 13 -

Dragan mit le moteur du Porter en marche, roula sur la piste et prit son envol pour Anchorage. Des nuages couraient dans le ciel, jetant des ombres sur le port couronné de blanc. Le temps était-il enfin redevenu calme ou bien une autre tempête se préparait-elle ?

Alors qu'il atteignait sa vitesse de croisière, ses pensées bouillonnaient comme l'eau qu'il survolait. Tout ce qu'il voulait, c'était que ce fichu procès prenne fin, pour qu'il puisse épouser Tessa. A cet effet, il présenterait volontiers des excuses à la télévision et paierait la somme qui donnerait satisfaction à Helen Carmichael. Toutefois… Que penserait Tessa s'il lui octroyait des millions de dollars et venait ensuite lui demander sa main ? Croirait-elle qu'il songeait juste à reprendre son argent ? Ou pire : imaginerait-elle que l'argent et le mariage représentaient les meilleurs garants pour étouffer une allégation d'enlèvement ?

En réalité, il ne pouvait pas contrôler l'opinion ou les sentiments de Tessa. Si elle ne voulait pas de lui, son cœur serait brisé, point final. Mais, au moins, il aurait la certitude que ses filles et elle seraient à l'abri du besoin, ce qui était peut-être la définition de l'amour : moins posséder que donner.

Le vaste port d'Anchorage, avec ses barques de pêcheurs, ses hydravions, ses bateaux de plaisance et ses immenses cargos, dont de nombreux appartenaient à la Trans Pacific, se déployait enfin devant lui. Il atterrit sur les quais de sa société, puis un employé vint prendre l'avion en charge tandis que son chauffeur l'attendait pour le conduire au siège alaskien de sa compagnie.

Avant de rencontrer son équipe juridique et de convenir d'un montant qui ferait justice à Tessa, il devait connaître la nature des problèmes qui l'avaient opposée à Tom Roylance, et pourquoi ce dernier l'avait renvoyée.

Une fois assis à sa table de travail dans le bureau qu'il occupait au dernier étage, il commanda un café et téléphona à Bethany Ferguson, la directrice des ressources humaines. Il l'avait appelée la veille de Sitka, pour qu'elle prépare le dossier, et maintenant il attendait des réponses.

Quinze minutes plus tard, la grande blonde pénétrait dans son bureau. Elle travaillait depuis vingt ans pour la Trans Pacific, où elle avait marché sur les traces de son oncle.

— Comment vas-tu, Bethany ? demanda Dragan. Prends une chaise. Tu veux un café ?

— Volontiers, répondit-elle en saisissant la tasse qu'il lui tendait. Et, pour répondre à ta question, je vais bien, merci, mais il se peut que je vous quitte bientôt car mon mari part à la retraite et il souhaite que nous allions vivre dans des contrées plus chaudes. Comment va Tessa ? Nous l'adorions, ici, et nous avons été très attristés de la voir partir. Je parie que ses jumelles sont adorables.

— Tout à fait, elles sont aussi rousses que leur mère et ont autant de cran.

— Alors elle et toi…

Bethany était une vieille amie, ce qui expliquait pourquoi elle osait s'aventurer sur le terrain privé.

— Laissons cette question de côté pour l'instant, répliqua-t-il. Ce qui m'intéresse actuellement, c'est comment et pourquoi elle a été renvoyée. Tu peux m'éclairer là-dessus ?

— J'ai mené ma petite enquête, après ton coup de fil. Comme tu le sais, Roylance a toujours affirmé qu'il l'avait licenciée parce qu'elle ne pouvait plus exercer ses fonctions.

— Et sa demande de transfert en vue d'un travail administratif à Seattle ?

— Je n'en ai trouvé aucune trace. Soit elle n'a jamais été enregistrée, soit elle a été effacée. Mais j'ai glané une information intéressante, en discutant avec Saul Cooper, le vice-président du bureau des contrats. Tessa elle-même l'ignorait, mais elle figurait tout en haut d'une liste de personnes que la société envisageait de promouvoir : on s'apprêtait à lui offrir un poste ici, à Anchorage, avec un bureau personnel et, écoute un peu ça, elle serait devenue la supérieure de Tom Roylance.

Il émit un petit sifflement.

— Donc Roylance en aurait eu vent et l'aurait congédiée, tant qu'il en avait encore le pouvoir, enchaîna-t-il. Mais comment l'a-t-il appris ?

— Par sa petite amie, Carly, la secrétaire de Saul. Et, comme il voulait être bien certain que Tessa ne lui ferait plus jamais d'ombre, il a gâté sa réputation après son départ, afin qu'on ne la rappelle jamais.

— Donc la grossesse de Tessa n'était qu'une excuse, et elle a été congédiée par pure jalousie, s'exclama-t-il.

— Ça m'en a tout l'air, confirma Bethany en reposant sa tasse de café. Désolée, Dragan, mais j'ai une réunion dans quelques minutes, et c'est moi qui l'anime. J'espère que je t'ai fourni tous les renseignements dont tu avais besoin.

Il la remercia. Dès qu'elle fut sortie, il appela la réceptionniste pour qu'elle lui envoie son équipe juridique : Tessa avait subi une énorme injustice et elle méritait chaque centime du généreux accord qu'il allait lui proposer.

Après un séjour de quatre jours à l'hôpital, Missy fut finalement autorisée à sortir. Pour l'heure, Tessa attendait que le médecin passe et signe le papier de sortie, ce qui pouvait être long, si elle se fiait à son expérience.

Elle était en train de nourrir les jumelles, quand Helen fit irruption dans la chambre, un exemplaire du journal d'Anchorage à la main.

— Regardez un peu, lança-t-elle.

Et elle lui brandit sous le nez la section Economie.

Un titre lui sauta aux yeux :

Le P-DG de la Trans Pacific *présente des excuses pour le licenciement d'une employée enceinte.*

Elle n'eut pas besoin de lire la suite puisqu'elle avait regardé, la veille, la conférence de presse de Dragan, sur une chaîne régionale. Non seulement il avait tenu sa promesse et s'était excusé, mais il s'était engagé à lui verser une somme astronomique, presque autant que ce que Helen réclamait en dommages et intérêts. Elle allait devenir multimillionnaire. Elle pourrait s'acheter une maison magnifique qu'elle paierait comptant, s'offrir une voiture de luxe, employer des nourrices pour les jumelles et investir de l'argent pour leurs études. Et, si elle le voulait, elle pourrait même ne plus jamais travailler.

Cette somme dépassait largement ses besoins, mais était-ce réellement ce qu'elle désirait ?

La veille, en voyant Dragan à la télévision, elle avait eu la folle envie de le serrer dans ses bras. Il avait l'air éprouvé, et il était clair qu'il avait vécu un cauchemar :

le spectre d'une éventuelle arrestation, la peur que la réputation de sa société soit entachée, sans compter le montant des dédommagements qu'il lui accordait. Elle s'était sentie responsable de tous ses tourments.

Si, après tout cela, il ne voulait plus jamais la voir, elle ne pourrait pas lui en vouloir.

— Il faut que j'y aille, déclara Helen. J'ai un avion à prendre. J'espère que cette issue vous convient, Tessa.

— Tout cela me semble bien irréel, répondit-elle. Est-ce que vous savez sous quelle forme l'argent sera versé ? Je me vois mal aller déposer un chèque d'un tel montant à la banque.

— Ma part est déjà sur mon compte, l'informa Helen, car j'ai fourni mes coordonnées bancaires à la Trans Pacific. Mais, comme vous n'avez pas choisi de mode de paiement, un représentant de la société va venir discuter avec vous des modalités et se conformera à vos exigences.

— Quand ? Ici ?

Mais elle était affreuse avec ses vêtements froissés, ses cheveux en bataille, son absence de maquillage.

— Je ne suis pas en état de recevoir quiconque, protesta-t-elle.

— Peu importe ! N'oubliez pas que vous êtes riche, à présent. Il attend devant la porte. Je vous l'envoie en sortant. A bientôt, ma chère.

Et, adressant un baiser à Tessa, elle sortit.

Un long silence s'ensuivit, et Dragan fit son entrée dans la chambre, vêtu d'un jean et d'une veste de sport impeccables. Il portait également un attaché-case.

Sa première impulsion fut de s'enfuir dans la salle de bains, mais elle se retint : elle devait l'affronter, contenir le flot d'émotions qui venait de la submerger.

A cause d'elle, il avait déboursé des millions de dollars

et subi une humiliation publique. Il avait donc toutes les raisons de la mépriser.

Or, de son côté, tout ce qu'elle éprouvait pour lui, c'était de l'amour !

Ce furent les jumelles qui brisèrent le silence tendu qui commençait à s'installer dans la chambre. Maddie glissa du lit et s'élança vers Dragan, tandis que Missy, depuis les genoux de sa mère, s'écria avec un beau sourire :

— Pa !

Dragan lui sourit en retour, tout en prenant Maddie dans ses bras, et elle vit un éclair d'incertitude traverser ses prunelles.

— Merci pour ton accueil, Maddie, commença-t-il avant de braquer son regard sur elle. Et toi, Tessa, comment vas-tu ?

Des larmes lui montèrent aussitôt aux yeux.

— Dragan, ce n'est pas ce que je voulais. Je souhaitais juste réparation, mais pas une somme aussi… aussi…

Sa voix se brisa.

— Ce n'était pas ta faute, je n'ai jamais voulu te nuire. Tout cet argent, c'est bien plus que ce dont j'ai besoin.

— Mais je me fiche de l'argent, Tessa.

Elle le regarda d'un air étonné.

— Ne vois-tu pas que je suis amoureux de toi ? enchaîna-t-il sans transition. Je t'aurais donné ma fichue société, si tu me l'avais demandé. Ces derniers jours passés loin de toi m'ont rendu fou. Mais, maintenant, je suis ici, pour toi et tes petites galopines. Si tu ne veux pas que je fasse partie de ta vie, dis-le-moi tout de suite et je m'en vais.

Tessa se leva et plaça Missy dans son lit à barreaux, le cœur battant à tout rompre.

— Et si je veux que tu en fasses partie ? répliqua-t-elle dans un souffle. Qu'est-ce qui se passera ?

— Viens là, murmura-t-il en lui ouvrant les bras.

Alors il l'enlaça et lui donna un baiser qui la fit littéralement vaciller, et éveilla en elle d'autres désirs.

Il la serra longuement contre lui. Tous deux étaient des êtres compliqués, et leur vie ne serait jamais simple. Mais, tant qu'ils s'aimeraient et que les jumelles seraient comblées d'amour, leur couple fonctionnerait.

— L'argent, murmura-t-elle, tu peux le garder, tu sais.

Il lui souleva le menton et la regarda droit dans les yeux.

— Certainement pas ! Il est à toi. Ce sera pour tes petits plaisirs.

— C'est-à-dire ? demanda-t-elle d'une voix insidieuse.

— A toi de me surprendre !

Et de nouveau il l'embrassa. Elle se sentit fondre dans ses bras. Une seule chose comptait désormais : la famille qu'ils allaient former.

Épilogue

Seattle, un an plus tard

Une jumelle agrippée à chaque main, Dragan se tenait près du maire et regardait, gonflé de fierté, son épouse couper le ruban honorifique lors de l'inauguration de la nouvelle clinique Mère Enfant de la fondation Markovic créée par Tessa afin d'utiliser à bon escient l'argent qu'il lui avait octroyé.

L'institution était destinée aux mères en difficulté, et d'autres établissements devaient ouvrir prochainement dans des quartiers défavorisés. Tessa avait dirigé l'ensemble des opérations, de l'achat du site au choix de l'architecte, en passant par celui du maître d'ouvrage.

Il retint un sourire quand son ventre tout rond pointa en avant, alors qu'elle manipulait les ciseaux. Enceinte de neuf mois, elle avait absolument tenu à assister à la cérémonie.

Une fois le ruban coupé, les applaudissements éclatèrent et la petite Maddie lui lâcha la main sans prévenir pour courir vers sa mère.

— A moi, dit-elle.

Et elle tira sur le ruban.

Le maire se mit à rire et lui en coupa un bon bout.

— Et pour Missy, aussi ! s'exclama la fillette.

— Désolée, elle en veut aussi pour sa sœur, expliqua Tessa.

Le maire s'exécuta et Maddie revint triomphante vers sa jumelle. Tessa éclata de rire, mais soudain ses traits se figèrent.

Dragan sentit son cœur fléchir. Prenant les jumelles dans ses bras, il se précipita vers sa femme.

— Le moment est venu ? lui demanda-t-il à voix basse.

— Je crois que oui. Emmène-moi vite à l'hôpital.

Se frayant un chemin à travers la foule, il conduisit Tessa et les jumelles vers la Volvo familiale flambant neuve, qui les attendait à deux pas.

— Allez, les filles ! lança-t-il en les installant dans leurs sièges. Je crois que nous allons bientôt faire la connaissance de votre petit frère.

Puis il s'installa derrière le volant et s'inséra prudemment dans la circulation, conscient d'être en charge d'un précieux convoi, à savoir sa famille.

Tessa avait posé la main sur son genou, le serrant très fort le temps que passe une contraction. Sa grossesse s'était déroulée sans la moindre difficulté, le bébé était en bonne santé et le médecin leur avait assuré que tout se passerait bien. Cependant, il éprouverait un grand soulagement quand l'accouchement aurait eu lieu et une joie immense de tenir son fils pour la première fois.

Ils n'avaient pas prévu que les jumelles viendraient à l'hôpital, mais ils n'avaient pas le temps de repasser par la maison pour les y déposer. Il devrait donc aviser sur place, ce qui était typique : les événements se déroulaient rarement comme prévu, dans la famille Markovic.

L'année précédente avait été riche en rebondissements, entre leur mariage en petit comité, leur lune de miel passionnée, leur installation dans une nouvelle maison, la grossesse et le tohu-bohu si touchant qu'occasionnaient les jumelles. Qu'en serait-il de cette année, avec le nouveau bébé ?

Oh ! il n'était pas inquiet, bien au contraire. Pendant vingt ans, son existence avait été littéralement figée sur le plan émotionnel, au point qu'il en avait oublié ce que c'était que de vivre et d'aimer. Et, maintenant, chaque jour était une nouvelle aventure qu'il affrontait avec une reconnaissance infinie. C'était comme si Tessa et ses deux petites rousses l'avaient ramené sur le territoire des vivants. Elles l'avaient sauvé.

Il sentit que Tessa lui pressait de nouveau le genou.

— Je t'aime, murmura-t-elle.

Des larmes d'émotion lui montèrent aux yeux.

— Moi aussi, je t'aime, ma chérie. Je vous aime tous les quatre.

JU

Un irrépres

Traduction française de
AURE BOUCHARD

PASSIONS

HARLEQUIN

Titre original :
TO TAME A COWBOY

Ce roman a déjà été publié en 2014.

Prologue

Vingt ans plus tôt

Piper Kindred n'en pouvait plus de ces pimbêches qui la rejetaient et qui n'avaient pour tous sujets de conversation que leurs brillants à lèvres et les boutiques à la mode où elles avaient acheté leur dernière robe. Ras-le-bol aussi des garçons qui se moquaient d'elle parce qu'ils n'arrivaient pas vraiment à se faire une opinion à son sujet.

Difficile de trouver sa place, dans cette nouvelle école… De toute façon, elle la détestait. Elle venait de changer d'établissement et n'avait pas encore eu le temps de se faire des amis, mais franchement, si le reste de l'année devait continuer ainsi, autant rester chez elle à monter à cheval ou à apprendre à manier le lasso. Après tout, l'école, ce n'était pas si important que ça…

Voilà deux jours qu'elle passait ses récréations à subir les moqueries de sales morveux. Et aujourd'hui ne faisait pas exception à ce qui semblait être devenu une règle.

— Non, mais regarde sa boucle de ceinture !

— Quelle idée d'appeler sa fille « Piper »…

— Hé ! mec, t'as vu sa coiffure de clown ?

Elle détourna les yeux. Plutôt mourir que de montrer à ces têtes à claques que leurs moqueries la touchaient.

Ils n'en avaient pas marre, à la fin, de se moquer de son nom et de ses vêtements ? Oui, elle aimait les tissus écossais en flanelle et les bottes de cow-girl. Et alors ? Elle était quand même la fille de Walker Kindred. Aucun de ces abrutis ne savait donc que son père était une légende vivante ?

Quant aux railleries sur ses cheveux, ils n'allaient pas finir par s'en lasser ? Pas une journée ne s'écoulait sans qu'elle n'ait à subir des « Poil de carotte » ou autres « Bozo le Clown »… Ils n'avaient donc jamais vu des cheveux roux et bouclés ? Comme elle était contente de ne pas ressembler à cette bande de demeurés ! D'être différente.

— Ne les laisse pas t'impressionner.

Elle se retourna brusquement dans la cour. Un garçon qui mesurait bien une tête de plus qu'elle la fixait. Ses mèches châtaines s'emmêlaient autour de son visage, et il avait les yeux les plus bleus qu'elle avait jamais vus. Il portait même une chemise en flanelle — autant dire qu'il se démarquait nettement des autres ringards de l'école.

— T'inquiète, dit-elle en relevant fièrement le menton. J'en ai rien à faire de ces nuls ni de cette école.

Il se mit à rire.

— Je m'appelle Ryan Grant. Je me suis dit que tu avais peut-être besoin d'un ami si tu en avais assez de jouer seule.

— Ça va aller. Ces crétins n'ont pas idée de ce que vaut cette boucle de ceinture. Mon père me l'a offerte quand il a gagné le championnat de l'APCR l'an dernier.

Le garçon fit un pas vers elle et haussa un sourcil intrigué.

— Ton père a gagné l'APCR ?

— Ouais !

— Tu sais, tu n'es pas obligée de mentir pour te faire des amis, déclara-t-il en secouant la tête.

Les mains sur les hanches, elle fusilla cet importun du regard.

— Je n'ai pas besoin de mentir, parce que mon père est le type le plus cool du monde. Il n'y a pas un seul cheval sauvage qu'il ne sache pas monter.

Soit, elle exagérait peut-être un peu. Mais son père vivait du rodéo. Un seul de ces abrutis pouvait-il en dire autant ?

— Comment s'appelle ton père ? s'enquit Ryan, dubitatif.

— Walker Kindred.

— Tu mens, dit-il en riant.

— Tu peux penser ce que tu veux. Je m'appelle Piper Kindred, et Walker est mon père. Et puis, qu'est-ce que tu y connais en rodéo ? Sais-tu seulement ce que signifie APCR ?

— Association professionnelle des cow-boys de rodéo, rétorqua-t-il aussitôt. Et je sais qui est Walker Kindred.

— Alors pourquoi est-ce que tu me traites de menteuse ?

— Parce que… euh, parce que tu es une fille ? Je n'avais encore jamais vu une fille qui s'y connaisse en rodéo.

Franchement, *tous* les garçons étaient-ils donc stupides ?

Elle poussa un soupir las, espérant que la récréation se termine au plus vite afin de retourner en classe et de se concentrer sur son travail, en attendant que la journée passe.

— Bref, si tu es aussi crétin que les autres, ajouta-t-elle en levant les yeux au ciel, je me fiche de ce que tu penses.

Il croisa les bras et sourit.

— Bon, à mon tour de te poser une question sur le rodéo. Et je parie que tu ne sauras pas répondre.

C'en était trop pour elle. Elle lui décocha un coup de poing dans le nez ! Ryan tomba aussitôt à terre, et elle se dressa au-dessus de lui.

— Je n'ai pas de temps à perdre avec des bouffons qui me prennent pour une menteuse. J'ai grandi sur le circuit, à accompagner mon père pour les concours. Et s'il te prend l'idée de redire une bêtise, mon autre poing t'attend.

Sonné, Ryan secoua la tête et se releva. Mais aussi surprenant que cela puisse être, il souriait.

— Tu as une sacrée droite, pour une fille…

Elle chercha son regard : apparemment, ce qu'il venait de dire était un compliment.

— Tu veux qu'on se retrouve après la classe ? proposa Ryan en s'assurant qu'il ne saignait pas du nez.

Comprenant qu'ils venaient plus ou moins de devenir copains, elle acquiesça d'un signe de tête.

— D'accord. Mais arrête de penser que, parce que je suis une fille, je n'y connais rien en rodéo.

— Message reçu, la Rouquine ! s'esclaffa-t-il.

La cloche retentit, signalant la fin de la récréation, et Piper se dirigea vers sa classe en soupirant.

Si « la Rouquine » était le pire surnom que Ryan ait trouvé, alors il se pouvait bien que ce garçon devienne son seul et unique ami.

- 1 -

Piper Kindred eut un temps d'arrêt en découvrant le coupé sport noir. Elle sentit son cœur se figer et sa gorge se nouer. Non, ça ne pouvait pas être ça… Seigneur, cet effroyable accident ne pouvait pas n'avoir pas fait de victimes. Des débris de carrosserie et d'innombrables morceaux de verre brisé jonchaient le terre-plein central de l'autoroute. La BMW noire était immobilisée sur le toit, un semi-remorque couché à proximité. Les deux sens de circulation étaient coupés.

En tant que secouriste ambulancière, elle avait déjà assisté à de nombreux accidents, à des scènes macabres… Mais jamais elle n'avait éprouvé un effroi comparable à celui qu'elle ressentit en apercevant cette voiture si familière… La voiture de son meilleur ami, Ryan Grant.

A peine l'ambulance fut-elle arrêtée que Piper saisit sa lourde mallette d'urgence et sauta du véhicule. Le chaud soleil de novembre lui chauffait le dos tandis qu'elle s'approchait de la scène de l'accident.

Son instinct d'infirmière prit le dessus, et elle se mit à la recherche de blessés. Mais elle ne pouvait s'empêcher de redouter ce qu'elle allait découvrir. Qu'était-il arrivé à Ryan ?

Une fois devant la BMW, elle s'accroupit pour tenter de voir à l'intérieur du véhicule. A l'instant où elle comprit que la voiture était vide, elle fut saisie d'un immense soulagement. Bon, il n'avait pas besoin d'être désincarcéré. Mais quelle était l'ampleur de ses blessures ?

Tout autour d'elle, les sirènes hurlaient : la police, les ambulances et un camion de pompiers s'efforçaient de porter assistance aux blessés et de dégager la route au plus vite.

Elle essaya de repérer Ryan, espérant qu'elle ne tarderait pas à le voir, assis à l'arrière d'une ambulance avec une simple poche de glace sur la tête. Mais son devoir lui intimait de secourir tous les blessés sans distinction... Non de favoriser ceux qui comptaient le plus pour elle.

En approchant du semi-remorque autour duquel les policiers étaient rassemblés, elle remarqua de nombreuses personnes d'origine hispanique. La plupart avaient leurs vêtements déchirés et affichaient de nombreuses contusions... Mais que faisaient donc ces gens sur une scène d'accident impliquant un semi-remorque et la voiture de son meilleur ami ?

Elle courut vers le groupe de blessés : certains pleuraient, d'autres hurlaient en espagnol et parlaient si vite qu'elle n'arrivait pas à comprendre. Mais ce dont elle était sûre, c'est qu'ils étaient en colère. Et effrayés.

En passant devant deux officiers de police, elle réussit à capter les mots « clandestins » et « FBI ». Et si cet accident n'en était pas un ? Vu le nombre de policiers alentour, il était vraisemblable que ces gens soient des immigrés sans papiers.

Un peu plus tard, elle entendit un officier s'étonner du nombre de passagers clandestins qui avaient pu s'agglutiner dans un compartiment exigu du camion. Cette situation dépassait de loin les compétences de Piper. Mais, pour l'heure, son travail était de recenser et de soigner les victimes. Non de s'inquiéter de la légalité ou non de leur situation.

— Où avez-vous besoin que j'aille ? demanda-t-elle à un autre secouriste qui examinait la jambe d'un homme à travers son pantalon déchiré.

— Le chauffeur du camion est sacrément secoué, lui répondit son collègue. Il répond aux questions des policiers. Il ne présente aucune blessure externe, mais ses pupilles sont dilatées et il se plaint de maux de dos. Il prétend qu'il ignorait que des clandestins avaient embarqué à bord de son semi.

Elle hocha la tête, la main serrée autour de la poignée de sa mallette, puis se dirigea vers la voiture de patrouille stationnée près du camion renversé. Un officier était appuyé contre la portière ouverte du véhicule et semblait écouter ce que lui racontait l'homme assis sur la banquette arrière.

— Je vous jure que je n'avais pas la moindre idée de ce qui se trouvait dans le compartiment du camion ! S'il vous plaît, vous devez me croire, implorait-il. J'essayais juste de m'insérer sur la file de gauche quand cette voiture a déboulé de nulle part. Quand je l'ai vue, c'était trop tard…

A l'écouter, il était innocent. Mais la situation était complexe, et Piper devait se contenter de s'assurer que l'homme était en état de répondre aux questions de la police, ou dans le cas contraire d'être conduit à l'hôpital.

— Monsieur l'agent, vous permettez que je l'examine ? demanda-t-elle. On m'a informée que ce monsieur avait des douleurs au dos.

Le policier se redressa et hocha la tête, sans toutefois s'éloigner trop. Ayant l'habitude de travailler en lien étroit avec la police, elle savait qu'un agent ne l'empêcherait jamais de faire son travail sur un lieu d'accident.

Elle se pencha vers l'intérieur de la voiture et découvrit

un homme entre deux âges, au ventre protubérant, au jean délavé et à la moustache d'un blond poussiéreux. Ses doigts étaient couverts de taches de nicotine.

— Monsieur, je m'appelle Piper et je suis secouriste. Il paraît que vous avez mal au dos. Vous pouvez vous lever ?

Il hocha doucement la tête, puis descendit du véhicule. Une fois debout, il fit la grimace en se prenant le bas du dos — à ce stade, impossible de dire s'il simulait la douleur ou si celle-ci était réelle. Quoi qu'il en soit, le rôle de Piper n'était pas de juger, mais de porter secours.

— Si vous me suivez, on peut vous installer dans une ambulance et vous conduire à l'hôpital, mais je peux aussi tester vos fonctions vitales dès maintenant.

— C'est gentil, madame.

Tout en accompagnant le chauffeur vers une ambulance, elle chercha Ryan parmi la foule. Avait-il été évacué vers l'hôpital ? Son pronostic vital était-il engagé ? Toutes ces incertitudes la tuaient à petit feu.

Elle savait qu'aucun hélicoptère médicalisé n'avait été appelé sur les lieux de l'accident, ce qui la rassurait un peu. Non seulement pour Ryan, mais aussi pour les autres blessés.

Une nouvelle ambulance arriva pendant que Piper installait le chauffeur du camion à l'arrière d'un véhicule médicalisé. Dès que ses collègues descendirent de leur ambulance pour se diriger vers le groupe de blessés, elle les rejoignit pour leur prêter main-forte.

Mais elle s'immobilisa au moment où un visage surgit parmi les autres, et où elle croisa ce regard brun qu'elle connaissait bien. Cet homme avait beau se trouver au milieu de Mexicains… Oui, elle connaissait cet homme.

Serait-ce… Comment diable était-ce… ?

— Alex ? murmura-t-elle en desserrant à peine les dents.

Elle se mit à courir pour rejoindre Alex Santiago. Le souffle coupé, elle lâcha sa mallette à ses pieds. Etait-ce bien le même homme qui avait disparu des mois plus tôt, sans laisser la moindre trace ? S'agissait-il vraiment de lui ?

Il leva les yeux vers elle, cillant dans le soleil aveuglant de l'après-midi. Oh ! mon Dieu, c'était bien lui ! Ses cheveux étaient plus longs et ébouriffés, et il ne s'était vraisemblablement pas rasé depuis longtemps… Mais c'était bel et bien Alex. L'homme qui avait disparu de Royal, Texas, depuis des mois.

L'homme qui, de l'avis général à Royal, avait été victime d'un coup tordu, peut-être même initié par son meilleur ami. Et pourtant, Alex était là, vivant, devant elle.

— Alex, mais que fais-tu ici ? Où diable étais-tu passé ? demanda-t-elle en mesurant du regard la bosse qu'il avait sur un côté de la tête.

Il fit la grimace alors qu'elle effleurait sa blessure.

— Vous devez me confondre avec quelqu'un d'autre. Je ne m'appelle pas Alex.

Elle suspendit son geste et le regarda droit dans les yeux. Elle savait tout de même à quoi ressemblait son ami. Il avait beau avoir disparu depuis plusieurs mois, elle le reconnaissait.

Et, en l'occurrence, il n'y avait pas l'ombre d'un doute : il s'agissait bien d'Alex. Et s'il était convaincu du contraire, alors il avait dû prendre un très gros coup sur la tête au cours de cet accident. Mais au moins, il était en vie.

— Ton nom est Alex Santiago, articula-t-elle en soutenant son regard pour y détecter la moindre lueur de réminiscence.

Mais il se renfrogna et secoua doucement la tête.

— Jamais entendu ce nom…

— Dans ce cas… quel est ton nom ? insista-t-elle alors qu'une sourde inquiétude montait en elle.

Le regard d'Alex interrogea le sien, puis l'homme entrouvrit la bouche, mais aucun son n'en sortit.

— Je… Je ne sais plus, dit-il en soupirant. C'est à n'y rien comprendre. Comment pourrais-je oublier mon propre nom ?

— Tu as une grosse bosse sur la tête, expliqua-t-elle en lorgnant son poignet. Et j'ai l'impression que tu as dû te casser le poignet.

Il baissa les yeux vers ses mains et se contenta de hocher la tête. Elle comprit qu'il était en état de choc.

— On va te trouver une ambulance, et on verra ce que disent les médecins une fois que tu seras à l'hôpital, déclara-t-elle calmement. Je suis sûre que tout va te revenir en un rien de temps. Moi, c'est Piper Kindred : nous sommes amis depuis un bon moment, tu sais. Est-ce que tu peux au moins me dire comment tu t'es retrouvé dans ce camion ?

Elle ramassa sa mallette et, un bras autour de sa taille, escorta Alex vers une ambulance libre.

— Doucement, murmura-t-elle. On a le temps. Tu crois que tu peux marcher jusqu'à l'ambulance ou bien tu préfères que j'aille chercher un brancard ?

— Non, ça va aller.

Elle dut cependant le soutenir jusqu'au véhicule.

— Allonge-toi sur cette civière, dit-elle tout en l'aidant à s'installer à l'arrière du véhicule. Est-ce que tu sais où tu te trouves, Alex ?

Son regard vide ne fit qu'accentuer l'inquiétude de Piper.

— On peut démarrer ? demanda alors l'ambulancière.

Piper se tourna vers sa collègue. Pas question de quitter

les lieux sans s'assurer que Ryan n'avait rien de grave... Et lui annoncer qu'elle avait miraculeusement retrouvé Alex.

— Conduisez-le à l'hôpital. Il souffre d'amnésie et ne se souvient plus de son nom. Assurez-vous que les médecins sachent bien qu'il s'agit d'Alex Santiago, porté disparu depuis des mois. Je m'en vais informer de ce pas la police, car Alex fait l'objet de nombreuses recherches.

Puis elle se retourna vers son ami et lui sourit.

— Tu es entre de bonnes mains, maintenant, Alex. Je sais que tu dois être un peu perdu, mais je viendrai prendre de tes nouvelles à l'hôpital dès que je pourrai me libérer.

Sans lâcher son poignet, Alex s'allongea complètement sur le brancard. Piper referma les portes du véhicule, puis indiqua à l'ambulancière qu'elle pouvait partir.

A présent que des renforts étaient arrivés, elle était moins mal à l'aise à l'idée de chercher Ryan. Après avoir arpenté le chaos de tôle froissée et de verre brisé, elle l'aperçut enfin, de l'autre côté du semi-remorque retourné. Les jambes en coton, elle éprouva un immense soulagement de le voir là, debout et sans blessure grave apparente. Comme il se trouvait assez loin de sa voiture, elle en déduisit qu'un policier l'avait emmené à part pour prendre sa déposition.

Pour autant, elle n'en était pas plus rassurée. A maintes reprises dans sa carrière, elle avait pu constater que les apparences étaient parfois trompeuses. Pas question de passer à côté de blessures internes, qui pouvaient s'avérer fatales alors que le patient donnait, extérieurement du moins, l'impression d'être en forme.

Et puis, elle devait absolument lui annoncer l'étonnante, l'incroyable nouvelle : Alex Santiago, leur ami disparu depuis ces longs mois, était en vie. Et en route pour l'hôpital Memorial de Royal, avec une évidente fracture du poignet et une amnésie. Mais il était en vie.

Les questions se bousculaient dans sa tête : que diable faisait donc Alex à l'arrière d'un camion rempli d'immigrants clandestins ? Elle n'avait pas la moindre idée de ce qui lui était arrivé, mais Alex devait se sentir terriblement désorienté.

En approchant, Piper s'aperçut que Ryan se tenait une hanche. Un officier de police prenait des notes sur un carnet tout en écoutant sa déposition. Elle resta quelques mètres en retrait pour leur laisser le temps de terminer.

Le voir ainsi, avec cette petite plaie au-dessus du sourcil et ses cheveux encore plus en désordre que d'habitude, lui donna envie de serrer son corps robuste et musclé tout contre elle jusqu'à l'étouffer, tellement elle avait eu peur... Mais il se moquerait probablement d'elle si elle faisait preuve d'un tel sentimentalisme.

Elle était allée le voir un nombre incalculable de fois concourir sur le circuit des professionnels du rodéo. Elle l'avait vu mis à terre, se faire renverser, parfois même à deux doigts d'être piétiné... Mais rien ne l'avait terrifiée plus que la vision sinistre de cette voiture pulvérisée.

L'agent finit par s'éloigner, et elle s'avança vers Ryan sur ses jambes encore flageolantes. Il croisa son regard et lui offrit son habituel sourire en coin.

— Salut, la Rouquine !

Ce sourire aurait fait fondre n'importe quelle femme normalement constituée... D'ailleurs, à en croire la rumeur, c'était le cas. Or, Ryan et Piper étaient simplement amis. Pour autant, elle n'était pas non plus aveugle : son meilleur ami était le cow-boy le plus sexy qui soit.

Avec ses cheveux bruns, toujours en bataille et généralement dissimulés sous un Stetson noir, et son regard bleu azur, Ryan Grant était un très bel homme. Et inutile d'ajouter qu'il portait le jean comme personne...

— Tu dois te faire examiner, déclara-t-elle en le scrutant de la tête aux pieds à la recherche de la moindre égratignure. Et ce n'est pas la peine de me dire non.

— Je me sens juste un peu secoué, rien de plus, dit-il en lui prenant une main qu'il serra dans la sienne. Piper, tu trembles, tu es tendue ? Je vais bien, crois-moi.

— Tu vas subir un examen complet, parce que de toute façon, une fois que je t'aurai dit qui je viens de voir, tu voudras absolument aller à l'hôpital.

Il haussa les épaules, puis fit une grimace tout en se tenant de nouveau la hanche.

Elle se précipita pour ausculter chacune de ses côtes.

— Si elles ne sont pas fracturées, elles doivent au moins être fêlées, donc tu n'échapperas pas à une radio, monsieur le gros dur.

— Qui as-tu vu, Piper ?

Elle s'approcha et lui murmura à l'oreille :

— Alex.

— Alex ? répéta-t-il, l'air abasourdi. Alex Santiago ?

— Il était à l'arrière de ce camion, confirma-t-elle d'un hochement de tête.

— Comment ça ? bredouilla-t-il en la dévisageant d'un air sceptique. Mais comment serait-il arrivé là ?

Elle croisa les bras et, du regard, le défia de mettre sa parole en doute.

— Il ne se souvient de rien, expliqua-t-elle en entraînant Ryan vers une ambulance disponible.

Toujours en se tenant la taille, Ryan posa un pied sur le marchepied du véhicule.

— Il ne se souvient pas d'être monté dans ce camion ?

— Il ne se souvient de rien, répéta-t-elle à voix basse.

Ryan, il ne se rappelait même pas son nom… Il ne m'a pas reconnue, et il avait l'air complètement perdu.

— Quelle histoire, grommela-t-il en regardant les Mexicains être pris en charge par les secours ou répondre aux questions de la police. Tu veux dire qu'il est amnésique ?

— Honnêtement, je n'en sais rien, dit-elle en haussant les épaules. Il a une grosse bosse sur la tête qui peut avoir été provoquée par l'accident. Il est en route pour l'hôpital dans l'ambulance avec laquelle je suis arrivée. Pour l'heure, nous devons toi et moi nous y rendre pour des raisons différentes.

— Je n'ai pas besoin d'un check-up, mais je vais obtempérer, juste pour voir Alex de mes propres yeux.

Elle le dévisagea longuement.

— Piper, est-ce que ça va ? Tu es très pâle…

Elle décela une lueur inquiète dans son regard et sourit.

— Tout va bien. Et si les médecins te laissent repartir sans hospitalisation, je vais te botter les fesses de m'avoir fait si peur quand j'ai vu que ta voiture avait fait un tonneau.

Le visage de Ryan s'éclaira de son fameux sourire.

— Piper, si tu n'existais pas, il faudrait t'inventer ! Ne traînons pas, et allons vite à l'hôpital…

Mais alors qu'il montait dans l'ambulance, elle le retint par le bras.

— Oh ! mon Dieu, Ryan… Et Cara ? Il faut la prévenir !

Elle n'osait même pas imaginer ce que la fiancée d'Alex ressentirait quand elle apprendrait que celui-ci était en vie. Elle-même se réjouissait qu'il ait été retrouvé, mais son amnésie l'inquiétait beaucoup.

— Laissons agir les médecins, suggéra Ryan. On ne peut pas la faire venir au milieu de ce chaos. Il faut d'abord la préparer, et pour cela attendre le diagnostic des médecins.

— Tu as raison, approuva Piper. Allons à l'hôpital. Et, pendant que tu te feras examiner, j'irai me renseigner sur l'état d'Alex.

— Hé, la Rouquine, tu sais que…

Elle agita une main en l'air.

— Mon cœur continue de faire des bonds dans ma poitrine, et cela m'autorise à te couper la parole : bouge-toi les fesses, et en route pour l'hôpital !

- 2 -

— Pas la moindre fracture !

Piper se redressa devant le mince rideau blanc qui délimitait le box de Ryan aux urgences.

— Tu n'as rien d'autre à me dire ? demanda-t-elle en croisant les bras.

Il haussa les épaules.

— Pas vraiment.

Elle plissa les yeux et se pencha vers lui.

— Et quand comptais-tu me parler de tes côtes fêlées ou de ta commotion cérébrale ?

Pris la main dans le sac.

— Piper, je vais bien, assura-t-il. Je n'ai rien qui ne puisse être atténué par des antidouleurs ou par un bon verre de bourbon : un vrai médicament, comme disait mon grand-père !

Elle posa ses mains sur ses hanches, et les boutons de son uniforme de secouriste manquèrent de craquer au niveau de sa poitrine. Elle était vraiment jolie quand elle se mettait en colère ou quand elle essayait de le couver comme une mère poule…

— Tu as une commotion cérébrale, Ryan ! Pas question de boire de l'alcool dans ton état, il faut prendre soin de toi.

— Je ne vois pas en quoi prendre soin de moi m'interdirait de me faire plaisir. C'est écrit dans ton dictionnaire médical ?

Elle sourit et leva les yeux au ciel.

— Soyons honnêtes, Piper, reprit-il d'un ton sérieux. J'ai connu pire : combien de fois me suis-je fait traîner sur plusieurs mètres par des chevaux en furie ?

— Tu passeras la nuit chez moi, déclara-t-elle en posant un index sur son torse. Et ne discute pas !

Comme s'il risquait de décliner l'invitation. Piper n'était pas seulement sa meilleure amie : avec elle, il avait toujours espéré plus. Oui, il avait beau avoir une commotion cérébrale, il n'en était pas moins vivant. Et s'il n'avait jamais ouvertement cherché à faire évoluer leur relation au-delà de l'amitié, c'était d'une part parce qu'il voyageait tout le temps, et d'autre part parce que Piper n'avait jamais semblé s'intéresser à lui de façon plus… intime.

D'autant plus que son père étant une star de rodéo, elle avait toujours clamé haut et fort que jamais elle ne craquerait pour un cow-boy.

Sauf que Ryan était rentré pour de bon maintenant. Et il espérait bien découvrir si leur amitié était susceptible d'évoluer vers une relation plus intime.

— Bon, je veux bien que tu me dorlotes un peu. Mais seulement si tu me prépares cette délicieuse soupe de poulet !

— N'en profite pas, Ryan.

Il pouffa de rire et lui tendit la main. A son contact, il ne put réprimer un frisson, qu'il s'efforça de dissimuler.

— Parle-moi d'Alex, dit-il en lui caressant la paume. Que disent les médecins ? As-tu prévenu Cara ?

Elle s'assit sur le rebord de son lit terriblement étroit.

— Les médecins ne sont pas en mesure de savoir si l'amnésie est due à l'accident ou si Alex en souffrait avant. Il présente des contusions anciennes, comme s'il s'était battu ou s'il avait eu un autre accident avant celui d'aujourd'hui. Son poignet est fracturé en plusieurs points, et ils vont devoir l'opérer. Il faudra lui poser des broches, ou peut-être une plaque.

Ryan n'arrivait toujours pas à croire qu'Alex était réapparu après tous ces mois de spéculations à son sujet : s'était-il délibérément enfui ? Avait-il été victime d'un traquenard ? Mais, et c'était là l'essentiel, il était de retour. Restait à espérer que cette amnésie ne soit que transitoire, et qu'il puisse bientôt expliquer ce qui lui était arrivé…

— Et Cara ? demanda Ryan.

— Les infirmières viennent de m'annoncer qu'elle avait été prévenue. Elle doit être sur le chemin de l'hôpital.

— Comment lui a-t-on appris la nouvelle ?

Elle baissa les yeux vers leurs mains entremêlées.

— Ils lui ont dit qu'Alex a été retrouvé vivant, mais qu'il a eu un accident… Qu'il souffre d'une perte de mémoire et de multiples fractures du poignet.

— Elle doit se faire un sang d'encre, nota Ryan.

— Je n'ose même pas imaginer…

— Quand est-ce que je pourrai quitter ce box ? grogna-t-il. Je voudrais voir Alex, et je pense que quelqu'un doit accueillir Cara quand elle arrivera à l'hôpital. Tous deux vont avoir besoin de leurs amis.

— Le Dr Meyers a dit que tu pouvais sortir à condition de ne pas rester seul cette nuit. Je lui ai promis que tu serais entre de bonnes mains.

Oh ! ça, il n'en doutait pas… Si seulement elle pouvait le considérer autrement que comme un simple ami.

Or, même si elle éprouvait des sentiments plus profonds, elle était têtue : son père avait abandonné sa famille pour conquérir la première place du circuit de rodéo, et elle s'interdisait toute relation autre qu'amicale avec des cow-boys.

Autrement dit, Ryan ne pouvait prétendre à autre chose qu'une amitié avec elle, puisque, après avoir passé des années sur le circuit, il comptait à présent ouvrir une école de rodéo pour les enfants. Le ranch qu'il venait d'acheter à la sortie de la ville possédait de vastes terres : le terrain idéal pour enseigner les bases du rodéo aux jeunes enfants, tout en leur permettant de progresser, le cas échéant, jusqu'à un niveau professionnel.

Bref, s'il adorait son immense ranch, il était cependant ravi de se voir invité dans le modeste pavillon que Piper était en train de rénover.

— Allons voir Alex dans sa chambre, reprit Ryan en s'extirpant de son lit. Il est toujours aux urgences ?

Il se leva lentement pour ne pas risquer d'être saisi de vertige et de trébucher… sous peine de devoir avouer à Piper que, oui, il avait un sacré mal de crâne !

— Non, ils lui ont trouvé une chambre particulière en attendant que le chirurgien donne son feu vert pour l'opérer. L'anesthésie est risquée à cause de son traumatisme crânien.

D'un geste vif, elle rouvrit le rideau du box et se précipita dans le couloir en direction des ascenseurs, avant de s'arrêter net.

— Désolée, Ryan, murmura-t-elle en l'attendant. Je suis tellement habituée à courir dans ces couloirs que je n'ai même pas imaginé que tu ne pourrais pas me suivre…

— Ne t'en fais pas, la Rouquine, marmonna-t-il tandis qu'elle passait un bras autour de sa taille pour le soutenir. J'ai connu tellement pire, au cours de ma carrière…

Arrivés à l'ascenseur, ils montèrent à l'étage supérieur. Quand les portes se rouvrirent devant eux, il laissa

Piper prendre les devants, non seulement parce qu'elle connaissait l'hôpital, mais aussi pour lui laisser croire qu'il avait vraiment besoin de son assistance — en réalité, en dehors de ses côtes fêlées, il souffrait à peine.

— Il est dans la dernière chambre à droite, déclara Piper alors qu'ils débouchaient sur un autre couloir. On y va ensemble, ou plutôt l'un après l'autre ? Il ne faudrait pas qu'il se sente bombardé de questions alors qu'il risque de ne pas nous reconnaître…

Ryan se tint une côte.

— Il t'a déjà parlé, et pour ma part je ne crois pas être intimidant.

Elle acquiesça.

— Evite de le noyer sous les détails. Les médecins disent que ses souvenirs doivent remonter naturellement à la surface, et ne surtout pas être forcés.

Il poussa la porte et fit signe à Piper d'entrer.

— Salut, Alex, dit-elle avec un sourire radieux. Je venais prendre de tes nouvelles. Je suis venue avec un de tes amis.

— La police vient juste de partir, répondit-il. Je ne savais pas si j'avais le droit ou non à des visites.

— Je suis certaine que tu peux recevoir autant de visiteurs que tu le souhaites, murmura-t-elle en faisant un pas de côté pour lui laisser entrevoir Ryan. Tu sais, il y a quantité de gens qui se sont fait un sang d'encre à ton sujet…

Alex, le regard sombre, fixa tour à tour Piper et Ryan.

— Tu te souviens de lui ? demanda Piper d'un ton plein d'espoir. Vous faites tous deux partie du Texas Cattleman's Club.

— Désolé, répondit Alex en secouant la tête.

— Ce n'est pas grave. Je suis Ryan Grant.

Il s'approcha du lit, n'en croyant pas ses yeux. Alex était bel et bien là, devant lui. Il avait sacrément besoin d'une bonne coupe de cheveux et de se raser, mais celui que de nombreux habitants de Royal avaient cru mort était bel et bien en vie.

— Nous devons aussi te prévenir que quelqu'un est en route pour venir te voir, dit Piper. C'est Cara. Cara Windsor.

Il guetta la moindre réaction sur le visage d'Alex. Mais rien. Pas même un battement de cils.

— Cara est ta fiancée, précisa Ryan. Mais si tu n'es pas prêt à la revoir, elle fera comme tu le souhaiteras.

— On s'est dit qu'elle avait le droit de savoir que tu étais en vie, justifia Piper.

Alex reposa sa tête contre l'oreiller blanc.

— Bon sang, comme tout ceci est frustrant ! Je ne reconnais même pas le nom de ma fiancée ! Qu'est-ce qui a bien pu m'arriver ?

Elle donna une tape amicale sur son bras indemne.

— C'est ce qui reste à découvrir. Mais ne te braque pas, Alex, tes souvenirs reviendront. Les médecins ignorent si ton amnésie sera de longue ou de courte durée, mais on fera le maximum pour t'aider à retrouver ta vie d'avant.

— Préfères-tu que nous demandions à Cara d'attendre un peu ? proposa Ryan. Tu es libre d'accepter ou de refuser les visites. A toi de voir ce qui te permet d'être à l'aise.

Alex se tourna vers Ryan, l'air las.

— Non, tout va bien. Le fait de la voir déclenchera peut-être quelque chose. Mais… Est-elle au courant de mon état ?

— Oui, l'infirmière qui lui a téléphoné lui a tout expliqué, répondit Piper en glissant ses mains dans son pantalon de travail bleu marine. Cara ne va pas tarder à arriver. Est-ce que je peux aller te chercher quelque chose ? As-tu mal ?

— Seulement au poignet. Mais on m'a donné des antidouleurs dès mon arrivée, alors c'est supportable.

— Tu n'as vraiment plus l'ombre d'un souvenir ? demanda Ryan en approchant au bout du lit.

— Plus rien. Je me dis que ça finira forcément par revenir, murmura-t-il en cherchant le regard de Piper. Alors comme ça, je m'appelle Alex…

— Alex Santiago, compléta-t-elle.

— Et je suis fiancé ?

— A Cara Windsor, dit-elle avec un hochement de tête.

Ryan attendit la suite, mais Piper ne s'étendit pas sur le sujet. Sans doute jugeait-elle inutile de mentionner le fait que le père de Cara voyait d'un très mauvais œil les fiançailles de sa fille chérie avec Alex.

Alex avait beau être un investisseur audacieux, membre récent du club le plus élitiste du pays, le Texas Cattleman's, cela ne signifiait pas pour autant, du moins aux yeux du père de Cara, qu'il méritait sa fille.

De nouveau, Alex se tourna vers Ryan.

— Et tu dis que nous faisons partie d'un club ?

— Le Texas Cattleman's Club, confirma Ryan. Tu te souviens peut-être de certains de ses membres… Chance McDaniel ou Gil Addison ? Chance est un bon ami à toi, et Gil est le président du TCC.

— Ces noms ne me disent absolument rien, grommela Alex en se passant la main sur le visage.

Ryan sentit son cœur se serrer devant la frustration qu'il ressentait chez son ami. Une foule de gens allait sans doute se presser autour de lui pour l'aider à reprendre possession de son passé. Mais Alex accepterait-il l'aide de ceux qui n'étaient que des étrangers pour lui ?

— Oh ! mon Dieu…

Au son de cette voix étranglée, Piper et Ryan se tournèrent vers la porte. Sur le seuil, Cara, livide, porta une main à sa bouche et écarquilla les yeux. Passé le choc initial, elle se ressaisit et redressa les épaules avant d'entrer à petits pas dans la chambre, sans quitter Alex des yeux.

Piper s'écarta pour laisser une place à Cara près du lit. D'un geste naturel, Cara tendit sa main à Alex, mais suspendit son geste, se rappelant sans doute qu'il n'avait pas la moindre idée de qui elle était.

— Je n'arrive pas à y croire, articula-t-elle d'une voix saturée d'émotions. J'ai tellement espéré ce moment ! J'ai toujours voulu croire que tu étais en vie, mais je ne savais…

— Cara ? l'interrompit Alex tout en la dévisageant.

— C'est moi, dit-elle en levant sa main gauche pour lui montrer le magnifique solitaire en diamant qu'il lui avait offert. Je ne l'ai jamais enlevé, Alex. J'ai toujours gardé espoir.

Ryan contourna le lit et donna une petite tape sur le bras de Piper en lui désignant la porte.

— On va vous laisser tous les deux, déclara Piper. Ça fait plaisir de te revoir parmi nous, Alex.

Il sourit et hocha la tête, sans quitter Cara des yeux. Avec un peu de chance, revoir la femme de sa vie l'aiderait à retrouver des souvenirs que de simples amis n'avaient pas su raviver.

— Appelle-moi si tu as besoin de quoi que ce soit, chuchota Piper à l'oreille de Cara.

— Est-ce que je peux te parler un instant ? demanda Cara.

Piper hocha la tête puis sortit dans le couloir.

— Que peux-tu me dire à propos de son état ? implora Cara.

— Tout ce que je sais, c'est qu'il a été retrouvé à l'arrière d'un semi-remorque, caché dans un compartiment avec un groupe de clandestins. Les médecins ignorent si l'amnésie est due à l'accident ou à un traumatisme antérieur. Je ne sais rien de plus, Cara.

Emue, Cara poussa un soupir.

— Merci à vous d'être restés avec lui jusqu'à mon arrivée.

Piper prit sa main dans les siennes.

— Je sais qu'on ne se connaît pas très bien, mais surtout si tu as besoin de quoi que ce soit, je suis là. Cela n'est pas comparable, mais Ryan lui aussi a été blessé dans l'accident, et le voir au milieu de toute cette tôle froissée a été un vrai choc pour moi. Je n'ose même pas imaginer ce que toi, tu peux ressentir. Alors si tu as besoin de parler, de pleurer, ou juste de penser à autre chose, n'hésite pas, je suis là…

Un sourire timide vint éclairer les yeux embués de Cara.

— J'apprécie ton aide, Piper. Plus que tu ne l'imagines… Je retourne dans la chambre, à présent.

Piper lui donna l'accolade et la regarda entrer dans la chambre juste avant que Ryan n'en sorte. Il referma soigneusement la porte derrière lui pour laisser un peu d'intimité au couple tout juste réuni.

— Tu as vu son visage ? Il avait l'air tellement perdu…

Ryan s'adossa contre la porte et scruta le plafond.

— Je n'ose même pas imaginer ce qu'il peut ressentir. Mais ils sont forts, tous les deux. Cara va l'aider à s'en sortir.

— Peut-être, mais imagine qu'Alex ne retrouve pas la mémoire, et qu'il ne ressente plus rien pour Cara ?

Ryan baissa les yeux vers elle et secoua la tête.

— Ça n'arrivera pas. Alex est un battant. Il ne lâchera

pas l'affaire tant qu'il n'aura pas recouvré jusqu'au dernier de ses souvenirs.

Elle le prit par le bras et l'entraîna au bout du couloir.

— Je l'espère. Mais, pour l'instant, laissons-les ensemble. Je vais te ramener chez moi pour que tu puisses te reposer.

— Pendant que je me reposerai, tu prépareras cette fameuse soupe au poulet ?

Elle se tourna vers lui et afficha un sourire fragile.

— Seulement parce que je suis soulagée que tu sois en vie et que je sais à quel point tes blessures auraient pu être graves. Mais ne t'attends pas à une soupe au poulet au moindre bobo, mon grand.

— Pas même dans mes rêves les plus fous, la Rouquine...

- 3 -

Une fois que Piper eut installé Ryan sur son canapé, les pieds surélevés et la télécommande en main, elle gagna la cuisine pour préparer sa soupe préférée. N'était-ce pas là un comportement typiquement machiste : attendre son repas, affalé sur le canapé devant la télé ?

Elle sourit. Curieusement, cela ne la dérangeait pas de cuisiner pour Ryan. Elle savait qu'il n'avait rien d'un macho fainéant. Travailleur acharné, il avait forgé sa propre légende sur le circuit du rodéo, et maintenant il allait transmettre sa passion à des enfants en ouvrant sa propre école. Elle était fière de son meilleur ami, et s'il avait envie d'une bonne soupe au poulet elle la lui cuisinerait avec plaisir. Elle irait même jusqu'à lui préparer un pain maison, tant elle était soulagée que ce terrible accident ne l'ait blessé que légèrement.

Elle n'arrivait pas à oublier l'expression désespérée de Cara. Sa vie avait basculé une première fois, il y a plusieurs mois, avec la disparition d'Alex, et une nouvelle fois aujourd'hui… Car, s'il était vivant, il n'était plus l'Alex qu'elle avait connu et aimé, autrefois…

Voilà pourquoi Piper était heureuse de voir Ryan dans son salon, pleinement conscient de ce qui se passait autour de lui. Non que Piper et Ryan forment un couple comme Alex et Cara. Mais l'amitié que Piper partageait avec Ryan était des plus précieuses, plus forte même que certains mariages.

Elle poussa un soupir et ouvrit son congélateur en se félicitant d'avoir cuisiné en grandes quantités la semaine dernière et congelé son surplus de poulet. En quelques minutes à peine, un arôme délicieux envahit la cuisine.

Elle sourit en entendant le volume élevé de la télé dans le salon. Ryan regardait un concours de cavaliers montant des taureaux et commentait en criant comme le faisaient la plupart des hommes devant un match de football… Sauf que son Ryan à elle, son truc, c'était les taureaux et les chevaux, dressés ou sauvages.

Elle posa les mains sur son plan de travail en granit et ferma les yeux en repensant aux événements de la journée. Quel soulagement que de savoir Alex en vie, et sans blessures graves autres que cette curieuse amnésie… Et elle ne pouvait que remercier le ciel que personne n'ait été tué dans ce sinistre accident. Mais plus que tout, Ryan était sain et sauf. Non seulement il allait bien, mais il était tout à son aise, chez elle, dans son canapé et devant sa télévision.

Si un jour elle décidait de se marier et de fonder une famille, Ryan ferait le candidat idéal. Oh non, elle n'allait tout de même pas se mettre à avoir des vues sur son meilleur ami ?

Non que l'idée ne lui ait pas effleuré l'esprit. Mais Ryan ne l'avait jamais considérée autrement que comme le garçon manqué qu'elle était. Alors elle s'était contentée de rester sa meilleure amie.

Même s'il s'était récemment retiré du circuit de rodéo, Ryan avait toujours le goût de l'aventure et le frisson du danger. Or, elle ne pouvait le supporter. Des années durant, elle avait vu sa mère se ronger les sangs pendant que son père trompait la mort sur le circuit. Blessure après blessure, sa mère jurait qu'elle n'en supporterait pas davantage. Jusqu'au jour où la goutte d'eau avait effectivement fait déborder le vase. La mère de Piper avait demandé le divorce, et Piper n'avait presque jamais revu son père. Et elle refusait de faire subir la même chose à ses futurs enfants.

Autrement dit, Ryan n'avait rien de l'homme idéal pour elle. Même si l'avoir comme meilleur ami était sans doute la meilleure chose qui lui soit jamais arrivée.

Elle s'aperçut soudain que Ryan était appuyé contre l'embrasure de la porte, les bras croisés. Une perle de sueur ruisselait sur son front. Pourquoi diable est-ce que mère Nature avait décidé d'une vague de chaleur aujourd'hui même ? Et ce, après une vague de froid qui les avait surpris le mois dernier…

— Désolée pour la chaleur, bredouilla-t-elle. Rénover sa maison fait faire des économies, mais il y a forcément quelques inconvénients. La clim devrait être branchée la semaine prochaine. C'est pour ça que je garde les stores et les fenêtres fermés. Je ne m'attendais pas à de tels records de température en plein mois de novembre.

— Ne t'en fais pas, je vais bien, assura-t-il. Je m'inquiète surtout pour le dîner.

Il avait beau sourire, elle ne put s'empêcher de repenser que, quelques heures plus tôt, il s'était retrouvé coincé dans sa voiture. Maintenant, il était dans sa cuisine, en train de plaisanter au sujet de la météo et du dîner.

— Piper, est-ce que ça va ?

— Très bien, dit-elle en souriant. Je fais juste l'esclave pendant que toi, tu te reposes. Je te rappelle que tu es censé rester allongé.

Il avança vers elle d'un pas désinvolte qu'elle soupçonna avoir pour but de dissimuler un vertige persistant.

— Mais je me repose, affirma-t-il en la fixant du regard.

— Tu es dans la cuisine. Ce n'est pas ça, se reposer, murmura-t-elle en levant les yeux vers lui. Comment veux-tu que je te dorlote si tu ne me laisses pas m'occuper de tout ?

— Ah, c'est donc ça, chuchota-t-il avec un sourire mutin. Tu me dorlotes ?

— Pas si tu ne retournes pas immédiatement sur le canapé, dit-elle en posant ses mains sur les hanches. Et, maintenant, débarrasse-moi le plancher : j'ai un repas à cuisiner, moi !

— Tu trembles, la Rouquine…

— C'est la colère, mentit-elle. Il faut te reposer, Ryan !

Il fit un pas vers elle ; elle recula. Et ainsi de suite jusqu'à ce qu'elle se retrouve dos au comptoir.

— Je crois que l'adrénaline de ta dure journée de travail commence à retomber, articula-t-il en soutenant son regard sans ciller. Et je crois que tu es en train de remercier le ciel pour Alex, et pour moi.

— Tu me connais par cœur, admit-elle en plissant les yeux.

Il sourit, posa une main sur la hanche de Piper et se rapprocha doucement d'elle.

— C'est vrai. Et c'est pour ça que je sais que tu trembles de soulagement. Tu sais très bien comment cette journée a failli se terminer, Piper.

Elle ferma les yeux et s'efforça de chasser la vision d'épouvante qu'elle avait eue en arrivant sur les lieux de l'accident… Surtout quand elle avait découvert sa BMW. A coup sûr, elle allait en faire des cauchemars pendant des semaines.

— Tu n'imagines pas ce qui m'est passé par la tête quand j'ai vu ta voiture, murmura-t-elle. Je n'arrivais pas à te trouver ; je devais m'occuper des autres blessés, et ça me tuait de ne pas savoir où tu étais, ni dans quel état…

Ryan lui caressa la joue, et elle s'aperçut qu'il venait de lui sécher une larme. Elle rouvrit les yeux. Il était en train de la dévisager avec insistance.

— Je suis un dur à cuire, la Rouquine. Ce n'est pas un accident de voiture qui aura ma peau… J'ai connu pire dans ma carrière qu'un peu de tôle froissée.

Elle inspira une grande bouffée d'air. Le parfum viril et musqué de Ryan lui chatouilla les narines. Il était tout près d'elle à présent, et elle ne put qu'admirer, une fois encore, sa mâchoire carrée si bien dessinée, ses larges épaules, ses lèvres charnues. Non, elle ne devait pas lorgner ainsi la bouche de son meilleur ami ! Cela ne se faisait pas !

— C'est ton goût du danger qui me fait peur, Ryan, lui avoua-t-elle. Tu es tellement casse-cou et insouciant. Tu as l'aventure dans le sang… Mais sais-tu seulement combien je serais anéantie si je devais te perdre ?

Il fit la moue et haussa les épaules.

— Ne t'inquiète pas pour moi. Je connais mes limites. Je sais garder le contrôle.

Les yeux de Ryan s'attardèrent alors sur les lèvres de Piper. Il se rapprocha encore un peu, et cette fois elle détecta une véritable lueur de désir au fond de ses yeux azur…

— C'est l'adrénaline qui redescend, bafouilla-t-elle à voix basse. Rien de plus.

— Peut-être que oui, peut-être que non.

De son pouce, il effleura la lèvre inférieure de Piper, et elle dut se retenir de ne pas le goûter du bout de sa langue.

La minuterie du four retentit et la fit sursauter. Elle

fit un pas de côté, et Ryan s'écarta d'elle. Il plongea ses mains dans ses poches, comme si elles étaient devenues encombrantes.

— Le dîner est presque prêt, annonça-t-elle en prenant une manique dans un tiroir. Je vais te l'apporter sur le canapé.

Elle pria pour qu'il retourne vite dans le salon, parce que si elle devait le voir la déshabiller encore du regard, elle était capable de succomber et de céder à ce qui ressemblait fort à des avances. En tout cas, elle mourrait de honte si jamais elle découvrait qu'en réalité il n'avait pas cherché à l'embrasser.

Mais comment diable en étaient-ils arrivés là ? Etait-ce vraiment l'adrénaline, ou bien les événements de la journée avaient-ils agi comme un révélateur ? Non, Ryan ne pouvait éprouver autre chose pour elle que de l'amitié. Ils étaient amis depuis des années, et à aucun moment il n'avait tenté de faire évoluer leur relation.

Pourtant, le désir au fond de ses yeux était manifeste. S'il ne s'agissait pas d'un simple contrecoup de l'accident, elle devrait alors envisager leur relation sous un angle différent.

En tout cas, elle savait qu'elle devrait maîtriser ses émotions. Pas question de se lancer dans une idylle avec Ryan : il était son meilleur ami, et cette amitié n'avait pas d'équivalent.

Car quelque chose lui disait que Ryan ne tiendrait pas longtemps : il ne resterait pas chez lui pour de bon. Elle le connaissait assez pour savoir que, s'il s'ennuyait, il n'hésiterait pas à reprendre la route. Et elle le regarderait partir, comme toujours.

Ryan referma la porte de la salle de bains derrière lui. Oh ! mais qu'est-ce qui lui arrivait ? Non seulement il tenait à peine debout à cause de son mal de tête, mais en plus il venait de manquer d'embrasser sa meilleure amie… Et maintenant, *ça* ? De la lingerie partout autour de lui. Partout.

Dentelle rouge, satin doré… Soutiens-gorge, strings, nuisettes… Evidemment, il avait fallu qu'elle étende sa lessive précisément le jour où il venait chez elle.

Encore un coup de pouce du destin ?

Comme si ce baiser avorté dans la cuisine n'avait pas suffi à le troubler, il fallait maintenant qu'il découvre les sous-vêtements les plus affriolants de Piper. Oh ! seigneur, comment ne pas l'imaginer en train de faire glisser ce string en satin bleu le long de ses jambes bronzées…

Qui aurait pu deviner qu'elle portait des dessous aussi sexy sous ses chemises en flanelle et ses jeans délavés ?

Il posa ses mains sur le rebord du lavabo et se regarda dans le miroir. Mais qu'est-ce qui lui avait pris de lui caresser la lèvre comme il l'avait fait ? Il savait qu'elle avait du mal à accorder sa confiance aux gens. Après tout, il était entré dans sa vie à l'école primaire, le jour où elle lui avait asséné un coup de poing en plein visage parce qu'il l'avait accusée de mentir au sujet de son père et du rodéo. Depuis ce jour, ils étaient devenus inséparables.

Dans ce cas, pourquoi avoir pris un tel risque avec elle, tout à l'heure ? Il poussa un lourd soupir et s'aspergea le visage d'eau froide. Il avait pris ce risque parce qu'il se demandait depuis longtemps quel goût pouvaient avoir ses lèvres pulpeuses.

Certes, au fil des ans, Piper et lui avaient échangé quantité de baisers sur la joue et autres accolades… Mais il mourait d'envie de découvrir quelle femme se cachait vraiment derrière le masque de la copine garçon manqué.

A vrai dire, à l'époque où il était sans cesse sur la route, il estimait que cela n'aurait pas été correct envers elle de se lancer dans une liaison. Elle avait tellement souffert des aléas de la carrière de son père. En aucun cas elle n'aurait accepté d'avoir un petit ami à temps partiel. Il s'était donc contenté, des années durant, de la voir occasionnellement quand il rentrait à Royal entre deux compétitions. Ils sortaient, riaient, mais jamais il ne s'était autorisé à la toucher.

Et parce qu'il était son meilleur ami, il avait dû écouter sans rien dire le récit de la nuit où elle avait offert sa virginité à un crétin qui ne la méritait pas… Il s'aspergea une nouvelle fois et s'épongea avec la petite serviette d'invités blanche. Le visage enfoui dans le coton parfumé au jasmin, il grogna.

— C'est pas vrai !

Il se trouvait pitoyable. A l'époque où il voyageait sur le circuit, il lui suffisait d'un simple battement de cils pour ramener une fille à l'hôtel, mais contrairement à ce que les médias s'étaient plu à raconter, il n'avait jamais été un homme à femmes. Combien de nuits avait-il passées à se morfondre dans sa solitude, en pensant à Piper ? A se demander ce qu'elle faisait au même moment, et avec qui… A imaginer qu'elle était peut-être en train de tomber amoureuse d'un cow-boy, d'un dur à cuire ou au contraire d'un homme sage et posé, professeur ou banquier.

Tout le temps qu'il avait passé sur la route, il n'avait eu de cesse de se demander ce que faisait sa meilleure amie, à Royal, loin de lui… Le simple fait de l'admettre constituait un réel progrès pour lui. Des années durant, il avait lutté contre cette attirance grandissante, se persuadant qu'elle n'était liée qu'au fait que son amie était de sexe féminin.

Aujourd'hui, il y voyait plus clair. Piper était une femme unique. Qui méritait quelqu'un d'unique. Un homme qui la traiterait comme elle le méritait, un homme posé et capable de lui offrir la stabilité dont elle avait toujours rêvé.

— Est-ce que ça va ? s'enquit Piper en frappant à la porte.

Il tressauta au son de sa voix et s'agrippa au lavabo.

— Ça va, articula-t-il péniblement. J'arrive tout de suite.

Dès que j'aurai canalisé ma libido et ce fichu vertige.

Il inspira une grande bouffée d'air, ce qui réveilla la douleur vive au niveau de ses côtes. Serrant les dents, il ouvrit la porte et se sentit de nouveau tituber sur ses jambes. A moins que ce ne soit le couloir qui bouge ? Pas le temps de s'agripper au mur. Il s'effondra, la tête la première.

— C'est pas vrai !

Piper accourut à l'angle du couloir.

— Ryan, mais qu'est-ce qui s'est passé ? s'écria-t-elle en se précipitant pour l'aider à se relever.

Il se sentit gagné par l'humiliation. Franchement, était-il obligé de se voir secourir ainsi par la femme qu'il était censé séduire, impressionner ?

— Cette fichue commotion me donne mal au crâne, grogna-t-il en se relevant doucement. La dernière fois que j'ai chuté sur la tête, je suis resté cloué au lit deux jours.

Elle enroula son bras autour de sa taille et sourit.

— Et je suis sûre que tu as dû te trouver une groupie ravie de te tenir compagnie et de jouer les infirmières pour toi !

Il pouffa, alors qu'elle le conduisait jusque dans le salon, où elle le réinstalla sur le gros fauteuil.

— Seulement mon coéquipier, Joe. Et encore, il passait son temps à se plaindre, dit-il en levant les yeux vers elle.

Les mains sur les hanches, elle haussa un sourcil dubitatif.

— Allons, Ryan, non seulement tu es très populaire dans le milieu, mais en plus tu es sexy en diable. Tu aurais dû exiger une femme digne de ce nom pour jouer les gardes-malades.

— Sexy en diable ? Tu trouves ce choix de mots judicieux après ce qui a failli se passer dans ta cuisine ?

Elle eut un haussement d'épaules.

— Ne fais pas l'innocent, Ryan. Tu sais très bien ce que tu vaux sur le marché des célibataires. Et, pour ma part, je sais reconnaître un bel homme : je ne vois pas ce qu'il y a de mal à le dire. Quant à ce qui *ne s'est pas* passé dans la cuisine, je t'ai déjà dit que ce n'était qu'une bouffée d'adrénaline.

Il soutint son regard, persuadé qu'elle allait baisser les yeux, car ils savaient tous les deux qu'elle mentait. L'adrénaline n'avait rien à voir avec cette ébauche de baiser qu'ils avaient échangé. Un baiser dont il avait presque le goût sur ses lèvres…

— Ne bouge pas d'ici, ordonna-t-elle. Je vais t'apporter ton plateau-repas. Tu as besoin d'un autre antidouleur ?

— Ça va aller… Je te dirai plus tard s'il m'en faut un autre.

— Ne joue pas les machos avec moi, marmonna-t-elle en plissant les yeux. Tout le monde se fiche de savoir si tu as pris un médicament pour soulager tes douleurs.

Il s'enfonça dans les coussins douillets du fauteuil et éclata de rire. Il savait parfaitement ce qui pourrait l'aider à atténuer la douleur. Mais il redoutait la réaction de Piper s'il s'en ouvrait à elle.

— Ce sourire en coin me laisse à penser que ton esprit s'égare, déclara-t-elle en pointant un index accusateur vers lui. N'oublie pas que je sais exactement comment ton cerveau de mâle dominant fonctionne !

Eh oui, elle lisait en lui comme dans un livre ouvert.

— Et c'est aussi pour cela que tu es ma meilleure amie, précisa-t-il avec un sourire. Tu sais tout cela, mais tu continues de m'adorer !

Elle leva les yeux au plafond, puis retourna dans la cuisine. Ryan n'essaya même pas de détourner les yeux de ses hanches ondulantes. Oh ! Seigneur, cette femme allait le tuer à petit feu…

Sauf s'il parvenait à la mettre dans son lit. Car si ce jour arrivait, il ne manquerait pas de lui démontrer cette alchimie qui bouillonnait entre eux.

- 4 -

Bon, pas question de dormir en tenue d'Adam malgré cette chaleur torride… Vêtu de son seul boxer, Ryan avait dirigé le gros ventilateur vers le lit et ôté tous ses draps, mais l'appareil ne parvenait pas à rafraîchir l'air de la chambre d'amis.

Bien sûr, s'il suffoquait ainsi, ce n'était pas seulement à cause de la canicule qui sévissait sur Royal. Mais aussi à cause de cette femme qui se mettait en quatre pour le dorloter. Et qui s'obstinait à maintenir entre eux une muraille infranchissable, alors même qu'il rêvait de céder enfin à ce puissant désir qui couvait entre eux.

Il essaya de se mettre à l'aise, mais cette maudite côte le faisait vraiment souffrir, et sa chute de tout à l'heure dans le couloir n'arrangeait rien. Mais pas question d'en parler à Piper. Elle l'enverrait immédiatement aux urgences pour passer une radio. Un antidouleur et un peu de glace devraient suffire à calmer son inconfort.

Si seulement elle se doutait des multiples blessures qu'il avait endurées au fil de sa carrière, elle ne s'inquiéterait guère pour quelques côtes fêlées et une simple commotion.

Le réveil sur la table de chevet indiquait minuit. Depuis un moment, il n'entendait plus un bruit dans la maison. Sans doute Piper était-elle assoupie sur son lit, dans une nuisette de satin. Sans doute sa crinière rousse s'étalait-elle de part et d'autre de son oreiller…

En entendant frapper à sa porte, il sursauta et étouffa un cri de douleur en se prenant les côtes.

— Entre ! articula-t-il du mieux qu'il put.

Elle apparut, vêtue d'un simple minishort bleu pâle et d'un caraco assorti. Seigneur, l'aurait-il seulement invitée à entrer s'il avait su qu'elle était en petite tenue ? Bien sûr que oui… Car même s'il n'avait pas la permission de toucher, il allait apprécier le spectacle et garder à la mémoire un maximum de détails qui, plus tard, viendraient nourrir ses fantasmes.

Pff ! Il était pitoyable ! Pour sa défense, il était plutôt habitué à voir Piper en jean et en bottes — aussi sexy soit-elle dans cette tenue. Et, en l'occurrence, son pyjama couvrait à peine ses fesses, et elle…

— Je t'apporte un peu de glace et d'ibuprofène.

A force de fantasmer, il n'avait même pas remarqué qu'elle portait une bouteille d'eau et une poche de glace dans une main et trois cachets dans l'autre.

— Je me doutais que tu ne viendrais rien réclamer, dit-elle en posant l'eau sur la table de chevet avant de lui tendre les cachets. On peut continuer à faire comme si tu étais un vrai macho capable d'endurer la douleur, mais fais-moi plaisir, avale ces cachets et prends ce sachet de glace.

Eclatant de rire, il accepta les médicaments et les avala avec un grand verre d'eau.

— Pour être honnête, j'étais justement en train de penser que je pourrais prendre quelque chose contre la douleur.

— Montre-moi tes côtes, reprit-elle en s'asseyant sur le bord du lit. Je vais essayer de ne pas te faire mal…

Habitué à être constamment adulé par les femmes dans le cadre de son métier, il trouva les mains de Piper douces, délicates, attentives et terriblement, terriblement sexy… Rien à voir avec ces groupies écervelées, dont les avances étaient aussi ouvertes que vulgaires. Non, Piper n'était pas le genre de femme en mal d'attention, prête à se jeter sur un homme pour satisfaire d'éphémères désirs. En réalité, elle était indépendante. Elle n'avait besoin de personne.

Ce qui ne signifiait pas pour autant qu'il n'allait pas tenter sa chance. Tout cela était nouveau pour lui, mais l'étincelle de passion qu'il avait vue s'embraser dans son regard, tout à l'heure dans la cuisine, lui donnait une certaine confiance.

Depuis ce jour où elle l'avait frappé en plein visage, à l'école, Piper Kindred avait cultivé son indépendance, et les années passant Ryan ne l'en respectait que plus…

Même si aujourd'hui, ses sentiments allaient bien au-delà du simple respect, de la simple amitié. Et à présent qu'il s'était retiré du circuit et qu'il était sur le point d'ouvrir son école de rodéo, l'idée de s'installer durablement lui plaisait de plus en plus. Piper lui plaisait de plus en plus. Mais il devait être certain d'avoir envie de franchir cette limite de l'amitié, pour voir ce qu'il y avait au-delà.

Tandis qu'elle promenait sa main le long des tatouages couvrant son torse, il résista à l'envie brûlante de repousser une de ses boucles rousses et rebelles qui retombait sur son visage. Son regard s'attarda sur son décolleté en V. Le tissu léger du caraco laissait entrevoir la pointe de ses seins. Et ces fines bretelles, comme il avait soudain envie de les rabattre…

— C'est encore enflé, mais l'ibuprofène et la glace vont te faire du bien, annonça-t-elle en levant les yeux vers lui.

Elle le prit alors en flagrant délit.

— Je rêve ! s'esclaffa-t-elle. Tu es en train de lorgner mes seins ?

— Tu viens les mettre sous mon nez, rétorqua-t-il avec un haussement d'épaules.

Elle leva les yeux au ciel.

— C'est mon pyjama, imbécile ! Et à mon avis, avec toutes les groupies qui te suivaient sur le circuit, tu dois être habitué à mieux… Chez moi, il n'y a pas grand-chose à voir.

— Ecoute, ce qui serait inquiétant, ce serait de ne pas me voir réagir à une femme débarquant dans ma chambre, en pleine nuit, dans cette tenue… Après tout, je suis un homme, et aucun homme normalement constitué ne détourne le regard quand on lui présente une jolie paire de seins…

— Je sais, marmonna-t-elle. Dès que l'on n'est plus en col roulé, vous êtes tous à baver sur notre décolleté.

— On ne réagit comme ça que face à des femmes attirantes, ajouta-t-il, le sourire aux lèvres, tout en acceptant la poche de glace qu'elle lui tendait.

— Je t'en prie, Ryan ! s'exclama-t-elle en riant. Je te rappelle que tu es mon meilleur ami. Je fais partie de ta bande de durs à cuire…

— Pas de mon point de vue. De là où je suis, tu es tout ce qu'il y a de plus féminine, dit-il d'une voix plus profonde.

Certes, elle avait grandi entourée de cow-boys et travaillait aujourd'hui principalement avec des hommes, mais elle avait beau se targuer d'être un garçon manqué la lingerie fine qu'il avait vue sur son étendage à linge prouvait, si besoin était, qu'elle était femme à cent pour cent.

— Tu m'as déjà vue en maillot de bain, reprit-elle. Ça n'est pas si différent.

Il ne put s'empêcher de continuer à fixer la vallée qui naissait entre ses seins, mais quand il croisa de nouveau son regard il n'y décela pas du désir, comme espéré, mais plutôt une forme d'incertitude.

— Tu es vraiment tombé sur la tête ! plaisanta-t-elle. Tu ne m'avais jamais parlé, ni regardée comme ça avant… C'est comme si… Comme si…

— Comme si quoi ? murmura-t-il.

— Comme si tu avais envie de moi.

— Je sais parfaitement ce que je dis, et ce que je veux, Piper, murmura-t-il en remontant sa main le long de son épaule dénudée. Tu sais quelle place particulière tu occupes dans ma vie, et combien je tiens à notre amitié.

— Alors, pourquoi me regarder comme si tu avais envie de m'embrasser ?

— Parce que c'est le cas.

Elle ne chercha pas à lui échapper, mais son corps se figea sous sa caresse. La dernière chose qu'il voulait, c'était lui faire peur ou la mettre mal à l'aise. Malheureusement, il venait de faire les deux.

Son projet de séduction nécessitait un peu plus de réflexion. C'est qu'il n'avait pas l'habitude d'être dans la peau de celui qui veut séduire. Mais s'il ne gâchait pas trop vite ses chances, les choses pourraient devenir intéressantes.

Il baissa la main et s'enfonça de nouveau dans ses oreillers.

— Merci pour les médicaments et la glace.

Elle fronça les sourcils.

— Comment ? Tu t'énerves et puis… plus rien ?

— Ce n'est pas la première fois que tu m'énerves, la Rouquine, répondit-il avec désinvolture. Maintenant, sors de là avant que je prenne ce que je désire vraiment…

Elle écarquilla ses grands yeux verts, mais se contenta de hocher la tête en se relevant.

— Bonne nuit, Ryan. Je viendrai voir de temps en temps si tu as besoin de quoi que ce soit…

Il déglutit péniblement et se mordit la lèvre, de peur de l'implorer de rester avec lui, de le rejoindre sous les draps et de voir jusqu'où ils pourraient pousser leur amitié.

Mais, en définitive, il la regarda partir et attendit qu'elle ait refermé la porte pour soupirer de frustration. Heureusement que ses blessures étaient légères. Car il n'aurait en aucun cas pu rester ici longtemps sans être tenté d'aller plus loin avec sa meilleure amie.

Et dire qu'au début, en se retirant du circuit, il avait eu peur de s'ennuyer…

En se réveillant le lendemain, il dut littéralement ramper hors du lit, gémissant de douleur. Au cours de sa carrière, il avait connu un nombre incalculable de chutes de cheval. D'ordinaire, il prenait alors un bon bain chaud puis se faisait masser afin d'apaiser les douleurs dues aux contusions.

Mais hier soir, impossible de demander un massage à Piper. Ou les choses entre eux auraient pris une tout autre tournure.

D'un pas hésitant, il traversa le couloir et gagna la cuisine. Piper était attablée avec quantité de papiers autour d'elle, une main soutenant son front pendant que l'autre prenait des notes. Un gros ventilateur posé dans un recoin tournait, brassant l'air chaud de la pièce.

— Piper ?

Elle sursauta et fit tomber son stylo à terre.

— Ryan ? Est-ce que ça va ? Je ne t'attendais pas de si bonne heure…

Elle le scruta de la tête aux pieds, déclenchant en lui une onde brûlante de désir. Oh ! Seigneur, comment ne pas lorgner de nouveau du côté de son décolleté, alors qu'elle portait toujours cet indécent caraco bleu ? Tout comme la veille au soir, il devinait ses seins qui pointaient sous le tissu quasi transparent.

— Je n'arrivais plus à dormir. De toute façon, je suis plutôt matinal.

— Je sais que vous êtes réputés pour ça, vous les cow-boys, mais j'espérais que tu te reposerais davantage.

Elle se leva, et ce fichu pyjama de soie demeura tout aussi troublant que la veille. Comme il faisait chaud soudain… La courbe affolante de ses fesses se devinait à travers son minishort, et il dut serrer les poings et convoquer son courage pour maîtriser son désir.

Mais quand elle se pencha pour ramasser son stylo, elle lui offrit une vue plongeante sur son décolleté. Seigneur, se rendait-elle compte de ce qu'elle était en train de lui faire subir ? S'il ne détournait pas immédiatement le regard, il allait se jeter sur elle, balayer d'un revers de main tous les papiers de la table, et…

— Est-ce que tu souffres encore ? demanda-t-elle.

— Oui, souffla-t-il d'une voix rugueuse. J'ai mal partout.

Elle reposa son stylo sur la pile de papiers et alla ouvrir un tiroir. Elle en sortit une petite boîte dont elle tira trois cachets, qu'elle lui tendit.

— Tu vas sans doute devoir remettre de la glace sur tes côtes, reprit-elle en prenant de l'eau dans le réfrigérateur.

Alors qu'elle récupérait son sachet de glace, il la regarda se transformer en infirmière. Elle faisait toujours passer les autres avant elle, et il était évident qu'il l'avait interrompue alors qu'elle était occupée.

— C'est quoi, ces papiers ? s'enquit-il en désignant la table en désordre.

Elle approcha et posa délicatement le sachet de glace sur son torse nu.

— Oh ! rien… Ce sont juste les passionnantes feuilles de calcul qui résument désormais ma vie.

— Pourquoi diable as-tu besoin de feuilles de calcul ? demanda-t-il en avançant vers la table.

— Tu connais mon sens de l'organisation, dit-elle. Je ne peux pas me concentrer sur mes travaux de rénovation si je n'ai pas une idée précise de mon budget et de mes finances.

Il parcourut quelques pages, puis se tourna vers elle.

— Je t'ai déjà dit que je serais ravi de t'offrir les services d'un artisan pour venir à bout des travaux. Tu n'es pas obligée de subir un tel chantier.

Les bras croisés, elle releva fièrement le menton.

— Tu ne vas pas recommencer avec ça ! Je sais que tu as une commotion, mais tu n'as certainement pas oublié que j'ai déjà décliné ton offre, Ryan. Et plus d'une fois.

Il planta les mains sur ses hanches, ravi de constater qu'elle lorgnait allègrement son torse nu. Parfait. A présent qu'il avait éveillé sa curiosité, il devait tout faire pour garder ses sens en éveil.

— Ecoute, la Rouquine… Je sais que tu as ta fierté, mais j'ai les moyens. Pourquoi ne me laisses-tu pas t'aider ? Tu me rembourseras quand tu pourras, si vraiment tu y tiens. Mais, par pitié, permets-moi au moins d'appeler quelqu'un pour réparer ton climatiseur !

Avant que je ne meure de frustration à regarder tes perles de sueur dévaler la vallée entre tes seins, ma belle.

— Je t'ai dit que tout serait réglé dans deux ou trois jours.

— Je peux faire venir quelqu'un dès aujourd'hui.

Elle leva les yeux au plafond.

— Arrête de vouloir toujours contrôler ma vie !

— Contrôler ta vie ? J'essaie seulement de te rendre les choses plus confortables.

— Confortables ? Ah oui ? C'est donc pour mon confort que tu as passé la soirée d'hier à me déshabiller du regard avant de m'avouer que tu avais envie de m'embrasser ?

Il se passa une main dans les cheveux en soupirant.

— Piper, écoute…

— Non, Ryan, c'est toi qui vas m'écouter : je préfère croire que tout est à mettre sur le compte de cette commotion, mais j'ai besoin de savoir ce qui te passe vraiment par la tête.

Il fit un pas vers elle, prêt à relever le défi.

— Peut-être que je commence à voir ma meilleure amie sous un autre jour. Peut-être que je te trouve plus attirante que jamais et, comme je suis revenu pour de bon à Royal, j'ai envie de passer plus de temps auprès de la personne qui me connaît le mieux au monde.

Elle soutint son regard, et un silence s'installa entre eux. On n'entendait plus que le bruissement régulier des pales du ventilateur.

— Ryan… Je pense que tu as vraiment besoin de repos, parce que si tu t'imagines que toi et moi, on pourrait être plus que de simples amis, alors tu divagues. Tu dois au plus vite effacer cette idée de ton esprit.

— Si tu le dis… A part ça, quels sont tes projets pour aujourd'hui ?

— Je vais aller voir Alex, mais je vais devoir aussi passer au club-house. Je suis censée remplacer le matériel médical de la garderie, mais je dois avant tout évaluer l'étendue des dégâts. Certaines affaires doivent pouvoir être réparées.

La future garderie du Texas Cattleman's Club avait

été honteusement vandalisée, car certains esprits étroits voyaient d'un très mauvais œil l'arrivée de femmes et d'enfants dans son enceinte.

— Tu veux que je vienne avec toi ? suggéra-t-il.

— Non, mais tu peux m'accompagner à l'hôpital si tu veux bien cesser de jouer les Roméo.

— Vos désirs sont des ordres, mademoiselle !

Elle pivota alors sur ses talons et disparut dans le couloir menant à sa chambre. Sans doute allait-elle s'habiller. Dommage. Car il n'arrivait plus à penser à autre chose qu'au fait qu'il ne pouvait plus se contenter d'une simple amitié avec elle. Plus il y réfléchissait, et plus il avait envie de la séduire. Et jamais défi ne lui avait paru si excitant.

En définitive, il avait vraiment eu raison de se retirer du circuit et de venir s'installer pour de bon à Royal.

- 5 -

Piper conduisit jusqu'à l'hôpital, tandis que son passager boudait à côté d'elle parce qu'elle avait refusé son argent pour la rénovation de la maison. D'une part, ce n'était pas la première fois qu'elle déclinait son offre. Car elle était tout à fait capable de remettre sa maison en état avec ses deux mains et ses petites économies. Oui, cela prendrait un peu plus de temps, mais elle en retirerait une satisfaction qui viendrait compenser toute cette sueur, ces larmes, et ce maigre compte en banque. D'autre part, comment diable pourrait-elle se concentrer de nouveau sur quoi que ce soit après la façon dont Ryan l'avait regardée hier soir ? Elle avait eu beau tenter de désamorcer les choses ou de plaisanter au sujet de sa commotion, elle n'était ni naïve ni stupide : Ryan commençait à éprouver des sentiments pour elle. Sentiments auxquels elle ne saurait répondre, ni maintenant, ni jamais.

Soit, il ne boudait peut-être pas seulement à cause de l'argent. Certes, elle s'était bien demandé, une fois, ce qui se passerait si… Mais l'angoisse de perdre son ami avait supplanté toute ébauche de sentiments autres qu'amicaux.

Même si elle avait pu constater combien il était sexy, allongé dans sa chambre d'amis, son torse dénudé exhibant ses nombreux tatouages. Car Ryan Grant était une véritable œuvre d'art, et elle aurait volontiers exploré du bout des doigts chacun de ses muscles saillants.

— Tu penses qu'il a pu recouvrer une partie de sa mémoire ? demanda Ryan alors qu'elle se garait sur le parking de l'hôpital Memorial de Royal.

— Je l'espère, mais on ne peut avoir aucune certitude. Le scanner ayant révélé des blessures anciennes en plus de celles dues à l'accident, on ignore ce qu'il a pu subir durant ces longs mois où il a disparu.

— Espérons que ses souvenirs reviennent vite, soupira Ryan. Non seulement pour lui, mais aussi pour Cara et Chance.

— Moi, j'espère surtout que dès qu'Alex recouvrera la mémoire, ceux qui ont accusé Chance d'être impliqué dans sa disparition viendront implorer son pardon, déclara-t-elle en descendant de son pick-up.

Les soupçons qui pesaient sur Chance McDaniel, ami de longue date d'Alex, relevaient du ridicule. Du moins aux yeux de Piper. Ce n'était pas parce que Cara et lui étaient sortis ensemble autrefois que Chance aurait pu vouloir écarter Alex définitivement. Citoyen modèle, Chance avait beau avoir encore des sentiments pour Cara, il restait un homme honnête, loyal. Jamais il n'aurait pu kidnapper Alex.

Piper et Ryan franchirent les portes coulissantes du hall d'entrée de l'hôpital. Ils prirent l'ascenseur en silence, puis se dirigèrent vers la chambre d'Alex.

Alex devait subir une tension énorme, avec tous ceux qui comptaient sur le fait qu'il recouvre la mémoire et qui devaient guetter le moindre signe de guérison.

En arrivant dans le couloir, Piper aperçut Cara en train de téléphoner ; elle s'essuyait les yeux avec un mouchoir.

Manifestement, les nouvelles n'étaient pas bonnes.

Piper se tourna alors vers Ryan.

— Tu n'as qu'à entrer voir Alex ; je vais rester avec Cara.

Ryan acquiesça et entra dans la chambre, tandis que Piper attendait que Cara termine son appel.

— Il n'a toujours aucun souvenir ? demanda-t-elle en embrassant Cara.

— Non. Et Zach vient juste de partir. Alex n'a même pas reconnu son ancien associé, sanglota Cara. Et dire que j'étais sûre qu'il se souviendrait de moi, de ce que nous partagions…

Piper la serra plus fort tandis qu'elle s'abandonnait à ses sanglots.

— Je suis désolée, Piper.

— Ne t'excuse pas, murmura Piper en caressant ses jolis cheveux blonds. Si quelqu'un ici a le droit de pleurer, c'est bien toi. Sache que tu trouveras toujours auprès de moi une épaule compatissante.

Elle ne pouvait qu'imaginer les émotions qui devaient se bousculer dans l'esprit de Cara. La jeune femme avait d'abord dû subir la disparition de son fiancé, avant de découvrir à son retour que l'homme de sa vie n'était plus tout à fait lui-même, qu'il ne s'appartenait plus. Le cauchemar continuait.

— Ton soutien me va droit au cœur, assura Cara. Et Dieu sait si Alex et moi en avons besoin en ce moment.

— C'est normal, et je suis heureuse d'être là pour vous, répondit Piper en souriant.

— Je lui ai apporté des photos ce matin, reprit Cara en regardant son mouchoir mouillé. Je me suis dit que passer en revue les moments que nous avons partagés ensemble déclencherait quelque chose en lui. Mais il est resté impassible en les voyant défiler sous ses yeux, et il s'est excusé… J'ai dû sortir de la chambre, parce que je ne veux pas qu'il me voie craquer. Je dois rester forte pour lui.

— Tu es plus forte que je ne le serais à ta place, assura Piper en pressant les épaules frêles de Cara. Et son amour pour toi n'est pas éteint. Il est encore là, quelque part. Il faut juste lui laisser le temps. Personne ne sait vraiment ce qu'Alex a subi, les médecins ne sont sûrs de rien.

Cara hocha la tête.

— Est-ce que mon mascara a coulé ?

— Non, sourit Piper. Tu es belle, comme toujours.

— Ça m'étonnerait. Je pleure comme une madeleine, mais je garde la face devant Alex. Je ne voudrais pas qu'il me considère comme quelqu'un de faible.

— Ma belle, tu es tout sauf faible, lui assura Piper avec un petit rire. Tu as traversé tant d'épreuves ces derniers mois : il est tout à fait normal que le retour d'Alex et son amnésie te bouleversent. Même Alex ne t'en voudrait pas de craquer.

— Je ne craquerai pas devant lui, affirma Cara en secouant la tête. Il a besoin de mon aide. Et je ferai tout ce qui est en mon pouvoir pour l'aider.

— Tu te sens prête à retourner dans la chambre, ou as-tu besoin encore d'un petit moment ?

— Ça va. Il sera ravi de voir quelqu'un d'autre que moi.

— Ne sois pas pessimiste, dit Piper en lui ouvrant la porte de la chambre.

Alex était allongé sur le lit. Son bras était plâtré après l'intervention chirurgicale de la veille au soir pour soigner sa fracture du poignet.

Les mains dans les poches, Ryan était assis à l'autre bout de la pièce, sur le rebord de la fenêtre. Quand il leva les yeux vers elle, Piper comprit instantanément que ce qui s'était passé entre eux hier soir n'était que le début de… De quoi, au juste ? Ryan était capable de la figer sur place d'un simple regard. Comment arrivait-il à garder une telle emprise sur elle après ce qu'ils s'étaient dit ? Ses paroles, au lieu de déclencher en elle un signal d'alerte, l'avaient hautement intriguée. Excitée, même.

Elle se sentait en danger. Jamais auparavant un homme ne l'avait troublée à ce point, et voilà qu'elle découvrait cette étrange sensation avec son Apollon de meilleur ami…

— Salut, Piper, fit Alex avec un sourire fugace. Je viens d'expliquer à Ryan que vous ne devez pas vous sentir obligés de me rendre visite tous les jours. J'imagine que vous avez votre vie. Et puis, j'ai eu de nombreux visiteurs : apparemment je connais pas mal de gens !

— Des gens qui s'inquiètent pour toi, confirma Piper en hochant la tête. Les médecins t'ont-ils reparlé de ton amnésie ?

— Le scanner montre plusieurs traumas au niveau de la tête, mais je n'en sais pas plus.

— Tu finiras par te souvenir de ce qui t'est arrivé, déclara-t-elle en priant pour que cela soit effectivement le cas.

— Le plus tôt sera le mieux. J'imagine à peine ce que vous avez dû endurer pendant mon absence, murmura-t-il en cherchant Cara du regard. Ça me tue de savoir ce qu'elle a dû subir à cause de moi…

— Je vais bien, Alex, assura-t-elle. Concentre-toi seulement sur ta guérison. Je suis là, de ton côté.

Piper sentit sa gorge se nouer. Alex et Cara allaient se battre, ensemble, pour retrouver leur vie d'avant. Elle croisa le regard de Ryan et manqua subitement d'air : la tension et l'amour qui emplissaient cette pièce devenaient suffocants.

Non, elle ne pouvait pas se laisser entraîner par cette émotion appelée amour. Il n'y avait qu'à voir ce que sa mère avait enduré en son nom. Cette femme avait cru réaliser son rêve en épousant l'homme de sa vie. Pourtant, cela n'avait pas suffi. Les liens du mariage avaient fini par se distendre, jusqu'à se rompre violemment.

Mais en voyant l'alchimie quasi palpable qui existait entre Cara et Alex, elle pria pour qu'au moins ces deux-là connaissent un dénouement heureux. Ils méritaient de se retrouver.

— Est-ce qu'on peut aller vous chercher quelque chose à manger ? proposa Ryan. Cara, as-tu seulement avalé quoi que ce soit aujourd'hui ? Si tu veux aller grignoter, Piper et moi resterons dans la chambre avec Alex.

Cara agita une main parfaitement manucurée.

— Non, merci. Je n'ai besoin de rien.

— Moi non plus, fit Alex. Je n'ai pas besoin de baby-sitter.

Cara se mordit la lèvre comme pour ravaler un sanglot. Piper eut envie de la consoler. Mais elle avait aussi compris que Cara était déterminée à tenir le coup devant Alex.

— Je suis désolé, les gars, reprit alors Alex. Je vis un enfer, sans même savoir comment j'en suis arrivé là. En revanche, je sais que j'ai fait du mal à énormément de gens.

— Tu n'as fait de mal à personne, intervint Ryan. Tu étais peut-être déjà amnésique au moment de ta disparition. A moins que celle-ci n'ait été commanditée par quelqu'un…

La liste des suspects était courte, mais Piper refusait de croire que quelqu'un en qui elle avait confiance puisse être aussi froid et calculateur. Elle savait que la police enquêtait minutieusement sur l'entourage d'Alex.

Et elle était certaine que Chance ne pouvait être derrière cette disparition.

Récemment élu au très sélect Texas Cattleman's Club, Alex avait reçu un accueil enthousiaste de la plupart des membres. Sauf du père de Cara. Mais Piper n'imaginait pas que cela suffise à commanditer un kidnapping. Mais alors, qui cela pouvait-il bien être ?

— Tu promets de nous appeler si les médecins vous apprennent quoi que ce soit de nouveau ? demanda Piper à Cara.

— Pas de problème, murmura Cara en la serrant contre elle. Et merci d'être là…

— Rien de plus normal, lui chuchota Piper à l'oreille.

— Alex, ça fait vraiment plaisir de te revoir parmi nous, déclara Ryan en s'approchant du lit. N'hésite pas à nous appeler, Piper ou moi, si Cara ou toi avez besoin de quoi que ce soit, d'accord ?

— Merci, fit Alex en hochant doucement la tête. Ça me touche beaucoup.

Piper pivota sur ses talons et manqua heurter une femme en costume gris sombre.

— Oh ! désolée…

— Il n'y a pas de mal, répondit la femme. Je suis Bailey Colleens, de la police d'Etat du Texas. On m'a confié l'enquête concernant M. Santiago.

— J'ignorais que la police d'Etat travaillait sur mon affaire, grommela Alex. Y aurait-il des pistes que j'ignore ?

La jeune femme balaya la pièce du regard.

— J'aimerais en parler en tête à tête avec vous, si c'est possible. Je n'en aurai que pour quelques minutes.

— Absolument, dit Piper.

— Nous étions sur le point de partir, expliqua Ryan en prenant Piper par le bras avant de l'entraîner vers la porte.

— Je peux attendre dehors, dit Cara. Prenez tout le temps qu'il faudra, mademoiselle Colleens.

Une fois dans le couloir, Piper et Ryan attendirent que Cara referme la porte derrière elle.

— La police a déjà longuement interrogé Alex, leur

révéla Cara. Ils doivent vraiment être sur une grosse piste s'ils ont appelé la police d'Etat à la rescousse. Pourvu qu'ils trouvent enfin une explication à tout cela…

— Ils y arriveront, promit Ryan. En attendant, on doit soutenir Alex et prier pour qu'il recouvre vite la mémoire.

— As-tu besoin de quoi que ce soit avant qu'on reparte ? demanda Piper.

— Ça ira, murmura Cara en lui pressant doucement le bras. Allez-y, je vous appelle s'il y a du nouveau.

Ryan serra Cara dans ses bras, puis se tourna vers Piper. Bras dessus, bras dessous, ils regagnèrent l'ascenseur, et Piper déposa un baiser sur sa barbe naissante.

— En quel honneur ? demanda-t-il, amusé.

— Juste parce que tu es… Tu es toi. Tu es toujours aussi gentil, et surtout en vie après ce terrible accident d'hier.

Il fronça les sourcils.

— Tu es encore sous le choc, pas vrai ?

Elle fixa les touches de l'ascenseur qui s'éclairaient.

— Plus que je ne suis prête à l'admettre.

Il déposa alors un baiser sur son front.

— Arrête de te faire du mauvais sang, la Rouquine. Tu serais vraiment perdue, sans moi…

Elle éclata de rire et lui donna un coup de coude.

— La ferme !

Il poussa un petit cri et se tint les côtes.

— Hé, la Rouquine, tu m'as fait mal !

Elle s'aperçut qu'il souriait.

— Raté ! dit-il avec un sourire en coin, c'est de l'autre côté que mes côtes sont fêlées.

— La prochaine fois que tu viens pleurnicher pour que je te prépare une soupe de poulet, je t'empoisonne ! lança-t-elle en riant.

Mais sa menace le fit sourire, et il mêla ses doigts aux siens alors qu'ils quittaient l'ascenseur.

— Jamais je n'oserai une telle chose…

Quelques jours après l'accident et le retour d'Alex, Ryan franchit le seuil du Texas Cattleman's Club en inspirant profondément. Ce qui ne lui fit guère difficile, puisque ses côtes le faisaient moins souffrir.

Il n'en revenait toujours pas de faire désormais partie du club le plus élitiste du Texas. Il avait voyagé partout dans le pays et remporté des titres que la plupart des cow-boys ne convoitaient qu'en rêve. Mais, depuis sa retraite et son retour dans le comté de Maverick six mois plus tôt, il avait une envie profonde de s'installer durablement ici. Quelle meilleure façon pour cela que d'intégrer un club centenaire ?

Il s'était fait un nom sur le circuit du rodéo, et avait placé les grosses sommes d'argent qu'il y avait gagnées dans des investissements sûrs. Voilà comment il s'était fait accepter dans ce petit club aux membres triés sur le volet.

Depuis une centaine d'années qu'il existait, le club n'avait connu que peu de changements. Enfin, jusqu'à ce qu'une poignée de nouveaux membres décident d'équiper les lieux d'un nouveau court de tennis et d'une garderie — puisqu'ils venaient d'ouvrir aux femmes l'adhésion au club.

Voilà comment les membres les plus anciens du club s'étaient peu à peu sentis mis sur la touche. Mais Ryan, lui, approuvait tous ces changements.

Il traversa la vieille salle de billard, qui avait été aménagée en garderie, avant d'être vandalisée le mois précédent. Impatient de discuter avec les autres du retour d'Alex, il pressa le pas vers la salle de réunion.

Il entra et salua chacun des membres. Voilà cinq jours qu'Alex était réapparu, et Ryan se doutait que cette réunion ne ressemblerait à aucune autre. Car la plupart des membres se réjouissaient du retour d'Alex.

Chance était debout près du mur où étaient accrochés de nombreux trophées de chasse. A son côté se trouvait Paul Windsor, le père de Cara. Les deux hommes étaient en grande conversation, et Ryan était prêt à parier son ranch qu'ils évoquaient le retour inattendu d'Alex.

Paul ne s'était jamais caché du fait qu'il désirait voir Cara épouser Chance. Mais le cœur de Cara appartenait depuis longtemps à Alex. Ryan avait pu le constater, lors de chacune de ses visites à l'hôpital. Personne ne pouvait simuler un lien aussi fort entre deux êtres.

Quelques minutes plus tard, tout le monde se retrouva autour de la table. Le président du club, Gil Addison, était assis à l'extrémité de la longue table de bois ciré, et énonçait l'ordre du jour de la réunion.

— Comme vous le savez probablement déjà tous, Alex Santiago a été retrouvé vivant il y a quelques jours, annonça Gil en regardant tout autour de la table. Je suis allé le voir, hier, à l'hôpital. Il souffre d'amnésie, et les médecins ignorent encore si c'est transitoire ou définitif.

— Pour l'instant, il ne reconnaît personne, et aucun des noms qu'on lui soumet ne réveille sa mémoire, ajouta Ryan.

— Je ne suis pas allé à l'hôpital, grogna Paul Windsor, mais j'ai entendu dire que le pronostic n'est pas bon.

Ryan ne fut guère surpris d'apprendre que Paul n'avait pas rendu visite à Alex. Issu d'une famille de la très haute société, Paul considérait qu'aucun homme au monde n'était digne de sa fille. En plus, Alex venait d'un milieu modeste : c'était un *self-made millionnaire*. Et Paul ne supportait pas l'idée qu'un homme comme Alex puisse envisager d'épouser Cara.

— A vrai dire, Alex vient de sortir de l'hôpital et son pronostic n'est ni bon ni mauvais, précisa Ryan. Les médecins sont incapables de se prononcer sur le caractère de son amnésie, à savoir si elle est transitoire ou si elle risque de durer. Ils suivent son état de santé au jour le jour.

— Je suis allé le voir, déclara Chance. Il est frustré, mais pense que sa mémoire lui reviendra. Les médecins lui ont conseillé de se ménager pendant quelque temps, à cause de ses blessures à la tête, mais vous connaissez tous Alex…

Quelques rires retentirent autour de la table, mais Paul demeura impavide.

— Cara est assez confiante aussi, ajouta Ryan. Elle reste le plus possible aux côtés d'Alex.

Le rictus de Paul s'accentua, et Ryan en éprouva une certaine satisfaction. Il n'était pas du genre à faire des histoires, mais il n'appréciait guère Paul Windsor, un arrogant qui cherchait à tout contrôler, à commencer par les gens autour de lui. Pour couronner le tout, c'était un véritable homme à femmes, et si le calcul de Ryan était exact, il se cherchait actuellement une nouvelle épouse. Ce qui porterait à cinq le nombre de ses mariages…

— C'est vrai, Cara a passé beaucoup de temps auprès de lui, admit Paul du bout des lèvres. Mais vous la connaissez, elle adore se rendre utile. Je suis sûr qu'elle passe tout ce temps avec lui pour l'aider à recouvrer la mémoire.

Chance se tourna vers Paul en hochant la tête.

— Or, Cara est fragile elle aussi, et je ne crois pas qu'elle ait les épaules assez larges pour supporter tout cela, reprit Paul.

Ryan n'en pouvait plus d'entendre de telles inepties,

mais il se garda de manifester son exaspération. De son côté, Chance semblait intrigué, et il se pencha vers Paul.

— Cara est une femme forte, déclara-t-il. Mais ce genre de situation peut briser même les âmes les plus robustes.

Ryan continua de se taire. Il avait vu Cara, parlé avec elle. Et jamais il n'avait vu une femme aussi déterminée... Enfin, sans compter Piper, bien sûr. Néanmoins, même s'il avait du mal à l'admettre, Paul et Chance avaient raison : Cara avait enduré une terrible épreuve, et Chance avait été une source de réconfort pour elle durant l'absence d'Alex.

Mais Ryan avait pu voir le visage de Cara quand elle était entrée dans la chambre d'hôpital : son regard était inquiet et angoissé, mais il était empli d'amour, et pour Ryan il ne faisait aucun doute qu'Alex et elle allaient surmonter cette épreuve. Ce qui ne l'empêchait pas de se demander parfois si Cara ne nourrissait pas des sentiments pour les deux hommes.

— Alex assistera probablement à nos réunions dès le mois prochain, ajouta Zach Lassiter.

Ryan se tourna vers le *self-made-man* devenu millionnaire qui partageait un bureau en ville avec Alex. Comme tout le monde, son associé avait longtemps craint le pire pour Alex.

— Je l'ai invité aujourd'hui, poursuivit Zach. Je lui ai proposé de venir le chercher, mais il ne se sentait pas d'humeur. On ne peut pas lui en vouloir... Mais j'ai pensé que le fait d'être entouré de tous ces gens qu'il avait l'habitude de fréquenter pouvait réveiller ses souvenirs...

— Inutile de le forcer, dit Paul. Jusqu'à présent, le club a fonctionné sans lui.

Quel mépris, songea Ryan, exaspéré. C'était typique de lui : dans les affaires, avec les femmes, ou quel que soit le domaine, Paul Windsor obtenait toujours ce qu'il voulait. Et, quand il n'aimait pas quelqu'un, il ne se gênait pas pour le lui faire comprendre.

La réunion se poursuivait, et Ryan repensa à Cara et à Alex, à l'hôpital. Et si Cara n'était à son chevet que par culpabilité, ou par devoir ? En tout cas, Piper avait regardé les retrouvailles de ce couple les yeux remplis d'espoir.

Elle avait beau jurer à qui voulait l'entendre qu'elle n'avait aucune intention de tomber amoureuse ou de fonder un foyer, sa façon d'être était en totale contradiction avec ses propos. Mais ce qui intriguait le plus Ryan, c'était surtout ce qu'elle *ne disait pas*.

- 6 -

Piper positionna son pied-de-biche derrière le bardeau suivant et força jusqu'à le désolidariser. De sa main gantée, elle le ramassa et le jeta dans la petite benne à gravats qu'elle avait louée pour l'occasion.

Si certaines femmes se détendaient en s'offrant une journée dans un spa, Piper, elle, préférait transpirer en faisant du bricolage. Elle était en passe de devenir une véritable experte en remplacement de charpente. Les anciens propriétaires avaient appliqué une couche d'isolant sur des poutres vermoulues, ce qui la mettait de fort mauvaise humeur. Mais elle se consolait en se disant que les nouveaux bardeaux qu'elle installerait donneraient, avec leur teinte brun léger, un peu plus de cachet à son petit bungalow.

Le fait qu'elle se passionne pour les travaux de charpente ne la rendait pas moins féminine. En outre, ce n'était pas parce qu'elle connaissait par cœur le fonctionnement d'un ranch, qu'elle avait grandi en bottes et en chemises en flanelle, et qu'elle détestait les robes à volants qu'elle n'était pas pour autant une femme… Non, elle aimait simplement faire les choses elle-même et n'avait pas peur de se retrousser les manches.

Le résultat en vaudrait la peine. Même si jamais elle n'aurait cru que cela aurait été si difficile… Elle commençait même à se dire qu'elle travaillait plus lors de ses jours de congé que lorsqu'elle était en service, à sauver des vies.

Soudain, des pneus crissèrent sur son gravier, et elle se retourna pour voir qui lui rendait visite. Même si la liste des visiteurs surprise se résumait à un nom : Ryan. Ses autres amis appelaient généralement avant de s'inviter chez elle. En tout cas, elle adorait qu'il prenne cette liberté de passer sans prévenir. D'ailleurs, l'inverse était vraie : depuis qu'il avait quitté le rodéo, six mois plus tôt, pour acheter son ranch à l'entrée de la ville, elle se sentait aussi à l'aise chez lui. La propriété de sept cent cinquante mètres carrés était tout simplement splendide, et ses vastes prairies en faisaient un endroit idéal pour monter une école de rodéo.

Ryan ouvrit la portière de son pick-up.

— Mais qu'est-ce que tu fabriques sur ce toit ? s'écria-t-il à la seconde même où il mit pied à terre.

Elle ne daigna pas se retourner vers lui alors qu'elle arrachait un nouveau bardeau.

— Je verse un glaçage sur mon gâteau, rétorqua-t-elle.

— Laisse tomber les sarcasmes, lui cria-t-il.

— Dans ce cas, arrête de poser des questions idiotes, répliqua-t-elle en jetant le bardeau dans la benne avant de s'attaquer à la suivante. J'ai un autre pied-de-biche si tu es venu me proposer tes services.

— Je n'ai pas de temps à t'offrir aujourd'hui, mais je viendrai le faire ce week-end si tu acceptes de descendre.

Elle posa le pied-de-biche sur le toit et regagna l'échelle. Une fois redescendue, elle ôta ses gants et croisa les bras.

— Tu sais très bien que je rénove moi-même ma maison et que j'ai besoin d'une nouvelle couverture pour le toit. Pourquoi est-ce que tu me parles sur ce ton ? Tu crains que je ne sois pas capable de faire ce travail correctement ?

— Pas du tout, soupira-t-il. Mais tu es trop perfectionniste. J'ai juste peur que tu te blesses. Tu fais ça toute seule, mais si tu étais tombée du toit, qui t'aurait secourue ?

Touchée par sa sollicitude, elle sourit.

— Je suis prudente, Ryan. Je vis seule depuis longtemps, et je suis capable de prendre soin de moi si je me fais mal.

Il secoua la tête, puis replaça une de ses mèches qui s'était échappée de sa queue-de-cheval.

— Tu crois que, parce que je suis une femme, je vais forcément tomber du toit ?

— Bien sûr que non ! Je m'inquiète pour toi parce que je tiens à toi, c'est tout !

Il leva les yeux vers le toit et soupira. Son grand chapeau noir de cow-boy abritait ses yeux du soleil de l'après-midi, mais elle n'était pas dupe : elle savait qu'il était en train d'évaluer son travail. Elle savait aussi qu'il réfléchissait à une façon de modifier son emploi du temps pour venir l'aider, voire la remplacer, sur le toit.

— Je peux venir t'aider à bricoler samedi, proposa-t-il. Aujourd'hui, je suis pris toute la journée, et demain matin j'ai quelques affaires à régler.

— Et moi, je serai de garde toute la journée, rétorqua-t-elle en refusant de se laisser intimider. Je ne travaille pas samedi, mais d'ici là j'aurai probablement fini.

Cette fois, il leva les yeux vers elle.

— Mais pourquoi est-ce que tu t'obstines à refuser mon aide ? Ce n'est pas nouveau : tu es comme ça depuis que je te connais !

Elle posa une main sur son cœur. Depuis toujours, elle s'était habituée à tout faire seule, à ne rien devoir à personne. Compter sur les autres n'était pas dans sa nature : car être abandonné par quelqu'un était beaucoup plus douloureux qu'avoir à gérer sa solitude.

— Puisque tu me connais si bien, pourquoi est-ce que tu continues d'insister ? demanda-t-elle en élevant la voix. J'ai acheté cette maison en sachant que j'aurais des travaux à y faire. Je veux pouvoir être fière de cette maison, prouver que je suis capable de le faire. Parce que je suis douée pour ça, Ryan. Pourquoi t'obstines-tu à t'ingérer dans ma vie, à vouloir tout contrôler ?

Il soutint son regard.

— Je cherche seulement à te faciliter les choses, la Rouquine. C'est tout. Je ne cherche pas à contrôler ta vie. Je veux juste que tu sois heureuse.

— Eh bien, je suis heureuse quand on ne se dispute pas pour des bêtises, rétorqua-t-elle en reculant d'un pas avant d'ajuster sa queue-de-cheval. Ecoute, je suis désolée si je me suis emportée, mais je suis fatiguée, en sueur, et je stresse. Je ne devrais pas m'en prendre à toi, ce n'est pas juste.

— Alors, laisse-moi finir ce toit à ta place, ou permets-moi d'appeler quelqu'un dont c'est le métier.

— Non, fit-elle en secouant la tête. J'ai la situation en main.

Quand allait-il enfin le comprendre ?

— Toujours aussi têtue…

— C'est l'hôpital qui se moque de la charité, souffla-t-elle en se dirigeant de nouveau vers l'échelle. Ecoute, si tu n'es pas venu m'aider et qu'en plus tu m'insultes, va-t'en!

Et, sans se retourner, elle l'entendit démarrer son pick-up et s'éloigner à vive allure. Ils avaient beau être amis, ils se disputaient parfois comme un vieux couple. Elle ne put réprimer un petit sourire. De toute façon, jamais elle ne pourrait épouser un cow-boy.

En plus, Ryan savait très bien qu'elle n'accepterait son aide qu'en cas d'urgence. Elle pouvait tout à fait se débrouiller seule, et si par malheur elle se cassait un ongle en bricolant, tant pis, elle continuerait avec un ongle cassé !

Elle ramassa son pied-de-biche et se remit au travail. Une dose de frustration et de colère constituait de parfaites alliées pour démolir de vieux bardeaux. Car pour l'instant, soit elle se concentrait sur ses travaux, soit elle pensait à Ryan, à combien il était sexy quand il se mettait en colère pour jouer les mâles dominants.

Bien malgré elle, elle trouvait son comportement follement attirant. Ryan tenait sincèrement à elle et à son bonheur, mais elle savait aussi qu'il était en train de développer des sentiments pour elle. Si elle le laissait s'immiscer dans tous les recoins de sa vie, il ne tarderait pas à exiger bien plus d'elle qu'une simple amitié. Qu'attendait-il au juste ? Il voulait vivre avec elle ? L'épouser ?

Elle laissa échapper un juron quand le pied-de-biche glissa. Elle était trop distraite. Maintenant son équilibre, elle se pencha prudemment et rattrapa l'outil.

Elle se devait de chasser de son esprit Ryan et se concentrer sur une seule chose à la fois.

Ryan contourna la barrière récente qui délimitait l'enclos où il espérait bientôt entraîner de jeunes cavaliers avec ses nouveaux chevaux. Les ouvriers qu'il avait engagés pour monter la barrière avaient fait du bon travail.

Ryan tira sur des poteaux pour vérifier la solidité de l'ouvrage. Il avait payé cher pour ce projet de dernière minute, mais il ne le regrettait pas.

La poussière s'accumulait sur ses vieilles bottes. Il posa un pied sur une barre du portail et s'appuya, contemplant la prairie devant lui. Il avait hâte d'ouvrir la Grant's Rodeo School au printemps.

Il travaillait avec un spécialiste des relations publiques

qu'il avait rencontré sur le circuit. Bientôt, il pourrait envoyer tracts et brochures dans les villages alentour et aux différents clubs de rodéo de la région.

Le soleil de cette fin d'automne l'éblouit, et il dut rabattre son Stetson sur son visage. Ce nouveau chapitre de sa vie était à la fois excitant et angoissant.

Il était prêt à s'installer et à démarrer une nouvelle étape de sa carrière, de sa vie. En quittant le circuit, il avait voulu une existence plus calme, plus stable. Rejoindre le Texas Cattleman's Club et ouvrir sa propre école de rodéo était un bon départ, mais Ryan savait en son for intérieur que cela ne lui suffirait pas.

Car, depuis toutes ces années, Piper avait été la seule constante dans sa vie. Elle était tout à la fois sa meilleure amie, sa confidente, la seule qui comprenait ses blagues dans les soirées. Tous deux, ils partageaient une complicité plus forte que celle dont pouvaient se prévaloir la plupart des couples.

Et lorsqu'il lui avait avoué avoir envie de l'embrasser, il avait été on ne peut plus sérieux. Car l'attirance entre eux était plus forte que jamais. Et il mourait d'envie d'explorer ce qui se cachait derrière cette puissante alchimie. Piper avait beau avoir peur — elle était manifestement terrifiée, même si elle refusait de l'admettre —, il ne laisserait rien arriver qui soit susceptible de compromettre leur amitié.

Il avait beau se consumer de désir pour elle, il ne pouvait se permettre de mettre cette amitié en danger.

Pourtant, il allait devoir faire un pas en avant.

Il s'écarta de la grille de l'enclos pour se diriger vers la maison. Piper accepterait-elle de lui donner un coup de main, une fois l'école ouverte ? Elle s'y connaissait mieux que personne en matière de chevaux, et de rodéo…

Et puis, elle serait de bien meilleure compagnie que ce cow-boy que Ryan venait d'engager.

Il rentra par la porte arrière de la maison, accrochant son Stetson à la patère de bois. Puis il prit son téléphone posé sur l'îlot central de la cuisine et consulta ses messages. Un appel manqué de Piper. Elle n'avait pas laissé de message. Après leur petite dispute d'hier, peut-être appelait-elle pour s'excuser de s'être montrée aussi obstinée.

Mais il la connaissait bien. Elle avait plus probablement appelé pour écouter *ses excuses à lui*.

Il la rappela, mais tomba sur sa messagerie. Sans laisser de message, il raccrocha et glissa l'appareil dans sa poche. Elle était au travail et ne pouvait sans doute pas prendre d'appel.

En général, elle prenait sa pause-déjeuner au milieu de sa garde. Il consulta l'heure. S'il partait maintenant en ville, il aurait une petite chance de lui faire la surprise. Oui, Piper avait besoin de plus de surprises dans sa vie. Elle avait besoin d'un homme. Un vrai. Elle avait besoin de se considérer comme une femme, une vraie. Et pas seulement comme une bonne copine entourée de garçons.

Quand Ryan se gara sur le parking du personnel ambulancier, il ne vit pas le pick-up de Piper. Il entra cependant et s'enquit auprès des collègues de la jeune femme, qui lui annoncèrent que celle-ci avait pris sa journée pour convenance personnelle.

De retour à son pick-up, il ne savait plus que penser. Piper ne prenait jamais de congés pour convenance personnelle. Jamais. Même malade, elle allait toujours travailler : aider les gens, sauver des vies était dans ses gènes.

Il appela de nouveau son portable. Sans réponse. Une vive inquiétude s'empara de lui. Alors il fonça chez elle et se gara juste derrière le pick-up noir de Piper, stationné sur son allée pavée. Il grimpa quatre à quatre les marches du perron puis sonna à la porte. Il tira lui-même la porte-moustiquaire, trouvant que Piper mettait trop de temps à répondre. La porte d'entrée était verrouillée et il dut utiliser son trousseau — ils étaient amis et avaient chacun la clé du domicile de l'autre.

Fou d'inquiétude, il pénétra avec prudence à l'intérieur. Une fois dans le salon, il trouva Piper allongée sur son canapé, endormie… portant exactement les mêmes habits que la veille.

Surpris, il s'approcha. Faire la sieste n'était pas dans ses habitudes. Elle ne ratait jamais un jour de travail. Et ne portait jamais deux jours de suite les mêmes vêtements.

Puis il aperçut quelque chose calé dans son dos et se pencha pour mieux voir. Une bouillotte.

Une bouffée de rage monta en lui, qu'il fit de son mieux pour contenir. Après tout, il ignorait ce qui s'était passé. Hormis le fait évident qu'elle s'était blessée, il décida de se taire tant qu'il n'en savait pas plus.

— Hé, la Rouquine, dit-il à voix basse en lui tapotant l'épaule. Tu ne vas pas passer ta journée à dormir…

Elle grogna, puis fit une grimace en essayant de bouger. Ouvrant les yeux, elle cligna plusieurs fois des paupières avant de le reconnaître.

— Je suis allé à ton travail. On m'a dit que tu avais pris ta journée.

Elle se gratta la tête et acquiesça.

— C'est le cas.

— Tu consentirais à me dire ce qui se passe ?

— Je ne préfère pas, grommela-t-elle en bâillant. Je ne suis pas d'humeur à entendre tes « je te l'avais bien dit ! ».

Il posa les mains sur ses hanches. Il y avait deux façons

de réagir à la situation : soit il jouait l'ami sarcastique auquel elle s'attendait sans doute. Soit il faisait preuve de compassion et lui apportait son aide, quel que soit ce dont elle avait besoin. En fait, il souffrait lui-même encore de ses contusions dues à l'accident, et il comprenait parfaitement qu'elle n'ait guère envie de s'étendre sur le sujet.

Il s'assit alors sur la table basse et lui prit la main.

— Je viens d'effacer officiellement la phrase « je te l'avais bien dit » de mon vocabulaire. Dis-moi ce qui s'est passé et où tu as mal.

Elle posa une main sur son front, puis le dévisagea.

— Je te promets que, si tu dis un mot, je prends ma ceinture à outils et je te frappe avec.

— Je constate juste que tu as très mal.

Elle leva les yeux au plafond, soupira et ferma les yeux.

— Cette satanée maison ne fait que cent mètres carrés. Je sais exactement à quoi je veux qu'elle ressemble et comment faire pour y parvenir. Mais si je commence à me blesser, je ne vais jamais arriver au bout du projet…

— La Rouquine…

— Juste après ton départ, hier, dit-elle en le regardant dans les yeux, je suis tombée du toit.

— Bon sang, Piper ! s'écria-t-il furieux. Et c'est seulement maintenant que tu me l'annonces ?

— A vrai dire, je t'ai appelé. Je n'ai pas laissé de message, car je me suis dit que tu verrais mon numéro s'afficher, mais je vais bien, je t'assure, affirma-t-elle avec un sourire fugace. Je suis une pro, tu te souviens ?

Elle tenta de s'asseoir, fit une grimace et s'agrippa à la main de Ryan — signe qu'elle était sérieusement blessée. Il garda le silence. Inutile de l'énerver avec un « je te l'avais bien dit », puisqu'elle savait qu'il avait raison.

Mais il aurait largement préféré avoir tort et voir son

amie en pleine forme. En tout cas, il n'irait nulle part tant que « mademoiselle l'indépendante » n'irait pas mieux.

— Tu as besoin de voir un médecin ? demanda-t-il.

— Non, non, assura-t-elle en secouant vigoureusement la tête. Un peu de chaleur, quelques antalgiques, et ça va passer.

— Qu'est-ce que je peux faire ?

— Rien. Je t'ai seulement téléphoné pour te tenir au courant. Je ne voulais pas t'inquiéter inutilement.

Elle parvint enfin à se redresser, et ils se firent face.

— Ne pas m'inquiéter ? Tu es tombée de ton toit, Piper ! Manifestement, tu souffres le martyre, mais je ne dois pas m'inquiéter ?

— Je suis tombée de l'avant-toit au-dessus de la véranda, précisa-t-elle en levant les yeux au ciel. Je n'étais pas sur la partie haute.

— Ne minimise pas l'incident, tu n'es quand même pas tombée d'un trottoir, bon sang ! s'écria-t-il en constatant que les hématomes et les égratignures sur ses bras semblaient indiquer que la haie et les buissons avaient atténué le choc. Maintenant, enlève ton chemisier !

Elle se rembrunit.

— Tu plaisantes ? Après avoir essayé de m'embrasser l'autre soir, tu me demandes de me déshabiller ? Si tu crois que je suis vulnérable simplement parce que je suis allongée sur…

— Tais-toi et enlève cette chemise que je puisse voir l'étendue de tes blessures, l'interrompit-il en élevant la voix. Pour une fois, fais ce que je te dis ! Laisse-moi m'assurer que tu n'es pas trop touchée.

— Mais puisque je t'ai dit que j'allais bien !

Quelle tête de mule ! Elle ne pouvait donc pas baisser la garde, juste quelques instants ?

— Dans ce cas, laisse-moi le vérifier par moi-même, dit-il d'une voix radoucie pour l'amadouer. Tu peux à peine t'asseoir, donc je vois bien que tu souffres…

Hésitante, elle soutint son regard, mais il refusa d'abdiquer. Pas cette fois. Elle devait comprendre que sa santé et sa sécurité lui tenaient particulièrement à cœur.

— Tu te sentirais mieux si j'enlevais aussi ma chemise ?

De nouveau, elle leva les yeux au ciel, mais ne répondit rien. Pourquoi diable trouvait-il son obstination de plus en plus attirante ?

— Piper, soit c'est toi qui l'enlèves, soit c'est moi qui m'en charge, murmura-t-il avec un sourire enjôleur. Et, crois-moi, je ne vais pas y aller de main morte…

En soupirant, elle posa une main sur l'ourlet de son chemisier. D'un geste lent, atrocement lent, elle remonta son vêtement le long de son buste, révélant sa peau diaphane et ses seins pris dans un soutien-gorge de soie jaune. Comment avait-il pu oublier qu'elle avait un goût prononcé pour la lingerie affriolante ?

Certes, il l'avait vue en maillot de bain un nombre incalculable de fois, mais la découvrir aussi vulnérable et à moitié dévêtue sous ses yeux ravivait en lui un instinct primitif. Comme il avait envie de la prendre dans ses bras, de la porter jusqu'à son lit et de passer les jours suivants à explorer ses blessures une à une.

Sans la quitter des yeux, il posa délicatement sa main sur le gros hématome violacé qui couvrait sa hanche. Elle fut parcourue d'un frisson, qu'il ressentit jusqu'au plus profond de lui.

Ce n'était peut-être pas une si bonne idée, après tout, songea-t-il.

Trop tard.

Oui, il était bien trop tard, à présent.

- 7 -

Piper ferma les yeux. D'habitude, c'était elle qui administrait les soins aux autres, et non l'inverse. Et devant les sensations qu'éveillait en elle la main de Ryan le long de son buste, elle s'efforça de garder son calme, de ne pas bouger, de ne pas jeter les bras autour de son cou en lui réclamant ce baiser qu'il avait tenté de lui voler l'autre soir.

Manifestement, chaque fois que l'un d'eux était blessé, ils étaient aux prises avec un étrange désir. En effet, comment oublier ce trouble délicieux lorsqu'elle-même avait examiné le torse contusionné de Ryan, l'autre jour ?

— Ryan, chuchota-t-elle en rouvrant les yeux et en découvrant son visage à quelques centimètres seulement du sien. Je… Je vais bien.

— Il faut que je regarde aussi ton dos.

Elle se retourna péniblement, et la main de Ryan glissa sur son dos. En un éclair, oubliées, les contusions ! Seigneur, la seule sensation de ses doigts sur sa peau suffisait à embraser chaque pore de son corps…

— Est-ce que c'est aussi vilain que devant ? demanda-t-elle d'une voix chevrotante.

— On voit que tu es tombée de haut, dit-il en continuant de promener sa main. Tu as un gros hématome et de nombreuses éraflures, tu es sûre de n'avoir rien de cassé ? Tu devrais peut-être passer une radio pour t'en assurer ?

Elle s'installa un peu plus confortablement et sourit.

— Si j'avais une fracture, je le saurais, je ne pourrais pas bouger. Et puis, c'est connu, on a toujours plus mal le lendemain du choc.

Leurs regards se croisèrent longuement, et elle se retint de plaquer ses lèvres sur les siennes. Le souffle court, elle attendit en silence qu'il dise ou fasse quelque chose.

Elle n'eut guère longtemps à attendre. Il prit son visage entre ses mains robustes, et elle ne put s'empêcher de se laisser aller contre lui.

— Piper, je ne peux plus faire comme si de rien n'était entre nous, murmura-t-il.

Elle entrouvrit les lèvres, brûlant d'envie de goûter enfin aux siennes. Il approcha son visage du sien, jusqu'à l'effleurer.

— C'est de la folie, souffla-t-il.

— Oui…

— Ça me rend dingue, Piper…

Le cœur battant la chamade, elle se mordit la lèvre et comprit qu'elle avait bien plus envie de ce baiser qu'elle ne voulait l'admettre.

— Et si c'était une bêtise ? balbutia-t-elle en s'en voulant aussitôt d'avoir laissé transparaître sa crainte à voix haute.

— On en a fait d'autres, tu ne crois pas ? Moi, je suis prêt à prendre le risque de tirer les leçons de mes erreurs. Et quelque chose me dit que ce risque sera largement récompensé…

Il ne lui laissa pas le temps de trouver une autre raison d'arrêter. Il savait ce qu'il voulait, et il attendait cela depuis longtemps… Presque vingt ans, à vrai dire.

Il lui caressa la joue puis glissa sa main dans ses boucles soyeuses. Elle poussa un petit soupir, qu'il étouffa par un baiser.

Heureusement qu'il était assis, car le simple fait d'enlacer ainsi cette femme qu'il désirait depuis si longtemps lui donna l'impression que le sol se dérobait sous lui. Une onde de chaleur se répandit dans chaque cellule de son corps, et son chapeau tomba à terre.

Elle noua lentement les bras autour de son cou, accueillant ce baiser de la plus délicieuse des façons. Il goûta avec volupté chaque parcelle de ses lèvres ; il voulait absorber toute leur douceur, toute leur chaleur. Il voulait découvrir ce qui exciterait Piper, comment la rendre folle de désir, folle de plaisir…

Certes, elle était son amie, mais il tenait maintenant à apprendre quel genre de maîtresse elle ferait.

En veillant à ne pas toucher ses hématomes, il explora son buste du bout des doigts, jusqu'à l'ourlet en dentelle de son soutien-gorge.

— Tu ne devrais pas être aussi sexy avec moi, murmura-t-il contre sa bouche. Je sais que je ne devrais pas te désirer ainsi, Piper, mais je n'y peux rien…

Elle rejeta doucement la tête en arrière, et il en profita, déposant une pluie de baisers le long de son cou longiligne, jusqu'à atteindre la naissance de ses seins.

Là, il fit une petite pause, car, s'il était bien décidé à aller jusqu'au bout, il voulait être sûr de ne pas la brusquer, et éviter qu'elle ait des regrets plus tard…

Retenant son souffle, il faufila un doigt sous son soutien-gorge. En découvrant la peau fine et veloutée de son sein, il sentit son érection s'amplifier encore.

— On… On ne devrait pas aller plus loin, haleta-t-elle.

Il se contenta de hocher doucement la tête, sans retirer sa main.

— C'est ce que me dit mon esprit, chuchota-t-il. Mais,

Piper, certaines parties de mon corps me soufflent qu'il est trop tard, qu'on ne peut plus faire marche arrière.

Un sourire fugace s'esquissa sur les lèvres enflées de désir de Piper.

— Je suis encore sous le choc de découvrir que mon meilleur ami a envie de moi, et qu'en plus il embrasse comme un dieu. On ne peut pas en rester là pour l'instant ?

Il captura de nouveau ses lèvres, puis s'écarta d'elle.

— Si tu trouves que j'embrasse comme un dieu, alors j'ai l'espoir que tu accepteras d'aller plus loin, tôt ou tard. Ça ne me gêne pas de te laisser avec ce désir inassouvi…

Elle rit et lui caressa le torse.

— Tu es incroyable…

— J'aurais plutôt dit *excité comme jamais*, mais *incroyable* me convient aussi.

Avec un dernier regard provocant, elle réajusta lentement son chemisier. Mais il lui prit le vêtement des mains et le lui fit passer par-dessus la tête, en prenant soin de ne pas lui faire mal.

— Comment faire oublier la douleur si ce n'est en te faisant l'amour jusqu'à ce que tu en oublies ton nom ?

Elle se cala de nouveau contre la bouillotte et sourit.

— Aussi tentante et poétique que soit ta proposition, mon corps contusionné ne supportera même pas le plus inoffensif exercice de yoga…

Reprenant ses esprits, il se releva.

— Bon, d'accord. Alors, dis-moi où tu en es de ton bricolage : puisque je suis là, autant me rendre utile…

— Hormis la toiture, je dois démonter ces placards de cuisine. Ceux que j'ai commandés sont pour l'instant en rupture de stock, donc il n'y a rien d'urgent.

— Tu as finalement pu obtenir cette finition en acajou qui te plaisait ? demanda-t-il.

Elle ferma les yeux et soupira en s'enfonçant sur le canapé.

— Non. Elle est au-dessus de mes moyens. J'ai finalement opté pour une finition de bois foncé, bien moins chère.

Il contempla ce petit bout de femme déterminée à tout faire toute seule, quoi qu'il advienne. Pour une fois, il aurait aimé pouvoir l'aider sans avoir à implorer sa permission.

— Piper, tu sais que je serais ravi de t'offrir cette finition dont tu rêves…

Elle se redressa brusquement et ses yeux lancèrent des éclairs.

— Pas question que tu m'achètes ces placards, Ryan ! C'est ridicule. Tu es en train d'investir une fortune dans ton école et tu viens d'acheter une propriété immense. Mais, surtout, ceci est mon humble demeure et je m'y sens bien. Les placards bon marché me plaisent autant que les plus chers.

Il avait beau savoir qu'elle n'avait rien d'une enfant gâtée et capricieuse, il se souvenait de son visage lorsqu'elle avait feuilleté le catalogue d'échantillons du magasin de bricolage. Il l'avait vu s'éclairer à mesure qu'elle promenait ses doigts sur la page en papier glacé. Elle en rêvait…

La plupart des femmes rêvaient de diamants ou de vêtements dernier cri, mais sa Piper à lui était heureuse en chemises de flanelle — sur une lingerie à rendre n'importe quel homme fou. Elle préférait laisser tout son argent dans cette rénovation, et s'était résignée à sacrifier quelque chose qui lui tenait à cœur, simplement pour ne pas déséquilibrer son budget.

— Donc, si je comprends bien, la toiture et la cuisine sont les deux projets les plus urgents ?

— Je sais que tu veux m'aider tant que tu es là, mais

ce n'est pas la peine. Sérieusement, implora-t-elle en le regardant droit dans les yeux. Je m'y remettrai dès demain.

Il en doutait. Mais sa mère l'avait bien élevé — avant de décéder brutalement —, alors, il ne dirait rien. Pour l'instant.

— Ce n'était qu'une suggestion, affirma-t-il en agitant les mains. En plus, j'ai moi-même encore mal aux côtes. Je me disais juste que tu avais peut-être besoin d'un petit coup de main…

Evidemment, il n'allait pas lui avouer que ses douleurs ne l'auraient nullement empêché de planter un clou, que ce soit dans sa cuisine ou sur son toit… Mais s'il l'avait fait, elle se serait levée pour l'aider, et cela n'aurait pas été raisonnable.

Un sourire mutin se dessina sur ces jolies lèvres auxquelles il venait enfin de goûter.

— Et si on déjeunait en évitant de parler de tous ces travaux qu'il me reste à faire ?

— Dis-moi ce que tu as envie de manger, et je te l'apporte.

— Je peux me lever, affirma-t-elle en se redressant sur le canapé. Cet antidouleur que j'ai pris commence à faire effet. Et puis, je ne dois pas rester immobile si je veux que les hématomes se résorbent au plus vite. Et je n'en peux plus de cette bouillotte, j'ai dû perdre deux kilos à force de transpirer depuis hier soir…

Il ne put s'empêcher de lorgner sa poitrine.

— Au moins, tu ne les as pas perdus sur les zones stratégiques.

Enfin debout, elle lui donna une petite tape.

— Espèce d'obsédé !

— Honnête, corrigea-t-il. Je suis seulement honnête.

Assise sur une des chaises dépareillées de sa cuisine, Piper regardait Ryan démonter un à un les placards, puis les entreposer dehors. Ses protestations n'y avaient rien changé.

— Tu ne devrais pas te donner tout ce mal, Ryan.

Il passa le dernier placard par la porte, puis rentra en essuyant une goutte de sueur sur son front.

— Si je me donnais du mal, comme tu dis, je ne le ferais pas. Et, malgré tes réticences, je tiens à t'aider. Je ne peux tout de même pas rentrer chez moi et te laisser ici, dans cet état, avec ces travaux qui n'avancent pas… Au moins, en restant avec toi, je suis sûr que tu n'en fais pas trop ! Et puis, mon aide n'est pas complètement désintéressée : plus tôt cette cuisine sera remise en état, plus tôt tu pourras cuisiner.

Ils s'étaient contentés de simples sandwichs au jambon pour le déjeuner, car la cuisinière était débranchée et le nouveau lave-vaisselle ne serait livré qu'avec les nouveaux placards. Tout en mangeant, Ryan avait peu à peu réussi à convaincre Piper qu'il pouvait démonter ses placards, quitte à s'arrêter s'il avait trop mal aux côtes. Vraiment, ils étaient aussi têtus l'un que l'autre… Mais, convaincue par sa sincérité, elle avait fini par céder.

— Je me doutais bien que tu avais des arrière-pensées, marmonna-t-elle.

Il alla se chercher une bière dans le frigo comme il en avait l'habitude. Elle aimait le voir faire comme chez lui. Jamais elle ne s'était sentie aussi à l'aise avec un autre homme. Ryan avait toujours fait partie de sa vie, et elle ne savait vraiment pas ce qu'elle deviendrait sans lui.

Il s'adossa contre un placard et but une longue gorgée de bière. Elle contempla son torse nu et robuste, ses muscles saillants.

Et lorsqu'elle le vit s'humecter les lèvres après avoir bu, elle déglutit péniblement et s'efforça d'oublier comment il avait réussi à lui faire baisser sa garde tout à l'heure, avec ce baiser à couper le souffle… Elle savait depuis longtemps que son meilleur ami embrassait comme un dieu, car elle avait souvent entendu les filles du village en parler entre elles, mais jamais, au grand jamais, elle n'avait imaginé qu'il puisse l'embrasser, elle, avec une telle intensité, comme si le sort du monde en dépendait.

— Tu veux qu'on en parle, ou bien tu préfères continuer à rejouer le film dans ta tête ?

Ils échangèrent un regard, et elle comprit aussitôt qu'il souriait parce qu'il avait deviné ce qu'elle avait en tête.

— Comment fais-tu pour toujours savoir ce que je pense ?

Il haussa les épaules, but une nouvelle gorgée, puis soupira :

— Disons que je te connais mieux que tu ne te connais toi-même…

Elle leva les yeux au plafond.

— Bravo ! Quelle perspicacité… Et quelle modestie !

— Tu étais en train de te dire que tu aurais mieux fait de faire des folies de ton corps avec moi, tout à l'heure, plutôt que de mettre le holà…

— Tu n'y es pas du tout, pouffa-t-elle. Essaie encore !

— Oh ! c'est vrai, tu as raison : ça, c'est ce que *moi* je pensais, dit-il en posant sa bière sur le frigo avant de la rejoindre devant le ventilateur. Tu te disais que le baiser que nous avons partagé était plus que ce à quoi tu t'attendais. Et tu te demandes si nous allons recommencer, ou si tu vas devoir forcer le destin. Tu te dis que ça ne sera peut-être pas aussi exquis la deuxième fois.

A ces mots, il lui prit la main et l'aida à se lever. Leurs

visages se touchaient presque, et elle fit de son mieux pour conserver une respiration normale malgré son cœur qui battait à tout rompre.

— Tu n'arrives pas à t'avouer que ça t'a plu, et tu te demandes ce qui se serait passé si on avait continué.

Elle soutint son regard sans ciller.

— Je sais exactement ce qui se serait passé.

— Peu importe si ce n'est pas arrivé aujourd'hui, chuchota-t-il. Ce n'est que partie remise.

Cette fois, il ne la ménagea pas : il la saisit par les bras et la plaqua tout contre lui, en s'emparant vigoureusement de ses lèvres. Elle ne fit rien pour résister : être piégée dans des bras aussi robustes, aussi forts, être piégée dans les bras de Ryan lui paraissait soudain parfaitement... normal. Leurs corps semblaient avoir été conçus pour se compléter, et elle ne put s'empêcher de les imaginer s'unir voluptueusement dans un lit...

Cette seule idée déclencha en elle une violente bouffée de désir. Une partie d'elle-même brûlait d'envie d'explorer ce qui se cachait derrière ces baisers enfiévrés. Mais l'autre partie redoutait de voir leur amitié entachée à jamais.

En cet instant, il se pressait contre elle de la plus impudique des façons, ne faisant aucun mystère du désir qu'elle lui inspirait. Il faisait méticuleusement l'amour à ses lèvres, et elle sentait ses dernières réticences s'envoler, elle se sentait prête à risquer de compromettre sa relation avec son meilleur ami, devenu au fil des années sa seule vraie famille.

Puis elle se souvint qu'il avait le rodéo dans le sang. C'était un véritable cow-boy. Jamais il ne renoncerait complètement au frisson de l'aventure et du danger, à l'ivresse d'entendre une arène bondée scander son nom...

Exactement comme son père à elle.

Et même si ces baisers au goût d'interdit étaient on ne peut plus troublants, elle ne pourrait jamais tomber amoureuse d'un cow-boy. En aucun cas elle ne s'infligerait la même vie que sa mère. Car, par définition, un cow-boy ne se domptait jamais.

Comment croire un seul instant que le frisson de l'aventure l'ait quitté ? Se pouvait-il qu'il ait vraiment raccroché ? Le fait d'ouvrir une école semblait plaider en faveur de cette hypothèse. Mais n'allait-il pas finir par s'ennuyer ? L'adrénaline inhérente au rodéo n'allait-elle pas finir par lui manquer ?

Chassant ses interrogations, elle noua les bras autour de sa taille et laissa ce baiser l'emporter loin, très loin de toute réflexion rationnelle. Pour l'instant, il n'y avait plus que deux personnes au monde : Ryan et elle.

Au diable ses angoisses ! Car elle avait beau redouter que Ryan ne décide de repartir sur le circuit, il y avait une chose qu'elle ne pouvait plus nier : elle était en train de franchir une étape cruciale avec son meilleur ami.

- 8 -

— Tu n'es pas obligé de rester, tu sais.

Assise dans la balancelle de la véranda, Piper posa son pied nu sur le sol et commença à se balancer. En face d'elle, à l'autre bout de la véranda, Ryan l'observait.

— Je sais, dit-il en relevant son chapeau de cow-boy pour mieux la regarder. Mais j'en ai envie. Je n'ai rien de mieux à faire.

Elle se mit à rire.

— Merci, tu as toujours le chic pour me donner l'impression que je suis importante à tes yeux. Je suis flattée d'apprendre que je me situe en deuxième position juste après « rien de mieux à faire » !

— Tu sais que tu passes aussi avant la castration du bétail sur ma liste de priorités, alors ne joue pas les victimes attristées.

Elle saisit un des coussins de la balancelle et le lança sur Ryan. Le mouvement brusque la fit grimacer, mais Ryan n'avait eu que ce qu'il méritait.

— Il faut toujours que tu aies le dernier mot, plaisanta-t-elle.

— C'est aussi pour ça que tu m'adores, murmura-t-il.

Elle se cala un peu plus dans la balancelle et huma la brise tiède du début de soirée.

— C'est vrai…

L'espace d'un instant, elle se laissa envahir par la

douceur de cette soirée. Au loin, les grillons chantaient, la nuit était étoilée, et une brise tiède balayait la véranda. Tous les soirs, elle s'installait dans la balancelle pour faire le bilan de sa journée, au calme.

Certes, sa maison était encore en travaux, mais elle serait fière quand tout serait terminé. Et l'air conditionné serait installé le lendemain dans l'après-midi. Dieu merci. Car si elle devait continuer à voir Ryan, torse nu, les muscles saillants, à transpirer en bricolant, elle mourrait certainement de désir et de frustration.

— Tu te souviens quand on venait faire du vélo par ici ? demanda soudain Ryan en brisant le silence.

Elle regarda le trottoir par-delà son jardin. Elle les revoyait encore tous les deux, enfants, pédalant, lui sur son vélo bleu et noir, et elle sur sa fidèle bicyclette rouge. Elle adorait suivre Ryan, klaxonnant de temps à autre. Il sursautait chaque fois. Et cela la faisait toujours rire aux éclats.

— Je m'en souviens, dit-elle en souriant. Je crois même t'avoir dit un jour que cette maison m'appartiendrait quand je serais grande.

— Déjà, à l'époque, tu lui trouvais un potentiel certain. Je n'ai jamais su pourquoi cette maison t'attirait tant.

Elle haussa les épaules.

— Elle m'avait l'air confortable, accueillante. Je voyais toujours des jouets dans le jardin, et tantôt la mère, tantôt le père se balancer sous cette véranda. Je ne sais pas… Ça me semblait être la vie idéale.

— Et maintenant ? murmura Ryan. A quel genre de vie est-ce que tu aspires ?

Leurs regards se croisèrent.

— Ça ne me dérangerait pas d'avoir ce genre de vie tranquille. Sauf qu'entre mes horaires de travail à géométrie variable et le temps que je passe à faire mes travaux, ma cote n'est pas près de remonter sur le marché des célibataires…

— Tu travailles trop, Piper.

— Tout le monde ne peut pas être une célébrité du rodéo, avoir amassé une fortune sur le circuit…

Il lui renvoya le coussin.

— Je ne suis pas une célébrité, la Rouquine ! Juste un passionné qui s'apprête à ouvrir une école sur son ranch. Je suis prêt à mener une vie simple.

Elle pressa le coussin contre sa poitrine.

— Tu as beau dire ça, je te connais : tu as peut-être envie de lever le pied, mais tu gardes cet instinct, ce goût de l'aventure que tu as acquis pendant ta carrière de rodéo. Si par hasard on te demandait de reprendre du service, ne me fais pas croire que tu ne sauterais pas sur l'occasion.

— Je veux mener la même vie que mes parents, rétorqua-t-il aussitôt. Je veux connaître cet amour qu'ils ont partagé jusqu'à la mort de ma mère, avant que mon père se laisse ronger par la culpabilité. Je sais que cet amour existe.

Immédiatement, elle se sentit ramenée à l'enfance, et sa gorge se noua. La mère de Ryan s'était tuée dans un accident de voiture alors que son père était au volant. De toute sa vie, jamais Piper n'avait vu une telle détresse chez un homme. Brisé par une inextinguible culpabilité, rongé par la dépression, il était mort d'une crise cardiaque pendant la dernière année de lycée de Ryan.

Elle savait que ce drame avait pesé lourd dans la décision de son ami de quitter la ville. Il avait voulu fuir de trop douloureux souvenirs. Et il s'était lancé corps et âme dans le rodéo pour en faire toute sa vie.

— Es-tu bien sûr que tu n'auras jamais envie de

reprendre la route ? Tu n'es revenu à Royal que depuis six mois. C'est un record pour toi. Mais ne vas-tu pas finir par t'ennuyer ?

— Je suis trop occupé ici pour m'ennuyer, protesta-t-il. Le rodéo, c'est vraiment fini pour moi.

C'est aussi ce qu'avait dit le père de Piper. A deux reprises. Et, malgré les années, elle sentait encore la blessure de ces abandons.

— Je ne suis pas ton père, Piper, reprit-il comme s'il avait lu dans ses pensées.

Elle leva les yeux vers lui, tandis qu'il la rejoignait sur la balancelle.

— Tu as beau penser qu'il y a beaucoup de similitudes entre lui et moi, ma loyauté à ton égard est indéfectible, Piper.

— C'est difficile de ne pas faire le rapprochement entre vous deux…

Il se leva et contempla le disque parfait de la lune qui illuminait le ciel de son éclat.

— Tu sais que je ne t'ai jamais laissée tomber. *Jamais.* J'ai toujours répondu présent quand tu avais besoin de moi, Piper. J'ai toujours été là, et ce n'est pas près de changer.

— Je sais, murmura-t-elle en un soupir. Excuse-moi. Entre mon mal de dos et cette maison en chantier, je suis un peu à cran aujourd'hui…

Il la regarda par-dessus son épaule et la gratifia d'un de ces sourires sensuels dont il avait le secret. Elle sentit une chaleur douce se diffuser dans tout son corps, et ne put réprimer un sourire.

— Tu as le droit d'être en colère contre ton père.

— C'est vrai. Mais ce n'est pas à toi d'en faire les frais, murmura-t-elle en le rejoignant. Je sais bien qu'il n'y a rien de comparable entre mon père et toi. Toi, tu es loyal, fidèle, et on peut compter sur toi.

Son petit rire sensuel la fit vibrer, juste au moment où elle s'efforçait d'oublier combien son meilleur ami était sexy, et combien l'attirance grandissante qu'elle éprouvait pour lui commençait à l'effrayer.

— Tu viens de décrire le chien idéal, nota-t-il en passant un bras autour de son épaule.

— Tu sais très bien ce que je veux dire, grogna-t-elle en donnant un petit coup sur ses tablettes de chocolat. Tu es la seule personne sur qui je peux vraiment compter, Ryan. Ce que l'on partage toi et moi est plus fort encore que certains liens familiaux, que certains mariages, même.

— Voilà pourquoi on irait parfaitement ensemble.

— Est-ce que tu tiens vraiment à reparler de sexe ?

Il la tourna face à lui et afficha un sourire coquin.

— Je suis un homme, Piper : tout est lié au sexe !

Elle pouffa de rire.

— Eh bien, je ne sais pas si tu l'as remarqué, mais même si je suis entourée d'hommes au travail ou dans ma vie, il y en a peu qui discutent ouvertement de sexe en ma présence.

Il la prit doucement par les épaules.

— Tant pis pour eux. Car non seulement je sais ce que tu portes sous cette innocente chemise en flanelle, mais je sais aussi ce que tu caches à l'intérieur de toi. Un homme qui n'est pas capable de voir combien tu es précieuse, Piper, n'est qu'un idiot…

Elle le dévisagea longuement. Il était des plus sérieux.

— Dans ce cas, je n'ai dû sortir qu'avec des idiots, marmonna-t-elle. Mais comment est-ce qu'on en est venus à parler de ma vie sexuelle, au juste ?

Il effleura ses lèvres avec les siennes.

— Parce que je veux en faire partie…

Elle eut à peine le temps de soupirer qu'il la saisit par les fesses et la plaqua tout contre lui. Elle sentait son sexe en érection contre elle, et elle en était toute troublée.

Il l'entraîna vers la balancelle, et elle fut incapable de résister alors qu'il lui donnait le plus exquis et le plus sensuel des baisers.

Sans cesser de l'embrasser, il s'assit avec elle sur la balancelle et l'installa à califourchon sur ses genoux. Troublée par cette position explicite, elle sentit de nouveau son sexe en érection tout contre elle. Son baiser se fit plus pressant, et il glissa une main sous sa chemise en flanelle.

Avec ses cheveux en désordre et sans maquillage, elle n'était peut-être pas des plus séduisantes, mais au moins elle avait pris le temps de se doucher peu après l'arrivée de Ryan.

— Ryan, murmura-t-elle, haletante, contre ses lèvres, qu'est-ce qu'on est en train de faire ?

— On se fait plaisir, répondit-il en couvrant son cou de baisers avant de s'attaquer aux boutons de son chemisier. Ne t'inquiète pas, ça n'ira pas trop loin.

Elle aurait pu éclater de rire, mais les mains expertes de Ryan remontaient déjà sous sa chemise pour atteindre ses seins durcis de désir. En acceptant ce baiser, ces caresses, ils étaient déjà allés trop loin.

Ses sens étaient dans une telle effervescence qu'elle n'était plus en état de faire la distinction entre *assez* loin et *trop* loin.

Impossible de faire marche arrière, maintenant. Mais cette intimité entre eux n'était-elle pas trop rapide ? Certes, ils se tournaient autour depuis des jours, mais elle continuait de considérer Ryan comme son meilleur ami… Une amitié à laquelle elle tenait comme à la prunelle de ses yeux.

Soudain, elle sentit la pointe de sa langue suivre l'ourlet de son soutien-gorge. Soit. Finalement, les choses n'allaient peut-être pas *assez* vite… Et tant pis pour la prunelle de ses yeux. Car Ryan semblait prendre un malin plaisir à la rendre complètement folle de désir.

Elle se cambra et… comprit qu'elle n'avait plus la maîtrise de son corps une fois que les mains et les lèvres de Ryan étaient sur elle. Oh ! Seigneur, il avait beau être son meilleur ami, cet homme était fou, fou, fou de désir pour elle ! Et il ne cherchait même plus à s'en cacher…

Il posa ses lèvres sur sa poitrine tout en dégrafant son soutien-gorge. Il la débarrassa ensuite de son encombrante chemise, avant de glisser les mains autour de sa taille. Ses mains robustes, légèrement calleuses, et tellement, tellement viriles… Oh ! comme elle avait soudain envie de sentir ses paumes partout sur elle, sur tout son corps…

Ivre de désir, elle s'agrippa à ses épaules alors qu'il empoignait ses seins tout en promenant ses lèvres autour de ses tétons durcis.

— Ryan, haleta-t-elle. On est sous ma véranda…

— Je sais dit-il en relevant la tête avec un sourire de défi.

Certes, elle n'avait pas de voisins immédiats, et le lierre les protégeait plus ou moins des regards… Mais si jamais ils s'arrêtaient pour rentrer, elle allait mourir de frustration.

Car oui, ce qu'ils étaient en train de faire était trop bon. Trop parfait…

Mais lorsque la main de Ryan fut sur la braguette de son jean, elle se figea.

— Ryan ?

— Chut, n'aie pas peur. Je sais que tu n'es pas encore

prête, mais je tiens à ce que tu sentes cela. Je veux que tu comprennes que nous avons raison de faire ça, murmura-t-il en abaissant sa braguette. Fais-moi confiance…

Après tout, elle lui avait fait confiance toute sa vie, non ?

— Soulève-toi juste un peu.

Tremblante, elle obtempéra et le laissa glisser ses mains dans sa culotte. Retenant son souffle, elle attendit l'instant où elle allait enfin le sentir en elle…

— Ne te crispe pas maintenant, la Rouquine.

Elle ferma les yeux alors qu'il glissait un doigt, puis deux, entre les replis de son sexe. Et avant même qu'elle ait le temps de comprendre ce qui lui arrivait, elle ondulait des hanches pour accompagner son mouvement, le cœur battant à tout rompre.

— Tu es belle, murmura-t-il à son oreille.

Emportée par le désir, elle rouvrit les yeux et accrocha son regard, tandis qu'il continuait à lui prodiguer cette exquise torture. Oh ! comme c'était bon, comme elle avait envie d'aller plus loin, oui, plus loin.

— On n'est pas pressés, susurra Ryan en devinant ses pensées. Je pourrais passer la nuit à te caresser, à te regarder…

— Ryan, je…

— Je sais…

Il lui empoigna la nuque et captura ses lèvres, tout en continuant son intime caresse. Entre ses lèvres et ses mains, elle était incapable de lutter. Inutile de résister plus longtemps, de se chercher des excuses. Plus rien ne l'empêchait désormais de profiter pleinement du plaisir que Ryan lui offrait.

Elle étouffa un gémissement contre sa bouche alors que son corps était soudain agité d'un spasme intense. Jamais elle n'avait connu un orgasme aussi fulgurant. Et

Ryan continua de la caresser même après les derniers soubresauts du plaisir. Elle avait beau être dans un état second, elle était désormais certaine d'une chose : ils allaient faire l'amour.

Et elle commençait à se demander pourquoi il lui avait fallu tout ce temps pour comprendre qu'il ne s'agissait pas forcément d'une si mauvaise idée…

- 9 -

D'un revers de la main, Piper essuya ses larmes et tourna en direction de son allée. Après toutes ces années, elle aurait dû être habituée à être confrontée à la mort. Mais chaque fois qu'un patient succombait durant son transport à l'hôpital, elle ne pouvait s'empêcher d'en faire une affaire personnelle. De se repasser le film des événements : et si elle était arrivée plus tôt, et s'il n'y avait pas eu autant de circulation avant de rejoindre les lieux… Bref, le temps était toujours un facteur déterminant. Et, aujourd'hui, le patient en avait manqué. Même si elle était arrivée plus tôt, elle savait que les chances de sauver cet homme étaient quasi nulles. Néanmoins, chaque décès lui laissait un terrible sentiment de culpabilité.

La vie était injuste, et Piper en avait assez de voir les drames se succéder sous ses yeux. Alex n'avait toujours pas recouvré la mémoire, même s'il avait quitté l'hôpital depuis quelques jours. Avec un peu de chance, retrouver sa maison déclencherait peut-être quelques souvenirs.

Cara restait à ses côtés à chaque instant, s'accrochant au mince espoir qu'il finirait peut-être par recouvrer la mémoire, et qu'ils redeviendraient le couple heureux qu'ils formaient avant sa disparition.

En se garant, Piper découvrit le pick-up de Ryan stationné sur l'herbe, à l'arrière de la maison. Mais que faisait-il donc là ? Elle saisit son sac à main et descendit de voiture. Faisant le tour de la maison, elle aperçut que la porte de la cuisine était grande ouverte et que s'en échappaient des notes de hard rock, la musique préférée de son meilleur ami.

D'ailleurs, la musique était l'un des rares points de désaccord entre eux. Comment pouvait-on écouter avec plaisir une musique aussi agressive ? Mais si ce devait être le seul défaut de Ryan, alors elle l'acceptait tel qu'il était. Par chance, ses voisins n'habitaient pas trop près, et le volume sonore ne devait pas trop les gêner.

Elle entra dans la cuisine et laissa tomber son sac à main au sol. Ryan sursauta et lui sourit en la voyant. Aussitôt, il se tourna pour baisser le son de la radio.

— Tu rentres plus tôt que je ne l'avais prévu, dit-il en posant une main sur sa hanche. J'espérais avoir fini à ton retour.

Le regard de Piper ne savait plus où se poser : sur le torse nu et transpirant de Ryan, avec ces perles de sueur qui s'insinuaient dans le moindre repli de ses pectoraux ou de ses abdominaux, ou sur les placards flambant neufs qu'il venait d'installer…

Et pas n'importe quels placards : ceux dont elle rêvait à l'origine. Ceux auxquels elle avait renoncé parce qu'ils étaient trop chers.

Comme si elle n'avait pas eu assez d'émotions pour aujourd'hui. Elle dut se pincer les lèvres pour ne pas éclater en sanglots et se ridiculiser. Mais impossible de retenir les hoquets.

— Allons, la Rouquine, ce ne sont que des placards, déclara Ryan en traversant la pièce pour venir la prendre par les épaules. Je ne voulais pas te faire pleurer. Je croyais te faire plaisir…

Prenant une grande inspiration, elle secoua la tête.

— Je n'arrive pas à croire que tu aies fait ça, Ryan. C'est… C'est… pourquoi as-tu modifié ma commande ?

— Parce que c'est ce que tu voulais, dit-il avec un haussement d'épaules.

Elle était en colère contre lui, mais il avait agi par pure générosité. Comment lui en vouloir ? Depuis qu'ils s'étaient rencontrés dans la cour de récréation, Ryan n'avait d'ailleurs jamais agi autrement : chercher à lui faire plaisir, à la mettre à l'aise, à faire qu'elle se sente moins seule. Malgré ce fameux coup de poing qu'elle lui avait asséné, il était resté son ami.

Bref, personne ne pouvait décemment accuser Ryan Grant d'égoïsme.

— Mais… Ils étaient chers, bredouilla-t-elle bêtement.

— Je n'ai fait que payer la différence avec ce que tu avais déjà versé. Tu peux te dire que tu en as payé la majeure partie, si ça te met moins mal à l'aise.

Elle détacha enfin son regard de lui pour admirer les nouveaux placards en finition acajou, qui conféraient à sa petite cuisine un cachet certain, même si le plan de travail n'était pas encore installé.

— Ils sont magnifiques, balbutia-t-elle avant de se retourner vers lui. Je ne sais pas comment te remercier.

— Je ne l'ai pas fait pour que tu me remercies. Mais parce que je tiens à toi et que je veux que tu sois heureuse, assura-t-il en la dévisageant. Tu veux bien me dire pourquoi tu étais en larmes en arrivant ?

Elle recula d'un pas, s'essuya le visage et s'efforça d'afficher un sourire convaincant.

— Bah, ce n'était rien.

Mais il lui adressa ce regard insistant contre lequel elle ne pouvait rien.

— Piper, ne me mens pas, ma chérie. Dis-moi ce qui s'est passé… Est-ce que c'est Alex ?

— Non, non. J'ai parlé à Cara hier soir, et il n'y a toujours pas d'évolution pour lui.

— Il s'est passé quelque chose au travail, alors ?

Elle s'avança vers les placards et fit courir sa main sur un rebord. Puis elle s'installa devant la fenêtre sous laquelle l'évier serait bientôt installé et contempla son modeste jardin.

— On a perdu un patient pendant son transfert à l'hôpital, avoua-t-elle. Il avait à peu près notre âge. Il était marié et venait d'avoir un bébé.

— Oh ! c'est terrible…

Elle se tourna vers lui et s'adossa à un placard.

— C'est arrivé juste à la fin de mon service, alors je me suis dit que j'allais rentrer chez moi, plonger dans un bain chaud et pleurer toutes les larmes de mon corps. Je ne me doutais pas que j'aurais de la compagnie…

Il s'avança vers elle et prit son visage dans ses mains.

— Je ne suis pas venu faire des mondanités, Piper. Si tu as envie de pleurer, alors pleure. J'ai les épaules larges, je suis là pour toi, tu sais.

Elle résista une seconde à peine, jusqu'à ce qu'il la serre contre son corps chaud et musclé. Sanglotant, elle le prit par la taille et posa ses joues contre son torse robuste.

— Arrête de toujours vouloir jouer les dures à cuire, Piper, dit-il en lui dénouant sa queue-de-cheval. Tu n'es pas obligée de sauver les apparences devant moi. Jamais. Sois toi-même, ne retiens pas ton chagrin. Personne d'autre que moi ne saura que tu as aussi tes moments de vulnérabilité.

A ces mots, elle sentit toutes les émotions qu'elle avait refoulées depuis quelque temps remonter inexorablement à la surface. Soulagée, elle s'agrippa à Ryan en hoquetant et laissa s'exprimer toute sa colère et tout son chagrin. Elle inspira à pleins poumons son odeur virile, mêlée de sueur après le bricolage. Elle avait besoin de se nourrir de sa force, calme et apaisante, et de son affection.

— Tu aurais dû voir le visage de sa femme, sanglota-t-elle. Elle tenait leur bébé dans ses bras, les yeux emplis d'espoir, mais j'ai compris tout de suite qu'il ne s'en sortirait pas. Je ne pouvais même pas soutenir son regard, Ryan. Je suis une lâche. Je savais qu'on était en train de le perdre et j'ai tout fait pour le faire entrer dans l'ambulance au plus vite : je ne voulais pas qu'elle voie ça…

— Tu as fait tout ce que tu as pu, Piper.

Les hoquets redoublèrent d'intensité.

— Je n'ai rien pu faire pour ce pauvre homme. Et maintenant, ce bébé va devoir grandir sans son père…

Ryan comprit que Piper faisait — consciemment ou non — le lien avec son histoire. Même si ce dernier n'était pas mort, il était sorti de sa vie, et elle souffrait terriblement du vide qu'il y avait laissé. Elle n'était jamais parvenue à combler ce manque. Au fil des années, elle avait accumulé rancœurs et colères à son sujet.

— Tu ne pourras jamais sauver tout le monde, Piper. Tu n'es qu'un être humain, tu ne peux aller contre le destin.

Tremblotante, elle posa ses paumes à plat sur son torse et leva les yeux vers lui. Il sécha une nouvelle fois ses larmes et prit fermement son visage entre ses mains.

— Je suis désolée de t'infliger ça, renifla-t-elle.

Il sourit et lui mordilla les lèvres.

— Et moi, je suis heureux de constater que tu t'ouvres à moi. Je veux être là pour toi, Piper, pour te réconforter.

Elle n'arrivait donc pas à le comprendre ? Après toutes

ces années, elle refusait donc de voir qu'il était rentré pour de bon à Royal, qu'elle pouvait compter sur lui ?

— L'installateur de la climatisation ne devait pas venir aujourd'hui ? demanda-t-il alors pour changer de sujet.

— Ils ont repoussé pour la troisième fois l'intervention. Je suis navrée si tu as dû travailler par cette chaleur…

— On est au Texas, répondit-il d'un ton désinvolte. Il faut vivre avec la chaleur.

Le regard embué de larmes, elle l'observa longuement, et il se rapprocha doucement, tout doucement au cas où elle ne serait pas d'accord. Mais il avait tellement envie de l'embrasser, tellement envie de lui montrer combien elle était unique à ses yeux, même si elle était dans un moment de fragilité, après avoir baissé sa garde.

Le souffle court, il glissa une main derrière sa nuque pour attirer son visage vers le sien.

— Arrête-moi, Piper, murmura-t-il dans un souffle. Empêche-moi de recommencer.

— Je ne peux pas…

Trop tard.

Il lui vola un nouveau baiser et, comme chaque fois, il se sentit gagné par une onde de volupté. Et si cette femme était précisément celle avec qui il avait envie de faire sa vie ? Et si cette femme auprès de qui il avait grandi était aussi celle auprès de qui il vieillirait ?

Elle noua les mains autour de son cou, et ses voluptueux soupirs ponctuèrent la danse frénétique de leurs langues entremêlées. Ivre de désir, il descendit ses mains le long de son dos avant de lui empoigner les fesses pour la serrer tout contre lui, et lui montrer combien elle l'excitait. Tout cela allait bien au-delà d'une simple amitié, songea-t-il. Et ne datait pas non plus d'hier. Car s'il était honnête envers lui-même, depuis qu'il avait acheté son ranch, il fantasmait à l'idée de se réveiller chaque matin auprès d'elle…

Sans plus attendre, il s'attaqua à la blouse et au pantalon de travail de la jeune femme. Il avait besoin de sentir sa peau contre la sienne. Sa peau soyeuse et délicate qu'il adorait sentir sous ses paumes calleuses. Il voulait cette chaleur, cette innocence qu'elle apportait dans sa vie. Il voulait lui montrer combien elle était unique à ses yeux.

D'un geste lent, mais assuré, il déboutonna son pantalon quand elle cria subitement son nom.

— Qu'est-ce qui ne va pas ? demanda-t-il.

Haletante, elle chercha son regard et s'humecta les lèvres.

— Je… Je…

Elle ferma les yeux et secoua la tête. Alors, il s'écarta doucement d'elle. Quoi qu'elle s'apprête à dire, elle avait sans doute raison.

— On ne peut pas faire ça, déclara-t-il en rajustant la chemise de Piper avant de reculer. Tu es vulnérable et je ne dois pas profiter de la situation. Cela risquerait de fiche en l'air notre relation.

Elle éclata de rire.

— On peut dire que tu n'y vas pas par quatre chemins !

— C'est bien pour ça que tu m'apprécies, non ?

Il la regarda remettre sa ceinture d'une main tremblante.

— C'est vrai, c'est pour cela que je t'admire et que je tiens à toi depuis toutes ces années.

Il comprit alors qu'ils devaient quitter cette maison et ce huis clos : plus question de rester en tête à tête avec ces émotions qui leur faisaient perdre la raison.

— Tu as envie de sortir ce soir ? lança-t-il alors.

Elle leva les yeux et sourit.

— Qu'as-tu en tête ?

— On pourrait aller Chez Claire.

Le sourire de Piper s'élargit, et il sentit son estomac se nouer.

— J'adorerais ça ! C'est exactement ce dont j'ai besoin.

— Je dois encore régler quelques détails à l'école, faire le point avec les ouvriers qui construisent le nouvel enclos. Mais je peux revenir ici juste après, dit-il en déposant un baiser sur sa joue. Mais promets-moi de laisser ton jean et ta flanelle au placard, d'accord, la Rouquine ?

Elle fit la moue puis se dirigea vers sa chambre.

— N'oublie pas de refermer la porte derrière toi…

Il regagna son pick-up en sifflotant. Même si elle venait dans sa pire tenue de rodéo, il serait l'homme le plus fier du monde de se montrer avec elle dans le restaurant le plus chic de Royal. En réalité, il se moquait bien de ce que pensaient les gens. De toute façon, les potins étaient inévitables dans une ville comme Royal.

Comme il avait hâte d'être à ce soir ! Cela faisait une éternité qu'ils n'avaient pas dîné au restaurant ensemble, et il comptait bien rattraper le temps perdu. Surtout, elle allait devoir se faire à l'idée qu'il comptait s'installer pour de bon à Royal, et qu'il avait la ferme intention de lui accorder le rôle principal dans sa vie. Pour toujours.

- 10 -

Perplexe devant son miroir, Piper sentait la situation virer au cauchemar. Elle contempla son string en dentelle noire et son soutien-gorge assorti. En réalité, en dehors des quelques robes qu'elle avait récemment achetées pour assister à la vague de mariages qui déferlait sur Royal, sa garde-robe n'était constituée que de jeans et de chemises en flanelle. Mais pas question de porter une robe trop habillée pour aller Chez Claire… Car, même si le restaurant chic et romantique de Royal impliquait une tenue un brin plus élégante, elle ne se sentait pas d'humeur à en faire trop.

Poussant un soupir, elle consulta le réveil sur le chevet. Ryan allait sonner à sa porte dans une demi-heure, douché, changé, et sexy en diable… De toute façon, quoi qu'il porte, cet homme avait toujours l'air de sortir d'un calendrier représentant les cow-boys les plus *hot* du pays.

De nouveau, elle se campa devant son placard en espérant qu'il s'était peut-être étoffé depuis tout à l'heure. Elle examina la moindre de ses chemises à carreaux et les quelques robes qu'elle possédait. Celle d'un bleu lumineux était sa préférée, mais elle était aussi très voyante, et Piper n'aimait pas trop se faire remarquer.

Ses yeux se posèrent sur sa robe noire, et elle réfléchit. Le noir n'était-il pas une couleur passe-partout ? Avant de changer d'avis, elle décrocha la robe sans bretelles de la penderie. Elle avait beau détester les robes, elle ne voulait pas embarrasser Ryan. Il l'emmenait dîner pour lui changer les idées après cette affreuse journée de travail… Et aussi probablement pour être dans un lieu public, où la bouillonnante tension sexuelle qui s'était désormais installée entre eux serait un peu canalisée.

Mais s'agissait-il d'un rendez-vous officiel ? Ryan cherchait-il vraiment à faire évoluer leur amitié vers une relation plus intime ? Les questions et les inquiétudes se bousculaient dans son esprit.

Or, ne valait-il pas mieux, du moins pour ce soir, mettre tous ces doutes de côté ? Et profiter simplement du moment présent, auprès de Ryan, comme s'ils se contentaient d'un hamburger au fast-food de Royal… Sauf que, en l'occurrence, il fallait faire un effort vestimentaire et déguster des mets fins dans l'ambiance feutrée de Chez Claire.

Elle passa la robe et fit la moue en se voyant dans le miroir. Vraiment, elle se trouvait terriblement banale, avec sa tignasse rousse et bouclée et ses hanches arrondies — rien à voir avec les blondes longilignes des magazines…

Non, ça n'allait pas. Le noir sur ses boucles rousses lui donnait des airs de sorcière. Elle ôta la robe en un éclair et la jeta sur son lit avant de retourner se poster devant le placard. Et cette robe tube verte, assortie à la couleur de ses yeux… Ne ferait-elle pas l'affaire ? Elle l'avait achetée pour le mariage prochain d'une amie et n'avait pas même enlevé les étiquettes. N'était-il pas temps de l'essayer ?

Elle enfila la robe et sourit en ajustant le ruban de satin au niveau des hanches. Pas mal. Surtout, elle n'avait pas envie de faire comme ces pimbêches qui passaient leur temps à se morfondre devant leur penderie en se plaignant qu'elles n'avaient rien à se mettre. Et puis, c'était pour Ryan : il ne prêtait guère attention à ses tenues.

Bon. Maintenant, les chaussures. En dehors de ses bottes de travail et de tennis pour le sport, elle ne possédait qu'une paire de sandales un peu chic, avec un petit talon.

Sans plus de tergiversation, elle les chaussa et mit des boucles d'oreille, avant de s'attaquer à ses cheveux. Une bataille toujours perdue d'avance, elle le savait. Mais il fallait faire un effort pour ce restaurant chic : elle allait les coiffer en arrière, plutôt que les garder lâchés au risque de ressembler à un clown. Elle les attacha en queue-de-cheval à la base de sa nuque, avec une grosse barrette argentée qui avait appartenu à sa mère. Un des rares bijoux dont elle ne se séparait jamais et qui lui permettait de garder un lien avec sa mère.

Elle venait à peine de terminer de se maquiller en forçant sur le rouge à lèvres qu'elle entendit la porte d'entrée s'ouvrir, puis les bottes de Ryan claquer sur le plancher.

— Tu es encore sous la douche, la Rouquine ?

— Même pas en rêve ! rétorqua-t-elle.

Elle s'empara de son sac à main posé sur le lit et se retourna tandis qu'il apparut en sifflant dans l'embrasure de la porte. Avec un sourire en coin, il la déshabilla du regard.

— Si tu continues à me regarder comme ça, on ne va pas sortir de cette chambre, dit-elle sur un ton de plaisanterie en espérant qu'il ne percevrait pas sa grande nervosité.

— Moi, ça ne me dérangerait pas, murmura-t-il. Tu es vraiment canon. Tu as envie de me torturer un peu plus en me révélant ce que tu portes sous cette robe ?

— Dentelle noire.

— Aaaargh ! J'aurais mieux fait de ne pas demander.

En riant, elle prit son sac et se dirigea vers la porte.

— Allons-y, mon grand, ou nous allons perdre notre réservation.

— Je préférerais me rapprocher du lit, grommela-t-il.

Elle aussi était de cet avis, mais il fallait que l'un d'eux garde la tête froide. Même si le regard brûlant de Ryan sur elle embrasait chaque cellule de son corps. Mais que se passerait-il vraiment une fois qu'ils se retrouveraient dans un même lit ?

Le sourire aux lèvres, elle s'engagea dans le couloir. Car oui, la question n'était pas de savoir *si*, mais *quand*, ils se retrouveraient dans ce lit. Désormais, elle acceptait l'idée qu'elle avait envie de faire l'amour avec son meilleur ami. Même si elle n'était pas certaine d'être prête à franchir le pas, là, tout de suite.

Mais alors qu'elle posait la paume sur la poignée de la porte d'entrée, deux mains viriles la rattrapèrent par les épaules, la firent pivoter avant de la plaquer contre la porte.

— Tu n'es pas *fair-play*, déclara Ryan en effleurant ses lèvres des siennes tout en la maintenant immobile.

— Mais nous ne sommes pas dans un concours de rodéo.

Les yeux de Ryan dévorèrent ses lèvres du regard.

— C'est bien le problème. Tu ne cherches même pas à me résister, et ça va me rendre dingue…

Elle était grisée de découvrir qu'elle avait un tel pouvoir sur lui.

— J'admets que tu es assez sexy toi aussi, cow-boy…

Il portait une chemise noire qui moulait ses épaules larges et musclées. Pour une fois, il avait laissé tomber son Stetson, et ses cheveux en désordre étaient terriblement sensuels.

— Au fait, est-ce que tu as pu parler à tes ouvriers ?

— Tu essaies de faire diversion ?

— Simplement de garder mon sang-froid pour m'assurer que nous irons bien au restaurant.

— Je leur ai parlé, soupira-t-il. On est en avance sur le planning, et je vais pouvoir commencer à faire entrer le bétail.

Elle repoussa une mèche brune qui venait de tomber sur les yeux d'un bleu lumineux de Ryan. Elle vit sa mâchoire se crisper et retint son souffle.

— Tu es sûre qu'on ne peut pas rester ici ? murmura-t-il en gardant les yeux rivés à sa bouche. Je n'ai pas envie de parler de ma future école, ni de rien d'autre en fait. Je veux seulement être avec toi. Et découvrir ce qui se passe vraiment entre nous, en ce moment.

Décidément, cet homme était la tentation incarnée, mais elle préférait ne rien précipiter. Ce serait dommage de gâcher vingt ans d'amitié pour quelques minutes, quelques heures de passion débridée. Elle se devait de raisonner sur le long terme.

— Tu m'obliges à être raisonnable pour nous deux, Ryan, articula-t-elle en se demandant combien de temps encore elle pourrait refouler ses sentiments. Laisse-moi juste un peu de temps.

— Ma belle, on se connaît depuis tellement longtemps… Mais je peux attendre encore quelques jours, murmura-t-il avec un sourire. Tu vaux la peine d'attendre, mais ça ne signifie pas pour autant que je ne peux pas te donner un avant-goût de ce qui t'attend.

Joignant le geste à la parole, il l'embrassa. Tendrement d'abord, puis passionnément. Que faire, sinon s'abandonner à cette exquise sensation ? Ryan Grant cherchait à la séduire. Et force était de constater qu'il était maître en la matière.

Il se plaqua un peu plus contre elle, et elle était sur le point de se consumer de désir quand il s'écarta doucement d'elle en souriant. Ce sourire, elle le connaissait : c'était celui qu'il offrait aux caméras, quand il était encore sur le circuit. Un sourire enjôleur. Irrésistible.

— Tu es prête ? Je meurs de faim… J'espère que tu arriveras à me résister jusqu'à la fin de la soirée.

Elle posa une paume sur son torse, tout en ouvrant la porte de son autre main.

— Je vais essayer de te laisser savourer ton dîner sans trop te molester.

— Je suis prêt à me sacrifier chaque fois que l'envie te prend de me molester, la Rouquine.

Une brise tiède les accueillit sous la véranda.

— Réponse typiquement masculine, railla-t-elle.

— C'est sans doute parce que je suis un homme, un vrai, ma belle. Fais-moi signe quand tu auras envie de vérifier…

Il passa devant elle et ouvrit la portière de son pick-up noir. Et alors qu'elle posait le pied sur le marchepied, il lui empoigna les fesses.

Elle se retourna aussitôt : il affichait un sourire mutin.

— Enlève tes mains de là, espèce d'obsédé !

— J'essayais juste d'aider mon amie à monter, protesta-t-il tout en maintenant ses mains sur elle.

Elle s'écarta vivement de lui avant de s'installer dans le fauteuil passager.

— Cela fait des années que je monte à bord de ton pick-up *seule et sans aide*.

— Un homme ne peut donc pas se montrer courtois sans être systématiquement remis à sa place ?

Il referma la portière alors qu'elle croisait les jambes avec un petit rire nerveux. S'il continuait à flirter de la sorte avec elle, la soirée s'annonçait torride. Et elle ne put s'empêcher d'éprouver une profonde excitation à l'idée de ce qui allait suivre.

Cette fois, il allait mourir. Il n'en pouvait plus. Entre l'ambiance on ne peut plus romantique de Chez Claire, avec ses nappes et ses serviettes en lin, ses compositions florales majestueuses et ses chandelles, et cette robe affriolante que portait Piper, il ne voyait pas comment il allait pouvoir tenir jusqu'à la fin du dîner.

Heureusement, leurs steaks leur furent rapidement servis, et il put se concentrer sur la belle tranche de viande sous ses yeux, détourant ainsi son regard du décolleté de Piper.

A quoi bon commander un dessert alors que celle qu'il avait envie de savourer se trouvait là, en face de lui ?

— Tu vas finir par nous faire virer de ce restaurant si tu continues à baver devant moi comme si j'étais la dernière part de fondant au chocolat chez le pâtissier…

— Dommage que ce ne soit pas le cas, dit-il en souriant.

— Changeons de sujet, cow-boy. Je sais exactement à quoi tu penses, mais parlons plutôt de ta future école… Ou d'Alex. Ou de quoi que ce soit d'autre.

— Si tu y tiens, marmonna-t-il avec un haussement d'épaules. Le projet de l'école commence à prendre forme : j'ai trouvé deux ados qui m'aident à réfléchir au fonctionnement pédagogique. J'espère pouvoir les engager à terme pour encadrer mes futurs élèves, et continuer à les former pour qu'ils puissent entrer sur le circuit. L'un d'eux a vraiment beaucoup de potentiel.

— C'est super ! répondit-elle avec enthousiasme. Tu vas faire des émules, Ryan, j'en suis sûre ! Cette idée de monter une école de rodéo pour enfants était tout ce qu'il te fallait !

Comme il aimait son sourire ! La voir aussi enthousiaste que lui sur le projet lui faisait chaud au cœur.

— Des nouvelles d'Alex ? reprit-il en s'efforçant de

contrôler le trouble que suscitait en lui la robe époustouflante que Piper portait ce soir.

— Cara ne m'a pas rappelée aujourd'hui, donc je n'en sais pas plus, répondit-elle en posant ses coudes sur la nappe en lin. J'essaie de ne pas l'inonder de coups de fil, mais je m'inquiète pour Alex, comme pour elle. Je ne veux pas qu'elle ait l'impression que je la laisse tomber.

— Cara est très entourée. Elle a beau être bouleversée, le simple fait que tu prennes de ses nouvelles lui montre qu'elle n'est pas seule. Elle va tenir le coup, Piper, ne t'en fais pas.

Elle sourit.

— Bravo ! Tu viens de passer dix secondes sans flirter avec moi, ni parler de sexe !

— Je fais ce que je peux…

— Je connais quelque chose qui va régler ton… « problème ». Je dois aller remplacer le matériel de premiers secours qui a été endommagé dans la future garderie du Cattleman's Club. Je n'y suis pas allée, l'autre jour.

— Ça me met hors de moi de penser qu'on a pu vandaliser un endroit censé accueillir des enfants ! Tout ça parce que quelques tordus refusent l'entrée du club aux femmes et aux enfants ? Mais dans quel monde vit-on ?

— Je suis bien de ton avis. Mais cette garderie finira par ouvrir ses portes, tu verras.

— Tu as une idée de ce que tu vas devoir remplacer ? demanda-t-il entre deux gorgées de bière.

— On m'a dit que plusieurs trousses de premiers secours et le défibrillateur ont été détruits, ainsi que toute l'armoire à pharmacie. Je leur ai promis de tout remettre en état avant le passage de l'inspecteur pour l'agrément de la garderie.

Il l'observait tandis qu'elle passait son doigt sur le

rebord de son verre de vin. Ses mains avaient sauvé des dizaines de vies, tenu celles de proches de victimes en détresse… Elles avaient aussi manié le lasso pour capturer des chevaux et mis des poulains au monde.

— Il me semblait bien que c'était vous…

Ryan et Piper se retournèrent en même temps pour découvrir Dave Firestone et Mia Hughes qui approchaient de leur table. Dave était le rival en affaires d'Alex, et sa jolie fiancée, Mia, était la gouvernante d'Alex. Il y avait bien un petit conflit d'intérêts à cela, mais ils parvenaient tous deux à faire la part des choses. A présent qu'ils avaient pu régler leurs soucis, Ryan était heureux de les savoir ensemble, prêts à passer devant l'autel pour se dire « oui »… Comme de nombreux autres couples, ces derniers temps à Royal : une véritable épidémie de mariages s'était abattue sur la ville.

— Tu es ravissante, Mia ! s'exclama Piper avec un large sourire. Vous venez fêter une occasion particulière, autre que vos fiançailles ?

Mia posa une main sur le bras de Dave.

— Le retour d'Alex, répondit Mia. Et on essaie d'arrêter une date pour le mariage.

— Est-ce que la police a de nouveau pris contact avec vous depuis le retour d'Alex ? demanda Dave.

— Nous avons un peu parlé sur le site de l'accident, puis je suis retournée au poste l'autre jour pour leur faire une déposition complète, expliqua Piper.

— Nathan Battle est passé au ranch il y a quelques jours, expliqua Ryan en faisant référence à son ami le shérif. J'espère qu'ils vont coincer le salaud qui a fait ça à Alex. Nathan s'investit beaucoup dans l'enquête, et je sais qu'il ne dormira pas tranquille tant qu'il n'aura pas levé le mystère sur cette disparition.

Dave passa une main autour de la taille de Mia.

— Au moins, on sait que personne ne ratera notre mariage !

— Tu as déjà choisi ta robe ? demanda Piper.

— Oui, répondit Mia, le visage lumineux. Elle est parfaite !

— De quelle couleur seront les tenues de tes demoiselles d'honneur ?

— Je pense que je vais choisir des teintes assez neutres pour ne pas concurrencer les fleurs, mais rien n'est décidé.

Ryan ne manqua pas de remarquer comment le visage de Piper s'animait à l'évocation du mariage. Elle avait beau clamer à qui voulait l'entendre qu'elle n'était pas faite pour ça, il l'imaginait bien dans une longue robe blanche, avec ses cheveux flamboyants tombant en cascade sur ses épaules.

Mais il s'empressa de chasser cette image de son esprit. Etait-il vraiment prêt, lui, à se retrouver devant l'autel ?

— Je suis vraiment heureux pour vous, les amis, déclara-t-il sincèrement. Vous voulez vous asseoir avec nous, on s'apprêtait à commander le dessert ?

— Non merci, fit Dave, on vient de déguster le gâteau au chocolat. On envisage de commander notre gâteau de mariage ici, mais on voulait le goûter avant…

— Vous voyez tous les sacrifices qu'il est prêt à consentir pour ce mariage ? nota Mia en riant.

— Vous êtes certains de ne pas vouloir vous joindre à nous quelques instants ? insista Piper.

Dave et Mia échangèrent un regard entendu.

— Il faut vraiment que l'on rentre, articula Dave sans quitter Mia des yeux. Ravis de vous avoir vus tous les deux… Peut-être y aura-t-il bientôt de nouvelles fiançailles à Royal ?

Piper demeura bouche bée, mais Ryan éclata de rire.

— On ne voudrait pas vous voler la vedette…

Les tourtereaux s'éloignèrent, et Piper le fusilla du regard.

— Tu leur as laissé croire qu'on avait un rendez-vous amoureux ! dit-elle en desserrant à peine les dents.

— Et alors ? Ce n'est pas le cas ?

— Ils n'ont pas besoin d'être au courant…

Il lui prit la main par-dessus la table.

— Ecoute, Piper, il va falloir que tu t'habitues : j'ai envie de te séduire. Je te veux dans ma vie, et pas seulement en tant qu'amie. Et si ça te fait peur, alors bienvenue au club ! J'étais moi-même terrifié quand j'ai fini par comprendre ce que je ressentais pour toi. Mais je n'ai pas pour habitude de vivre avec la peur. Et ça ne me dérange pas d'être vu avec toi en public, comme un vrai couple.

Il tira sur sa main jusqu'à ce qu'elle se penche comme lui au-dessus de la table.

— Et il va aussi falloir que tu t'habitues à l'idée de te retrouver dans mon lit. Et pas seulement pour une nuit de folie, ajouta-t-il à voix basse.

De retour chez Piper après avoir quitté le restaurant, Ryan était dans un état de frustration sexuelle absolue. Cette robe moulante qui mettait en valeur la courbe de ses seins, de ses hanches, de ses fesses, était sur le point de lui faire perdre tout contrôle.

Mais il ne devait pas brusquer les choses. Piper était une femme indépendante, avec du caractère : quand elle désirait quelque chose, elle s'investissait corps et âme pour l'obtenir… Et il avait hâte de se retrouver dans sa ligne de mire.

Il gara le pick-up dans l'allée et coupa le moteur.

— Je te raccompagne à l'intérieur, déclara-t-il.

Mais, évidemment, le temps d'arriver à sa portière, elle était déjà descendue du véhicule.

— J'aurais pu t'aider à descendre, remarqua-t-il en lui prenant la main pour remonter l'allée.

— Je suis capable de descendre toute seule, Ryan.

Il se tourna vers elle. Un rayon de lune illuminait ses cheveux roux, tandis qu'un réverbère éclairait son visage aux traits fins et délicats.

— Je sais ce dont tu es capable, Piper, murmura-t-il en s'approchant d'elle. Je te connais mieux que personne, la Rouquine. Mais tu dois comprendre que nous en sommes désormais à l'étape des rendez-vous, et que je compte bien ne pas en rester là. Tu mérites un homme qui te traite en véritable femme, et pas seulement comme le garçon manqué de la bande.

— C'est pourtant comme ça que tu m'as toujours traitée.

Il pressa sa main dans la sienne et sourit.

— Oh ! mais je sais aussi que tu portes des dessous tout ce qu'il y a de plus féminins sous tes jeans et tes chemises à carreaux. D'ailleurs, si tu me faisais une petite démonstration ?

— Qu'est-ce que tu as contre mes jeans et mes chemises ? J'aime m'habiller de façon confortable, c'est tout.

— Eh bien, disons que tu es belle à en tomber par terre en ce moment, et pourtant tu n'as pas particulièrement l'air inconfortable, chuchota-t-il en promenant ses lèvres sur les siennes. Tu ne te sens quand même pas mal à l'aise parce que tu t'es faite belle pour sortir avec moi ce soir ?

La bouche de Piper se mit à trembloter sur la sienne.

— Non, je me sens…

— Dis-moi, murmura-t-il. Comment te sens-tu ?

Elle leva les yeux pour contempler les étoiles, exposant ainsi la ligne allongée de son cou, puis celle de son décolleté… Comme il avait envie de promener ses lèvres de long de sa peau claire et satinée…

Le souffle court, il explora du bout des doigts le haut de son décolleté avant de dessiner un chemin imaginaire le long de sa gorge, de son menton, de ses joues. Chemin qu'il suivit ensuite avec sa bouche, jusqu'à trouver ses lèvres.

Elle accueillit son baiser en prenant son visage dans ses mains, avant de se plaquer tout contre lui. Aussitôt, il se sentit à l'étroit dans son pantalon. Comment s'y prenait-elle pour lui donner l'impression, chaque fois qu'ils s'enlaçaient, qu'il n'était qu'un adolescent en proie à ses premiers émois ?

Il poussa un petit grognement et s'écarta légèrement d'elle.

— Tu arrives à me faire oublier que je dois rester forte pour nous deux, murmura-t-elle en s'humectant les lèvres. Tu me donnes envie de faire des choses que je ne devrais pas faire. Mais cela m'intrigue terriblement. Est-ce que ce serait bien pour nous ? J'ai du mal à imaginer que ça puisse être mieux que ça ne l'est déjà…

A son tour, il prit son visage dans ses mains.

— Non seulement ce serait *bien*, mais ce serait *mieux*, Piper. Quand je t'ai annoncé que je m'installais à Royal pour de bon, j'étais sincère. Je sais que tu as peur à cause de ce qui s'est passé avec ton père, mais…

— Ryan…

— Non, laisse-moi finir, insista-t-il en la regardant droit dans les yeux. Je tiens à toi à un point que je n'imaginais pas moi-même possible. Alors, ne me compare pas à l'homme qui t'a abandonnée et qui ne se souvient de toi qu'une ou deux fois par an. Je te connais mieux que lui, Piper, et je tiens bien plus à toi que lui…

Elle ferma les yeux.

— Je n'ai rien à te reprocher, Ryan. Mais cette angoisse d'être de nouveau abandonnée est là, quelque part au fond de moi. Et je dois vivre avec.

— Et que dirais-tu d'essayer de vivre sans ? suggéra-t-il avant de l'embrasser avec passion. Et quand tu auras dompté cette angoisse, tu as intérêt à ce que je sois le premier prévenu.

Et, sans un mot de plus, il prit la décision la plus difficile qu'il avait eu à prendre ces derniers temps. Il retourna au pas de course à son pick-up. Car une seconde de plus à se perdre dans le regard embué de désir de Piper, et il ne répondait plus de rien.

Or, ce n'était pas le moment de tout gâcher bêtement.

- 11 -

En soupirant, Piper se gara sur le parking du club-house du TCC. Elle n'était guère pressée de former le personnel de la crèche aux premiers secours, ni même de remplacer le matériel endommagé. Car impossible de ne pas penser à Ryan et à ce baiser plein de promesses qu'ils avaient échangé la veille au soir. Sans parler des paroles touchantes qu'il avait eues pour elle. Il n'avait pas hésité à lui ouvrir son cœur, à baisser sa garde. Cet homme ne connaissait ni la peur ni l'échec. Depuis toujours, il était insouciant, libre et courageux.

Mais il n'avait jamais eu à souffrir de cette perte de repères et de stabilité qu'elle avait vécue. Il avait toujours su ce qu'il voulait, et avait toujours tout fait pour arriver à ses fins.

Et voilà qu'aujourd'hui il décidait qu'il la voulait, elle.

L'estomac noué, elle descendit de voiture et s'approcha du club-house. Le vaste bâtiment de plain-pied avait quelque chose d'imposant, de masculin. Jusqu'à récemment, le TCC n'accueillait en son sein que des hommes, excluant *de facto* femmes et enfants.

Malheureusement, certains n'arrivaient pas à accepter les changements récents et se battaient pour maintenir cette tradition archaïque.

Une fois dans le hall d'entrée, elle se dirigea directement vers les locaux de la future garderie, anciennement la salle de billard. Peut-être fallait-il y voir là la raison des actes de vandalisme ? Quoi qu'il en soit, Piper n'était pas là pour juger, mais simplement pour remplacer le matériel et former le personnel à l'usage du défibrillateur.

Quand elle s'arrêta dans le bureau de la responsable, une petite blonde frêle était assise au bureau et marmonnait tout en travaillant sur une sorte de feuille de calcul.

— Excusez-moi, dit Piper en frappant trois petits coups sur l'embrasure de bois.

La jeune femme leva les yeux vers elle.

— Excusez-moi, je ne vous avais pas entendue. Que puis-je faire pour vous ?

— Je suis Piper Kindred, expliqua-t-elle en entrant dans le bureau avant de lui tendre la main. Je suis la secouriste chargée de remplacer le matériel médical et de former le personnel de la garderie aux gestes de premiers secours.

— Enchantée, je suis Kiley Roberts, la nouvelle responsable, répondit la jeune femme en lui serrant la main.

Les yeux bruns de Kiley étaient pétillants et son sourire radieux. Piper l'imaginait tout à fait travailler auprès d'enfants ; elle saurait mettre à l'aise les parents anxieux.

— Je suis déjà passée l'autre jour pour évaluer l'ampleur des dégâts, mais j'ai dû vous rater. Est-ce le bon moment pour accéder aux locaux ? Je suis venue tôt, comme la formation ne débute pas avant une heure…

— C'est parfait ! affirma Kiley en se levant. Suivez-moi.

Elle entra un code de sécurité, et la porte menant à la garderie se déverrouilla.

— J'ai remis un peu d'ordre une fois que la police a effectué tous les prélèvements pour l'enquête, mais je ne sais pas quels équipements sont réparables, et quels sont ceux qui devront être changés…

Piper serra dans ses mains le sac contenant son matériel.

— Je m'en occupe.

— Vous êtes aussi membre du Club ? interrogea Kiley en allumant le cagibi où était entreposé le matériel.

— Non, dit-elle en riant. J'ai une vie trop remplie pour rentrer dans la bataille hommes-femmes qui se joue ici.

— Pour ma part, je me contente d'écouter les plaintes et les récriminations des deux camps, sans jamais prendre parti, déclara Kiley avec un petit sourire.

Piper posa son sac à terre, l'ouvrit et en sortit les trousses de premiers secours.

— Ce n'est qu'une question de temps : les membres récalcitrants du club finiront par se ranger à la majorité. Et puis, les quelques nouvelles entrantes sont des femmes solides : je pense qu'en peu de temps elles feront des émules.

— Je crois que vous avez raison, fit Kiley en s'appuyant contre le bureau entreposé dans un recoin. Est-ce que je peux vous donner un coup de main ?

Après avoir examiné les trousses de secours endommagées, Piper décida de toutes les remplacer : les objets qu'elles contenaient n'étaient sans doute plus stériles.

— A vrai dire, vous pouvez me tenir compagnie, répondit-elle. A moins que vous ne deviez retourner à votre feuille de calcul.

— Croyez-moi, j'adore mon travail, mais je pense que les feuilles de calcul doivent être une invention du diable !

— Parlez-moi un peu de vous, dit Piper en riant. Avez-vous des enfants ?

Les yeux de Kiley s'agrandirent et son visage s'illumina.

— Une petite fille de deux ans, Emmie.

— Deux ans, fit Piper, admirative. Vous devez être sacrément occupée !

— C'est vrai. Mais c'est tellement génial d'être maman. Ma fille est ce que j'ai de plus précieux au monde.

— Votre mari est membre du TCC ?

Le sourire lumineux s'évanouit aussitôt.

— Nous sommes divorcés, et il ne joue aucun rôle dans la vie d'Emmie… Donc, non, il ne fait pas partie du club.

Aïe, songea-t-elle. Pour une gaffe…

— Je suis désolée, bredouilla-t-elle.

— Il n'y a pas de quoi. Je suis tellement mieux sans lui.

Piper hocha la tête.

— Mes parents aussi sont divorcés, et ma mère disait la même chose. On a connu des moments difficiles, toutes les deux, mais on savait qu'avec lui cela aurait été encore plus dur…

— Je ne vais pas vous mentir : être mère célibataire n'a rien d'une sinécure, mais je ferais n'importe quoi pour Emmie. Même si je ne comprendrai jamais comment on peut abandonner sa femme, et a fortiori son enfant…

Piper déglutit avec peine. Pour sa part, elle n'avait toujours pas trouvé la réponse à cette question. Alors qu'elle remplaçait une à une les trousses de premiers secours, un silence s'installa entre les deux jeunes femmes.

— Et vous ? finit par demander Kiley. Votre mari est membre du TCC ?

— Oh ! je ne suis pas mariée.

Kiley secoua doucement la tête.

— Alors, ça doit faire de nous les deux seules femmes qui ne sont pas encore mariées ou fiancées à Royal… Depuis quelque temps, les faire-part pleuvent sur la ville !

— C'est vrai, les célibataires se font rares, confirma Piper.

A cet instant, des voix masculines résonnèrent dans le couloir. Piper et Kiley se retournèrent et aperçurent Josh Gordon qui discutait dans l'entrée avec un autre adhérent.

— Je ne connais pas cet homme, nota Piper. Ce doit être un nouveau membre coopté par Josh.

Piper ne manqua pas de remarquer combien Kiley se figea en regardant Josh. Intéressant.

— Vous connaissez Josh ? s'enquit-elle.

A ces mots, Kiley se tourna brusquement vers elle.

— Comment ? Oh ! euh… non.

— Il fait partie de ceux qui se montrent réticents à l'idée d'intégrer les femmes et les enfants au club.

Kiley croisa les bras sur sa chemise blanche très sobre.

— Vraiment ? J'en déduis qu'il est célibataire s'il n'a pas besoin des services de la garderie.

— En effet, confirma Piper avant de consulter sa montre. Je dois retourner chercher dans ma voiture un peu de matériel pour la formation aux premiers secours et pour le défibrillateur. J'en ai pour un instant.

— Je ne bouge pas, murmura Kiley en souriant.

Mais, en quittant la pièce, Piper nota que Kiley lorgnait de nouveau du côté de Josh. Il se passait quelque chose. Piper ignorait ce dont il s'agissait, mais quelque chose clochait entre Josh Gordon et la jolie responsable de la garderie.

Retournée à son pick-up, elle prit le sac contenant le matériel pour la formation aux premiers secours. La dernière chose à faire pour elle était de se mêler d'une histoire qui ne la regardait pas. D'autant qu'en ce moment elle avait bien suffisamment de choses à résoudre de son côté.

Elle connaissait Ryan : aucune chance qu'il laisse retomber la tension sexuelle qui était montée entre eux ces derniers temps. Sûr de ses charmes, il allait tout faire pour qu'elle lui tombe enfin dans les bras.

Deux jours plus tard, Piper posa son sac à main sur le plan de travail en granit tout neuf et sourit. Elle secoua ses bras trempés de gouttes de pluie et jeta un œil par-delà la fenêtre de la cuisine en se demandant où était passé l'expert en bricolage qui lui avait fait la surprise de boucler le chantier. Pourvu qu'il ne s'imagine pas que, parce qu'ils étaient en train de se rapprocher, cela signifiait qu'il se devait forcément de l'aider à rénover la maison…

Ryan apparut soudain dans l'embrasure de la porte, mains sur les hanches, sourcils froncés.

— Alors, ça te plaît ?

Elle avait eu une journée de travail infernale, avec quatre heures supplémentaires à la suite de la défection d'une nouvelle recrue qui ne s'était pas présentée au poste de secours. Une fois encore, elle sentait ses émotions et son stress prendre le dessus. Sans parler du trouble qu'elle éprouvait maintenant systématiquement en présence de Ryan.

— Je peux comprendre que tu aies fini le chantier sur le toit parce que j'en étais tombée, commença-t-elle en sentant les larmes lui brûler les yeux. Je n'ai rien dit pour les placards par faiblesse, sans doute, et parce que j'étais heureuse d'avoir les plus beaux, les plus chers. Mais hier tu as installé le carrelage pour la douche et aujourd'hui je rentre du travail et je constate que ma porte d'entrée aussi a été posée.

— Alors, en quoi est-ce un problème, Piper ? Tu voulais tout faire toute seule ? Tu as déjà fait un travail remarquable sur cette rénovation ! Je voulais simplement t'aider et j'avais un peu de temps aujourd'hui : je suis en avance sur mon planning d'ouverture de l'école, et je ne peux rien faire de plus tant que je n'ai pas reçu la visite de l'inspecteur dans deux jours. J'avais du temps libre, alors je suis venu ici.

Elle repoussa une de ses boucles rousses derrière son oreille. Même ses cheveux avaient décidé de l'agacer aujourd'hui…

— J'ai l'impression que tu as passé une mauvaise journée, nota Ryan en l'observant attentivement. Et si tu venais m'aider à finir le carrelage mural dans la salle de bains ? Il ne reste plus que ça, et la pièce sera terminée. Cela te changerait peut-être les idées.

Elle sourit et s'efforça de se réjouir du fait que Ryan comprenait vraiment son goût pour le bricolage.

— Sans doute. Mais seulement si tu me laisses manier la scie à carrelage !

Ryan lui tendit la main et l'entraîna vers la salle de bains.

— Comme tu voudras…

Elle pénétra dans la pièce, qui communiquait avec sa chambre. Le carrelage mural de la douche était d'un bleu étincelant, et même si Ryan n'avait pas encore terminé le pourtour du lavabo l'ensemble avait beaucoup de cachet.

— Je ne regrette pas d'avoir choisi ce bleu foncé, déclara-t-elle. Il est toujours difficile de se décider à partir d'échantillons, mais le résultat est vraiment superbe !

A ces mots, Ryan glissa une main autour de sa taille.

— C'est vrai qu'il faut souvent voir le résultat pour être sûr. Mais la beauté n'est-elle pas faite de toutes petites choses mises bout à bout et qui s'harmonisent avec le temps…

Elle s'écarta doucement de lui.

— Tu ne crois pas que tu y vas un peu fort, là, cow-boy ? Je te parlais seulement d'un carrelage mural de salle de bains.

— Et moi, je parle peut-être de toi, rétorqua-t-il

en déposant un baiser sur le bout de son nez avant de l'enlacer de nouveau. Et, à présent, arrête de chercher à me déshabiller à tout prix, et mettons-nous au travail !

Eclatant de rire, elle se dirigea droit vers la scie à carrelage.

— Je crois qu'on sait toi et moi que je n'ai pas besoin de chercher à te déshabiller : je n'aurais qu'à dire un mot et tu t'en chargerais toi-même en quelques secondes.

— J'attends ce jour avec impatience, soupira-t-il avec un sourire entendu.

A cet instant, la lumière vacilla, suivie d'un coup de tonnerre qui fit trembler la maison.

— Après la pluie, voilà l'orage, marmonna Piper.

— Nous avions besoin de pluie, mais je déteste l'orage.

— Je sais, dit Piper en riant. Mais, dans ce cas, tu as choisi la mauvaise région.

Haussant les épaules, il ramassa un carreau non découpé et le posa sur le mur pour évaluer le raccord.

— Je ne vivrais nulle part ailleurs. J'adore cette ville. J'ai toujours su que le jour où j'aurais envie de me ranger, je viendrais m'installer ici.

— Même après toutes ces régions que tu as traversées pour le rodéo ?

— Royal reste le plus bel endroit au monde, assura-t-il avant de poser le carreau sur le lavabo pour la regarder droit dans les yeux. Jamais vu un paysage aussi magnifique.

— Ryan, tu triches, là…

Un sourire coquin éclaira son visage.

— Mais ceci n'est pas un jeu… Et, de toute façon, je n'ai jamais prétendu être *fair-play*…

— Tu dis que tu veux une vie rangée… Mais alors pourquoi me fais-tu la cour sans arrêt ?

A ces mots, elle sentit son estomac se nouer : était-elle vraiment prête à entendre sa réponse ?

— Peut-être parce que personne d'autre ne me fait sentir ce que je ressens avec toi. Peut-être que j'ai envie de voir où me mènerait une relation plus intime avec ma meilleure amie, murmura-t-il en se rapprochant alors que la lumière vacillait de nouveau. Et que je suis persuadé que, toi et moi, on partage quelque chose de très rare, de très précieux.

La gorge nouée, elle soutint néanmoins son regard.

— Tu veux parler d'amour ?

Il se figea un instant, puis se passa une main nerveuse sur le visage.

— Piper, tu sais que j'ai envie de me marier et de connaître le bonheur qu'ont connu mes parents. Je sais que tous les couples n'ont pas forcément cette chance, mais j'ai envie de tenter l'aventure… Bien sûr, je ne peux rien garantir ni te faire aucune promesse.

Le souffle court, elle caressa la barbe naissante qui recouvrait son visage. Ryan ne pouvait pas être amoureux d'elle. Il l'adorait en tant qu'amie, complice, confidente, certes. Et cela lui suffisait amplement, car elle-même ignorait si elle était capable d'éprouver autre chose que de l'amitié pour lui. Et puis, à la séparation de ses parents, elle avait constaté les dégâts que l'amour pouvait causer. Alors, comment savoir si elle commettait une erreur en allant plus loin avec Ryan ?

— Je ne sais pas si je suis prête à fonder un foyer, Ryan. J'aime ma vie telle qu'elle est : mon travail, rénover ma maison, passer du temps avec toi, voir nos amis tomber amoureux et se marier…

Il lui saisit la main et la serra fort dans la sienne.

— Je ne suis pas en train de te demander en mariage,

la Rouquine. Je tiens juste à ce que tu comprennes que je suis rentré à Royal pour de bon, et que je compte bien utiliser chaque occasion qui me sera donnée de te séduire. Et si les choses doivent aller plus loin, alors ce sera simplement la cerise sur le gâteau.

Elle sentit un frisson la parcourir, alors qu'un énorme coup de tonnerre faisait trembler la maison. De nouveau, la lumière vacilla, avant de s'éteindre définitivement. Après l'obscurité, un lourd silence s'installa entre eux.

— On dirait que notre atelier carrelage est compromis, murmura Ryan. Le destin nous envoie des messages…

Elle respira l'odeur si familière de Ryan, et pour la première fois ses craintes cédèrent la place à une certitude. Cet homme la connaissait mieux que quiconque. Pourquoi ne pas s'ouvrir à lui corps et âme ? Elle avait connu seulement deux hommes dans sa vie, et aucun d'entre eux n'avait éveillé en elle un désir aussi puissant que celui qu'elle éprouvait en cet instant. Certes, elle n'était pas prête à se marier ni à fonder un foyer, mais pourquoi refuser la complicité intime que lui offrait le seul homme auprès de qui elle se sentait en sécurité, aimée et choyée ?

— J'en ai assez de devoir être forte pour tous les deux, dit-elle en priant pour que cela soit la bonne décision. J'en ai assez de me prendre la tête avec toutes ces questions, et avec ce que je ressens quand je suis avec toi. Je n'en peux plus.

L'attirant contre lui, il plongea la main dans ses cheveux.

— Piper, je ne veux pas te mettre la pression, crois-moi. Je sais que je suis exigeant, mais je ne veux pas que tu aies des regrets, plus tard.

— Je n'aurai aucun regret, souffla-t-elle, sûre d'elle. J'ai envie de toi. Et de découvrir ce qui se passe vraiment entre nous. Je te connais si bien, et pourtant il y a toute une facette de toi que j'ignore. Et je veux en savoir plus, maintenant, Ryan. Montre-moi tout ce que je ne sais pas de toi.

A peine eut-elle fini sa phrase que ses lèvres s'écrasèrent sur les siennes. Jamais il ne s'était montré aussi fougueux avec elle, et leurs langues entamèrent un ballet des plus érotiques.

La pluie continuait à fouetter les vitres de la maison et le tonnerre résonnait de façon menaçante. Piper avait toujours trouvé l'orage intrigant, imprévisible et indomptable… Tout comme le sexe.

Elle n'aurait pas pu rêver meilleure atmosphère pour sa première fois avec Ryan. Voilà des années qu'ils se cherchaient l'un l'autre, de façon tour à tour taquine, espiègle ou tourmentée. Bref, c'était comme si les forces de la nature avaient décidé de faire écho à leur relation tumultueuse.

Et si le destin avait déjà décidé de leur sort, il y a longtemps, dès ce coup de poing qu'elle avait asséné à Ryan en cours de récréation ?

D'une main assurée et pressante, il dégrafa les boutons du chemisier de Piper et le lui enleva en quelques secondes, porté par un désir aussi urgent que celui qu'elle sentait bouillonner dans ses veines.

— Dommage que je n'aie pas mis une tenue plus féminine, chuchota-t-elle, haletante.

Elle distingua son regard de convoitise dans la pénombre.

— Je t'aime telle que tu es, Piper… Ne l'oublie jamais.

Puis il lui encercla la taille de ses mains puissantes, avant de promener ses doigts sur la dentelle de son soutien-gorge.

— Ceci est tout à fait féminin, murmura-t-il avec un demi-sourire. Et, pour ce soir, c'est aussi à moi…

Parcourue d'un délicieux frisson, elle s'attaqua au pantalon de Ryan. Quelques secondes plus tard, il l'aida en ôtant ses bottes et se retrouva devant elle, en boxer, la dévisageant fièrement malgré la pénombre. Comme il était beau… Plus beau encore que ces cow-boys de papier glacé que l'on trouvait dans les calendriers. Sans parler de cette érection qui pointait à travers son boxer… Oui, il avait envie d'elle, et d'*elle seule* !

— Dommage que je ne puisse pas te voir en pleine lumière, murmura-t-elle. Je me sens flouée…

— Tu dois bien avoir des bougies ?

Elle pivota sur ses talons, mais il la rattrapa.

— Enlève ton pantalon. Je veux pouvoir voir tout ce dont je rêve depuis des mois…

— Depuis des mois ?

Il lui mordilla la lèvre avant de murmurer :

— Des années, même.

Jamais elle n'avait imaginé le pouvoir de séduction qu'elle avait sur lui. Elle se doutait qu'il enchaînait les relations sans lendemain, quand il concourait sur le circuit, même s'il ne s'en était jamais vanté auprès d'elle.

Or, le simple fait de savoir qu'il pouvait séduire toutes les femmes qu'il voulait, mais qu'il l'avait choisie, elle, ne le rendait que plus désirable encore à ses yeux…

Le souffle court, elle se débarrassa de ses bottes de travail, puis de son jean. Malgré l'obscurité, elle distingua la lueur de désir dans les yeux de Ryan à mesure qu'elle se dénudait pour lui. Une nouvelle onde de désir naquit dans son ventre, irradiant chaque cellule de son corps.

— Si tu veux vraiment ces bougies, tu ferais bien de te dépêcher, déclara-t-il d'une voix rauque.

Dans un état second, elle se dirigea vers sa chambre, où elle gardait une grosse bougie sur sa table de chevet.

Elle s'en empara en toute hâte, ainsi que de quelques allumettes, avant de revenir vers Ryan, à tâtons dans le noir. Ce qui ne rendait la situation que plus excitante encore.

Il l'attendait dans l'embrasure de la porte, et s'avança vers elle. Oh ! cette fois ça y était !

Elle posa la bougie sur la commode, l'alluma, et l'instant d'après la pièce fut baignée d'une lumière pâle et tamisée.

Sans un mot de plus, il l'enlaça, puis glissa une main sous la dentelle de sa culotte. Grâce à la lueur chaude et pastel de la bougie, elle pouvait admirer la grâce et la perfection de son corps d'athlète. Intriguée par le tatouage qui s'étendait de ses pectoraux jusqu'à l'épaule gauche, elle réalisa qu'elle ne s'était jusqu'alors jamais vraiment intéressée à ce qu'il représentait. Mais à présent qu'elle l'avait devant elle, fièrement déployé le long de ses muscles contractés, elle le trouvait follement sexy…

— Quand j'ai vu tes sous-vêtements étendus dans ta salle de bains, il y a quelques semaines, j'ai cru que j'allais mourir sur place, Piper, articula-t-il lentement. Je n'ai pas pu faire autrement qu'imaginer à quoi tu pouvais ressembler quand tu les portais. Mais même dans mes rêves les plus fous, j'étais loin, très loin de la réalité.

Le sourire aux lèvres, elle remonta sa paume le long de ses biceps saillants jusqu'à son épaule.

— Ravie que tu ne sois pas déçu… Je ne veux aucun malaise entre nous, Ryan.

Il lui empoigna les fesses, puis la plaqua contre son sexe raide et brûlant. Sans plus attendre, il captura ses lèvres avant de la soulever du sol. Elle noua les jambes autour de sa taille et crut défaillir en sentant la toison de son torse lui chatouiller les seins.

— J'ai tellement attendu ce moment, murmura-t-il. Je veux me souvenir de chaque instant, Piper, mais j'ai tellement envie de toi… Je veux te sentir vibrer de désir dans mes bras, te voir de nouveau te laisser aller, et me dire que c'est moi qui te procure tout ce plaisir…

Comment aurait-elle pu se douter que son meilleur ami se révélerait être un amant sensuel et entreprenant ? Et qu'il avait envie d'elle depuis si longtemps ? Avait-elle été aveugle, ou bien avait-il su remarquablement bien dissimuler les sentiments qu'elle lui inspirait ?

— Alors pourquoi est-ce qu'on parle encore ? Fais-toi plaisir, cow-boy ! haleta-t-elle en prenant son visage dans ses mains pour l'embrasser à pleine bouche.

D'un mouvement impudique, elle ondula des hanches pour lui faire comprendre qu'il était temps de passer à l'étape suivante.

Nul besoin d'insister. En quelques secondes, il la souleva et la plaqua contre le mur.

— Oh ! Piper, je te veux pour moi tout seul…

Leurs corps étaient à présent couverts de sueur.

— Comme la panne d'électricité a coupé les ventilateurs, on pourrait peut-être prendre une douche…

Piper sourit tout contre ses lèvres.

— Je ne suis pas sûre que l'on arrive à se rafraîchir, mais l'idée d'être nue sous l'eau avec toi me va parfaitement !

— Je sais, j'ai toujours de bonnes idées, dit-il en riant.

Puis il la reposa par terre, et elle ôta sa culotte et son soutien-gorge, qu'elle jeta au sol. Quand elle releva les yeux, il la dévorait d'un regard gourmand et grave.

— Il n'y a pas de mot pour te décrire à quel point j'ai envie de toi en ce moment, articula-t-il en un souffle.

Ces paroles ne firent qu'attiser son désir.

— Alors, fais-toi plaisir, Ryan. Je suis à toi. Et cela ne me fait pas peur.

Il leva doucement les yeux vers elle.

— Si tu savais vraiment ce que j'ai envie de faire avec toi, Piper, alors si, tu aurais peur…

— Rien de ce que tu diras à présent ne me fera changer d'avis, murmura-t-elle en se plaquant de nouveau contre lui.

En un éclair, il la souleva et la porta jusqu'à la douche. Dès que l'eau se mit à couler sur eux, il lui défit sa queue-de-cheval pour qu'elle puisse mouiller ses cheveux.

Fermant les yeux, elle accepta enfin de se laisser enlacer, dorloter, et même aimer par son meilleur ami. En fait, il n'y avait rien d'étonnant à ce que leur relation évolue en ce sens. Et puis, franchement, se retrouver avec Ryan, nus sous une douche, était l'expérience la plus excitante qui lui était jamais arrivée.

Elle s'agrippa à lui, et accueillit avec délectation l'eau qui ruisselait sur son visage. Il promena ses lèvres le long de ses joues, de ses lèvres, avant de lui empoigner les seins et se mettre à genoux pour déposer une pluie de baisers sur son ventre.

— Je n'ai jamais rien vu d'aussi beau, murmura-t-il en relevant les yeux vers elle. Je pourrais passer le reste de mes jours à genoux, à te contempler, Piper.

Il exagérait sans doute… Pour sa part, elle avait envie de sexe, c'est tout. Et certainement pas de s'interroger sur ce qu'elle pourrait faire du restant de ses jours. Comment savoir si une relation entre eux pourrait être durable ? Pour l'heure, elle ne voulait penser qu'à une chose : elle était sur le point de faire l'amour avec lui.

Mais, avant qu'elle puisse répondre, il explora le pourtour de son nombril du bout de sa langue, et d'instinct elle écarta les cuisses en plantant ses mains sur les épaules robustes de son partenaire.

Continuant son exquise torture, ses lèvres dessinèrent un chemin de feu le long de son ventre, de son pubis, jusqu'au centre de son désir. Sa bouche la mettait au supplice, et elle baissa la tête pour mieux le voir, pour mieux fixer dans sa mémoire cet instant érotique. Elle ne contrôlait plus rien : Ryan avait pris la maîtrise de son corps, et elle la lui abandonnait allègrement. Elle était à sa merci. Ce qu'elle trouvait incroyablement délicieux.

Puis il glissa sa langue dans ses chairs les plus intimes, et elle sentit ses jambes flageoler. Mais il la maintint fermement par les hanches alors qu'une extraordinaire vague de plaisir la submergeait.

Ainsi, il lui fit l'amour avec sa langue, et, debout contre le carrelage mural neuf, haletante, elle s'abandonna au plaisir que Ryan lui prodiguait. Elle avait envie de faire durer les choses mais aussi atteindre le point culminant de ce plaisir qu'elle sentait monter en elle. Comme c'était bon de ne plus réfléchir, de ne plus s'appartenir…

Ivre de désir, elle accompagna les caresses de Ryan en ondulant des hanches. Sentant monter en elle l'inéluctable, elle plongea ses mains dans les cheveux de son amant, lui pétrissant tour à tour les épaules, le visage… Plus vite, plus fort, moins vite, plus fort… Que cela dure encore un peu…

Il glissa un doigt en elle et… Oui ! Voilà ! Elle se cambra une dernière fois contre lui alors que son corps était parcouru d'un spasme puissant, terrassé par un orgasme fulgurant. Ryan ne cessa les assauts de sa langue qu'une fois les derniers soubresauts du plaisir disparus.

Mais dès qu'il releva les yeux vers elle, elle sentit une nouvelle onde de désir la traverser.

— Tu es la femme la plus sexy que j'ai jamais vue, murmura-t-il en se levant. Je n'en peux plus d'attendre, Piper. J'ai envie de toi, maintenant. On prendra notre temps une autre fois, d'accord ?

Une autre fois. L'idée lui plaisait. Cette expression, pleine de promesses, envoyait de nouvelles salves de désir au plus profond d'elle-même.

La lueur tamisée de la bougie, l'eau tiède de la douche et l'ambiance électrique qui régnait entre eux lui donnaient envie que cette nuit inattendue ne finisse jamais.

Ryan déposa un baiser sur son épaule, puis sur son cou, avant de prendre la pointe d'un de ses seins entre ses lèvres. Elle ignorait ce qu'il avait en tête, mais une chose était sûre, elle avait follement envie de lui. Encore.

Sans la quitter des yeux, il la souleva, et elle noua les jambes autour de sa taille pour mieux s'agripper à lui.

— Hmm, j'adore cette vue, murmura-t-il en lorgnant allègrement sa poitrine.

Elle éclata de rire.

— Tu es vraiment obsédé par les seins !

— Je ne suis qu'un homme…

Retenant son souffle, elle s'apprêtait à le prendre en elle, mais il la saisit par la taille et la freina dans son élan.

— Tu as un préservatif ? articula-t-il.

Elle ferma les yeux et grogna.

— Noooooon.

Il lui mordilla les lèvres.

— Je me suis toujours protégé, et je fais régulièrement une prise de sang.

— Pareil pour moi, haleta-t-elle. Et je prends la pilule.

Il chercha son regard.

— J'ai envie que rien ne se mette entre nous, Piper…

— Ryan, s'il te plaît… Tu vas me rendre folle.

— Je ne veux pas que tu oublies ce moment, Piper.

Elle soutint son regard sans ciller.

— Comme si c'était possible…

A ces mots, elle s'empara de ses lèvres et le prit doucement en elle. Comme c'était bon… Comment avait-elle fait jusqu'à présent pour vivre sans *cela*, sans *lui* ?

— Ça va ? demanda-t-il en un souffle en appuyant son front contre le sien.

Elle hocha la tête et il entama son va-et-vient, d'abord lentement, avant d'accélérer. Il continua de s'agripper à ses hanches alors que ses lèvres retrouvaient ses seins.

En transe, elle posa ses paumes à plat sur les carreaux de la douche et accentua les mouvements de Ryan par de petits coups de reins. Cette fois, le plaisir devait être partagé.

Mais, les yeux fermés, elle ne put rien faire lorsqu'une nouvelle déferlante de plaisir s'abattit sur elle, presque par surprise. Au même instant, Ryan se figea et rejeta la tête en arrière. Il crispa la mâchoire, et elle remua une dernière fois des hanches pour le rejoindre dans la volupté. Jamais elle n'avait vu quoi que ce soit d'aussi beau : Ryan, se laissant entièrement aller au plaisir qui le submergeait.

Et quand elle posa sa tête contre son épaule, elle sentit le jet d'eau tiède de la douche lui indiquer que cette folle nuit ne faisait que commencer…

- 12 -

Allongée sur son lit, Piper était encore en sueur, comblée et fourbue. Ryan était allé bien au-delà de ses promesses. Quand il lui avait avoué qu'il rêvait de la voir nue depuis des années, elle avait pris la chose à la légère, mais après la performance qu'il venait de lui offrir elle ne pouvait plus en douter. Cet homme avait des dons inouïs.

Il n'y avait pas une partie de son corps qu'il n'avait caressée de ses mains ou de ses mots doux. Et elle s'était laissé séduire, corps et âme, lors de leurs ébats de la nuit. Corps et âme. Jamais elle n'aurait imaginé avoir une aventure avec son meilleur ami, mais à présent impossible de lutter contre ce désir brûlant, cette passion qui couvait entre eux.

Et maintenant que son cœur était à découvert, elle devrait faire très attention à la façon dont évoluerait leur relation. Car elle ne supporterait pas de perdre son meilleur ami. Depuis vingt ans, Ryan était son seul repère stable, son complice, son unique confident. Et rien ne la briserait plus que perdre cette seule constante dans sa vie.

Le courant n'était toujours pas revenu, et elle allait devoir brancher son générateur pour relancer les ventilateurs si elle ne voulait pas de nouveau finir sous une douche… Non que la première ait été désagréable.

Elle souleva le bras lourd et musclé de Ryan qui reposait sur son buste dénudé. Comme elle aimait le sentir là, tout contre elle... Comment aurait-elle pu se douter que son meilleur ami était aussi un amant hors pair ? Elle comprenait mieux à présent pourquoi les femmes se l'arrachaient, à l'époque où il était sur le circuit.

Jamais elle n'avait connu un homme aussi entreprenant, fougueux, et sexy. Et cette façon de demander en silence des caresses... Et d'offrir à sa partenaire tout le plaisir qu'elle réclamait, encore et encore... Désormais, elle savait qu'aucun autre homme ne supporterait la comparaison avec lui.

Mais, surtout, comment allait-elle pouvoir redevenir simplement son amie ? C'était impossible... Comment pourrait-elle le regarder, lui parler, déjeuner avec lui sans repenser à leurs ébats passionnés, sans se souvenir du plaisir qu'ils avaient partagé ?

— Où tu vas ? marmonna-t-il, le visage à moitié enfoui sous le drap.

— Je vais démarrer le générateur pour que les ventilateurs nous rafraîchissent un peu.

— Et si on prenait une autre douche ? murmura-t-il, les yeux embués de désir. Ou mieux : allons chez moi, l'électricité n'a pas dû être coupée.

— C'était un gros orage, Ryan. Les lampadaires de la rue sont restés éteints toute la nuit. Toute la ville doit être privée d'électricité.

Il se redressa sur son coude.

— Oui, mais je vis à l'extérieur de la ville, peut-être que l'orage aura été moins violent là-bas.

Elle se redressa et mêla ses doigts aux siens.

— Tu n'es pas bien chez moi ?

En un éclair, il la prit par la taille et la plaqua contre lui.

— J'ai peut-être juste envie de t'avoir dans mon lit...

La lueur de désir qu'elle lut au fond de ses yeux était

aussi ardente que la veille au soir. Si elle avait craint que le réveil soit quelque peu embarrassant, ou que la magie de la nuit se soit dissipée, elle pouvait être rassurée.

Cette fois, le doute n'était plus permis : aucun homme ne supporterait plus la comparaison avec Ryan.

— Ne complique pas les choses, la Rouquine, chuchota-t-il en promenant ses doigts autour de son téton. On est juste encore plus amis maintenant qu'avant…

— Pour être honnête, je n'avais encore jamais couché avec un ami… Tout cela est assez nouveau pour moi.

— Jamais couché avec une amie non plus.

Elle eut un petit rire.

— Dans ce cas, je suis ravie d'avoir été ta « première »…

Il sourit tout en continuant à jouer avec la pointe de ses seins.

— Tu sais, Piper, les médias ont eu beau me dépeindre comme un homme à femmes pendant toutes ces années, sur le circuit, je n'ai pas couché avec toutes les femmes qui se présentaient à moi ou à côté desquelles j'ai été photographié…

Elle leva une main, mais le laissa poursuivre.

— On est amis depuis si longtemps, Ryan. Je sais que tu n'as rien d'un don Juan. Et franchement, je ne veux pas savoir ce que tu as pu faire, ou ne pas faire, avec toutes ces femmes.

A ces mots, il lui prit les mains et chercha son regard.

— Piper, je tiens quand même à ce que tu saches que je compte sur un seul doigt de ma main le nombre d'aventures d'un soir que j'ai eues, quand j'étais sur la route. Et le nombre de femmes que j'ai connues dans ma vie se résume aux doigts de ma main… En t'incluant, toi.

Elle ne put réprimer un cri d'étonnement.

— Rien ne t'oblige à me raconter tout ça, bafouilla-t-elle.

— J'y tiens, tu sais. Je me suis toujours moqué de ce que les médias pouvaient raconter sur ma vie sexuelle, murmura-t-il en prenant ses mains. Mais ce que toi, tu penses, c'est le plus important à mes yeux. Et aujourd'hui plus que jamais…

Surtout, ne pas donner trop de poids à ces confidences sur l'oreiller. Elle refusait de croire qu'il allait vraiment renoncer définitivement au circuit. Certes, il avait bien avancé sur son projet d'école de rodéo, mais que se passerait-il si la compétition venait à lui manquer ? Et s'il finissait par s'ennuyer, dans sa nouvelle vie rangée ?

Et s'il la laissait tomber, comme son père l'avait fait ?

— Habillons-nous et allons chez moi, suggéra-t-il en la tirant brusquement de ses pensées. On pourra courir tout nus dans la maison, il n'y aura aucun voisin pour nous voir ! Enfin, il y aura tous mes animaux, mais je te promets qu'ils ne diront rien à personne…

— Tu es pitoyable ! s'exclama-t-elle en lui tapotant l'épaule. Je ne peux pas passer ma journée nue. J'ai des choses à faire, moi !

— Quel genre de choses ? Je sais que tu ne travailles pas aujourd'hui, et avec cette coupure de courant tu ne vas pas pouvoir bricoler…

Comment dire non, alors qu'elle sentait déjà son corps répondre à cet appel à peine voilé ? Bien sûr, elle adorerait se réveiller dans le lit de Ryan demain matin, mais combien de temps cela pouvait-il durer ?

Son téléphone portable sonna, et le charme fut rompu.

— Laisse la messagerie faire son travail, suggéra-t-il.

— Impossible, Ryan. Ils ont peut-être besoin de moi au travail. Et ce doit être important, vu l'heure.

— Moi, j'ai besoin de toi, murmura-t-il en la retenant au moment où elle quittait le lit. Je garde ta place au chaud…

Elle sourit et prit son téléphone sur la commode. Le nom de Cara s'afficha sur l'écran.

— Allô, Cara ? Est-ce que tout va bien ?

— Excuse-moi de te déranger si tôt, Piper…

— Est-ce que c'est à propos d'Alex ? demanda Piper en voyant Ryan sortir du lit, torse nu.

— Oui, il va bien. Enfin, je veux dire, il n'y a pas d'évolution, précisa-t-elle. Et c'est ce qui m'ennuie. Je suis allée chez lui, tôt ce matin, pour lui porter des muffins. Après cet orage, je voulais m'assurer que tout allait bien, toujours dans l'espoir que quelque chose aurait peut-être changé.

Réalisant soudain qu'elle était encore nue, elle alla chercher sa petite robe de chambre de soie.

— Cara, tout ça va prendre beaucoup de temps, déclara-t-elle en s'habillant. Ne te décourage pas, tu fais tout ce qu'il faut pour aider Alex à recouvrer la mémoire.

— Il a une belle vie qui l'attend, Piper. Mais j'ai besoin de réponses. Alex est tellement frustré, et je ne peux rien contre cela.

— Lui as-tu montré d'autres photos ? demanda Piper.

— On en a passé des centaines en revue. Je suis à court d'idées, maintenant, répondit Cara en soupirant. Je lui ai même proposé d'organiser un barbecue avec tous nos amis et la famille, mais il a refusé. Il dit qu'il n'est pas prêt à affronter les questions des gens, encore moins leur pitié. Ce que je peux comprendre d'ailleurs, mais du coup je reste là sans rien faire…

— Cara, tu es présente auprès de lui chaque jour. Il voit ton visage tous les jours, et tôt ou tard il finira bien par avoir des images, par se souvenir de sa vie d'avant l'accident. Espérons qu'il se souvient de tout ce qui lui est arrivé, et nous pourrons tous tourner la page de ce cauchemar.

— Tu sais, je suis allée assez loin en essayant de déclencher des souvenirs, continua Cara à voix basse. Quand les photos n'avaient aucun effet, je…

Piper attendit la suite, mais son amie garda le silence.

— Cara ?

— Peu importe, soupira-t-elle. Désolée de t'embêter avec tout ça, Piper. C'est juste que… Je ne savais pas trop à qui parler et tu as été tellement gentille avec moi… Je dois rester forte pour Alex, mais parfois j'ai besoin de décompresser.

— Tu peux m'appeler de jour comme de nuit, Cara.

— Merci, Piper. J'ai juste besoin de vider mon sac parfois… On ne se connaît pas très bien, mais cet accident nous a rapprochées… Bref, je sais qu'Alex et moi, on va s'en sortir. On a toute une vie à vivre ensemble.

Piper sourit.

— C'est exact, tu dois rester positive, Cara. C'est comme ça que vous allez vous en sortir, tu verras.

Après avoir raccroché, elle reposa le combiné sur la commode.

— Est-ce qu'Alex va bien ? demanda aussitôt Ryan.

Elle le rejoignit au lit.

— Il n'y a pas de changement. Cara est solide et dévouée, mais elle commence à perdre espoir…

Il lui prit la main et l'attira à lui.

— Elle est entourée par sa famille, ses amis. Et dès qu'Alex sortira de cette prison de l'amnésie tout rentrera dans l'ordre pour eux.

— Je l'espère. Elle a très peur pour lui, tu sais. Elle ne se plaint pas, elle ne pense qu'à lui…

— Ce qui me rappelle une certaine femme de caractère que je connais, fit-il remarquer en jouant avec ses boucles rousses.

Ses cheveux qui, d'ailleurs, étaient dans un piteux état après avoir séché sans coiffage, la veille au soir. Mais cela ne semblait guère gêner Ryan, qui l'avait déjà vue dans des accoutrements bien pires…

L'avantage, quand on couchait avec son meilleur ami, c'était qu'on se connaissait très, très bien…

— Si tu continues à me déshabiller ainsi du regard, on n'arrivera jamais jusqu'à chez moi, souffla-t-il en ouvrant délicatement sa robe de chambre.

Il promena ses mains le long de son ventre, puis de ses seins. Le souffle court, elle n'opposa aucune résistance.

— Qui a dit que l'on devait partir tout de suite ? murmura-t-elle. Je meurs de faim.

Un sourire aux lèvres, il la déshabilla du regard.

— Toi, tu n'es jamais rassasiée, je me trompe ?

Elle s'écarta doucement de lui en riant.

— Je suis sérieuse, Ryan : mon estomac crie famine !

Elle quitta le lit sans éprouver la moindre gêne à être toute nue. Après tout, il l'avait déjà vue entièrement dénudée, alors plus la peine d'être pudique. Et puis, elle prévoyait de s'occuper de lui un peu plus tard… Inutile alors de se rhabiller.

Elle se dirigea vers la cuisine en sachant qu'il ne tarderait pas à lui emboîter le pas.

Et, tout en ouvrant un des placards, une idée lui vint à l'esprit. Elle se retourna et découvrit Ryan, juste derrière elle, en tenue d'Adam.

— Je ne sais pas exactement ce que tu as en tête, déclara-t-il en s'approchant, mais ton idée me plaît déjà.

— Et si tu retournais m'attendre dans la chambre ? suggéra-t-elle en lui tapotant le torse. Ou dans le salon.

Une fois que j'aurai allumé le générateur, on pourra baisser les stores.

Il lui caressa le visage, puis descendit sa main jusqu'au niveau de ses seins.

— Si tu traînes trop, je vais venir te chercher, peu importe dans quelle pièce tu te trouves, ma belle.

Une salve de désir la traversa, et elle se contenta de hocher la tête. Ryan avait beau prétendre être à ses pieds, depuis qu'il lui avait offert ce premier orgasme sous la véranda, elle avait plutôt l'impression que c'était elle qui se retrouvait prise au piège du désir. Un piège dont elle n'avait étrangement aucune envie de se sortir…

— Et si c'était moi qui allumais le générateur ? proposa-t-il. Je te laisse cinq minutes pour finir ce que tu étais venue faire ici, et je te retrouve dans le salon.

Il pivota sur ses talons, et elle dut faire un effort surhumain pour reprendre ce qu'elle faisait avant son arrivée. Elle se retourna vers le placard et en sortit quelques objets. Elle avait envie de rendre les choses encore plus ludiques.

Sans perdre une seconde, elle passa dans le salon où elle posa ces quelques objets sur la malle de bois qu'elle avait dénichée chez un antiquaire. Elle sourit quand il revint dans la pièce, découvrant son petit assortiment, dont ses bonbons préférés.

— Si tu penses à la même chose que moi, c'est que je suis mort et que je suis au paradis.

— Ramène tes jolies fesses par ici, cow-boy.

Excitée comme jamais, elle était impatiente de lancer ce petit jeu érotique qu'elle avait imaginé. Car jouer avec lui, elle savait faire. En revanche, l'intensité émotionnelle qu'ils avaient partagée lors de leurs ébats la terrifiait. Car elle sentait bien qu'ils s'étaient engagés sur une pente très glissante, et qu'elle était à deux doigts de tomber amoureuse de son meilleur ami.

— J'espère que ces mini-marshmallows sont pour moi.

Elle rit.

— Tu sais que je te garde toujours une réserve ici, rien que pour toi.

— Et que prévois-tu de faire avec cet assortiment ?

Elle promena ses yeux le long de son corps athlétique.

— Allonge-toi sur le canapé, et tu le découvriras…

Le regard de Ryan s'embrasa, et il obtempéra. Elle savait qu'il adorait la voir prendre des initiatives.

Quand il fut installé sur le canapé, elle déposa un par un les marshmallows le long de son torse, jusqu'à son pubis.

— Ne bouge pas, chuchota-t-elle. Je ne voudrais pas avoir à tout recommencer si l'un d'entre eux tombait.

— Ce sont mes bonbons préférés, alors n'est-ce pas plutôt à moi de les déguster sur toi ? demanda-t-il en la regardant droit dans les yeux.

— C'est prévu, murmura-t-elle en s'agenouillant au pied du canapé avant de refermer ses lèvres autour du premier marshmallow. Dès que j'en aurai terminé.

Elle vit ses pupilles se dilater, et elle poursuivit sa dégustation. Chaque fois qu'elle prenait une friandise, il se figeait légèrement, comme s'il craignait qu'elle s'arrête. Quand elle arriva à la dernière friandise, il respirait fort, les poings fermés le long du corps.

Elle s'apprêtait à le caresser, mais il se rassit brusquement et se pencha vers son oreille.

— Tu as fini, articula-t-il d'une voix rocailleuse. A présent, allonge-toi sur le canapé, et à mon tour…

Elle le dévisagea.

— Mais je viens à peine de commencer !

— Mais si tu commences à me caresser comme ça, on va avoir fini avant même que je puisse m'amuser un peu !

C'était elle qui avait la main. Ils le savaient tous les deux, et elle ne put s'empêcher de sourire.

— Ton tour viendra, Ryan, murmura-t-elle à quelques centimètres seulement de ses lèvres. Mais il viendra au moment où tu t'y attendras le moins.

— Tu vas me tuer, la Rouquine. Mais je mourrai en homme heureux et comblé.

Elle se mit à rire et poussa un cri de surprise quand il se leva pour la plaquer à son tour sur le canapé.

— Et maintenant, voyons si toi aussi tu sais rester sagement allongée sur un canapé.

Elle tremblait de désir. Ryan et elle avaient toujours aimé se taquiner, mais elle refusait de le laisser gagner ce petit concours de préliminaires.

Il s'empara d'une grosse poignée de marshmallows qu'il avala goulûment.

— Tu ne respectes pas les règles, glousse-t-elle.

— Tu joues selon tes règles, et moi selon les miennes.

Elle leva les yeux au ciel.

— Je dois rester allongée, là, pendant que tu t'empiffres ?

Il la dévora du regard, et elle sentit sa peau s'embraser à chaque endroit où il posait les yeux.

— Exactement.

Il la mettait vraiment au supplice…

Il se tourna vers la malle et réfléchit un instant.

— Tiens donc, du coulis de chocolat… Intéressant.

Le souffle court, elle le regarda former un cœur avec des marshmallows autour de son nombril, en prenant soin de ne jamais effleurer sa peau. Elle mourait d'envie de se tortiller pour sentir ses mains sur elle. Hors de question ! Elle allait tenir bon. Mais lorsqu'il déposa du coulis autour des friandises, elle crut défaillir.

— Difficile de ne pas bouger, n'est-ce pas ? demanda-t-il avec un sourire de défi. Je te promets que tu ne vas pas le regretter.

Elle frissonna de désir. Peut-être allait-elle finalement perdre ce défi. Mais vu la façon dont les mains et la bouche de Ryan se promenaient sur elle, elle ne serait pas perdante sur tous les tableaux…

- 13 -

— Ça y est ! Tu l'as eu ! encouragea Ryan.

Will était un des lycéens qui l'assistait au ranch. Avant l'ouverture de l'école, Ryan avait besoin d'évaluer les installations et ce qui restait à améliorer. Ainsi, c'était gagnant-gagnant pour lui, comme pour les gamins qui venaient s'entraîner quelques heures après l'école.

Il descendit des cages de contention, tandis que Will se dirigeait vers la grille. Un ouvrier du ranch avait déjà emmené le taureau hors de l'arène avant de partir s'occuper des autres animaux. Depuis une semaine, Will s'entraînait sur plusieurs chevaux et broncos différents. Et à en juger par sa prestation aujourd'hui, il devait admettre qu'il avait sacrément progressé. Ce jeune homme savait désormais manier le lasso et gérer la plupart des animaux.

Ryan en éprouvait une fierté quasi paternelle.

— Tu t'en sors très bien, déclara-t-il au gamin. Tu es le bienvenu si tu veux revenir demain t'entraîner, même si c'est samedi. Je serai dans le coin si tu veux recommencer.

Will hocha la tête et ajusta son chapeau.

— Merci, m'sieur Grant. Ça me plairait bien.

Ryan lui donna une tape amicale sur l'épaule.

— Je t'ai déjà dit de m'appeler Ryan. Je pense vraiment que tu pourrais être un atout pour cette école, et j'aimerais t'engager à plein temps pendant les vacances d'été.

Les yeux de Will s'arrondirent.

— Ce serait génial, monsieur… Euh, je veux dire, Ryan.

Ryan se dirigea vers la sellerie dans l'écurie.

— A demain matin, Will !

Une fois seul dans l'écurie, Ryan mit un disque de Metallica et s'efforça de se détendre. Rien de mieux qu'un peu de hard rock pour évacuer le stress. Généralement, il attendait d'être seul pour écouter sa musique, car personne, ou presque, ne partageait ses goûts.

Enfin, il en écoutait un peu avec Piper, mais c'était différent. Elle détestait aussi cette musique, mais il prenait un malin plaisir à la faire sortir de ses gonds. Or, maintenant qu'ils partageaient le même lit, le plus souvent possible, il avait trouvé une autre façon de la rendre folle…

A peine une semaine s'était écoulée depuis cette fameuse nuit d'orage, après laquelle il avait ramené Piper chez lui. Et il comptait bien faire perdurer cette situation. Car même si elle faisait de son mieux pour lui dissimuler ce qu'elle ressentait vraiment pour lui, il n'était pas dupe.

Il rangeait le matériel quand son portable se mit à sonner. Avant de décrocher, il vit apparaître sur l'écran le nom de son ancien partenaire en concours de lasso.

— Salut, Joe, quelle bonne surprise !

— Salut, Ryan. Quoi de neuf, mon pote ?

Assis sur une selle, Ryan sourit.

— Pas grand-chose, je viens de finir d'entraîner un gamin qui va m'aider à ouvrir l'école. Il a un sacré potentiel. Il me fait penser à moi quand j'étais ado.

— Alors comme ça, c'est donc vrai… Tu t'installes pour de bon.

— Eh oui !

— Je me disais qu'une fois rangé, tu manquerais d'action et que le frisson de l'aventure te démangerait de nouveau.

Action et aventure ? Il avait tout ce qu'il lui fallait en la matière auprès de Piper. Rien à voir avec le circuit.

— Je reste à Royal, confirma-t-il. Je trouve ça très excitant d'ouvrir ma propre école, dans ma ville natale.

— Et tu vas faire des émules, Ryan, à coup sûr.

Mais l'hésitation dans la voix de son ami l'alerta.

— Joe ? Est-ce que tout va bien ?

— J'espérais pouvoir te convaincre de venir finir la saison avec moi.

— Quoi ? s'écria Ryan en changeant le téléphone d'oreille. Qu'est-il arrivé à Dallas ?

— Dallas s'est fracturé la jambe à l'entraînement en début de semaine. Il s'est aussi brisé le fémur au cours de cette mauvaise chute. On a désespérément besoin de toi, mon pote…

Pour finir la saison ? Et retarder ainsi l'ouverture de l'école ? Et laisser Piper en plan ?

— Dans combien de temps te faut-il une réponse ?

Etait-il vraiment en train d'envisager d'y réfléchir sérieusement ? Et ce, alors qu'il était sur le point de réaliser son rêve : l'école, le ranch, Piper ?

— Demain au plus tard, répondit Joe. Il ne s'agit là que de quelques mois. Ensuite, tu retourneras à ta chère retraite. Tu sais bien que je ne te le demanderais pas si on avait d'autres solutions.

— Pourquoi ne pas demander à quelqu'un d'autre ?

— J'ai besoin de cet argent, Ryan, soupira Joe. Si je ne gagne pas le championnat, je crains de perdre mon ranch.

Ryan se sentit aussitôt gagné par un sentiment de culpabilité. Pour un cow-boy, perdre son ranch était la pire des choses. Ryan savait que son ami traversait une période difficile, avec de nombreux problèmes personnels ; il ne pouvait pas le laisser en plan.

Pourtant, il ne pouvait pas dire oui sans y réfléchir au préalable.

— Je suppose que, si tu fais appel à moi, c'est que c'est urgent. Laisse-moi le temps d'y réfléchir et je te rappelle.

— Merci, mon vieux, je savais que je pouvais compter sur toi.

— Je n'ai pas encore dit oui.

— Ça viendra.

Il coupa la communication et posa le téléphone dans la boîte à selles. Lui, de retour sur le circuit ? Soudain, il avait l'impression d'être un ancien toxicomane qui brûlait d'envie de se faire un dernier *fix*... Cette envie d'adrénaline, la satisfaction gratifiante de faire partie d'une équipe, de gagner, de dompter un animal sauvage que personne d'autre n'arrivait à dompter...

Cette sensation de force et de maîtrise propre au rodéo. Juste une dernière fois.

Poussant un lourd soupir, il monta encore le son de la musique et sortit pour empiler les bottes de foin. Un peu de travail manuel lui libérerait l'esprit pour réfléchir. Pour se concentrer sur ce qui comptait le plus dans sa vie en ce moment. Ne formait-il pas déjà une équipe avec Piper ?

Le soleil de cette fin d'après-midi était brûlant, et il ôta sa chemise, qu'il accrocha à un poteau de l'enclos. On avait beau être en novembre, il transpirait comme en plein été.

Il sortit ses gants de cuir de son pantalon, les enfila, puis s'attaqua aux bottes de foin. Les unes après les autres, il les empila à l'intérieur de l'écurie. Une fois qu'il eut terminé, il était fourbu, mais malheureusement il n'était pas plus avancé quant à la réponse qu'il devait donner à Joe.

Il était tellement sûr de lui quand il avait décidé d'arrêter le circuit. Il avait remporté presque tous les championnats possibles, il avait connu les déplacements, les hauts et les bas, les blessures, les mauvaises chutes… Le tout sous le feu des projecteurs et des médias.

En renonçant à tout cela, il avait voulu ouvrir un nouveau chapitre de sa vie. Se fixer pour de bon quelque part. Retrouver Piper…

Si Joe n'avait besoin de lui que pour la fin de la saison, cela ne remettrait rien en cause. Ryan n'avait pas vraiment fixé de date d'ouverture pour l'école, et comme on n'était qu'en novembre il pouvait espérer être de retour au début du printemps, au plus tard.

Ne serait-ce pas là une décision égoïste ? Sans doute un peu. Mais cela ne serait que temporaire et ne remettrait nullement en cause son choix de vie. Il ne ferait qu'aider un ami qui en avait sacrément besoin. Il savait que Joe et Dallas avaient engrangé beaucoup de points et qu'ils étaient favoris dans le championnat. Si Ryan n'aidait pas Joe, tous les efforts de son ami auraient été vains.

Et, plus que l'appel de l'aventure, Ryan ressentait en cet instant la détresse d'un ami. Un ami dans le besoin. Et il ferait tout son possible pour sortir cet ami de ce mauvais pas.

Il empila une dernière botte de foin et se trouva nez à nez avec Piper qui, le tuyau d'arrosage dans les mains, le pointait droit sur lui.

Il ne l'avait pas entendue arriver — le volume de la musique devait être trop élevé —, mais en découvrant son sourire coquin, il comprit qu'il devait se préparer à un tête-à-tête enfiévré.

— Je suis passée voir comment tu avançais sur l'ouverture de l'école, mais quand je t'ai vu en sueur, torse nu, je me suis dit qu'un peu d'eau fraîche te ferait du bien, cow-boy, expliqua-t-elle avec un sourire mutin.

Il glissa ses doigts dans sa boucle de ceinture, puis sourit.

— Essaie un peu pour voir. Je te garantis qu'il ne me faudra pas une seconde avant de te tomber dessus, et ton attitude effrontée ne sera pas sans conséquence.

Elle eut un sourire mutin.

— Ça en vaut la peine…

Le jet d'eau le frappa en pleine poitrine, le trempant jusqu'aux os. Puis Ryan fit un pas de côté et se jeta sur elle. Ils atterrirent sur une botte de foin, et il lui arracha le tuyau des mains pour l'arroser à son tour.

Aussitôt, le T-shirt rose pâle de Piper lui colla à la peau, soulignant la courbe de ses seins qui pointaient.

Quelle torture ! Même si, bien sûr, il ne se plaignait pas du spectacle. Elle éclata de rire et se protégea le visage avant de se relever. Il coupa l'arrivée d'eau tout en continuant de pointer le tuyau vers elle, juste au cas où…

— Alors, tu rends les armes ? lança-t-il en lorgnant ouvertement sa poitrine.

— Jamais je n'admettrai la défaite ! rétorqua-t-elle en riant et en se rapprochant de lui. Mais, au moins, tu as l'air d'avoir moins chaud que quand je suis arrivée !

Il jeta le tuyau sur le côté, puis attira Piper contre lui.

— Pourtant je me sens tout sauf apaisé…

Elle écarquilla les yeux, tout en contemplant ses lèvres.

— Est-ce qu'on est seuls ?

— Hormis les animaux, oui, répondit-il en remontant ses paumes le long de son T-shirt trempé.

Instantanément, elle se cambra pour accentuer sa caresse.

— Et dire que je suis juste passée pour voir si tu avais envie de dîner…

Il suçota une goutte d'eau qui ruisselait au creux de son cou.

— Excellente idée, murmura-t-il. Mais je ne pense

pas que nous soyons en état de nous montrer en public. Dommage…

Il captura ses lèvres et l'embrassa fougueusement. Comme il avait envie d'elle, là, maintenant !

De toute façon, depuis que leur relation avait changé, il n'y avait pas une seconde où il n'avait pas envie d'elle. Cette femme était la tentation incarnée et, même si l'écurie n'était pas l'endroit le plus romantique au monde, ils n'avaient plus le choix : ils allaient faire l'amour, là, sur fond de hard rock qui hurlait dans le lecteur de CD.

Ivre de désir, il la souleva et l'assit sur le coffre à selles. Sans perdre un instant, il lui ôta son T-shirt mouillé, puis son soutien-gorge, avant de refermer ses lèvres sur un de ses tétons durcis de désir. Elle poussa un soupir lascif en plongeant les mains dans ses cheveux. Dans le feu de l'action, il s'aperçut qu'il avait fait tomber son Stetson.

Le fait de se trouver là, à la vue du premier visiteur venu, ajoutait de l'excitation à l'excitation ; mais, de toute façon, il avait trop envie d'elle pour songer à trouver un lieu plus discret.

Agrippée à ses épaules, elle haletait à mesure qu'il lui mordillait la pointe des seins.

— Ça suffit, dit-elle en s'attaquant à la ceinture de Ryan.

— Quoi ? Ici ? murmura-t-il en souriant à l'idée de la voir prendre l'initiative.

— Ici, et tout de suite, souffla-t-elle en lui enlevant son jean trempé. Tu te sens d'attaque, cow-boy ?

Elle n'imaginait pas à quel point… Sans perdre une seconde, il l'aida à se débarrasser à son tour de son pantalon mouillé. De même pour son string en satin blanc, qu'il lui ôta en un éclair, avant de la faire pivoter devant lui.

— Pose tes mains sur la selle, lui dit-il à l'oreille en

se plaquant contre son dos. J'ai toujours eu envie de te prendre comme ça.

— Alors arrête de parler et fais…

Il la pénétra sans même lui laisser finir sa phrase. Comme elle était douce et vibrante… Chaque fois qu'il lui faisait l'amour, c'était comme la première fois. Une vague puissante d'émotions et d'euphorie déferlait sur lui. Et, pour tout dire, il espérait bien ne jamais s'habituer à ce sentiment de perfection quand elle et lui ne faisaient qu'un.

Elle se pencha un peu plus vers l'avant pour mieux l'accueillir en elle. Il s'agrippa à ses hanches, allant et venant en cadence, puis glissa une main autour d'un de ses seins.

— Ryan, souffla-t-elle. Oh…

Oui, il voulait que ses lèvres ne prononcent plus jamais que son nom…

— Tu es tellement sexy, ma belle, dit-il à bout de souffle. Je ne m'en lasserai jamais.

— Et moi… Jamais… De toi…

Il sentit l'orgasme monter rapidement en lui, mais elle ondula des hanches pour accentuer son va-et-vient, et avant qu'il ait le temps de réagir il sentit ses petits muscles se contracter autour de lui. Impossible de se maîtriser plus longtemps. Il donna un dernier coup de reins, saisi par une jouissance qui lui fit perdre tout contrôle.

Haletante, elle posa son visage tout contre son bras. Tremblant encore, il l'enlaça par la taille et se serra tout contre elle.

Plus jamais il ne voulait être séparé d'elle. Plus jamais il ne voulait s'éloigner de cette sensation de ne faire plus qu'un avec elle. Pourtant, il avait une décision à prendre. Et il redoutait la réaction de Piper.

— Est-ce qu'on est encore en vie ? murmura-t-elle. Parce que, là, je suis presque sûre d'avoir vécu une petite mort…

Il eut un rire gai.

— Tu m'en vois très honoré, ma belle.

— C'était vraiment… Vraiment…

— Tu es sublime, Piper, chuchota-t-il en déposant un baiser sur son épaule. Je ne veux plus bouger. Restons unis comme ça, d'accord ?

— Du moment que tu n'attends personne…

— J'ai un gamin qui vient s'entraîner demain.

Sans s'écarter de lui, elle se mit à rire.

— Je crois qu'il risque d'apprendre plus de choses qu'il ne l'imaginait s'il nous surprend dans cette position…

Il l'aida à se redresser doucement.

— Il faut dire que je n'ai jamais rien vu de plus érotique que ma meilleure amie penchée au-dessus du coffre à selles.

— Ah, vous, les cow-boys et vos fantasmes bizarres, dit-elle en glissant les mains autour de son cou. Mais il se peut que j'aie moi aussi un ou deux fantasmes te concernant…

Il descendit ses mains et lui empoigna les fesses.

— Dorénavant, tu pourras te servir de moi pour mettre en pratique tous les fantasmes qui te passeront par la tête.

Elle ouvrit grand les yeux.

— Dorénavant ? répéta-t-elle. Est-ce que tu…

— Oui, la Rouquine, j'envisage les choses sur le long terme avec toi. Tu sais que je compte m'installer pour de bon ici. Je fais maintenant partie du Texas Cattleman's

Club. J'ouvre une école de rodéo au printemps. Je suis plutôt satisfait de ma nouvelle vie. Et je suis très heureux de la façon dont les choses avancent entre nous.

— Les choses avancent, répéta-t-elle, songeuse, avant de chercher son regard. Mais où allons-nous, au juste, Ryan ?

— J'ai envie de me montrer au grand jour avec toi, Piper. Toi et moi, on n'est jamais que chez moi ou chez toi…

— C'est parce qu'on est toujours au lit, nota-t-elle avec un sourire. Et puis, tu m'as invitée Chez Claire, la semaine dernière.

— Oui, mais on y avait déjà dîné en amis, avant. Je veux que tout le monde sache que nous sommes ensemble.

Le sourire de Piper s'élargit.

— J'avoue que l'idée de rendre notre relation publique ne me déplaît pas…

Il l'embrassa tendrement, mais passionnément.

— Ça peut encore attendre demain : je suis impatient d'exaucer ces fantasmes que tu as en tête, ma jolie.

Il l'entraîna alors vers la sellerie, dont il ferma la porte. Il voulait profiter de chaque seconde avec elle. Passer des heures et des heures enfermé avec elle, sans personne pour les déranger.

Demain, il lui annoncerait qu'il avait décidé de rejoindre le circuit pour quelques mois, le temps d'aider un ami dans le besoin. Et il ferait de son mieux pour la convaincre de le suivre, de l'accompagner sur la route afin de pouvoir profiter pleinement de ce qui se passait entre eux.

En réalité, il appréhendait de lui annoncer la nouvelle, craignant qu'elle la prenne mal.

Oui, au fond de lui, il *savait* qu'elle allait mal réagir.

Mais serait-elle en colère au point de ne pas vouloir le suivre ? N'allait-elle pas plutôt retenir le fait qu'il tenait assez à elle pour lui proposer de l'accompagner sur le circuit ?

D'ici à demain, il aurait sans doute les réponses à toutes ces questions. Mais, d'ici là, mieux valait profiter du moment présent.

- 14 -

Piper s'étira longuement. Elle avait beau être courbaturée, elle ne s'était jamais sentie aussi radieuse.

Elle regarda la photo posée sur la table de chevet de Ryan : un portrait d'eux, quand ils étaient petits, les mains pleines de poussière et de boue, les jeans troués, et leurs inéluctables chapeaux de cow-boy sur la tête. Elle sourit en se rappelant le jour où cette photo avait été prise. Elle avait voulu impressionner Ryan et l'avait invité chez elle pour qu'il rencontre son père.

Walker Kindred avait alors pris les enfants en photo devant Flash, la jument de Piper. Elle n'avait jamais été aussi fière d'être la fille d'une légende du rodéo que ce jour-là. Mais cette célébrité avait eu un prix : et sa mère et elle en avaient payé le prix fort.

De nouveau, elle songea qu'elle avait sous les yeux la première photo de Ryan et d'elle, ensemble. Depuis toutes ces années, il l'avait conservée — et encadrée, qui plus est. Sans doute ce moment avait-il été très important pour lui aussi. Preuve, si besoin était, qu'elle avait toujours occupé une place à part dans son cœur.

Comment avait-elle pu nier aussi longtemps ce qu'elle-même ressentait pour lui ? Comment avait-elle pu faire comme s'ils n'étaient qu'amis ? Car cet homme était littéralement en adoration devant elle. Il se mettait toujours en quatre pour elle, s'occupait d'elle quand elle en avait besoin… N'était-ce pas ainsi que la plupart des couples se liaient ?

Quant à parler de leur complicité sexuelle… Elle espérait que cette nouvelle dimension extraordinaire de leur relation continuerait à évoluer de la meilleure des façons. Mais oserait-elle espérer plus encore ?

Ryan avait été clair : il voulait se ranger. Qui plus est, il voulait qu'elle fasse partie de cette vie qu'il envisageait pour lui.

Au fond d'elle, elle espérait aussi que les choses entre eux évolueraient vers une relation durable… Permanente… Officielle. Même si jamais jusqu'alors elle ne s'était imaginée mariée. La ville avait beau connaître une avalanche d'unions ces derniers temps, jamais elle n'aurait imaginé que cela puisse lui arriver, à elle.

Or, voilà qu'elle se surprenait maintenant à rêver de mariage… Oui, une cérémonie en extérieur, pourquoi pas en automne, avec la nature qui revêtait ses couleurs pourpres. Elle s'imaginait dans une robe plutôt sobre, comme elle n'aimait guère les froufrous.

Evidemment, le lieu et l'heure lui importaient peu, du moment que Ryan serait celui qui l'attendrait devant l'autel.

Elle retint difficilement un petit rire bête. Depuis quand riait-elle comme une adolescente écervelée ?

En tout cas, rien ne pouvait la rendre plus heureuse que de former un couple avec son meilleur ami. Et malgré la surprise qu'elle avait éprouvée au départ, elle était ravie que Ryan ait ainsi pris les devants.

Le sourire aux lèvres, elle se retourna dans le lit, mais ne trouva à côté d'elle que les draps encore tièdes. Elle consulta le réveil. Presque 7 heures. Ah, ces cow-boys : toujours debout aux aurores pour s'occuper de leur ranch.

Une odeur de café flottait dans la maison, et elle s'assit

sur le lit. Elle attrapa un des T-shirts blancs de Ryan qui traînait sur la panière à linge dans un coin de la chambre. Elle l'enfila en humant l'odeur virile qui filtrait à travers le coton et marcha pieds nus sur le parquet du couloir qui menait dans la cuisine.

Depuis l'embrasure de la porte, elle découvrit Ryan, vêtu d'un simple jean qui lui moulait divinement les fesses. Il contemplait l'écurie devant lui, une tasse de café à la main. La lueur orangée du soleil levant baignait la pièce, promesse de la belle journée qui s'annonçait. Autrefois monotone et sans grandes sensations, la vie de Piper était désormais remplie de bonheur. Ryan lui avait redonné espoir ; il lui avait offert une raison de croire de nouveau en… l'amour ?

Elle traversa la cuisine à pas de velours, puis noua les bras autour des épaules de Ryan. Elle adorait cette odeur musquée, tellement virile, qu'exhalait toujours sa peau. Etait-ce son savon ? Son after-shave ? Impossible à dire.

— Bonjour, toi, murmura-t-elle dans son cou. Tu es debout depuis longtemps ?

Il se retourna et la serra dans ses bras.

— Pas vraiment. Je n'arrivais pas à dormir.

— Tu aurais dû me réveiller.

Il posa son mug sur la table, puis la serra fort contre son torse nu — certainement le plus bel endroit au monde.

— Je ne voulais pas t'embêter. Et puis, si tu t'étais réveillée nue dans le lit avec moi, je suppose que tu te doutes de ce qui se serait passé…

Elle le dévisagea en souriant.

— Et qu'y aurait-il eu de mal à cela ?

— Rien, répondit-il en lui mordillant les lèvres.

Quand il s'écarta doucement, elle remarqua son front plissé, ses épaules plus contractées qu'à l'accoutumée, et le rictus qui barrait son visage d'Apollon. Quelque chose le tracassait, mais il n'osait pas lui en parler.

— Qu'est-ce qui se passe ? demanda-t-elle.

Il lui caressa les cheveux, repoussant les boucles rebelles qui lui tombaient sur le visage.

— Ryan, tu peux tout me dire, d'accord ?

— Piper, tu sais que j'éprouve des sentiments pour toi.

Il parlait comme si cela était un fardeau. Inquiète, elle se contenta de répondre par un hochement de tête.

— Quand je dis ça, reprit-il, je veux dire que je suis en train de tomber amoureux de toi, la Rouquine. Et je le prends très au sérieux.

Saisie d'un mauvais pressentiment, elle retint son souffle.

— Ryan, je…

— Attends, dit-il en levant une main en l'air. Laisse-moi juste finir ce que j'ai à dire. Ensuite, tu pourras me confier tout ce que tu as sur le cœur.

Elle recula d'un pas. Manifestement, il avait une mauvaise nouvelle à lui annoncer. Et elle devait se préparer à prendre la fuite, si cela était plus qu'elle ne pouvait en supporter.

— Quand je suis revenu à Royal, j'étais prêt à ouvrir cette école, à devenir un membre actif du TCC, et à m'installer pour de bon, déclara-t-il en se passant nerveusement une main dans les cheveux. J'avais même plus ou moins prévu ce qui pourrait arriver entre nous. Je savais que, toi et moi, on pourrait être bien plus que de simples amis.

Elle avait beau l'écouter attentivement et se délecter de ces paroles, elle pressentait un « mais ». Il n'allait tout de même pas rompre ? Si par malheur une telle chose devait arriver, elle ne s'en remettrait pas… Mais, pour l'heure, elle se devait d'être forte et d'écouter jusqu'au bout ce qu'il avait à lui dire.

— Et être avec toi s'est révélé encore plus sensationnel

que ce que j'imaginais, Piper, déclara-t-il en la regardant dans les yeux et en s'avançant vers elle. Je tiens à ce que tu saches tout cela, à ce que tu comprennes bien l'étendue de mes sentiments pour toi : je préférerais mourir, Piper, que voir quelqu'un te faire du mal.

Les larmes lui montèrent aux yeux, et elle ne put les retenir. Impossible de deviner s'il s'apprêtait à la demander en mariage, à lui annoncer qu'il avait une maladie incurable, ou encore qu'il souhaitait mettre un terme à leur relation.

— Ryan, tu me fais peur. Arrête de tourner autour du pot et crache le morceau, maintenant !

Il soupira et pressa ses mains dans les siennes.

— Joe m'a téléphoné hier.

Ce prénom ne lui évoqua rien au début, mais quand elle comprit de qui il parlait elle crut défaillir.

— Ton ancien partenaire de lasso, articula-t-elle lentement. Je suppose qu'il te demande de reprendre du service et que c'est pour ça que tu me parles de tes sentiments : pour mieux préparer le terrain avant de me lâcher cette bombe.

Le visage de Ryan se rembrunit, et elle comprit qu'elle avait vu juste. La colère qui montait en elle était telle qu'elle ne sentait plus ses jambes, comme si le sol se dérobait sous elle. Comment avait-il osé lui faire une chose pareille ? D'autant qu'il savait très bien ce qu'elle pensait du circuit. Allait-il vraiment rayer tout ce qui venait de se passer entre eux, juste pour remonter sur des chevaux ?

— C'est une blague, lâcha-t-elle en retirant ses mains des siennes. Un simple coup de fil et tu es prêt à tout envoyer promener ? L'école, ton nouveau ranch, le TCC ? Et… nous ?

— Ecoute plutôt jusqu'au bout avant de tirer des conclusions hâtives.

Les mains tremblantes de colère et d'angoisse, elle se dirigea vers un placard dont elle sortit un mug.

— Mais je t'en prie, dit-elle en se servant du café. Je ne voudrais surtout pas me mettre en travers de tes rêves. Ne te préoccupe surtout pas de moi.

Elle était furieuse, mais quelque part au fond d'elle elle savait depuis le début que ce genre de choses pouvait arriver. Que le rodéo fonctionnait comme une véritable addiction sur les gens qui le pratiquaient. Le rodéo avait détruit ses parents, sa famille. Mais elle n'allait pas rester là, à jouer les victimes si Ryan décidait de partir. Et puis, elle ne pouvait s'en prendre qu'à elle-même : car elle avait espéré, elle l'avait cru quand il répétait à qui voulait l'entendre qu'il n'était pas comme son père.

Quand elle se retourna pour s'appuyer au comptoir, les yeux de Ryan cherchèrent les siens.

— Mon remplaçant auprès de Joe s'est cassé la jambe la semaine dernière, expliqua-t-il sans ciller. Ils ont seulement besoin de moi pour terminer la saison. Il ne s'agit que de deux mois, Piper. Je n'ai pas l'intention de reprendre ma carrière. Je n'avais pas prévu ça, mais Joe a vraiment besoin de moi, et je ne peux pas le laisser dans le besoin.

Elle manqua de s'étouffer avec le café. De toute façon, elle n'aimait pas le café noir. Mais peu importe. Elle devait se concentrer sur la colère qu'elle éprouvait en cet instant, sous peine de s'effondrer en larmes. Et pour rien au monde elle ne montrerait son chagrin à Ryan. Une larme venait déjà de lui échapper, mais elle allait se contrôler aussi longtemps que possible. Après tout, elle était une femme forte. La trahison, l'abandon, elle y avait déjà survécu.

— Parce que me laisser, moi, c'est forcément moins gênant, lâcha-t-elle, aussi amère que glaciale.

— Je ne veux laisser personne, Piper, dit-il en se rapprochant. Mon école ne doit pas ouvrir avant le printemps, de toute façon… Et j'espérais que tu me suivrais.

A ces mots, elle sentit son sang se glacer.

— Tu… Quoi ?

— Je veux que tu m'accompagnes, sur le circuit.

— Si je comprends bien, dit-elle en se tournant vers lui, tu me demandes d'abandonner une vie que j'adore, ici, à Royal, de renoncer à mes amis, à tous ceux qui ont besoin de moi ; simplement pour te permettre de reprendre le rodéo quelque temps ?

— Ce n'est pas te déraciner que partir deux mois, Piper.

— Il est clair que je ne bougerai pas, déclara-t-elle en pointant son index sur son torse. Tu me dis deux mois aujourd'hui, mais dès que la saison prochaine sera lancée c'est ta carrière à toi qui sera relancée pour de bon.

Elle vit que la mâchoire de Ryan se crispait. Il semblait en colère. Qu'à cela ne tienne. Pour sa part, elle fulminait.

— Je ne suis pas ton père, dit-il en desserrant à peine les dents.

— De mon point de vue, tu fais pourtant tout comme lui.

Il secoua la tête et planta les mains sur ses hanches.

— De toute façon, tu as pipé les dés depuis le début, Piper. Depuis le début, tu as décidé que j'étais comme ton père, le seul homme en qui tu avais confiance quand tu étais petite. Et le seul qui t'ait vraiment laissée tomber. Puisque tu as décidé que j'étais comme lui, je ne pourrai rien faire pour t'en dissuader. Mais sache quand même que je suis un homme de parole. Et si je te dis que je reviens dans deux mois, c'est que je reviendrai dans deux mois.

— Tu as sans doute raison, répondit-elle en sentant une nouvelle larme rouler sur sa joue. Tu reviendras, je le crois. Mais pour combien de temps, Ryan ? Je ne peux pas te reprocher d'aimer le rodéo. Ni de vouloir venir en aide à ton ami. Mais ce que je peux te reprocher, c'est de t'attendre à me voir accepter avec bonheur l'idée que tu reprennes le circuit alors que tu m'avais promis que c'était bel et bien fini. Je peux te reprocher d'avoir fait évoluer notre amitié vers quelque chose dont je n'aurais jamais osé rêver, et je peux te reprocher de m'avoir laissée tomber amoureuse de toi. Parce que c'est ce qui s'est passé, Ryan.

Elle fit une petite pause, renifla, et essuya les larmes qui inondaient son visage.

— Je n'y peux rien, Ryan. Je t'aime. Mais je ne peux accepter de vivre suspendue à ta décision de reprendre ou non la compétition. Et je ne laisserai pas tomber mon travail, mes amis, en attendant que tu te décides pour de bon. Parce que, en réalité, tu ne sais pas ce que tu veux vraiment.

— Oh ! que si, la Rouquine. Je sais ce que je veux.

— Peut-être, hoqueta-t-elle avec un sourire las. Sauf que tu ne pourras pas tout avoir. Il te faudra faire des choix.

Il garda le silence, et elle sentit son cœur exploser en mille morceaux. Debout face à elle, les yeux embués de larmes, il ne broncha pas. Il n'allait pas revenir sur sa décision. Ils étaient dans une impasse.

Mais elle avait sa fierté. Passant une main dans ses boucles en désordre, elle finit par soupirer.

— Ne t'en fais pas, je ne vais pas t'obliger à me le dire. Je prends mes affaires, et je m'en vais. Tu peux rappeler Joe.

Sans attendre, elle se précipita dans la chambre où ils avaient si longuement, si passionnément fait l'amour. Peut-être Ryan allait-il l'appeler, lui dire qu'elle se trompait ?

Mais un silence glacial s'abattit sur la maison.

- 15 -

Cette journée, au travail, ne fut pas si mauvaise. Au moins, Piper pouvait se féliciter d'avoir quelque chose de positif dans sa vie.

Alex n'avait toujours pas recouvré la mémoire. Les rénovations dans la maison de Piper étaient au point mort, compte tenu du temps qu'elle avait passé chez Ryan ces dernières semaines.

Ryan. Ce seul nom la mettait dans tous ses états. Mais pas question de se laisser aller à la morosité. Depuis le début, elle savait qu'il pouvait repartir du jour au lendemain, même s'il s'en était farouchement défendu. De toute façon, elle avait vécu exactement la même chose avec son père. La promesse que tout était fini, pour de bon. Puis un simple coup de fil, et tout avait basculé. Les deux seuls hommes en qui elle avait eu confiance s'étaient évanouis dans la nature.

Certes, son père avait bien promis qu'il reviendrait. Mais, à ce stade, sa mère avait suffisamment souffert pour lancer la requête de divorce. Requête à laquelle il ne s'était nullement opposé, d'ailleurs. Retrouver sa liberté avait même dû être un soulagement pour lui.

Piper n'en voulait pas à Ryan d'avoir choisi le rodéo. C'était toute sa vie. Après la mort de sa mère, il s'était jeté corps et âme dans le circuit, y trouvant sans doute une échappatoire. En réalité, même si l'idée de mener une vie rangée et d'ouvrir une école lui seyait parfaitement, il était fait pour la route, la compétition, l'aventure…

Mais quand il reviendrait à Royal, au printemps, serait-elle encore disponible ? Allait-elle l'attendre, alors qu'elle n'était même pas sûre qu'il ne repartirait pas encore ?

Jamais elle n'avait été aussi proche de quelqu'un. Mais s'il décidait de vendre son ranch, de renoncer à son école de rodéo et de reprendre la route pour de bon, elle survivrait. Elle souffrirait, certes, mais elle survivrait.

Elle tourna le volant pour rejoindre l'allée de sa maison, mais y découvrit avec surprise une voiture qu'elle ne connaissait pas. Un énorme 4x4 rutilant stationnait juste devant la porte de son garage. Le genre de véhicule qui valait plus cher que la somme totale des travaux qui lui restaient à effectuer sur sa maison.

Au moins, la toiture était terminée, tout comme la cuisine et la salle de bains. Et, Dieu merci, la climatisation venait enfin d'être installée. Il ne lui restait plus qu'à faire les finitions dans le salon : elle économisait maintenant pour acheter de jolies moulures et parements de mur, mais ce ne serait pas avant plusieurs mois.

Au moins, elle pouvait envisager cette modeste maison sur le long terme. Contrairement à sa relation avec Ryan, puisqu'elle avait refusé de l'accompagner sur le circuit.

Mais elle aurait l'occasion de ruminer tout cela plus tard, car pour l'heure un homme était tranquillement installé sur sa balancelle, sous la véranda.

En approchant un peu, il s'avéra que cet homme n'était autre que Walker Kindred. Son père.

Les épaules raides, elle releva le menton et serra son sac à main contre elle. En quelques secondes, elle se prépara à affronter l'homme qu'elle appelait autrefois « papa » et qu'elle n'avait pas revu depuis quinze ans, ses apparitions à la télé ne comptant pas vraiment.

Quand elle atteignit les marches du perron, il se leva et il lui apparut moins leste que dans son souvenir. Etait-ce l'âge, ou bien une forme d'hésitation ?

Elle le fixa sans trop savoir que dire. Et il soutint son regard. Tous deux semblaient dans l'expectative. Mais s'il avait eu le courage de venir jusque-là, alors sans doute aurait-il le courage d'entamer la conversation et de lui expliquer ce qu'il faisait là après toutes ces années.

Elle s'efforça de faire taire la petite fille qui sommeillait encore en elle ; celle qui aurait donné n'importe quoi pour faire revenir son père auprès d'elle. Mais elle était adulte à présent. Elle était plus solide. Même si son père avait choisi une période où elle était particulièrement vulnérable. Combien d'autres coups allait-elle devoir encaisser à présent ?

Elle s'avança vers lui, mais s'immobilisa quand il se mit à parler.

— Piper, tu es magnifique.

Le pied sur la première marche, elle ne broncha pas.

— Eh bien, de toutes les choses que je m'attendais à t'entendre dire, celle-là est bien la dernière.

Il sourit.

— Je ne savais pas trop ce que j'allais te dire, moi non plus. J'ai pensé que les mots me viendraient naturellement une fois que je te verrais.

Elle garda le silence. Elle détestait les silences gênés. Et aussi le fait qu'elle ne savait ni comment réagir, ni ce qu'elle était censée ressentir face à l'homme qui lui avait donné la vie.

— Je ne savais pas trop quand tu rentrerais, ajouta-t-il en ôtant son chapeau de cow-boy blanc avant de le tripoter nerveusement. J'espère que tu ne m'en voudras pas d'avoir attendu sous ta véranda…

Elle secoua la tête, comme pour tenter de dissiper cet embarras entre eux. Car ils avaient beau partager le même sang, ils étaient aujourd'hui tels deux étrangers. Jamais elle n'aurait cru que pareil moment arriverait, et elle était à court de mots. Enfin, pas tout à fait : le fait de revoir son père faisait remonter tout son chagrin à la surface, et elle en aurait eu, des choses à lui dire. Mais elle pensa qu'il valait mieux se taire pour l'instant, et ne pas rendre plus pitoyable une situation qui l'était déjà suffisamment.

Walker secoua la tête.

— Je suis tellement heureux de te voir, Piper Jane. Je crois que pendant que je t'attendais, je m'imaginais que je verrais une jeune femme tout juste sortie de l'adolescence. J'avais oublié que tu es devenue une vraie femme, à présent.

— Je pourrais te répondre que rien ne t'empêchait, pendant toutes ces années, de me voir grandir et devenir adulte… Mais le passé est le passé, dit-elle en croisant les bras comme pour se protéger. Qu'est-ce que tu fais là, papa ?

Il s'avança vers elle.

— Je suis venu te voir. J'ai des choses à te dire. Est-ce que le moment est mal choisi ?

Pour la première fois, elle le dévisagea réellement. Sa peau était pâle et creusée de rides qui s'accentuaient autour de ses yeux. Il était aussi plus maigre que dans son souvenir.

Malgré toutes les souffrances qu'il lui avait infligées, cet homme était son père. Elle ne s'était pas encore remise du départ de Ryan alors, oui, le moment aurait pu être mieux choisi.

Mais bon, ce n'était pas comme si elle avait une vie trépidante, ou un rendez-vous galant le soir même…

— Tu peux entrer, finit-elle par articuler. Mais la maison est encore en chantier, alors fais attention dans le salon. Il y a des outils qui traînent un peu partout et le revêtement de sol n'est pas fini de poser.

Elle passa devant lui, déverrouilla la porte d'entrée, puis lui fit signe de la suivre.

— Allons plutôt dans la cuisine, dit-elle en lui désignant la pièce d'un coup de menton. Je vais regarder ce que j'ai à grignoter si tu as faim.

Walker demeura immobile, puis secoua la tête.

— Je ne voulais pas m'imposer, Piper. Mais on peut toujours discuter dans la cuisine.

Elle posa son sac à main sur l'îlot central et alla chercher une bouteille d'eau dans le réfrigérateur. Il fallait qu'elle ait quelque chose dans les mains, sinon il allait s'apercevoir qu'elle tremblait.

— Tu veux une bouteille ? lui proposa-t-elle.

— Non, merci.

Elle dévissa le bouchon et but une gorgée. En réalité, elle avait envie d'une bière, mais préférait attendre que son père soit parti. Comme elle ne travaillait pas le lendemain, elle pourrait même se permettre de forcer un peu sur l'alcool. Et s'installer devant de bonnes comédies sentimentales, histoire de se torturer un peu plus devant les *happy end* hollywoodiens.

— Je suis désolé, Piper, si cette visite te paraît… maladroite, déclara-t-il en s'asseyant sur un tabouret devant le bar. Je suppose que tu te demandes ce que je fais chez toi, à l'improviste, après toutes ces années.

Elle ne répondit rien, le laissant formuler lui-même ce qu'il avait à lui dire. Quand elle était petite, elle voyait son père comme un homme fort et sûr de lui. Or, aujourd'hui, il lui apparaissait non seulement fatigué, usé, mais aussi nerveux et hésitant.

— Mon attitude après le divorce… Je n'ai pas été un bon père, Piper. J'en suis conscient.

Elle serra un peu plus sa bouteille dans ses mains.

— Si tu penses que…

— Non, Piper, l'interrompit-il en secouant la tête avant de poser son chapeau sur le comptoir. Cela fait des années que je réfléchis à cette conversation. Il y a certaines choses que je dois te dire, et que tu dois entendre.

Hochant la tête, elle se mordit la lèvre. Manifestement, Walker Kindred avait besoin de soulager sa conscience. Et il n'avait pas tort, ces excuses arrivaient un peu tard.

— J'étais absorbé par le système, Piper. Tellement occupé à être sous les feux des projecteurs, à rester au top, à gagner plus d'argent qu'on ne pouvait en dépenser, que j'ai fini par perdre de vue ce qui comptait le plus. J'ai eu tort.

Elle détourna les yeux. Ce qu'elle pouvait être lâche… Pendant des années, elle aurait donné n'importe quoi pour entendre son père s'excuser, avouer qu'il avait eu tort. Mais, maintenant qu'elle était adulte, cela ne lui tenait pas autant à cœur. La petite fille au fond d'elle resterait blessée à jamais de n'avoir pu grandir avec son père, alors qu'elle le voyait à la télé, radieux, saluant ses milliers de fans…

Elle ne savait absolument pas comment gérer ces retrouvailles inattendues.

— Pourquoi maintenant ? demanda-t-elle en s'efforçant de le regarder en face.

— J'ai un cancer.

Heureusement qu'elle était appuyée au bar, car elle

serait probablement tombée à la renverse. Elle posa la bouteille devant elle et croisa les bras, assaillie d'une multitude de questions.

En fait, elle s'était trompée : elle était devenue adulte, certes, mais certaines blessures pouvaient encore être ravivées. Il avait beau avoir été un père négligent, il avait beau avoir été égoïste, il était son père. Et le mot *cancer* réveilla en elle tout un tas d'émotions. A commencer par la peur.

Elle déglutit péniblement et chercha son regard.

— Dis-moi que ce ne sont pas là les regrets d'un homme mourant.

— Pas du tout. A vrai dire, je viens de terminer ma dernière séance de chimio, et les médecins sont confiants.

Un grand soulagement s'empara d'elle.

— Tant mieux. Du coup, tu es venu pour…

Il se leva et vint se planter devant elle.

— Parce que, quand j'ai appris que j'avais un cancer, j'ai aussitôt fait le bilan de ma vie. De tous les championnats que j'ai gagnés, des gens que j'ai rencontrés, des liens que j'ai pu créer sur le circuit avec mes équipes, mes partenaires… Mais il restait un grand vide. Un vide qui n'a fait que s'amplifier au fil des années… Toi et ta mère, Piper.

Elle fut incapable de ravaler les larmes qui lui brûlaient les yeux. Mais pourquoi était-elle aussi vulnérable ces temps-ci ?

— Je voulais attendre la fin de mon traitement pour venir te voir, t'implorer de m'accorder une seconde chance. Je sais que j'ai manqué tes plus belles années et que rien ne rattrapera ça… Mais je veux bien essayer de nouveau d'être un père pour toi.

A ces mots, elle poussa un lourd soupir. La petite fille en elle, qui avait grandi seule avec sa mère, brûlait d'envie de prendre cet homme dans ses bras, de l'accepter dans sa vie et d'oublier le passé.

Mais, avec l'âge, elle avait aussi appris à être méfiante.

— Ce n'est pas si simple. Ce n'est pas que je refuse d'essayer… Mais toute cette douleur, toutes ces rancœurs qui me rongent depuis que tu es parti, elles ne vont pas s'effacer juste parce que tu es malade et que, soudain, tu te sens coupable.

Elle n'avait pas voulu se montrer si dure. Mais combien de fois avait-elle éprouvé ce sentiment terrible d'abandon, cette difficulté à faire confiance aux autres ?

— Je ne te demande pas de miracle, expliqua-t-il en soutenant son regard. Je ferai comme tu voudras, on prendra le temps qu'il faudra… Mais je voudrais au moins essayer d'avoir une relation normale avec ma fille.

— Est-ce que tu restes à Royal ?

— Je suis descendu dans le petit hôtel juste à la sortie de la ville, expliqua-t-il en glissant ses mains dans les poches de son jean.

Si elle ne savait pas encore ce qu'elle ressentait à l'égard de son père, elle était sûre d'une chose : pas question de le laisser séjourner à l'hôtel.

— On ne pourra pas passer assez de temps ensemble si tu es à l'hôtel, déclara-t-elle simplement. J'ai une chambre d'amis, et elle vient tout juste d'être repeinte.

Aussi surprenant que cela puisse paraître, les yeux de l'ancienne star du rodéo s'embuèrent alors qu'un sourire incrédule éclairait son visage. Elle-même éprouva une soudaine bouffée d'espoir. Et si son père était bel et bien prêt à revenir dans sa vie ?

Il ne restait qu'à laisser faire le temps.

Comme avec Ryan.

Elle poussa un soupir. Un homme à la fois, s'il vous plaît.

— Ça me plairait beaucoup, répondit-il. Mais je ne voudrais pas te mettre mal à l'aise.

— Je ne suis pas mal à l'aise, assura-t-elle simplement.

— Est-ce que j'ai compromis tes projets pour la soirée ?

— J'avais juste prévu de me soûler un peu ! dit-elle en riant. Tu veux te joindre à moi ?

— Ce serait avec plaisir, sourit-il, mais je ne peux pas à cause de mes médicaments. Ceci dit, je pourrai toujours tirer la languette de tes canettes !

Elle éclata de rire alors que ce sentiment d'espoir l'envahissait tout entière à présent. Peut-être allaient-ils vraiment se retrouver ? Et s'il pouvait rester jusqu'à Thanksgiving, son père ferait d'elle la plus heureuse des filles.

Un énorme fracas résonna subitement dans la maison. Piper se rua hors de son lit et se précipita pieds nus dans le couloir plongé dans la pénombre.

— Papa ?

— Tout va bien, répondit-il en criant. Désolé si je t'ai réveillée.

Elle s'orienta grâce à sa voix et le trouva dans le salon, en train de se relever. Elle alluma aussitôt la lumière.

— Que s'est-il passé ? demanda-t-elle.

Il eut un petit rire, tout en secouant la tête.

— J'essayais d'aller dans la cuisine pour prendre un cachet anti-nausées, mais je me suis cogné dans les tréteaux.

— Je suis désolée, dit-elle en vérifiant que son pyjama n'était pas déchiré. Est-ce que tu t'es fait mal ?

— Ça va, assura-t-il en prenant appui sur le mur. J'ai fait de plus mauvaises chutes quand je montais des taureaux.

Elle sourit.

— Assieds-toi, je vais te chercher de l'eau. Tu as ton cachet ?

Il brandit un gros cachet blanc.

— Je ne l'ai pas perdu dans ma chute !

Elle alla vite chercher une bouteille d'eau dans le réfrigérateur. Son père était affaibli par ses divers traitements. Elle n'arrivait pas à s'habituer à le voir ainsi, frêle et… oui, vieilli. Ses cheveux, autrefois noirs de jais, étaient maintenant poivre et sel et clairsemés à cause de la chimiothérapie. Les rides autour de ses yeux s'étaient creusées. Cet homme avait vécu toute une vie loin de sa fille, et à présent il voulait renouer avec elle.

Une partie d'elle était ravie de le retrouver, mais l'autre demeurait sceptique quant à ses motivations réelles. Certes, elle ne pouvait que se réjouir de ce rapprochement inattendu, mais que se passerait-il s'il faisait de nouveau volte-face ?

En fait, elle avait envie de croire que Walker était là parce qu'il l'aimait et qu'il voulait recoller les morceaux avec elle.

De retour dans le salon, elle s'assit à côté de lui et lui tendit l'eau.

— Et voilà !

— Encore désolé si je t'ai réveillée, murmura-t-il en buvant une grande gorgée avec son médicament.

— Ce n'est pas grave. De toute façon, je ne dors pas très bien en ce moment.

— Des soucis ?

Elle le dévisagea un instant, et s'émut de le voir à ce point concerné par ce qui pouvait se passer dans sa vie.

— Excuse-moi, reprit-il en baissant les yeux. Je suis mal placé pour te poser ce genre de questions.

— Non, pas du tout, dit-elle en s'adossant aux coussins du canapé. C'est vrai que j'ai… un souci. Mais rien que je ne puisse régler en définitive.

Insomnie, perte d'appétit, crises de larmes aléatoires... Aucun doute, elle gérait au mieux cette rupture avec Ryan.

— Ecoute, je ne veux pas être indiscret, reprit Walker. Mais si tu as envie de parler et que nous ne dormons ni l'un, ni l'autre, je serais ravi de t'écouter.

Elle leva les yeux vers lui et eut comme une impression de déjà-vu. Il y a plusieurs semaines, elle s'était aussi ouverte à Ryan, en pleine nuit. Comme si, dans le noir, il était plus facile d'échapper à la réalité, de se donner l'illusion d'un lien très fort.

— J'ai fait une bêtise... Je suis tombée amoureuse.

Walker hocha la tête d'un air compréhensif.

— Et puis, j'ai fait une plus grosse bêtise encore : j'ai tout arrêté.

— Pourquoi cela ? demanda-t-il en haussant les sourcils.

De plus en plus mal à l'aise, elle détourna le regard.

— Je n'ai pas supporté un choix professionnel qu'il a fait.

— Et que fait ce jeune homme dans la vie ?

Le souffle court, elle leva de nouveau les yeux vers lui.

— Du rodéo.

Walker Kindred se prit le visage entre les mains et poussa un long soupir.

— Mon Dieu, Piper Jane, je... Je ne sais pas quoi dire, bredouilla-t-il, une lueur désemparée dans les yeux. Je n'aurais jamais imaginé que mes propres choix pourraient avoir de telles conséquences sur ta vie.

— Pourquoi est-ce que tu es parti ? demanda-t-elle, la gorge nouée. Pourquoi est-ce que je n'avais de tes nouvelles que pour Noël ou pour mon anniversaire ?

— J'ai été très égoïste, admit-il en s'appuyant contre le dossier du sofa. J'aimerais te dire autre chose, mais je crois que je n'étais pas prêt à devenir parent, à me fixer quelque part. J'ai supplié ta mère de me suivre et de t'emmener sur la route avec moi. Je l'ai suppliée de te faire elle-même l'école, mais c'était affreusement égoïste. Même si vous m'aviez suivi, je n'aurais pas trouvé le temps de vous accorder l'attention que vous méritiez.

Elle repoussa une de ses boucles derrière son oreille.

— Je déteste ta réponse, mais j'apprécie ta franchise, dit-elle en tripotant l'ourlet de son pyjama.

Si seulement elle avait pu se confier à lui, pendant toutes ces années… En tout cas, il faisait preuve d'un grand courage pour revenir aujourd'hui. Sans rien lui cacher des raisons qui les avaient séparés. Mais en assumant pleinement sa responsabilité, en laissant parler son cœur, il espérait reconstruire quelque chose avec elle. Quel meilleur début pour regagner une confiance perdue ?

— Alors, qui est ce fameux cow-boy ?

Elle soupira avant de répondre.

— Ryan Grant.

Le sourire de Walker s'élargit.

— Vraiment ? Ton ami d'enfance ? Ce type a mis le feu au circuit pendant des années, tout le monde a regretté son départ en retraite. Il ne devait pas ouvrir une école, ou quelque chose du genre ?

— Oui, une école de rodéo pour les enfants. Il avait déjà bouclé son projet et même engagé un jeune assistant pour l'été.

— Est-ce qu'il sera là pour Thanksgiving ?

— Franchement, nous n'en avons pas parlé.

— Tu regrettes d'avoir mis un terme à votre relation ?

Elle secoua la tête en grognant.

— Je ne sais pas ce que je veux. Vraiment. Je regrette qu'il ait tout fait pour que je tombe amoureuse de lui… Et je regrette qu'il soit parti sans se préoccuper de ce que je pouvais ressentir. Je suis peut-être égoïste, mais je voulais cette histoire d'amour. Je voulais cette vie qu'il avait planifiée pour nous.

Walker essuya une larme sur sa joue — elle ne s'était même pas aperçue qu'elle pleurait.

— Aucun homme ne mérite tes larmes, Piper, chuchota-t-il. Moi y compris.

Elle renifla, agacée d'être aussi émotive ces derniers temps.

— Vous méritez tous les deux mes larmes, hoqueta-t-elle.

Il se rapprocha comme pour l'enlacer, mais s'arrêta net. Il semblait hésiter, mais cela faisait bien trop longtemps qu'elle ne s'était pas retrouvée dans les bras de son père. Elle passa son bras autour de ses larges épaules. Tant pis si elle avait l'air vulnérable.

— Oh ! Piper, murmura-t-il en la serrant contre lui. Tu m'as manqué.

Elle ne parvenait plus à réprimer ses larmes. Elle pleurait pour la petite fille qui avait grandi loin de son père. Pour la femme qui avait rompu avec Ryan. Et pour ses retrouvailles inespérées avec son père. Cette fois elle voulait que ça dure. Et elle y tenait comme à la prunelle de ses yeux.

— Je t'aime, ma petite fille, lui glissa-t-il à l'oreille.

Elle pleurait toujours.

— Je t'aime aussi, papa.

- 16 -

Le soir qui suivit sa première démonstration, Ryan était déjà en proie à une certaine fébrilité. Ce n'était pas cette vie qu'il voulait. Ce n'était pas la vie à laquelle il rêvait le jour où il avait raccroché son lasso.

Or, voilà qu'il se retrouvait dans cette chambre d'hôtel, avec la même odeur aseptisée, le même décor sans âme que les innombrables chambres qu'il avait fréquentées des années durant. A l'époque, cela ne le dérangeait pas de changer de port chaque soir, en partageant quelques bières avec ses compagnons de rodéo, ou en allant danser avec des groupies.

Mais, ce soir, il ne pensait qu'à une femme, à la seule auprès de qui il voulait être. Et se trouver aussi loin d'elle était une vraie torture.

Pas une seconde depuis qu'il était parti sans qu'il ne se soit demandé ce que faisait Piper, comment elle se sentait, si elle arriverait à lui pardonner… Allait-elle vraiment le rayer de sa vie ? Ou bien allait-elle faire passer sa fierté avant tout et prétendre qu'il ne l'avait pas blessée en partant ? A moins qu'elle finisse par le détester pour de bon…

Plus que sept semaines, et ce serait fini. Il prendrait quelques vacances dès la fin de la saison, mais il ne serait probablement pas le bienvenu chez elle.

Il sentit sa gorge se nouer. Pourquoi n'avait-il pas insisté plus pour qu'elle le suive ? Pourquoi n'avait-il pas tout fait pour lui démontrer qu'il n'était pas en train de reléguer leur histoire au second plan ?

Au lieu de se battre pour elle, il l'avait regardée pleurer toutes les larmes de son corps, et puis sortir tranquillement de sa vie.

Quel genre d'homme réagissait-il ainsi ?

Un homme incapable de comprendre qu'il était en train de perdre la femme de ses rêves. Car même s'il nourrissait encore l'infime espoir que tout n'était pas complètement fini, elle ne lui avait pas donné la moindre nouvelle depuis son départ. Or, à chaque seconde qui passait, c'était comme si le fossé qui les séparait s'agrandissait. Voilà plusieurs jours qu'il sortait régulièrement son portable pour l'appeler, mais il renonçait toujours au dernier moment. Il avait trop peur qu'elle le repousse pour de bon. Mieux valait-il sans doute la laisser réfléchir quelque temps, loin de toute pression.

Tout au long de la démonstration de la veille au soir, il n'avait pas été à cent pour cent de ses moyens ; il avait eu l'esprit ailleurs. Joe s'en serait mieux sorti avec un équipier plus concentré, plus investi dans la compétition. Car, en vérité, Ryan n'était là que pour boucher un trou, rien de plus.

C'était une grande première pour lui : jamais au cours de sa carrière il n'avait laissé une femme le distraire de ses objectifs, de sa passion. Un cow-boy distrait était un cow-boy en danger : combien de ses collègues s'étaient blessés parce qu'ils n'étaient pas à cent pour cent à ce qu'ils faisaient ?

Mais il avait accepté d'aider Joe à remporter le championnat pour pouvoir gagner assez d'argent pour sauver son ranch. Il ne pouvait plus reculer, mais une chose était sûre : une fois la saison terminée, il retournerait à Royal avec une bague et une demande en mariage pour Piper. Et plus jamais il ne la quitterait.

Car il avait toujours cru au destin : quand une chose devait arriver, elle arrivait d'une manière ou d'une autre. Quelque part au fond de son cœur, il savait que tout n'était pas fini entre Piper et lui. Ils traversaient une épreuve difficile, mais ils allaient s'en sortir.

Il alla jusqu'à la baie vitrée surplombant le centre-ville de Dallas, puis se passa une main dans les cheveux. Non, il devait lui téléphoner. Au pire, elle lui raccrocherait au nez, mais ce n'était pas son genre.

Après tout, c'était lui qui avait provoqué cette situation : c'était à lui de faire en sorte d'arrondir les angles avant que les choses ne s'enveniment.

Mais alors qu'il sortait son portable de sa poche, on frappa à sa porte. Comme ce ne pouvait être une groupie — il avait réservé sa chambre sous un faux nom —, il alla ouvrir sans hésiter.

— Joe ? Quoi de neuf, mon vieux ?

— Il y a un petit groupe de jeunes femmes très avenantes au bar du rez-de-chaussée. On se demandait où tu étais. Comme je suis marié, je ne les intéresse pas vraiment.

Même si les médias aimaient à le dépeindre comme un homme à femmes, Ryan n'avait jamais été du genre à ramener des groupies dans sa chambre d'hôtel, sauf cette seule et unique fois où il avait eu une aventure d'un soir. Et il n'avait pas besoin de descendre pour savoir qu'aucune des jeunes femmes qui l'attendaient en bas n'arrivait à la cheville de Piper.

Piper. La seule et unique femme auprès de qui il aurait voulu s'endormir ce soir.

— Merci, Joe. Mais je dois me lever tôt demain.

Joe secoua la tête avec un petit rire.

— On dirait que tu n'es pas dans ton assiette ! Pourquoi as-tu accepté de revenir sur le circuit ? Tu as l'air au trente-sixième dessous.

— Tu exagères, rétorqua-t-il, sur la défensive, en s'appuyant contre l'embrasure de la porte. Je n'ai pas bien joué aujourd'hui, mais je serai en meilleure forme demain.

— Ryan, on a été équipiers pendant des années. Je te connais, fit Joe en le regardant droit dans les yeux. Ne cherche pas à me faire croire que tu as des jours avec et des jours sans. Tu t'es toujours donné à fond pour le rodéo. Mais ce que j'ai vu aujourd'hui, ce n'était plus toi. Tu n'étais pas vraiment là, mon pote… Ton cœur est ailleurs, je me trompe ?

Il dévisagea un instant son ami, puis éclata de rire.

— Mon vieux, je crois que tu regardes trop les talk-shows à la télé.

Mais Joe soutint son regard sans ciller.

— Je n'ai peut-être tout simplement pas envie de te voir gâcher quelque chose simplement pour gagner un championnat…

— Je me moque bien de gagner, répliqua-t-il. Tout ce qui m'importe, c'est de te sortir de la panade, Joe.

— Ecoute, quand je t'ai appelé à la rescousse, tu ne m'as à aucun moment laissé entendre que tu t'étais véritablement installé à Royal. Je pensais sincèrement que tu serais excité à l'idée de reprendre du service, même s'il ne reste que sept semaines d'ici la fin de la saison.

Ryan hocha doucement la tête.

— Si tu m'avais appelé juste après mon départ du circuit, je n'aurais pas réagi ainsi. Mais la donne a changé quand je suis rentré à Royal. Certes, j'avais bien prévu d'ouvrir cette école, mais il y a autre chose…

Et cette autre chose, c'était qu'il était tombé amoureux. Oui, il pouvait bien l'admettre à présent. Il était follement, éperdument amoureux de Piper Kindred.

— Est-ce que je dois rechercher un nouvel équipier ? demanda Joe avec un sourire entendu.

Cette fois, Ryan approuva d'un signe de tête.

— Ce serait peut-être mieux… Mais je reste là tant que tu ne m'as pas remplacé.

— Tu vas me manquer, mon pote… Mais je ne t'ai jamais vu faire quoi que ce soit à contrecœur ; ça ne te va pas. Je ne sais pas qui est cette femme, mais tu dois en être mordu pour qu'elle supplante ta passion du rodéo !

Ryan éclata de rire.

— Tu te souviens de cette légende du rodéo, quand on était gamin, Walker Kindred ? Eh bien, je suis amoureux de sa fille.

Joe ouvrit des yeux ronds.

— Eh, ce n'était pas ta meilleure amie quand vous étiez à l'école ?

— Exact. Et maintenant, elle est la femme que je veux épouser.

— Bravo ! lança Joe avec un sourire. Je vais me mettre en quête d'un nouvel équipier sans attendre. Si tu dois simuler une blessure ou une maladie pour quitter la compétition, tu peux compter sur moi pour te couvrir. D'ailleurs, pourquoi ne rentres-tu pas tout de suite ? Demain et après-demain sont des journées de repos, et je suis sûr que je peux demander à Dillon de prendre ta place.

— Merci, mon vieux, dit Ryan en donnant une accolade sincère à son ami. A présent, tu peux dire à ces demoiselles du bar que mon cœur est pris. Mais tu peux toujours leur présenter Dillon !

Joe haussa un sourcil amusé.

— Je suis presque sûr qu'il est déjà parti avec une jolie fille… Mais je ne manquerai pas d'annoncer que tu as désormais quitté le marché des célibataires !

Une fois que Ryan eut refermé la porte, il avait plus que jamais le trac d'appeler Piper. Et si elle refusait de lui parler ? Après tout, un appel téléphonique était tellement impersonnel… Il ne voulait surtout pas être lâche ni se laisser aller à la facilité.

Or, il ne se trouvait qu'à Dallas… En louant une voiture, il pouvait être à Royal en à peine six heures. Il pouvait aussi réserver un vol en dernière minute. Il avait même les moyens de louer les services d'un pilote et d'un jet privés.

Mais, avant tout, il devait faire en sorte de donner du poids à ce qu'il allait dire à Piper. Et lui démontrer que ce qui se passait entre eux n'était que le début d'une longue, très longue histoire.

Piper n'avait encore jamais préparé de dîner pour Thanksgiving. Jusqu'à présent, elle avait toujours passé cette fête toute seule chez elle. Mais, à présent que son père était là, elle avait bien envie de jouer le jeu. Car, même à supposer qu'elle rate tous ses plats, ils en riraient de bon cœur, et cela leur ferait toujours un souvenir à raconter, plus tard.

Walker étant allé rendre visite à de vieux amis, elle revint les bras chargés de sacs de provisions. Elle s'efforçait d'introduire la clé dans la serrure quand celle-ci s'ouvrit.

Elle crut s'évanouir.

— Ryan !

Il la libéra aussitôt des sacs qui lui encombraient les bras.

— J'ai bien cru que tu ne rentrerais jamais ! dit-il en posant les provisions sur le bar. Mais qu'est-ce que c'est que toute cette nourriture, la Rouquine ?

Immobile dans le couloir, elle fixa l'homme qu'elle n'avait pas cru revoir avant au moins deux mois. Son cœur tambourinait dans sa poitrine sous l'effet de la surprise, mais au-delà du choc elle sentit une bouffée d'espoir l'envahir. Si Ryan était revenu, c'était sans doute pour une bonne raison… Pourvu que ce ne soit pas seulement pour la traditionnelle dinde de Thanksgiving.

— Mais qu'est-ce que tu fais là ? dit-elle en ignorant sa question.

Il jeta un œil dans les sacs, puis s'accouda au bar.

— J'espérais que tu me préparerais un bon repas.

Toujours sous le choc d'avoir trouvé Ryan chez elle, elle s'avança lentement.

— Est-ce que tu as été blessé ? bredouilla-t-elle.

— En réalité… Oui.

Elle le détailla de la tête aux pieds, admirant sa chemise gris sombre sur son jean délavé et ses bottes.

— Mais tu as l'air… en forme.

Sexy comme jamais…

Il vint se planter devant elle et sourit.

— C'est mon cœur qui souffre, la Rouquine. Tu l'as gardé avec toi quand tu m'as laissé partir.

A l'instant même où il prononça ces mots, elle sentit les larmes lui monter aux yeux.

— Ce n'est pas moi qui ai pris la route, murmura-t-elle.

— C'est vrai, admit-il en hochant la tête. Mais j'en suis arrivé à la conclusion que j'accepterai toutes les moqueries qui te passeront par la tête, du moment que tu m'acceptes de nouveau dans ta vie…

— Alors là, je vais te faire souffrir, Ryan.

Il prit son visage dans ses mains puissantes et rugueuses.

— J'ai déjà souffert, la Rouquine. Crois-moi, j'ai souffert.

— Mais… Et le circuit ? Tu fais une pause pour Thanksgiving ? demanda-t-elle en s'efforçant de ne pas trop se laisser envahir de faux espoirs.

Tout en lui caressant doucement la joue, il secoua la tête.

— Je serai là tout le temps que tu voudras de moi, Piper.

Maintenant, les larmes inondaient son visage.

— Et Joe ? hoqueta-t-elle. Et le championnat ?

— Je trouverai une solution, affirma-t-il. Si je dois payer ses dettes à sa place, je mettrai la main au porte-monnaie.

Elle ferma les yeux.

— Pourquoi maintenant, Ryan ? Pourquoi revenir maintenant ?

— Parce que te voir me tourner le dos a certainement été l'expérience la plus douloureuse de ma vie. Parce que j'étais malheureux sans toi et que je t'ai dans la peau, Piper. J'ai offert de piètres prestations au public, parce que je ne pensais qu'à toi, et non aux bêtes que je montais. Je ne pouvais pas travailler sérieusement en pensant à toi à chaque instant, Piper.

— Tu m'en vois désolée, dit-elle avec un demi-sourire.

— Tu n'es pas désolée, tu jubiles, répliqua-t-il en soutenant son regard. Piper, écoute, je… Je ne pourrai plus vivre sans toi.

Cette fois, il avait lui aussi les yeux emplis de larmes — depuis toutes ces années où ils étaient amis, elle l'avait seulement vu pleurer à la mort de ses parents.

— Que se passera-t-il la prochaine fois où tu succomberas à l'appel de l'aventure, ou que quelqu'un aura besoin de toi ?

— Tout d'abord, être avec toi est une aventure de tous les jours, Piper.

Elle éclata de rire.

— Deuxièmement, poursuivit-il en lui mordillant les lèvres, la seule personne qui ait besoin de moi, c'est toi.

Elle s'apprêtait à protester, mais il posa un doigt sur sa bouche.

— Et moi aussi, j'ai besoin de toi, murmura-t-il. Plus que je ne l'aurais jamais cru.

Il appuya son front contre le sien et soupira.

— Et si je dois te supplier, je te supplierai, la Rouquine. Mais, pour l'amour de Dieu, dis-moi quelque chose. Dis-moi que tu me pardonnes ou qu'au moins tu vas y réfléchir. Quelque chose, n'importe quoi…

Elle sourit.

— Bon, même si je rêve de te voir ramper à mes pieds, je vais t'accorder le bénéfice du doute.

— Est-ce que ça signifie que tu m'aimes, Piper ?

Elle noua les bras autour de sa taille.

— Ça signifie que si tu tentes une nouvelle fois de partir, je ferai de toi un castrat…

Alors, il la souleva et la fit tournoyer dans ses bras avant de l'embrasser. Il l'embrassa à en perdre haleine. Comme ces retrouvailles promettaient d'être savoureuses, ce soir…

— Euh, excusez-moi… Je repasserai peut-être plus tard ?

Elle sursauta. Dans l'euphorie du moment, elle n'avait pas entendu la porte de l'arrière-cuisine s'ouvrir, ni son père entrer. Certes, elle n'était plus une adolescente, mais elle éprouvait un certain embarras à être surprise par son père dans une position explicite avec Ryan…

— Piper ? demanda Ryan en regardant son père d'un air étonné.

— Il s'est passé un certain nombre de choses pendant ton absence, expliqua-t-elle en souriant.

Walker s'avança et tendit la main à Ryan.

— D'après ce que je viens de voir et d'entendre, je

n'ai qu'une chose à dire : bienvenue dans la famille, jeune homme !

Piper et Ryan éclatèrent d'un rire sonore.

— Papa, il ne m'a pas demandée en mariage !

Ryan serra la main de Walker.

— Pas encore, déclara-t-il avant de sortir un petit écrin en velours de sa poche.

Tout en ouvrant le couvercle, il se mit soudain à genoux.

— Piper, je sais que tu n'es ni fleur bleue ni très attachée à la tradition, articula-t-il lentement. Mais je me dois de faire les choses dans les règles de l'art.

Le cœur battant à tout rompre, elle garda les yeux rivés sur les magnifiques diamants qui scintillaient devant elle. Elle porta une main à sa bouche et retint ses larmes du mieux qu'elle put.

— Je t'ai aimée dès ce jour où tu m'as mis un coup de poing dans la figure. Je n'ai jamais rencontré quelqu'un d'aussi généreux que toi. Je ne mérite peut-être pas ton amour, Piper, mais je viens te le réclamer quand même.

Du coin de l'œil, elle vit son père reculer de quelques pas. Le destin semblait leur envoyer un clin d'œil à tous les deux : il avait eu beau être absent de la majeure partie de sa vie, voilà qu'il assistait à l'un des instants les plus importants… Comme pour rattraper le temps perdu.

— J'ai choisi un anneau plat parce que je sais que tu travailles beaucoup avec tes mains, mais s'il ne te plaît pas on pourra toujours l'échanger.

Elle lui prit les mains et l'aida à se relever.

— Elle est parfaite, Ryan…

— Elle est incrustée de diamants sur tout son pourtour : ça s'appelle un anneau éternel, expliqua-t-il en sortant la bague de l'écrin pour la passer autour de son annulaire. Je ne voulais pas quelque chose de traditionnel, pas pour toi. Et puis, « éternel » résume assez bien mes sentiments pour toi.

Les yeux rivés sur l'anneau, elle ne put réprimer ni ses larmes ni son sourire. Tant pis si elle passait son temps à pleurer. Ryan lui était revenu… De même que son père. Et ses larmes n'étaient que des larmes de bonheur.

— Tu étais sacrément sûr de toi, cow-boy, lui lança-t-elle. Venir ici, avec une bague en poche…

— Non, je n'étais pas sûr de moi. J'avais un trac fou ! Mais j'étais sûr de nous, Piper.

Elle noua les bras autour de son cou et lui glissa à l'oreille :

— Je t'aime, Ryan. Et dès que mon père ne sera plus là, je vais te montrer à quel point…

Il l'enlaça et chuchota à son tour :

— Tu peux l'envoyer faire une course chez l'épicier ?

— Bon, dit alors Walker en traversant la pièce. Je suis peut-être vieux, mais j'entends encore très bien. Vous avez tous les deux besoin d'intimité. Je vais aller… euh, faire un tour. Quelque part. Je trouverai bien un endroit…

Piper rit de voir son père virer au rouge pivoine.

— Allons, papa, tu peux rester. J'adore avoir les deux hommes les plus importants de ma vie autour de moi. Et puis, je n'ai pas la moindre idée sur la façon dont je vais préparer ce festin de Thanksgiving pour demain…

Ryan fit alors un pas en arrière et retroussa ses manches.

— Eh bien, la Rouquine, c'est ton jour de chance : j'ai toujours assisté ma mère quand elle cuisinait, et Thanksgiving était justement sa spécialité !

Ils se mirent à préparer tourtes et sauces, et elle se

laissa aller à la joie qu'elle ressentait. Ils étaient là, réunis, à s'affairer dans sa petite cuisine tout juste rénovée… Et rien n'aurait pu la rendre plus heureuse. Ryan parlait rodéo avec son père, et même s'ils n'appartenaient pas à la même génération il y avait beaucoup de respect entre eux.

— Et est-ce que ton partenaire a pu trouver un remplaçant à ta hauteur ? s'inquiétait Walker.

Ryan continua de trancher du pain pour l'incorporer à la farce.

— Personne n'est irremplaçable. Mais j'espère que Joe remportera le championnat et gagnera l'argent dont il a besoin.

— Si ce n'est qu'une question d'argent, je peux le dépanner, proposa simplement Walker.

Piper se détourna brusquement du bar où elle était en train de préparer la farce.

— Quoi ?

— Je t'ai bien dit que j'avais accumulé au cours de ma carrière plus d'argent que je ne pouvais en dépenser.

Les yeux de Piper allèrent de Ryan à son père.

— Euh… C'est super, papa.

Ryan approuva d'un signe de tête.

— C'est très généreux, Walker, mais j'ai déjà moi-même envisagé de dépanner Joe s'il ne gagnait pas le championnat. Ainsi, il ne sera plus aussi stressé, et pourra se sortir de cette passe difficile et se consacrer tranquillement à sa famille.

— Tant mieux, fit Walker en souriant. En tout cas, ça fait du bien de revenir chez soi, n'est-ce pas ?

Au fond d'elle, elle savait que Ryan allait rester. Il ne lui avait fallu que deux jours pour comprendre où son cœur voulait vraiment se trouver. Et elle savait aussi que, s'il n'avait pas eu cet ami dans le besoin, il ne serait jamais parti.

Elle traversa la pièce et prit son père dans ses bras.

— Je suis heureuse que tu sois de retour. Et je vais passer le plus beau Thanksgiving de ma vie !

- 17 -

Ryan referma la porte de la chambre à clé. A vrai dire, il ignorait ce qui le choquait le plus : que Piper ait accepté de l'épouser ? Ou que son père soit de retour dans sa vie, et qu'elle et lui semblaient décidés à recoller les morceaux ? Lui-même aurait donné n'importe quoi pour pouvoir retrouver ses parents. Et il était fier de Piper, qui avait su accorder une deuxième chance à son père.

Elle sortit de la salle de bains avec une nuisette de soie noire qui descendait jusqu'à mi-cuisses et laissait entrevoir un généreux décolleté.

— Tu n'imagines pas comme ta lingerie m'a manqué…

— Autant que mon humeur toujours égale et mes petites piques désobligeantes ? demanda-t-elle en riant.

— Tu m'as manqué, tout entière, murmura-t-il en commençant à déboutonner sa chemise. Je ne veux plus jamais être loin de toi, Piper.

Elle soutint son regard.

— Sur ce point, nous sommes d'accord. J'étais malheureuse, mais maintenant que toi et mon père êtes revenus dans ma vie je suis comblée.

— Je suis étonné de te voir aussi à l'aise avec ton père. Est-ce que quelque chose a accéléré vos retrouvailles ?

Elle hocha la tête en s'appuyant à un poteau du lit.

— Il a un cancer.

— Oh ! mon Dieu, Piper. Est-ce à un stade avancé ? Et toi, comment gères-tu la nouvelle ?

— Je vais bien, et lui aussi. Il vient de terminer une chimio et les médecins estiment qu'il est en rémission. Mais il m'a expliqué que ça l'avait aidé à discerner ce qui comptait vraiment du reste. Au début, je lui en voulais du fait que seule une maladie incurable lui avait permis cette prise de conscience. Mais, ensuite, je me suis dit que s'il était prêt à recoller les morceaux, alors je me devais de jouer le jeu.

Ryan jeta sa chemise à terre, avant de s'attaquer à ses bottes et à son jean. Une fois en boxer, il s'avança vers elle.

— Je suis heureux que tu sois d'humeur à accorder des deuxièmes chances, ces temps-ci.

Elle leva les yeux vers lui et sourit.

— Je ne suis pas aussi dure que j'ai pu l'être à une époque. Je suppose que c'est ça, l'amour.

Il la prit par la taille et la serra tout contre lui.

— Dis-le encore, Piper. Je ne me lasserai jamais de t'entendre dire que tu m'aimes…

Elle noua les bras autour de son cou.

— Je t'aime, Ryan. Je t'aime tellement que j'étais anéantie quand tu es parti.

Il préférait oublier combien il s'était mal comporté envers elle. Il valait mieux se concentrer sur le positif.

— Maintenant, il faut aller de l'avant, dit-il en lui mordillant les lèvres. Faisons comme si je n'avais jamais été un crétin avec toi. Et maintenant que j'ai retrouvé le sens des priorités, je vais pouvoir commencer à organiser notre mariage. Parce que j'ai hâte que tu deviennes Mme Piper Grant.

Un large sourire éclaira son visage tout juste démaquillé.

— Je sens que je vais adorer mon nouveau nom !

Il lui caressa les bras, puis rabaissa les fines bretelles de sa nuisette.

— J'adore la façon dont tu t'habilles pour moi, murmura-t-il. Et j'aime me dire que je vais te débarrasser de cette nuisette en un éclair. Et que je vais te faire l'amour jusqu'au petit matin.

Joignant le geste à la parole, il tira sur le vêtement de satin, découvrant peu à peu les seins de Piper qui pointaient vers lui. L'instant d'après, la nuisette était à terre. Piper lui faisait face, ne portant rien d'autre que sa bague.

Les yeux rivés à elle, il se débarrassa de son boxer.

— Sans toi, je ne suis rien, Piper.

— Vraiment ? chuchota-t-elle en lui prenant la main pour l'entraîner vers le lit.

Il s'allongea alors sur elle, s'immisçant délicatement entre ses cuisses. Il contempla son visage, ses lèvres entrouvertes, ses yeux à demi clos. Dès qu'il la pénétra, elle ferma les yeux et se cambra pour mieux l'accueillir en elle.

— Regarde-moi, souffla-t-il. Regarde-nous…

Elle rouvrit les paupières et accrocha son regard. En cet instant, il ressentit tout l'amour qu'elle éprouvait pour lui. Rien que pour lui. Haletante, elle noua les jambes autour de sa taille, comme pour accélérer la cadence. Elle avait envie de fougue et d'ardeur, alors que lui préférait prendre son temps.

Il chercha son regard.

— Eh bien, tu m'as l'air bien pressé…

— Et toi, je trouve que tu prends ton temps…

Il sourit et, tout en allant et venant en elle, il s'appliqua à mordiller la pointe de ses seins durcis de plaisir. Très vite, il la sentit se raidir autour de lui, et il comprit qu'elle allait bientôt jouir.

Mais ce n'était pas encore assez : il glissa lentement une main vers son sexe moite. Le corps de Piper se contracta, et l'instant d'après elle criait son nom.

Il n'existait rien de plus beau que de la voir s'abandonner ainsi, criant son nom… Ivre de plaisir, il donna un dernier coup de reins et se laissa à son tour envahir par un orgasme puissant.

Et dire que les meilleurs jours de sa vie étaient encore devant lui, auprès de Piper…

Quand ils eurent repris leur souffle, il s'écarta doucement d'elle, roula sur le côté, puis lui caressa les hanches en murmurant :

— Je t'aime, Piper… Et je pense à notre mariage… Est-ce que tu voudras un grand mariage ? J'imagine que tous nos amis voudront venir, puisqu'ils nous invitent au leur…

Piper mêla ses doigts aux siens et soupira.

— Je n'ai jamais rêvé d'un mariage en grande pompe, mais je suppose qu'il faudra effectivement inviter nos amis.

— Piper, il faut que ça te fasse plaisir. Si tu préfères te marier en catimini à Las Vegas, on peut prendre un vol dès ce soir. Mais si tu désires autre chose, c'est possible aussi.

Il adorait voir les émotions se succéder sur son doux visage. Elle avait les sourcils froncés, mais elle écarquilla soudain les yeux, esquissant un large sourire.

— Je veux un vrai mariage, déclara-t-elle en cherchant son regard. Rien de trop élaboré, certes, mais on pourrait faire la cérémonie chez toi, au ranch, dans le jardin. On inviterait seulement nos amis les plus proches.

— Ça me va très bien, dit-il en souriant.

— Et je tiens à ce que mon père m'accompagne à l'autel.

— Ça lui ferait très plaisir, approuva Ryan.

Elle se lova contre lui.

— Au moins, il ne sera pas revenu pour rien…

Rien ne pouvait le rendre plus heureux que de voir Piper aussi radieuse, épanouie, et il la serra fort contre lui.

— Je n'aurais jamais imaginé que je t'épouserai un jour, la Rouquine. J'ai toujours su que je t'aimais, mais je n'imaginais pas que je pourrais un jour conquérir ton cœur.

Elle appuya son front au sien.

— Et pourtant tu m'as conquise, cow-boy. Et maintenant, tu vas pouvoir passer le restant de tes jours avec ton trophée de chasse !

Il lui embrassa le bout du nez.

— Tu es ma plus belle victoire, Piper. La plus belle entre toutes.

Retrouvez prochainement,
dans votre collection

PASSIONS

Un ultimatum si odieux, de Maisey Yates - N°959

Malgré la rivalité qui oppose leurs familles, Wren accepte d'organiser avec Creed un festival de la vigne pour Noël, qui mettra en avant leurs exploitations viticoles. Un défi, tant leurs rapports sont explosifs, teintés de haine et de désir. Or voilà qu'après un torride moment d'égarement Wren se découvre enceinte de son rival ! Une situation d'autant plus bouleversante que Creed lui pose un odieux ultimatum : si elle veut éviter une bataille pour la garde de leur enfant, elle devra l'épouser…

Liés par des jumeaux, d'Ellie Darkins

Maddie est ravie : elle a été embauchée comme nourrice d'adorables jumeaux par Finn Holton, le meilleur ami de son frère. Mais la cohabitation avec ce père célibataire, qui lui semblait inaccessible jusqu'à présent, devient vite compliquée tant ils sont attirés l'un par l'autre… Bien que Maddie se méfie des hommes depuis une expérience malheureuse, elle est tentée d'ouvrir son cœur à Finn. Mais peut-elle prendre le risque d'aimer à nouveau ?

Le fils du play-boy, de Naima Simone - N°960

Partie trois ans plus tôt pour échapper à une situation intenable, Charlotte est de retour à Royal, accompagnée de son petit Ben, âgé de deux ans. Revoir son ancien amant Ross Edmond lui cause un choc intense. Comment, après l'avoir rejetée si cruellement, ose-t-il s'adresser à elle ? Et pourquoi surtout feint-il de s'intéresser à leur enfant ? Bouleversée par ces retrouvailles, Charlotte se fait la promesse de tenir éloignés père et fils…

Un homme de confiance, de Sandra Steffen

Quand Cole, le meilleur ami de son regretté mari, lui propose d'effectuer quelques travaux chez elle, April accepte avec soulagement son aide. À ses côtés, elle se sent bientôt à nouveau vivante tandis que sa présence lui devient indispensable. Surprise par les doux sentiments que Cole fait naître en elle, April s'interroge : si la vie lui offre une seconde chance d'être heureuse, a-t-elle le droit de la saisir ?

Noël sous la neige, d'Yvonne Lindsay - N°961

Faye déteste Noël, la neige et son patron, Piers Luckman, depuis qu'il lui a demandé de décorer le chalet où il séjourne, au cœur du Wyoming. Alors qu'elle pensait pouvoir rentrer chez elle, la voilà confrontée à un souci de taille : un bébé a été abandonné sur le perron. Pire encore, une tempête de neige l'oblige à demeurer dans le chalet avec Piers et l'enfant ! Poussée dans ses retranchements, Faye doit alors faire face à l'évidente attirance qu'elle ressent pour Piers…

Une liaison incandescente, de Joss Wood

Sarabeth n'était pas retournée à Royal depuis son douloureux divorce. Tout ce qu'elle souhaite désormais, c'est renouer avec ses enfants et certainement pas attirer l'attention des habitants ou nourrir la rumeur. Mais sa rencontre avec un irrésistible rancher du nom de Brett Harston bouleverse ses plans. Poussés l'un vers l'autre par le désir, ils entament une liaison très charnelle. Une aventure qui restera sans lendemain, décide Sarabeth, car jamais elle ne prendra le risque d'aimer à nouveau…

La trahison de Finn, de Kira Sinclair - N°962

SÉRIE : MILLIARDAIRES À CHARLESTON TOME 2

Trois ans plus tôt, Finn a trahi Genevieve en volant à sa famille un diamant d'une grande valeur. Il a été envoyé en prison, alors même qu'elle se découvrait enceinte de lui… Aujourd'hui libéré, il veut renouer avec elle et surtout avoir une place dans la vie de leur fils. Bien que la raison lui crie de se tenir éloignée de cet homme qui l'a tant fait souffrir, Genevieve accepte de le revoir et le regrette aussitôt. Non seulement Finn est demeuré la tentation personnifiée, mais la haine qu'elle ressent pour lui n'a d'égale que la passion qui surgit entre eux…

Troublée par son patron, de Jules Bennett

Kelly élabore le plan parfait pour forcer son patron, Luke Holloway, à prendre des vacances : tout en lui faisant croire qu'un investisseur veut le rencontrer, elle l'emmène à son insu sur une petite île de Hawaï. Son plan secret – se rapprocher intimement de lui – fonctionne aussi à merveille. Dans ce cadre paradisiaque, la magie opère… et tous deux succombent à la passion. Mais Kelly ne peut s'empêcher d'être inquiète : quand ils seront de retour au bureau, leur histoire aura-t-elle une chance de se poursuivre ?

Un nouvel amour à Noël, de Catherine Mann - N°963

Alaina a réalisé ses rêves : elle a une belle maison, un mari magnifique et un bébé adorable. Une vie parfaite, en somme. Qui le serait plus encore si elle parvenait à se souvenir des cinq dernières années... Car, depuis le terrible accident de voiture qui l'a privée de sa mémoire, son époux et leur enfant sont comme des étrangers pour elle. Et plus elle enquête sur leur passé, plus elle découvre que son couple battait de l'aile. Ne tient-elle pas là l'occasion de tout recommencer à zéro ?

La fiancée secrète, de Maureen Child

Trop riche, trop sûr de lui, trop beau pour être honnête... Voilà en quelques mots ce que Mia a toujours pensé de Dave Firestone. Mais le jour où il se présente à sa porte pour lui mettre un marché en main elle ne se reconnaît plus. Fascinée par son regard, elle écoute sa proposition : si elle accepte de devenir sa fiancée pour quelques mois – le temps pour lui de décrocher un contrat accessible seulement à un homme marié –, il payera ses dettes et lui permettra de prendre un nouveau départ dans la vie...

La promesse de l'hiver, d'Elizabeth Lane - N°964

Clara est sous le choc. La lettre qu'elle tient dans les mains lui annonce non seulement le décès de l'homme avec qui elle a eu une aventure quelques années auparavant, mais aussi que celui-ci lègue sa fortune au petit Hank, né de leur liaison. Or pour ce faire elle doit d'abord rencontrer la famille du défunt, dont Grant, son frère jumeau, qui veut s'assurer que l'héritage tombera entre de bonnes mains. C'est la moindre des choses, pense Clara. D'autant plus que Grant doit être aussi charismatique que son frère...

Une nuit au Colorado, de Barbara Dunlop

Une nuit d'insouciance, voilà ce qu'Abigail compte s'offrir. Car, dès demain, elle devra abandonner sa vie de citadine pour celle, bien plus rude, que mènent les ranchers du Colorado. Mais, avant cela, elle a bien l'intention de passer quelques heures dans les bras du sublime inconnu qu'elle vient de rencontrer. Hélas, alors qu'elle s'abandonne à la volupté de ses caresses, Abby ignore encore que son amant va lui imposer un odieux chantage...